WOLFGANG SANTJER

Borkumer Todesriff

TÖDLICHE GIER Drei befreundete Profitaucher finden im wenig befahrenen Fahrwasser »Alte Ems« vor Borkum ein Schiffswrack aus der Zeit der Germanicus-Feldzüge und plündern die römischen Schätze. Und auch die Bewohner der beliebten Insel erleben Seltenes: Bei einer Wattwanderung wird ein Toter entdeckt. Kriminalkommissarin Maike Broning übernimmt zunächst die Ermittlungen, denn ihr Mann Jan, ebenfalls Kriminalkommissar, ist momentan undercover in der Kunstszene im Grenzgebiet zu den Niederlanden im Einsatz. Als ein weiterer Toter auf einer brennenden Jacht vor Borkum gefunden wird, gründet die Polizei die Soko »Schwanengold« unter der Leitung von Jan Broning. Die Ermittlungen führen sein Team nach Leer zu einer Bande von Betrügern und ihren zahlreichen Feinden …

© privat

Wolfgang Santjer wurde 1960 in Leer geboren und lebt in Bingum an der Ems. 38 Jahre lang versah er als Polizeibeamter Dienst bei verschiedenen Polizeibehörden – angefangen beim damaligen Bundesgrenzschutz, dann der Wechsel zur Landespolizei. Weitere Stationen waren die Wasserschutzpolizei in Emden und Leer und die Autobahnpolizei in Leer, wo er sich unter anderem auf die Gefahrgutüberwachung spezialisierte. Als Ausgleich zu seiner Schreibtischarbeit als Autor schnitzt Wolfgang Santjer aus alten Schiffsdalben große Holzskulpturen für den Garten.

WOLFGANG SANTJER

Borkumer Todesriff

KRIMINALROMAN

GMEINER

Immer informiert

Spannung pur – mit unserem Newsletter informieren wir Sie
regelmäßig über Wissenswertes aus unserer Bücherwelt.

Gefällt mir!

Facebook: @Gmeiner.Verlag
Instagram: @gmeinerverlag

Besuchen Sie uns im Internet:
www.gmeiner-verlag.de

© 2024 – Gmeiner-Verlag GmbH
Im Ehnried 5, 88605 Meßkirch
Telefon 0 75 75 / 20 95 - 0
info@gmeiner-verlag.de
Alle Rechte vorbehalten
1. Auflage 2024

Lektorat: Christine Braun
Herstellung: Mirjam Hecht
Umschlaggestaltung: U.O.R.G. Lutz Eberle, Stuttgart
unter Verwendung eines Fotos von: © wWeiss Lichtspiele /
istockphoto.com
Druck: GGP Media GmbH, Pößneck
Printed in Germany
ISBN 978-3-8392-0564-8

Das Wasser haftet nicht an Bergen,
die Rache nicht an großen Herzen.

Konfuzius

*

Blinde Rache
schlimme Sache.

Deutsches Sprichwort

PERSONENLISTE

Polizisten/Ermittler der Soko Schwanengold:
    Jan Broning
    Maike Broning, geborene de Buhr
    Stefan Gastmann (verheiratet mit Bekky, Tochter des
    Bestatters Siegmund Erdmann)
    Onno Elzinga
    Klaas Leitmann

Spurensicherung:
    Albert Brede
    Swantje Beninga

Polizeiinspektion Leer:
    Leitung: Thomas Sprengel
    Wachhabender: Klaus Hensmann

Polizei Borkum:
    Hero Sluiter
    Tomke Rabenstein

Polizei Aurich/Pewsum:
    Hayo Ukena

Polizeitaucher:
    Kurt Lessing

Niederlande:
   Simon Drebber: Kriminalpolizist aus Nordholland

Aurich/Krummhörn:
   Staatsanwalt Gruhlich

Gerichtsmedizin:
   Dr. Knoche
   Dr. Andresen

Tauchfirma Swart/Tauchklub Neptun:
   Firmenchef Hilko Swart
   Freund Tjade Akkermann
   Freund Jonas Mentjes

Firma Schwanengold-Mine:
   Chef: Ferdinand Lamberg
   Stellvertreter: Werner Woland
   Marketing/Werbung: Volker Homming
   Geschäftsführer: Bernd Bäke

Anleger/Geschädigte bei der Firma Schwanengold-Mine:
   Hubert von Bühl
   Eiko Dinkela
   Ingo Osting

Galerie Gravius, Bellingwolde (Niederlande):
   Künstler Harm Gravius
   Ehefrau Theodora Gravius

Teilnehmer/Künstler am Workshop der Galerie Gravius:
    Margriet aus Groningen
    Sjurd aus Harlingen
    Henk aus Amsterdam

PROLOG

Hilko Swart stand hinter dem Ruder seines neuen Bootes mit dem Namen »Burkana«. Neues Boot ... na ja, tatsächlich handelte es sich um ein ehemaliges Behördenfahrzeug mit etlichen Dienstjahren. Ein ausrangiertes Zollboot, welches er ersteigert hatte. Es war zirka 15 Meter lang, hatte zwei Antriebsmotoren und war deshalb gut geeignet, um es zu einem Tauchbasisboot umzubauen.

Hilko presste die Lippen fest zusammen. Mit diesem Boot hatten seine finanziellen Probleme begonnen. Er schüttelte beim Gedanken an die Versteigerung unwillkürlich den Kopf und atmete tief durch. Er hatte sich mitreißen lassen und zu viel gezahlt. Dann waren noch die teuren Umbauten zum Tauchbasisboot dazugekommen.

Hilko Swart hatte sein Hobby zum Beruf gemacht und betrieb seit einem Jahr eine Tauchfirma. »Firma« war vielleicht etwas übertrieben, denn es handelte sich um einen Einmannbetrieb. Hilko übernahm als Berufstaucher Aufträge in ganz Ostfriesland, angefangen vom Entfernen von Tauen und Netzen, die sich um die Schrauben der Kutter gewickelt hatten, bis zur Suche nach Smartphones, die unvorsichtigen Touristen ins Hafenwasser gefallen waren. Hilko erinnerte sich an eine hysterische Frau im Hafen von Greetsiel, die ihm, bevor er abtauchte, zugerufen hatte: »Herr Swart, auf dem Handy ist mein ganzes Leben. Bitte, ich muss es wiederhaben, zumindest die Simkarte!«

Tauchaufträge gab es ausreichend, bis jetzt jedoch unregelmäßig. Deshalb wollte Hilko zunächst keine zusätzlichen Taucher einstellen. Seine Freunde Jonas Mentjes und Tjade Akkermann halfen ihm hin und wieder aus, wenn er einen Auftrag nicht alleine durchführen konnte.

Für die lukrativen Tauchaufträge, zum Beispiel draußen auf See bei den Windanlagen, hatte ihm bis jetzt ein Tauchbasisboot gefehlt. Mit der Anschaffung dieses Bootes hoffte er, in Zukunft auch solche Arbeiten annehmen zu können.

Für seine neue Firma sah es durch die Investition finanziell düster aus, das Wasser stand ihm bis zum Hals. Irgendwie musste er die Zeit bis zu den erwarteten lohnenden Aufträgen überbrücken.

Die laute Stimme seines Kameraden Tjade riss ihn aus seinen trüben Gedanken. »Hilko, du fährst noch an der Fischerbalje vorbei, wenn du so weiterträumst.«

Hilko überhörte den Vorwurf und fragte stattdessen: »Was machen unsere Motoren?«

Tjade war der Schrauber an Bord und konnte einfach alles reparieren. »Sie laufen wie geschmiert, obwohl sie schon so alt sind. Die Zöllner haben damals gut für die Motoren gesorgt, und das zahlt sich jetzt aus. Allerdings ...«

»Allerdings?« Hilko sah seinen Kumpel an. Diesen besorgten Gesichtsausdruck seines Freundes kannte er sehr gut.

»In der Bilge hat sich wieder Wasser gesammelt, vermutlich die Wellenabdichtung.«

Hilko schüttelte verzweifelt den Kopf, weil er genau wusste, was das bedeutete. Das Boot musste aus dem Wasser, die Schrauben mussten runter, um die Wellen neu abzudichten. Ein teurer Werftaufenthalt, der seine letzten Reserven verschlingen würde.

Hilko verdrängte seine Sorgen, weil er sich auf seinen Kurs konzentrieren musste. Sie waren vor Stunden aus dem Außenhafen Emden mit Kurs Borkum ausgelaufen. Hilko hatte den einsetzenden Ebbstrom abgewartet, um während der rund dreistündigen Fahrt nach Borkum Sprit zu sparen. Inzwischen manövrierte er sein Boot entlang der roten Tonnen des Fahrwassers der Westerems. Das Manövrieren hier in der Emsmündung war schwierig und verlangte seine volle Aufmerksamkeit. Zum Glück war die Sicht ausreichend und er konnte die Fahrwassertonnen gut sehen. Voraus zweigte ein Arm der Ems in westliche Richtung ab. Zwischen dem Hauptfahrwasser, in dem sie sich befanden, und der Alten Ems lag eine Sandbank, der Möwensteert.

Betrachtete man die Insel aus der Möwenperspektive, so gab es mehrere Fahrwasser um Ostfrieslands größte Insel herum: den Hauptschifffahrtsweg Westerems und die weniger befahrene Osterems. Die Westerems wurde ständig ausgebaggert und konnte ohne Probleme auch bei Niedrigwasser befahren werden. Beim Manövrieren im Wattfahrwasser der Osterems und der Alten Ems war allerdings Vorsicht geboten. Hilko befuhr diese schwierigen Gebiete nur bei auflaufendem Wasser, damit er, sollte er auf den Sandbänken auflaufen, mit dem steigenden Wasser wieder freikam.

»Oh, wir sind ja gleich da!«, sagte Jonas, der gerade aus der Kombüse kam. »Dann hört endlich die Schaukelei auf.«

»Ja, Jonas, wir müssen nur noch in die Fischerbalje einlaufen, dann kannst du dich entspannen«, entgegnete Hilko mit einem Grinsen im Gesicht. Es war kein Geheimnis, dass Jonas kein Freund von stürmischer See war. »Aber wenn ich meinen Kurs gleich nach Steuerbord ändere, liegt unser Dampfer quer zu den Wellen und wird kräftig rollen«, erinnerte er Jonas.

»Bind deinen Suppentopf fest«, fügte Tjade hinzu.

»Ach du Scheiße!«, rief Jonas, als das Boot sich stark zur Seite neigte. Mit blassem Gesicht ging er den Niedergang in die Kombüse runter, und die beiden Freunde auf der Brücke hörten ihn laut fluchen.

Hilko manövrierte das schaukelnde Boot nun in die Fischerbalje hinein. Dabei handelte es sich um das Ansteuerungsfahrwasser zur Insel Borkum. Es verlief zwischen der Insel und einem etwa zwei Kilometer langen Leitdamm aus Steinen. Deshalb beruhigte sich der Wellengang sofort, und bis zum Fährhafen Borkum war es nicht mehr weit.

Kurz darauf meldete sich Hilko über die Schiffsfunkanlage bei Borkum-Radar an und gab das Einlaufsignal. Er fragte, ob sie im Schutzhafen liegen durften. Als Liegeplatz wurde ihnen daraufhin der Schwimmanleger II im Schutzhafen zugewiesen.

Tjade und Jonas gingen an Deck und machten die Leinen und Fender an der Steuerbordseite klar. Hilko manövrierte das Boot in einem perfekten Winkel Richtung Anleger, und kurz bevor es den Anleger berührte, zog er den Maschinenhebel der Backbordmaschine zurück. Sanft stoppte die Fahrt, und seine Freunde brauchten nur noch die Festmacher über die Poller des Anlegers zu werfen.

Hilko stellte beide Maschinen aus und öffnete die zwei Seitentüren des Ruderhauses. Für einen Moment schloss er die Augen, freute sich über die Stille und die salzige Seeluft. Er atmete tief ein und dachte: Ich werde meine Sorgen zumindest für dieses Wochenende vergessen und mit meinen Freunden ein paar schöne Tage auf der Insel verbringen.

Dieses Wochenende sollte eine Art Belohnung für seine beiden Freunde Tjade und Jonas werden. Alle drei waren im gleichen Alter und teilten die Leidenschaft fürs Tauchen. Sie liebten die Einsamkeit und Ruhe unter Wasser. Die Idee mit dem Windsurfen auf Borkum war in einer typischen Schnapslaune entstanden. Die Aufgaben waren schnell verteilt gewesen: Hilko machte sein Boot startklar und sorgte insbesondere für Trinkwasser und Gasöl. Tjade sollte sich um die Surfausrüstung kümmern und Jonas für das Wochenende ihr Surflehrer sein. Dazu hatte Jonas stundenlang vor einer beliebten Internetseite gesessen und sich alles über Windsurfen angesehen und angehört.

Während seine Freunde an Deck beschäftigt waren, dachte Hilko über die beiden nach. Jonas war im Vergleich zu ihm und Tjade ein Leichtgewicht. Immer wenn Jonas seine Tauchausrüstung anlegte, befürchtete Hilko, sein Freund würde unter der Last zusammenbrechen. Aber sobald Jonas ins Wasser eintauchte, war er in seinem Element. »Flink« sagte man in Ostfriesland zu seinen schnellen Bewegungen unter Wasser. Jonas war immer als Erster unten oder oben. Seine gute Laune war chronisch, und manchmal erinnerte ihn Jonas' schelmischer Gesichtsausdruck an das Kartenbild des Jokers.

Tjade Akkermann war das genaue Gegenteil von Jonas und mehr der stille, introvertierte Typ. Tjade war Borkumer und der größte der drei Freunde. Seine Kraft war legendär und unter Wasser, wo es oft auf Kraft ankam, unersetzlich. Taue, die ungewollt in die Antriebsschrauben der Schiffe geraten waren, wickelten sich sehr fest um Welle, Schraube und Ruderanlage. Mit einem scharfen Messer wurde Stück für Stück des Taus oder des Netzes durchgeschnitten und losgerissen. Eine anstrengende und mühselige Arbeit, zumal die Sicht meistens bei null lag. Es war mehr ein Fühlen und ein Tasten mit den Händen als ein Sehen mit den Augen.

Hilko befand sich charaktermäßig irgendwo zwischen den beiden und musste oft vermitteln. Jonas, der Schelm, wusste, dass der Borkumer Jung Tjade extrem abergläubisch war, und nutzte das gerne aus.

Kennengelernt hatten sich die drei Männer bei der Marine in Eckernförde. Ihr gemeinsames Hobby war das Tauchen, und nach der Dienstzeit hatten sie in Pewsum einen Tauchklub mit Namen »Neptun« gegründet. Irgendwann war Hilko auf die Idee gekommen, sein Hobby zum Beruf zu machen, und hatte sich mit einer Tauchfirma selbstständig gemacht. Hilkos Hoffnung war, dass seine neu gegründete Tauchfirma einmal so gut laufen würde, dass er seine Freunde fest einstellen konnte.

Aus dem Lautsprecher des UKW-Funkgerätes hörte Hilko mit, wie ein Kutterkapitän sich bei Borkum-Radar meldete: »Wir hatten einen Hänger mit unserem Fanggeschirr und müssen den Schutzhafen anlaufen!«

»Verstanden, laufen Sie den Anleger II an, dort ist noch reichlich Platz.«

Kurz darauf beobachteten die drei Freunde, wie der Kutter hinter ihrem Boot anlegte. Sofort fiel ihnen auf, dass das Fanggeschirr an einer Seite beschädigt war. Die Besatzung des Kutters bestand nur aus zwei Männern, und es sah so aus, als ob sie Hilfe gebrauchen könnten.

»Was meint ihr, sollen wir mal rübergehen und fragen, ob wir helfen können?«, wandte sich Jonas nicht ganz uneigennützig an seine Freunde. »Vielleicht fällt ja ein wenig Fisch für uns ab.«

Hilko und Tjade waren einverstanden, und alle drei gingen von Bord und zum Anlegeplatz des Fischkutters. Sie nahmen die Festmacher entgegen und belegten die Taue an den Pollern.

Der Kutterkapitän kam aus dem Ruderhaus. »Besten Dank für eure Hilfe!«

»Gerne«, sagte Hilko und sah in Richtung Fanggeschirr.

»Habt wohl Pech gehabt?«

»Dat kannst wall seggen«, antwortete der Kutterkapitän. »Son Schiet, sind mit unserem Ausleger an einem Unterwasserhindernis hängen geblieben. Konnte gerade noch verhindern, dass wir kentern.«

Hilko wusste, wie gefährlich solch eine Situation war. Bei diesem Kutter handelte es sich um einen typischen ostfriesischen Baumkurrenfischer. An beiden Seiten befand sich jeweils ein Ausleger mit einem Grundschleppnetz. Zum Fischen wurden die beiden Ausleger heruntergelassen und die Netze mit Maschinenkraft über den Grund durchs Wasser gezogen. Blieb so ein großes Netz an einem Hindernis hängen, bestand die Gefahr, dass der Fischkutter seitlich runtergezogen wurde und kenterte. Die Taucher wussten natürlich, dass es auf dem Meeresgrund etliche Gegenstände gab, an denen sich ein Netz verfangen konnte. Gesunkene Container, verlorene Anker und Schiffswracks. Der Meeresgrund war durch die Gezeitenströmung und Sturmfluten ständig in Bewegung. Viele Wracks waren in den Seekarten verzeichnet, aber es tauchten immer wieder unbekannte Wracks auf, die freigespült worden waren. Andere verschwanden unter dem Sand, gerieten in Vergessenheit und kamen Jahre später, wenn keiner sich mehr an sie erinnerte, wieder zum Vorschein. Der Kutterkapitän hatte anscheinend schnell reagiert und ein Kentern im letzten Moment verhindern können. Andere Berufskollegen hatten in der Vergangenheit weniger Glück gehabt und waren tödlich verunglückt.

Der Kapitän sah nun hinüber zum Tauchbasisboot vor ihm. »Hört mal, Jungs, ihr seid nicht zufällig Taucher?«

Hilko lachte. »Zufällig ja, wir wollen hier auf Borkum ein schönes Wochenende verbringen.«

Der Kapitän lächelte schuldbewusst, als er sagte: »Ich hab den Baumkurren an der Backbordseite halb unter dem Kutter hängen und hoffe, dass nichts in die Schraube oder das Ruder gekommen ist.«

»Vielleicht sollte man mal nachsehen«, schlug Hilko vor.

»Ja, das ist eine hervorragende Idee, junger Mann«, erwiderte der Kapitän.

»Aber nicht für lau, und nur wenn meine Freunde einverstanden sind.« Hilko sah Tjade und Jonas fragend an.

Beide nickten.

»Was kostet denn so ein Taucheinsatz?«, wollte der Kapitän wissen und zog eine Schnute.

»Das kommt darauf an, wie lange wir beschäftigt sind. Sie können gerne auch eine andere Firma anrufen, oder die Werft.«

»Lieber nicht«, antwortete der Kapitän, »das dauert ewig und wird unnötig teuer. Ich habe sehr schönen, frischen Fisch an Bord …«

»Okay, Herr …?«

»Brons ut Ditzum.«

»Okay, Herr Brons aus Ditzum, wir machen uns einsatzbereit. Sind gleich bei Ihnen.«

Hilko ging mit seinen Freunden zurück an Bord ihres Bootes. Dort besprachen sie kurz den Einsatz. Sie meldeten ihr Vorhaben bei Borkum-Radar an, setzten die blauweiße Taucherflagge am Mast und zogen ihre Tauchanzüge an. Jonas sollte oben die Aktion überwachen und über Sprechfunk erreichbar sein. Tjade und Hilko stiegen über die Außenbordleiter des Tauchbasisbootes »Burkana« ins Hafenwasser und schwammen zum Fischkutter.

Gemeinsam tauchten sie unter den Kutter und sahen sich den festsitzenden Rest des Grundschleppnetzes an. Ein Teil des Netzes fehlte und war vermutlich am Unterwasserhindernis hängen geblieben. Ein Stück des mit Bleikugeln beschwerten Grundtaus am unteren Rand des Netzes hatte sich um die Antriebsschraube des Kutters gelegt. Die war zwar noch nicht verbogen, aber es bestand die Gefahr, dass das Tau die Welle, die Schiffsschraube oder die Ruderanlage blockierte.

Hilko und Tjade gaben sich ein Zeichen und tauchten auf. Kapitän Brons sah die beiden Taucher erwartungsvoll an. Hilko schilderte dem Kapitän anschaulich das Problem unter Wasser.

»Da kann man wohl vom Glück im Unglück sprechen«, sagte der Kapitän. »Immerhin haben wir noch den Hafen erreicht.«

»Ja, und die Schraube und die Welle sehen noch gut aus, aber das Tau muss entfernt werden, bevor Sie weiterfahren«, ergänzte Hilko.

»Kriegt ihr das Tau von der Schraube?«, fragte Brons hoffnungsvoll.

»Ich denke, wir schaffen das«, antwortete Hilko. Er setzte das Mundstück ein und tauchte mit seinem Freund Tjade wieder unter.

Wie so oft saß das Tau sehr fest, aber die Männer wussten, wie sie das Problem lösen konnten.

Schließlich hatten sie das Tau durchschnitten und die Reste von der Welle und der Schraube gelöst.

Oben angekommen sagte Hilko zu Kapitän Brons: »Sie können die Reste jetzt aus dem Wasser holen. Unter Wasser ist alles paletti.«

»Jungs, ihr seid die Besten, danke!«

»Wir ziehen uns um und kommen dann noch einmal vorbei wegen der Bezahlung.«

»Wenn es denn sein muss«, erwiderte der Kapitän leise.

Während Brons mit seinem Decksmann die Reste des Fanggeschirrs einholte, schwammen Tjade und Hilko zurück zu ihrem Boot. Hilko teilte Borkum-Radar das Ende der Tauchaktion mit, die Taucherflagge wurde eingeholt und die Männer zogen sich um.

Kurz darauf standen Tjade und Hilko an Deck des Kutters. Kapitän Brons wartete auf die Verkündung der Geldforderung. Sein Gesicht war dabei sehr angespannt, weil er eine größere Rechnung für den Taucheinsatz befürchtete.

Hilko sah ihn an, lächelte und wartete.

Mit den Worten »Also, Jungs, saubere Arbeit« begann Brons die Verhandlungen. »Ich halt ja nicht so viel von dem ganzen Papierkram und so.«

Hilko schwieg und lächelte weiterhin.

»Was ich damit sagen will«, Brons segelte hart am Wind, »so ne Rechnung ist doch eigentlich überflüssig.«

»Soso, Herr Brons.« Hilko wollte den Kapitän nicht länger leiden lassen. »Wir haben sozusagen in unserer Freizeit geholfen und würden uns freuen, heute Abend auf Ihre Kosten essen zu gehen.«

»Kein Problem, an was habt ihr denn gedacht?«

»Für jeden 50 Euro, also insgesamt 150 Euro, und eine Tüte Seezungen«, sagte Hilko lässig.

»100 Euro insgesamt und zwei Tüten Seezungen«, schlug Brons vor. Als er jedoch bemerkte, dass Hilko protestieren wollte, fügte er schnell hinzu: »Und ne Tüte Granat.«

Hilko konnte dem Schlitzohr nicht widerstehen. »Okay, so machen wir es.«

Kapitän Brons war erleichtert, seine Gesichtszüge entspannten sich. »Jungens, schaut mal, was ich in den Resten des Netzes gefunden habe.« Brons bückte sich, hob einen schwarzen Gegenstand auf und gab ihn Hilko.

Hilko sah sich das Ding genau an.

»Vorsicht, Junge! Da steckt was Spitzes drin«, warnte Brons ihn.

»Könnte ein Teil von einem Holzschiff sein«, murmelte Hilko. »Wo hatten Sie denn den Netzhänger?«

»In der Alten Ems, querab vom Möwensteert. Ich kann es dir auf der Karte zeigen.«

Die Männer gingen ins Ruderhaus, und Kapitän Brons erklärte ihnen, wo es beinahe zur Katastrophe gekommen war.

»So, ich hol euch jetzt das Geld und den Fisch«, sagte Brons und verließ das Ruderhaus.

Hilko sah lange auf die Karte und dann auf das Holzstück in seiner Hand. »Tjade, weißt du, was das sein könnte?« Er reichte Tjade das Holzstück.

»Könnte Teil einer Planke sein …«

»Genau, und das spitze Ding darin ist der Rest eines geschmiedeten Nagels«, ergänzte Hilko. »Der Nagel eines antiken Schiffswracks. Wenn ein ganzer Kutter daran hängen bleibt, dürfte das Wrack ansehnlich sein.«

Inzwischen war Kapitän Brons mit dem Geld und dem Fisch zurück auf der Brücke. »So, Jungs, euer Lohn, und noch mal besten Dank.«

»Tschüss, Herr Brons. Und beim nächsten Taucheinsatz denken Sie an uns: Tauchfirma Swart. Aber dann gibt es eine Rechnung«, sagte Hilko mit einem Augenzwinkern.

Als die drei Männer in der Kombüse der »Burkana« zusammensaßen und den Fisch ausnahmen, war Hilko sehr nachdenklich.

»Was ist, Hilko?«, wollte Jonas wissen.

»Dieses Holzstück lässt mir keine Ruhe. Was, wenn dort tatsächlich ein historisches Wrack liegt? Sollen wir nicht nachschauen? Das wäre vielleicht interessanter als Windsurfen.«

»Nachtigall, ich hör dir trapsen!«, sagte Tjade.

»Der Wasserstand ist optimal, wir könnten gleich mal nachsehen«, schlug Jonas vor.

»So ein Wrack ist doch wie ein Friedhof«, maulte Tjade. »Die Toten soll man ruhen lassen!«

»Oh nee, Tjade, du wieder mit deinem Aberglauben«, spottete Jonas. »So ein großer Kerl und hat Angst vor Klabautermann und Co. Jungs, um ehrlich zu sein: Ich hab sowieso keinen Bock auf Windsurfen. ›Ship up Strand!‹ habt ihr Borkumer doch immer gesagt, wenn es was zu holen gab.« Jonas erntete dafür einen bösen Blick von seinem Kumpel.

Tjade wandte sich an Hilko. »Du entscheidest.«

»Wir können ja nur mal nachsehen«, entschied Hilko. »Tjade, schmeiß die Maschinen an, wir fahren los.«

Hilko manövrierte sein Boot vorsichtig aus dem Schutzhafen in die Fischerbalje. Er wollte nicht auffallen, deshalb gab er das vorgeschriebene Auslaufschallsignal und meldete sich bei Borkum-Radar.

»Bei dem Wasserstand nach der Fischerbalje Steuerbordkurs Richtung See, dann nach backbord quer übers Fahrwasser bis zur grünen Tonne 19«, schlug Tjade vor, der die Fahrwasser um seine Insel gut kannte.

Hilko sah kurz auf die Seekarte. »Ja, und dann Ansteuerung auf die Alte Ems, Hauptsache wir haben genug Wasser unterm Kiel.«

»Das passt schon«, erklärte Tjade.

Es wurde doch etwas eng mit dem Wasserstand, aber sie erreichten die vom Kutterkapitän angegebene Havariestelle. Plötzlich begannen die Motoren unruhig zu laufen und blieben stehen.

»Mist!«, fluchte Hilko. »Was ist nun wieder los? Jungs, schmeißt den Anker raus, bevor wir irgendwo auflaufen.«

Tjade und Jonas flitzten an Deck und lösten die Ankerbremse. Sofort rauschte der Anker aus. Tjade bremste die Kette mit viel Gefühl, und langsam griff der Anker am Grund. Zur Sicherheit ließ Tjade noch einige Meter Ankerkette ablaufen. Der Anker hielt, und die Männer waren erleichtert. Im Ruderhaus überlegten sie, wie es weitergehen sollte.

»Bei dem Wasserstand kommen wir erst beim nächsten Flutstrom weg«, stellte Hilko fest. »Vorausgesetzt, wir kriegen die Maschinen wieder zum Laufen.«

»Ich sehe mir gleich die Motoren an«, sagte Tjade und zeigte in Richtung Maschinenraum. »Hab schon einen Verdacht. Vermutlich sind die Filter dicht. Bei der Schaukelei haben sich Rückstände am Tankboden gelöst, wurden angesaugt und haben die Einspritzpumpe beziehungsweise die Filter dichtgesetzt. Könnte was länger dauern.«

»In der Zwischenzeit könnten wir unten nachsehen«, schlug Jonas vor und zeigte auf Hilko und sich. »Jetzt, wo wir schon mal da sind.«

Hilko wandte sich an Tjade. »Kommst du hier alleine klar?«

»Der Anker hält, und ich kann euch ja über Funk erreichen«, antwortete Tjade.

Inzwischen war Stauwasser, die Strömung war nun am geringsten, ein guter Zeitpunkt für einen Taucheinsatz. Außerdem hatten sie auf dem Wasser eine Leine des

Fanggeschirrs bemerkt, die unbedingt eingeholt werden sollte. Die Leine trieb nicht davon, weil sie vermutlich noch am Unterwasserhindernis festhing. Sie brauchten sich also nur an der Leine hinunterzuhangeln, um das Hindernis zu erreichen.

Hilko hielt das für ein gutes Zeichen und sagte entschlossen: »Jonas, wir machen uns tauchklar.«

»Okay, Hilko, ich nehme unser Metallsuchgerät mit runter.«

Hilko und Jonas konnten unter Wasser nicht viel sehen. Sie folgten der Leine und tasteten sich am Grund in Richtung des Hindernisses voran. Plötzlich fühlte Hilko einen länglichen Gegenstand und bewegte sich vorsichtig ganz nah heran. Er achtete darauf, möglichst keinen Schlick aufzuwirbeln, die Sicht war auch so schon miserabel. Sein Mundstück berührte fast den Gegenstand, als er endlich sehen konnte, was er gefunden hatte. Es sah aus wie der Kiel eines Holzschiffes, etliche Reste von geschmiedeten Nägeln steckten im schwarzen Holz. Inzwischen setzte Jonas das Metallsuchgerät ein.

Plötzlich spürte Hilko, wie Jonas ihm aufgeregt auf die Schulter klopfte und das Zeichen zum Auftauchen gab. Hilko bestätigte mit einem Handzeichen, und die beiden Männer tauchten auf. An der Wasseroberfläche schwammen sie in Richtung Boot. Hilko bemerkte an Jonas Schwimmbewegungen, dass dieser etwas in der Hand hielt, denn er paddelte nur mit der anderen. Hatte er unter Wasser etwas gefunden?

An der Außenbordtreppe erwartete sie Tjade.

Noch im Wasser zog Jonas sein Mundstück heraus und sagte aufgeregt: »Jungs, ihr glaubt nicht, was ich gefunden habe. Er zog seinen Arm aus dem Wasser und hielt Tjade eine etwa 20 bis 30 Zentimeter große Figur entgegen, die voller Muscheln, Sand und Algen war.

Tjade griff nach dem Ding und bekam große Augen.

Die beiden Taucher beeilten sich, aus dem Wasser zu kommen, sie wollten sich Jonas' Fund bei Tageslicht ansehen. Tjade legte das schwere Teil an Deck ab und half den Kameraden, aus dem Wasser zu steigen. Kurz darauf saßen die drei Männer an Deck zusammen und säuberten die Figur grob.

»Das ist ein Adler«, stellte Jonas fest.

Hilko kratzte mit dem Fingernagel über die Oberfläche. »Könnte aus Gold sein.«

»Moment!«, sagte Tjade, verschwand im Maschinenraum und kam mit einer Messingbürste zurück an Deck. Vorsichtig bürstete er die Adlerfigur ab.

Zum Vorschein kamen vier Buchstaben: SPQR.

»Jungs, wisst ihr, was das sein könnte?«, fragte Hilko. Er nahm die Figur in beide Hände und betrachtete sie ehrfurchtsvoll. »Das ist eine Legionsadlerstandarte des Römischen Imperiums!«

»Willst du uns verarschen?« Jonas' Stimme klang unsicher.

»Die Franzosen und die Nazis hatten auch Adler auf ihren Standarten«, warf Tjade ein.

»Aber nicht mit den Buchstaben SPQR«, widersprach Hilko.

»Römisches Imperium ... Klingt verdammt lang her«, meinte Jonas.

»Ich hab mal einen Schulaufsatz über die Römer in Ostfriesland geschrieben«, erklärte Hilko. »Die haben die Wasserwege Ems und Weser für ihre Feldzüge benutzt. 16 nach Christus befehligte Römerchef Germanicus wie in den Jahren zuvor einen weiteren Feldzug gegen die germanischen Völker. Dieser war jedoch wohl nicht so erfolgreich. Er befahl den Rückzug seiner Legionen und teilte seine Truppen beim heutigen Bentumersiel an der Ems. Ein Teil benutzte den Landweg für den Rückzug, der andere den Wasserweg über die Emsmündung. Dabei hatte er aber Pech, eine Sturmflut überraschte die römische Flotte, und Germanicus verlor viele Schiffe und Männer.«

»So, du schlauer Kerl, jetzt wissen wir auch, warum du der Chef bist«, stellte Tjade anerkennend fest.

»Vielen Dank für die Blumen, aber«, Hilko winkte ab, »der eine kennt sich mit Motoren aus, der andere weiß was über das Römische Reich.«

»Und ich kann euch was zum Wert des Adlers sagen«, ergänzte Jonas. »Der reine Materialwert dürfte schon nicht gering ausfallen, vorausgesetzt es ist reines Gold. Aber auch vergoldetes Silber hat seinen Preis. Doch dazu kommt der ideelle Wert einer echten antiken römischen Standarte. Sammler bezahlen ein Vermögen dafür!«

»Da hab ich noch gar nicht drüber nachgedacht.« Hilko wurde nachdenklich. »Was meinst du, was kriegen wir dafür, wenn wir den Fund melden?« Er gab sich die Antwort gleich selber: »Den Ruhm, die Reste einer antiken Flotte entdeckt zu haben. Aber davon kann ich keine Rechnungen bezahlen.« Hilko sah deprimiert aufs Schiffsdeck und dachte an den teuren bevorstehenden Werftaufenthalt.

Jonas räusperte sich. »Hilko, wir wissen inzwischen, dass dir finanziell gesehen das Wasser bis zum Halse steht. Ich würde sagen – also wenn du, Tjade, damit einverstanden bist –, dass wir den Fund nicht melden und den Adler unter der Hand verkaufen.«

Hilko schaute Tjade an. Der presste die Lippen zusammen und man sah ihm an, dass er einen inneren Kampf führte: die Vorschriften beachten oder seinem Kameraden helfen – beides war nicht möglich. Alles hing nun von Tjade ab.

Endlich sagte er: »Wir haben einmal geschworen, immer zusammenzuhalten. Ich denke deshalb, wir müssen Hilko helfen, und scheiß auf den Ruhm.«

»Wir tauchen noch mal runter«, schlug Jonas begeistert vor. »Vielleicht finden wir noch weitere wertvolle Gegenstände von diesem Germanicus.«

Hilko war sehr gerührt über das Verhalten seiner Freunde. Tatsächlich war der Fund eine Chance, um seine Probleme zu lösen. »Tjade, Jonas, ich danke euch! Eigentlich wollte ich euch nicht mit meinen Problemen belasten, aber es stimmt: Ich habe mich mit dem Boot und den Umbauten übernommen. Die Banken drohen schon mit Zwangsversteigerung.«

»Ein Pokerface hast du noch nie gehabt«, stellte Tjade fest. »Man sieht dir an, dass du Probleme hast. Aber dass es so schlimm ist …«

»Ein Grund mehr, noch mal runterzugehen und nachzusehen«, bekräftigte Jonas.

Hilko fehlten die Worte, und deshalb nickte er nur.

In den nächsten Stunden fanden sie unter Wasser zwei silberne Prunkmasken, Trinkgefäße aus Silber und einen weiteren Standartenkopf.

Danach standen sie zufrieden an Deck und betrachteten ihre Funde.

»Jetzt müssen wir sie nur noch gut verkaufen«, stellte Jonas fest.

»Ich kenne da jemanden, der jemanden kennt«, sagte Tjade und grinste.

KAPITEL 1

LEER, POLIZEIDIENSTGEBÄUDE

Hauptkommissar Jan Broning saß in seinem Büro und konzentrierte sich auf eine Akte, die zur Staatsanwaltschaft nach Aurich übersandt werden sollte. Dies gehörte zu den unspektakulären Aufgaben eines Fachkommissariatsleiters. Der Papierkrieg nahm immer mehr zu, und gelegentlich musste er einem Kollegen auf die Füße treten, wenn ein Ermittlungsbericht nicht ordentlich geschrieben worden war. Es war nicht schön, wenn die Staatsanwaltschaft die Akte zurücksandte mit der Bitte um weitere Ermittlungen zu offenen Fragen. Außerdem erhielten die Anwälte der Beschuldigten oft Akteneinsicht und freuten sich diebisch, wenn sie in der Kriminalakte was zum Meckern fanden.

Jan atmete tief durch und stand auf, um aus dem Fenster zu sehen. Hier aus dem vierten Stock hatte man eine gute Sicht auf den Handelshafen Leer. In der Planung war ein neuer Gebäudekomplex zwischen dem Hafenufer und dem Polizeidienstgebäude. Sobald diese Neubauten standen, wäre es vorbei mit dem schönen Ausblick.

Plötzlich hörte er ein knatterndes Geräusch und blickte nach unten auf die Straße vor dem Haupteingang. Dort stellte ein Mann in langem Ledermantel gerade ein altes Motorradgespann ab. Als er den Helm auszog, erkannte

Jan den Mann sofort, es handelte sich um seinen niederländischen Kollegen Simon Drebber. Simon Drebber wurde oft als verdeckter Ermittler und als Kontaktmann zwischen der niederländischen und der deutschen Kriminalpolizei eingesetzt.

Der Zuständigkeitsbereich der Kripo Leer verlief bis zur deutsch-niederländischen Grenze. Viele Niederländer wohnten im Grenzgebiet, und viele Deutsche arbeiteten in den Niederlanden. Die Kriminalität hörte an den Grenzen nicht auf, und so war eine gute Zusammenarbeit zwischen niederländischen und deutschen Ermittlungsbehörden extrem wichtig.

Simon Drebber war ein sehr kompetenter Ermittler, und die beiden Männer verstanden sich seit dem ersten Zusammentreffen gut. Allerdings vermutete Jan Broning, dass es eine unbekannte Seite seines Kollegen gab. Bei ihren letzten gemeinsamen Ermittlungen hatte Jan den Eindruck gehabt, dass Simon nicht nur in offiziellen Kreisen gut vernetzt war, sondern auch über inoffizielle Netzwerke verfügte. Diese waren Jan aber nicht bekannt, und Simon mauerte beim geringsten Versuch von Jan, ihn darauf anzusprechen. Vielleicht war er ja so was wie ein niederländischer Freimaurer. Doch das war nicht Jans Angelegenheit.

Jan ging Richtung Fahrstuhl, um Simon unten bei der Wache abzuholen. Die Kollegen, die Simon nicht kannten, würden sicher große Augen bekommen, wenn er die Schleuse der Wache betrat. Mit dem langen Ledermantel, der derben Lederhose und als Krönung dem langen Pferdeschwanz sah Simon nicht gerade wie ein Polizist aus.

Als Jan unten angekommen war, konnte er sich ein Lächeln nicht verkneifen. Simon stand vor dem kleinen Fenster der Wache und sprach freundlich mit dem jungen Wachhabenden. Offensichtlich versuchte er ihm klarzumachen, dass es sich bei dem, was der junge Beamte in der Hand hielt, um einen niederländischen Dienstausweis handelte. Dem Gesichtsausdruck des Wachhabenden nach zu urteilen, war er, wohlwollend formuliert, sehr vorsichtig. Immer wieder ging sein Blick vom Dienstausweis nach oben, und er betrachtete Simon skeptisch.

Jan klopfte an die Scheibe, winkte Simon zu und betrat die Wache. Er begrüßte die Kollegen von der Schutzpolizei und ließ sich den Ausweis von Simon geben. »Ihr könnt ihn reinlassen, er ist ein Kollege aus den Niederlanden«, sagte er.

»Mit dem Bild im Ausweis hat der wirklich keine Ähnlichkeit«, stellte der junge Diensthabende verblüfft fest.

»Was Haare und ein paar Dienstjahre mehr so anrichten, wirst du auch noch erfahren«, erwiderte Jan mit einem Lächeln und ging Simon entgegen. »Hallo, Simon!«

Jan und Simon begrüßten sich mit Handschlag.

»Dein Kollege hat mir nicht getraut«, stellte Simon mit einem Grinsen fest.

Jan gab Simon seinen Ausweis zurück. »Na ja, auf dem Bild siehst du etwas …«

»… jünger aus, meinst du?«

»Auch am allerschönsten Körper nagt der Zahn der Zeit, wir sind ja mittlerweile beide im Herbst unseres Lebens angekommen«, antwortete Jan mit einem Augenzwinkern.

Simon sah in Richtung des jungen Wachhabenden und sagte mit Wehmut in der Stimme: »Noch einmal so jung sein! Damals hatte ich noch keine Probleme mit dem Rücken, wenn ich mit dem Gespann unterwegs war.«

»Vielleicht ist es Zeit für ein bequemeres Fortbewegungsmittel?«, schlug Jan vor.

»Never!«, entgegnete Simon entschieden. »Jan, gibt es bei dir einen Kaffee?«

»Na klar, komm mit, die anderen werden sich freuen, dich zu sehen.« Jan ging voraus Richtung Fahrstuhl.

Unterwegs sagte Simon: »Vielleicht könnten wir uns, bevor wir die anderen treffen, über eine dienstliche Sache unterhalten. Ist ein bisschen … wie sagt man auf Deutsch … kniffelig?«

»Ja, natürlich. Um was geht's denn? Du machst mich neugierig.«

Inzwischen waren sie in der vierten Etage angekommen, und Jan bat Simon in sein Büro. »Nimm Platz, bin gleich zurück, ich stell nur kurz die Kaffeemaschine an.«

Als Jan zurückkehrte, stand Simon vor dem Fenster und sah nach draußen.

»Schöne Aussicht! Die Häuser links sehen allerdings wie Schuhkartons aus.«

»Ja, die Aussicht ist genial, aber nicht mehr lange.« Jan berichtete von den Plänen für die neuen Luxuswohnungen am Hafenufer.

»Gibt es denn so viele reiche Leute in Leer?«, wollte Simon wissen.

»Offensichtlich. Ehrlich gesagt wären bezahlbare Wohnungen wichtiger, aber …«

»Ja, die Politik ist bei uns auch nicht anders.«

»Simon, setz dich und erzähl von dieser kniffeligen Sache.«

Simon nahm vor Jans Schreibtisch Platz. »Ich muss ein wenig ausholen. In den Niederlanden fanden Einbrüche in Luxuswohnungen statt. Die erbeuteten Gegenstände wurden weiterverkauft. Wir versuchen nun, den Hehlern und natürlich den Einbrechern auf die Spur zu kommen. Es gibt Hinweise, dass es in Bellingwolde, also direkt an der

Grenze, einen Hehler geben soll, der sich auf Kunstgegenstände spezialisiert hat. Gemälde und antike Gegenstände sollen dort den Besitzer wechseln. Meine Quellen behaupten, dass eine Galerie Gravius beteiligt ist, und da sind wir jetzt beim Problem.«

Jan dachte darüber nach, was dies für Quellen sein könnten, während Simon weiterberichtete.

»Bei den Inhabern der Galerie Gravius handelt es sich um den Künstler Harm Gravius und seine Ehefrau Theodora. Ihre Galerie befindet sich direkt an der Grenze zu Deutschland, nur einen Sprung, einen …«

Jan soufflierte: »Katzensprung?«

»Genau, Jan. Vielleicht kennst du diese Brücke, die über den Kanal in Bellingwolde führt?«

»Ja, das ist doch der alte Schmugglerweg durch den Hammrich. Maike und ich fahren dort manchmal mit dem Fahrrad über die Grenze.«

»Was schmuggelt ihr denn?« Simon grinste. »Kleiner Spaß. An diesem Kanal liegt die Galerie. Das Grundstück ist mit Büschen und Bäumen zugewachsen. Die private Zuwegung und das Galeriegebäude, ein alter Bauernhof, sind deshalb schlecht einzusehen.«

»Ihr habt also ein Problem mit der Observierung der Galerie, weil ihr feststellen wollt, wer da ein- und ausgeht.«

»Das ist nur eins von unseren Problemen. Dieser Harm Gravius ist ein anerkannter Künstler und verkehrt in angesehenen Kreisen. Die Hehler-Geschichte passt überhaupt nicht zu ihm.« Simon bemerkte wohl den zweifelnden Blick von Jan. »Ja, ich weiß. Wie sagt man bei euch? Man hat schon Pferde vor der Apotheke heulen sehen?«

»Im Original klingt es etwas unfeiner, aber wir meinen dasselbe«, antwortete Jan. »Wir Polizisten werden immer wieder von unseren Mitmenschen überrascht, meistens negativer Art. Kennst du das Polizistensprichwort: ›Ich bin Pessimist. Ein Pessimist ist ein Optimist mit vielen Dienstjahren‹?«

Simon nickte. »Jedenfalls, dieser Gravius ein Krimineller? Das passt nicht, wir übersehen was.«

»Sollen wir euch bei der Observierung helfen?«, fragte Jan.

»Observierung im herkömmlichen Stil können wir vergessen, bei den örtlichen Gegebenheiten fallen wir sofort auf. Meine Bitte geht in eine sehr kniffelige Richtung.«

Schon wieder dieses Wort, dachte Jan, schwieg jedoch und wartete.

»Jan, bist du noch am Hout hakken?«

Jan konnte inzwischen etwas niederländisch und wusste, dass Simon Jans Hobby, die Holzschnitzerei, meinte.

»Was hat mein Hobby mit diesem angeblichen Hehler zu tun?«

Simon presste die Lippen aufeinander und suchte nach den richtigen Worten. »Harm Gravius ist Künstler, genauer gesagt Bildhauer, noch genauer gesagt: Er ist Bildhauer für Holzskulpturen. In der nächsten Woche soll bei der Galerie ein Workshop für Bildhauerkünstler stattfinden.«

»Ach, daher weht der Wind«, sagte Jan nachdenklich. »Schickt doch einfach einen Kollegen undercover zu diesem Workshop, dann kann er unauffällig alle Personen, die dort ein- und ausgehen, observieren.«

»Du hast den Nagel auf den Kopf getroffen, so habe ich es vor. Nur, Harm Gravius möchte einen Workshop für, sagen wir, fortgeschrittene Bildhauer anbieten. Ich zitiere aus der Workshop-Beschreibung: ›für Bildhauer mit Niveau‹. Anfänger möchte er also nicht, dafür ist er sich zu fein. Deshalb ist er auf die Idee gekommen, dass Interessenten vorab mehrere Bilder ihrer Werke an ihn schicken müssen. Er entscheidet dann, ob sie seinen Ansprüchen genügen, und verschickt die Einladungen.«

Jan konnte sich ein Lachen nicht verkneifen. »Du glaubst doch wohl nicht, dass meine Werke seinen Ansprüchen genügen?«

»Stapel nicht so tief, ich finde deine Gartenkunst gut. Du hast mir ja mal ein paar Fotos von deinen Skulpturen gezeigt.«

»Kann es sein, dass du mir ein wenig Honig ums Maul schmierst? Und kann es sein, dass du denkst, ein deutscher Kollege undercover ist die ideale Besetzung für diese ... wie sagst du so schön ... kniffelige Aufgabe?«

»Erwischt.« Simon hob beide Hände und lächelte entwaffnend. »Bitte, Jan, du würdest uns damit sehr helfen.«

Jan wollte Zeit gewinnen und stand auf, um den Kaffee zu holen. »Bin gleich zurück, Simon.«

In der kleinen Teeküche nebenan dachte er über das Anliegen seines Kollegen nach. Seit ein paar Jahren schnitzte er auf traditionelle Art und Weise, also ohne Werkzeuge mit Motor, Gartenskulpturen. Diese standen im Garten ihres Einfamilienhauses in Ditzum. Seine Freunde und seine Familie fanden die Skulpturen schön, aber Künstler oder professionelle Bildhauer hatten seine Werke noch nicht gesehen.

In einem Artikel hatte er einmal gelesen, dass viele Autoren gute Erstlingswerke geschrieben hatten, die allerdings als Manuskript in einer Schublade verstaubten und nie veröffentlicht worden waren. Der Grund dafür war klar: die Angst vor einem negativen Urteil, davor, was Verlage, Agenten und Lektoren von diesem Werk halten würden.

Beim Bildhauen war es genauso. Jan stellte sich vor, wie er seine Werke in einer Kunstausstellung präsentierte und die fachkundigen Betrachter beim Anblick seiner Skulpturen die Krise bekämen und ihn mitleidig ansehen würden. Beim angehenden Autor ist es die Schublade, beim Hobby-Bildhauer sein eigenes Gartenrefugium.

Jan Broning war etwas empfindlich, wenn es um seine Skulpturen ging. Was würde passieren, wenn dieser Gravius ihm zurückschrieb und fragte, ob das sein Ernst sei? Und sagte, dass Jans Holzskulpturen nur zum Heizen taugen würden? Der Spaß an seinem Hobby würde danach bestimmt getrübt sein. Andererseits wollte er Simon Drebber gerne unterstützen, und wenn es gut lief, könnte er seine Technik enorm verfeinern. Er wollte bei den Skulpturen sowieso endlich mehr in die Tiefe arbeiten. Auch die Augenbereiche waren ein Dauerproblem. Vielleicht könnte Gravius ihm einiges beibringen. Win-win, so sagte man doch zu einer solchen Situation. Doch was würde Maike, seine Ehefrau und Kollegin, zu dieser kniffeligen Angelegenheit sagen? Jan war sich absolut sicher, dass sie ihm zuraten würde, diese Chance zu nutzen.

Er ging mit dem Tablett zurück in sein Büro. »Also, Simon, wohin soll ich die Bilder schicken?«

»Ich habe schon was vorbereitet.« Simon holte einen Zettel aus seiner Tasche.

KAPITEL 2

DITZUM, HAUS DER FAMILIE BRONING

Maike und Jan saßen in der Küche ihres Einfamilienhauses in Ditzum. Ihre Tochter Antje lag bereits im Bett und schlief hoffentlich. Vor Maike stand ein Glas Rotwein und vor Jan ein Glas Bier.

»So ein Schlitzohr, unser Simon«, stellte Maike gerade fest. »Er hatte schon alles vorbereitet, weil er genau wusste, dass du zusagen würdest.«

»Ja, allerdings ist noch nicht sicher, ob dieser Gravius mich überhaupt an seinem Workshop teilnehmen lässt«, gab Jan zu bedenken. »Die Fotos sind versandt, und jetzt hängt es davon ab, wie dieser Bildhauer entscheidet.«

»Egal was dieser Künstler davon hält, ich finde deine Skulpturen klasse, und unsere Freunde auch. Übrigens, was macht eigentlich deine erste Auftragsarbeit?«

»›Auftragsarbeit‹ klingt ein bisschen abgehoben. Es ist nur ein Frosch für den Gartenteich deiner Freundin, ich nenne ihn den Grinsefrosch.«

»Das passt, der grinst ganz schön frech. Man sagt doch, dass Künstler unbewusst immer ein Stück von sich selbst in ihre Werke einbauen.«

»Liebe Maike, was möchtest du mir damit sagen? Dass

ich so frech grinse? Oder dass ich mich in einen Prinzen verwandle, wenn du mir einen Kuss gibst?«

»Hab ich schon probiert, hat nicht funktioniert«, antwortete sie augenzwinkernd.

In diesem Moment hörte Jan den Benachrichtigungston seines Smartphones. Er sah auf das Display. »Oh, Herr Gravius hat mir eine E-Mail geschickt.« Jan öffnete die E-Mail-App und las laut vor: »›Sehr geehrter Kollege!‹«

Maike fing an zu prusten und versprühte eine kleine Rotweinwolke über die Wachstuchtischdecke.

Jan sah sie grimmig an und las weiter. »›Ich habe Ihre Fotos erhalten und stelle eine rudimentäre Begabung fest.‹«

»Was soll das denn bitte schön bedeuten?«, unterbrach ihn Maike.

Jan ging nicht darauf ein. »›Vor der handwerklichen Umsetzung des Kunstobjekts steht die Idee, die Inspiration. Diese Inspiration fehlt in Ihren trivialen Objekten. Was sollen mir Ihre grinsenden Frösche sagen? Wo war da Ihre Inspiration?‹«

Maike lachte, verschluckte sich und musste husten.

Jans Gesicht war inzwischen rot angelaufen. »›Bildlich gesprochen stecken Ihre kreativen Beine fest im Sumpf der künstlerischen Naivität, aber es besteht Hoffnung. Deshalb lade ich Sie zu meinem Workshop bei mir zu Hause ein. Bitte überweisen Sie den Unkostenbeitrag von 1.000 Euro auf mein angegebenes Konto.‹« Jan fluchte laut. »So ein aufgeblasener Wichtigtuer! Ich brauch einen doppelten Whisky!«

Maike liefen vor Lachen die Tränen aus den Augen.

»Hauptsache, du hast deinen Spaß«, sagte Jan zerknirscht.

»Bitte, Herr Künstlerkollege, lies mir das noch einmal vor, insbesondere die Stelle mit den trivialen Fröschen.«

Jans Blick fokussierte seine Frau streng, aber ihr Lachen steckte ihn an. Er ging ins Wohnzimmer und kam mit einem Glas Whisky in der Hand zurück in die Küche. Maike hatte sich etwas beruhigt.

»Weißt du, Maike, wenn jetzt mein Künstlerkollege Gravius und mein niederländischer Kollege Drebber vor mir stehen würden, wüsste ich nicht, wem ich zuerst in den Hintern treten sollte.«

KAPITEL 3

UNTERWEGS VON DITZUM NACH BELLINGWOLDE

Jan Broning packte seine Ausrüstung zusammen. Seine Stechbeitel waren scharf geschliffen und lagen in einer extra dafür gebauten Holzkiste. Außerdem verstaute er die verschiedenen Holzhämmer, Holzraspeln und die feineren Schnitzmesser. Maike legte noch eine Packung Wundpflaster und schnittfeste Handschuhe in den alten Bulli.

»So, ich habe alles Handwerkszeug zusammen«, stellte Jan fest. »Jetzt noch diese Kamera mit der Fernbedienung.«

»Simon hat an alles gedacht.« Maike sah etwas skeptisch auf die kleine Kamera. »Hauptsache, das kleine Ding funktioniert auch.«

»Ich kann die Kamera hinter der Windschutzscheibe aufstellen oder im Werkzeugkasten lassen, mal schauen, wie es am besten passt.«

»Das hättest du nicht gedacht, dass du mal undercover in Künstlerkreisen ermittelst. Oder?«

»Bestimmt nicht«, bestätigte Jan. »Ich bin mir auch nicht sicher, ob das Ganze eine gute Idee ist. Man sollte Hobby und Beruf eigentlich trennen.«

Jan gab seiner Maike einen Abschiedskuss. »Bis heute Abend, gibt sicher viel zu erzählen.« Er setzte sich in den alten Bulli und startete den Motor. Von Ditzum gab es mehrere Routen, um nach Bellingwolde zu gelangen. Jan entschied sich für den Weg durch den weitläufigen Hammrich auf der Landstraße in Richtung Bunde. Dabei kam er an einem der schönsten Orte im Rheiderland, der alten Häuptlingsburg, dem Steinhaus in Bunderhee, vorbei.

Als er Bunde erreicht hatte, fuhr er dicht an der Grenze entlang Richtung Süden. Er befand sich nun im ehemaligen Schmugglergebiet. Früher wurde in dieser einsamen Gegend alles Mögliche von den Niederlanden nach Deutschland geschmuggelt. Inzwischen waren die Preise beider Länder fast angeglichen, und das Schmuggeln lohnte sich nicht mehr. Allerdings wurden die einsamen Wege entlang der Grenze noch immer von einigen Kriminellen genutzt, zum Beispiel für den Drogenschmuggel.

Die Landschaft hier war sehr offen, es gab viele kleine Kanäle, welche die Wiesen- und Weideflächen entwässerten, ein Paradies für Angler. Die weite Sicht war schon manchem Schmuggler zum Verhängnis geworden. Am Grenzübergang Bunderneuland befanden sich eine Dienststelle des Zolls und der Bundespolizei. Die Kollegen kannten sich hier gut aus und behielten die verschiedenen inoffiziellen Grenzübergänge unter Kontrolle.

Inzwischen war Jan fast an seinem Ziel angekommen. Er überquerte die Brücke über den Kanal und war nun in Bellingwolde in den Niederlanden. Maike und er waren schon oft mit dem Fahrrad durch Bellingwolde gefahren. Hier spürte man sofort, dass man sich in den Niederlanden befand. Die deutsche, strenge Atmosphäre der Häuser und Grundstücke fehlte. Alles war etwas bescheidener, hier wollte nicht jeder größer bauen als der Nachbar. Natürlich gab es auch viele schöne Villen entlang der Hauptstraße.

Aber der »Normalbürger« konnte oder wollte sich diese eindrucksvollen Villen nicht leisten und wohnte eher genügsam.

Die Galerie Gravius sollte hinter der Brücke liegen, und tatsächlich sah Jan ein Hinweisschild an der schmalen Straße. Er bog ab und gelangte an einen alten Bauernhof. Die schmale Zufahrt wurde durch ausladende Büsche und Sträucher noch weiter eingeengt.

Gartenpflege ist wohl nicht der Schwerpunkt von Künstlern, dachte Jan und ärgerte sich sofort über sich selbst. Wieso musste im Garten alles perfekt aussehen und jedem Grashalm auf der Zufahrt mit Unkrautvernichter der Garaus gemacht werden? Die Niederländer nahmen ihre deutschen Nachbarn zu Recht oft als Gartenterroristen wahr. Ein bisschen Gelassenheit täte uns ganz gut.

Auf einer Kiesfläche standen bereits einige Autos, alle mit gelben Kennzeichen. Jan parkte seinen ehemaligen Post-Bulli rückwärts ein. So konnte er die Zufahrt vom Fahrersitz aus gut einsehen. Noch erblickte er niemanden. Jan stellte die Kamera auf und kontrollierte den Erfassungsbereich. Die Kamera würde alle Fahrzeuge und Personen, die sich dem Hof näherten, aufnehmen.

»Und was ist mit Datenschutz und dem Recht aufs eigene Bild?«, hatte Jan seinen Kollegen Simon gefragt.

Simon hatte nur den Kopf geschüttelt und erwidert: »Kein Problem, wird alles ausgewertet und danach gelöscht.«

Jan hatte nicht weiter nachgehakt.

Nun stieg er aus seinem Bulli und ging in Richtung Eingangstür. Er drückte auf die Klingel, und ein tiefer Gong ertönte. Es dauerte einen Moment, bis sich die Tür öffnete.

Vor ihm stand eine Frau, Jan schätzte sie auf etwa 50 Jahre. Sie hatte eine eindrucksvolle rote Haarpracht und sehr helle Haut. Jan stellte sich auf Niederländisch vor.

Doch die Frau unterbrach ihn sofort. »Guten Tag, Sie können ruhig deutsch sprechen. Mein Name ist Theodora Gravius, gebürtig aus dem Rheinland.«

»Guten Morgen, Frau Gravius. Ich bin Jan de Buhr und komme wegen dem Workshop.« Jan hatte zur Vorsicht nicht seinen richtigen Namen angegeben, sondern den Geburtsnamen seiner Frau Maike, de Buhr.

»Willkommen, Herr de Buhr, mein Mann Harm ist hinten in der Scheune. Sie können außen herum gehen. Hinten müssen Sie dann durch die großen Scheunentore.«

Jan bedankte sich, ging an der linken Seite des Gebäudes entlang und bewunderte das Anwesen. Wie im Rheiderland handelte es sich um einen typischen Gulfhof. Vorne zur Zufahrt hin befand sich der Wohntrakt, im hinteren Bereich die riesige Scheune. Der von der Straße abgewandte Bereich des Grundstücks grenzte an den Kanal. Ein solcher Bauernhof war der Traum von Maike und ihm gewesen. Allerdings wussten beide, wie viel Arbeit und auch Geld so ein Anwesen verschlang.

Inzwischen hatte Jan den hinteren Bereich des Hofes erreicht. Dieser war mit alten Ziegelsteinen gepflastert. An der Giebelseite der Scheune waren zwei riesige Scheunentore eingelassen, von denen eins offen stand. Jan klopfte an den Torflügel und rief: »Moin, jemand zu Hause?«

»Komm rein!«, antwortete eine Stimme aus dem Inneren.

Es dauerte einen Moment, bis sich Jans Augen an die Lichtverhältnisse in der Scheune gewöhnt hatten. Es roch nach feuchtem Heu oder Stroh. Im hinteren Bereich saß eine Gruppe von drei Männern und einer Frau um einen riesigen Tisch herum.

»Hallo, ich bin Jan und will am Workshop teilnehmen.« Er verzichtete darauf, mit den Fingerknöcheln auf den

Tisch zu klopfen, sondern wollte die Anwesenden einzeln per Handschlag begrüßen. Die Niederländer mochten es gar nicht, wenn Deutsche zur Begrüßung mit den Fingern auf die Tischplatte klopften. Zuerst gab er der Frau die Hand, einer dunklen Schönheit mit Latzhose. Dann stand ein stattlicher Mann auf und kam auf Jan zu, ein Hüne mit grauen Haaren und einem Rauschebart. Er erinnerte Jan an den Nikolaus, nur ohne rotes Gewand. Der Mann hatte den festen Händedruck eines Bildhauers.

»Hallo, Jan, ich bin Harm Gravius, schön, dass du da bist. Darf ich dir deine Mitstreiter für die Woche vorstellen? Das ist unsere schöne Margriet, hoffentlich wird sie uns mit ihrer Erscheinung nicht zu sehr ablenken.« Als Nächstes wies er auf einen großen hageren Mann. »Wir sind hier in Bellingwolde sehr tolerant, deshalb haben wir auch einen Friesen aus Harlingen dabei. Der blonde Sjurd.«

Jan und Sjurd reichten sich die Hand.

»Außerdem ist da noch unser Henk aus Amsterdam«, stellte Harm weiter vor.

Henk war eher klein und hatte dunkle Haare, die zu einem Pferdeschwanz zusammengebunden waren.

»Sollte es bei der Arbeit nach Gras riechen«, sagte Harm mit einem Grinsen, »ist Henk sicher nicht weit.«

»Bist du das mit den Grinsefröschen?«, fragte Margriet mit rauchiger Stimme.

»Ja, die sind meine Spezialität«, erwiderte Jan.

»Die sind echt niedlich«, stellte Margriet fest.

»Mag sein, allerdings wohl künstlerisch nicht so wertvoll.« Jan sah in Harms Richtung.

Überraschenderweise begannen alle vier synchron zu lachen.

Jan war etwas irritiert. Lachten sie über ihn oder seine Skulpturen?

Harm klopfte ihm auf die Schulter. »Jan, diesen netten Brief, von wegen künstlerischer Anspruch und so, haben die anderen drei auch bekommen. Meine liebe Dora ist für den Papierkram verantwortlich und versendet die Post. Sie ist kritisch gegenüber fremden Künstlerobjekten eingestellt, meint es aber nicht böse.«

Jan bemerkte, dass die anderen bei diesen Worten konzentriert an die Decke schauten.

»Theodora ist eine Künstler-Domina, sie prügelt uns Künstler gerne«, sagte Margriet und lächelte dabei.

»Wäre sie man bei ihren eigenen Werken auch so kritisch«, fügte Sjurd hinzu. »Diese Acrylorgien auf Leinwand …«

Harm sah Sjurd böse an, und Sjurd verzichtete auf weitere, sicher nicht sehr nette Beschreibungen.

Jan waren die Künstler, sogar Harm Gravius, auf Anhieb sympathisch.

»Setz dich zu uns«, lud Harm ihn ein und wies an den Tisch. »Der Kaffee ist fertig. Dora kommt gleich zu uns und erzählt euch was über den Workshop.«

Jan hatte den Eindruck, dass Theodora hier die Hosen anhatte. Harm überließ ihr die Bewältigung der Alltagsangelegenheiten, um Zeit für seine Kreativität zu haben.

Bei einer Tasse Kaffee unterhielten sie sich über ihre Kunst. Margriet liebte Keramik, wollte sich mit dem Workshop jedoch an einen neuen Werkstoff heranwagen. Sjurd verwandelte Treibholz in wunderschöne Gegenstände. Henk war gelernter Holzschiffbauer und hoffte, durch den Workshop seine Holzschnitzerei von Galionsfiguren verbessern zu können.

Die nette Gesprächsrunde wurde durch das Erscheinen von Theodora unterbrochen. Jan spürte sofort, dass die anderen Künstler, bis auf Harm, Dora nicht mochten. Sie kam etwas streng und unnahbar rüber.

»Habe ich mir schon gedacht, dass ihr hier nur rumsitzt«, schimpfte Dora. »Nichts aufgebaut, nichts vorbereitet!«

»Liebste Dora, wir sind gerade am Organisieren«, antwortete Harm.

»Ja, das sehe ich«, erwiderte sie schnippisch, und ihre Nasenspitze hob sich Richtung Deckenbalken. »Ich möchte Sie alle herzlich zu unserem Workshop begrüßen und vermeiden, dass wir die kommenden Tage ohne Konzept arbeiten. Das hatten wir schon einmal, und es war sehr unerfreulich.« Dabei sah sie ihren Mann Harm vorwurfsvoll an. »Deshalb habe ich einen künstlerischen Faden, eine Richtschnur sozusagen, festgelegt, an dem wir nun gemeinsam entlangarbeiten wollen.«

»Jawohl!«, rutschte es Henk heraus.

Jan verkniff sich ein Lachen, die strenge Theodora wollte so gar nicht in diese Runde passen.

»Also, meine Dame, meine Herren, das Thema wird sein: Freud und Leid. Ich möchte, dass Sie diese beiden gegensätzlichen Emotionen in Ihren künstlerischen Objekten zum Ausdruck bringen.« Theodora bemerkte die fragenden Blicke und ergänzte: »Ich dachte an einen Januskopf!«

Jan sah sofort den Kopf mit den zwei Gesichtern vor sich, insbesondere die zwei Paar Augen, und ihm wurden die Knie weich. Das Schnitzen von Augen war Jans Achillesferse. Er verzog unwillkürlich sein Gesicht.

Margriet bemerkte dies und meinte: »Du kannst ja auch einen Frosch mit zwei Gesichtern schnitzen. Der Janusfrosch!«

Alle lachten, bis auf Theodora.

ABENDS IN DITZUM

»Margriet, ich höre immer Margriet!« Maike betonte das
»ie« im Namen überdeutlich. »Margriet hier und Margriet
da. Sie hat dir wohl schöne Augen gemacht?«

»Im wahrsten Sinne des Wortes«, erwiderte Jan. »Sie hat
mir gezeigt, wie man Augen dreidimensional darstellt.«

»Ach, auch noch dreidimensional!«

In diesem Moment kam Antje mit ihrer neuen Puppe in
die Küche. »Margriet hat Durst«, sagte sie und ging zum
Wasserhahn.

»Wie bitte, wie nennst du deine Puppe?«, fragte Maike
ungläubig.

»Na, den Namen habe ich gerade von dir gehört. Und ich
habe noch keinen Namen für die Puppe von Karin gehabt.
So, Margriet, Mama gibt dir jetzt was zu trinken«, sagte
Antje liebevoll und drehte den Wasserhahn auf.

Maike schloss ergeben ihre Augen und atmete tief ein.

Jan murmelte: »Ja, kleine Sünden bestraft der ...«

Ein böser Blick von Maike ließ ihn verstummen. »Der
Herr Künstler verbringt also seine Zeit mit hübschen Kol-
leginnen und lässt sich das Ganze noch vom niederländischen Staat bezahlen.« Ihre Stimme tropfte vor Sarkasmus.

»Jetzt, wo du es ansprichst ... Ich muss Simon noch fragen, wie es mit der Spesenerstattung ist, wir hatten ja Lie-
ferservice von einem italienischen Restaurant«, sagte Jan
mit unschuldiger Miene.

»Übertreib es nicht«, empfahl seine Frau.

»Papa, hilfst du mir, Margriet ins Bett zu bringen?«,
fragte seine Tochter.

»Hauptsache, du gehst nicht gleich mit ihr ins Bett«, flüsterte Maike Jan bissig zu. »Denk daran: Ich bin bewaffnet!«

Die nächsten Tage sah Maike ihren Jan nur am Morgen und gegen Abend. Wenn er nach Hause kam, wechselte er die Speicherkarten und die Akkus für die Kamera. Viel mehr tat er nicht. Sie spürte, dass er glücklich war, weil die Künstler ihm halfen, seine Technik zu verbessern. Außerdem fühlte er sich sehr wohl in deren Gesellschaft. Wie hatte er es formuliert? »Es sind richtig liebe Menschen, und sie leben nur für ihre Kunst. Sie sind unorganisiert, etwas chaotisch, und Geld hat für sie keine Bedeutung.«

Zum Glück war dieser Workshop bald vorbei. Maike befürchtete insgeheim, dass ihr Jan mit dieser Margriet in eine Künstlerkolonie durchbrennen könnte. Jan war in diesem kritischen Alter, wo viele Männer eine Midlife-Crisis bekamen.

KAPITEL 4

INSEL BORKUM, HOHES RIFF

Tamme Uden war ausgebildeter Wattführer, und heute sollte eine sehr besondere Führung stattfinden. Er hatte sich als Inselvogt verkleidet und wartete nun am Nordstrand auf die Teilnehmer.

Endlich war der letzte eingetroffen, und Tamme hieß seine kleinen und großen Gäste willkommen. »Guten Morgen, meine Damen und Herren, besonders auch die Kleinen, ich begrüße sie zu unserer etwas anderen Wattwanderung. Unsere Insel Borkum liegt weit entfernt vom Festland in der Nordsee. Für die Ordnung auf der Insel, insbesondere für die sehr sensiblen Strandbergungen, war der Inselvogt zuständig. Er war der verlängerte Arm des Amtes in Greetsiel. Oft stand der Inselvogt zwischen den Interessen der Borkumer und des Amtes und war deshalb nicht immer sehr beliebt.«

»Wann sind wir denn bei den Seehunden?«, wollte ein kleines Mädchen in der vordersten Reihe wissen.

»Da gehen wir gleich hin«, antwortete Wattführer Tamme und setzte sich in Bewegung. »Bitte folgen Sie mir.« Er wollte die Teilnehmer nicht zu lange warten lassen.

Ihr Ziel war die Seehundbank am Hohen Riff, dem Borkumer Riff. Der Wasserstand war nun optimal und der Weg dorthin gefahrlos möglich.

Tamme zeigte in westliche Richtung. »Dort liegt die Sandbank Hubertplate. Im Jahr 1688, genauer gesagt am 11.11., strandete dort das Schiff ›De Jonge Tobias van Dronten‹.«

»Dat war ja Karnevalsbeginn, woll«, stellte ein Teilnehmer aus dem Rheinland fest.

Dies war eine Steilvorlage für Tamme. »Das würde passen, das Schiff hatte auch Wein und Branntwein geladen!«

Alle lachten, und Tamme legte noch einen drauf. »Die beliebtesten drei Worte eines Borkumers kennen Sie?«

»Ich liebe dich«, sagte eine Frau neben ihm und klimperte ihn mit ihren Augen schmachtend an.

»Nein, verehrte Dame, nicht diese drei Worte, sondern ›Ship up Strand‹, also ›Schiff auf dem Strand‹«, erklärte Tamme.

»Da gab et wat zu holen, woll!« Wieder der Rheinländer von vorhin.

»Wie gesagt, das Schiff hatte Wein und Branntwein geladen, und die Borkumer nutzten die Gelegenheit und machten eine Riesensause beim gestrandeten Schiff. Alkohol war ja ausreichend vorhanden. Sie leerten in beachtlicher Geschwindigkeit ein großes Fass Branntwein.«

»Dat war sicher ne dolle Party, woll!«

»Ja«, bestätigte Tamme, »aber nun hatten sie ein Problem, weil ein volles Fass fehlte und das sicher bemerkt werden würde. So kamen sie auf die Idee, das Fass mit Seewasser aufzufüllen und beim Amt in Greetsiel abzugeben. Ein ehemaliger Strandvogt denunzierte jedoch den amtierenden und somit verantwortlichen Borkumer Strandvogt. Allerdings kam dann heraus, dass der Denunziant selbst mitgesoffen hatte. Sogar der Inselpastor war bei dem Gelage anwesend gewesen und hatte ordentlich zugelangt.«

Inzwischen waren sie in der Nähe des Borkumer Riffs angelangt. Die Laune war hervorragend, weil Tammes Döntjes gut ankamen. Nun gab es die ersten erfreuten Ausrufe, weil die mit Fernglas bewaffneten Touristen die Seehunde am Meeressaum entdeckt hatten.

Ein junger Mann sah durch ein modernes digitales Monokular mit großer Fernsicht und sagte: »Das ist ja ein merkwürdiger Seehund.«

Tamme nahm sein antikes Fernrohr und schaute in die Richtung.

»Damit werden Sie nicht so weit sehen, mit dem alten Ding, meine ich. Hier, nehmen Sie mal meins.«

Tamme nahm das Monokular und sah hindurch. Er war überrascht, wie nah er die entfernten Gegenstände heranzoomen konnte. Mit dem Blick folgte er dem Meeressaum und stutzte. Tatsächlich lag an einer Stelle auf der Sandbank kein Seehund, sondern … Tamme hielt die Luft an, weil er ahnte, was dort angespült worden war. Vermutlich trieb an der Wasserkante der Sandbank eine Leiche. Er wollte sich vergewissern und sagte zu seinen Teilnehmern: »Bitte bleiben Sie hier stehen, ich schau mir das aus der Nähe an.« Mit wackeligen Beinen ging Tamme los. Er fluchte. Mussten ausgerechnet sie bei seiner Wattwanderung eine Leiche auf dem Riff finden? Vielleicht war es auch etwas anderes und seine Augen hatten ihm einen Streich gespielt.

Mit jedem Schritt, den er näher kam, wurde deutlicher, dass er sich nicht getäuscht hatte. Schließlich stand er vor dem leblosen Körper und musste den Würgereiz unterdrücken. Die Leiche war übel zugerichtet. Über den nackten männlichen Körper verliefen parallele tiefe Schnittwunden, besonders schlimm war es am Kopf. Das Gesicht des Mannes war vollständig zerstört. Tamme Uden wusste genau, wodurch solche Wunden verursacht wurden: durch Schiffsschrauben, die Schnitte waren eindeutig. Der Mann war in den Sog einer oder mehrerer Schiffsschrauben geraten.

Tamme griff zum Telefon.

LEER, POLIZEIDIENSTGEBÄUDE

Das Telefon auf Maike Bronings Schreibtisch klingelte. Sie nahm den Hörer ab. »Kriminalpolizei Leer, Broning.«

»Hero Sluiter. Hallo, Maike, wie geht es euch auf dem Festland?«

»Hallo, Hero, wir haben alles im Griff. Und ihr?«

Hero Sluiter war der Chef der Polizeidienststelle auf der Insel Borkum, und die beiden kannten sich schon lange.

»Maike, wir haben eine angetriebene Wasserleiche auf der Sandbank Borkumriff. Ich habe mir das gerade vor Ort angesehen, echt übel.«

Wenn ein altgedienter Polizist wie Hero »echt übel« sagte, dann war die Auffindesituation bestimmt heftig, dachte Maike.

»Bei der Wasserleiche handelt es sich um eine männliche Person. Und das ist auch schon fast alles, was wir mit

Bestimmtheit sagen können. Der Körper ist furchtbar entstellt, insbesondere der Kopf.«

»Verwesung?«, hakte Maike nach.

»Auch, aber es sieht so aus, als ob der Mann in eine Schiffsschraube geraten ist. Die Verletzungen sind gleichmäßig und verlaufen parallel zueinander.«

Maike hatte diese Art von Verletzungen schon oft an Wasserleichen gesehen. Die rotierenden Schiffsschrauben verursachten ein typisches Schnittbild am Körper. »Hero, vielleicht trieb die Leiche in der Fahrrinne der Westerems, bevor sie am Hohen Riff angespült wurde. In der Fahrrinne herrscht viel Schifffahrtsverkehr.«

»Ja, das könnte passen. Die Leiche wurde an der Westseite des Riffs gefunden. Wegen der erheblichen Verletzungen wird es nicht einfach sein, den Mann zu identifizieren. Er war nackt, und auf den ersten Blick habe ich auch keine markanten Tätowierungen oder so festgestellt.«

Maike wollte fragen, ob sie auf der Insel eventuell einen Vermisstenfall bearbeiteten, aber daran hatte Hero als Polizeiurgestein bestimmt schon gedacht.

Der Kollege konnte wohl Gedanken lesen, denn er sagte: »Auf der Insel haben wir keine Meldung über Vermisste, und bei der Wasserschutzpolizei habe ich mich auch schon informiert, ob ein Seemann über Bord gegangen ist. Alles negativ!«

»Soll ich rüberkommen?«, fragte Maike.

»Bisschen umständlich, wegen mir brauchst du nicht zu kommen«, antwortete Hero. »Wir haben hier eine Kollegin zur Sommerverstärkung, die vor Kurzem einen Spurensicherungslehrgang absolviert hat. Eine Tomke Rabenstein aus Hameln, sehr tüchtig. Sie ist bereit, die Spurensicherung an der Wasserleiche durchzuführen. ›Bereit‹ trifft es nicht ganz – wir konnten sie kaum bremsen, als sie von der

Leiche erfuhr. Sie wollte sofort losstürmen, aber mir war es wichtig, vorher kurz mit dir zu sprechen.«

»Traust du ihr diesen Job zu?«, hakte Maike nach.

»Wir hatten schon viele Kollegen zur Verstärkung auf der Insel, aber diese Tomke hat sehr viel Potenzial. Ja, sie kann es, wir sollten ihr eine Chance geben.«

»Okay, Hero, dann machen wir das so.«

»Maike, wegen dem Abtransport der Leiche: Ein Bestatter aus Leer hat heute einen verstorbenen Kapitän zur Insel gebracht. Über den Inselfunk hat er wohl von der Leiche erfahren und gefragt, ob er sie mit aufs Festland nehmen soll. So hätte er keine Leerfahrt. Ganz schön makaber.«

»Wie heißt denn die Firma?«, wollte Maike wissen.

»Bestattung Erdmann aus Leer.«

»Die kennen wir sehr gut«, sagte Maike. Ihr Kollege Stefan Gastmann war mit Bekky Erdmann, der Tochter des Bestatters Siegmund Erdmann, verheiratet. Maike überlegte einen Moment. Für die Ermittlungen wäre es gut, die Leiche so schnell wie möglich zum Rechtsmedizinischen Institut in Oldenburg zu transportieren. »Hero, das geht in Ordnung, er soll die Leiche mitnehmen. Ich kümmere mich von hier aus um alles.«

»Super, Maike, Tomke steht schon in den Startlöchern. Sie meldet sich dann später bei dir.«

»Danke, Hero. Eine vernünftige Lösung. Deshalb komme ich auch vorerst nicht auf die Insel.«

»Das geht in Ordnung. Was willst du dir hier auch ansehen? Die Stelle, an der die Leiche angespült wurde, ist unter Wasser, bevor du eintreffen würdest.«

Maike verabschiedete sich von Sluiter und legte den Hörer auf. In Gedanken war sie nun bei der Kollegin auf der Insel Borkum.

INSEL BORKUM, HOHES RIFF

Als sich Tomke Rabenstein der Wasserleiche näherte, kam ihr ein Kollege mit blassem Gesicht entgegen. Der junge Mann zeigte in die Richtung, wo ihr Vorgesetzter Hero Sluiter am Strand stand. Sluiter hielt Abstand zu dem Toten an der Wasserlinie. An seiner Körperhaltung merkte sie, dass auch er sich am liebsten abwenden würde. Doch das war das Los der Polizisten: Wo andere vor Entsetzen wegliefen, mussten sie genau hinschauen. Selbst nach ein paar Jahren bei der Schutzpolizei war das für Tomke nicht immer einfach.

Jetzt nahm sie den leichten Verwesungsgeruch wahr, welcher sich mit der rauen Meeresluft vermischte. Sie griff in ihre Hosentasche und holte ein Fläschchen Pfefferminzöl heraus. Mit dem Finger strich sie sich etwas von dem Öl unter die Nase. Der Geruch war so besser auszuhalten.

Hero Sluiter hatte sie bemerkt und kam auf sie zu. »Moin, Tomke, super, dass du dich freiwillig für den Job gemeldet hast.«

»Der Spurensicherungslehrgang soll ja nicht umsonst sein. Ich hab auch alles dabei, was ich benötige.«

»Deine erste Leiche?«, wollte Sluiter wissen.

»Zumindest meine erste Wasserleiche. Aber keine Sorge, ich trau mir das zu.«

»Okay«, sagte Sluiter. »Ich hab inzwischen mit unserer Kollegin Maike Broning telefoniert.«

Nun wurde Tomke doch etwas nervös. Maike Broning kannte jeder bei der Polizei. Sie war ein Vorbild für alle Polizistinnen. Sie schaffte es, von allen respektiert zu werden. Sie und ihr Mann Jan Broning hatten in den letzten Jahren spektakuläre Fälle gelöst. Trotzdem war Maike nicht eingebildet, immer hilfsbereit und unkompliziert. Jan und Maike Broning hatten sich im Dienst kennengelernt und geheiratet. Tomke konnte sich auch gut vorstellen, einen Kollegen zu heiraten, da wäre das Verständnis für den Beruf größer. Zu oft nahm man Sorgen und Nöte aus dem Dienstalltag mit nach Hause. Für Lebenspartner, die keine Polizisten waren, war dies schwer zu ertragen, weil die Kluft zwischen den jeweiligen Berufsleben sehr groß, oft zu groß, war.

Die Stimme ihrer Chefs unterbrach ihre Gedanken. »Tomke, die Flut wird bald einsetzen. Wir müssen die Leiche aus dem Flutbereich bergen, bevor sie wieder davontreibt. Und davor alles so schnell wie möglich spurensicherungstechnisch untersuchen. Bis die Kollegen von der Kripo hier erscheinen, sind alle Spuren zerstört.«

Tomke nickte. »Ich verstehe, fange sofort an.«

»Danke. Ach, und Tomke: Die Kollegin Maike Broning bittet darum, angerufen zu werden, sobald du dir einen Überblick verschafft hast. Die Kontaktdaten habe ich auf dein Smartphone gesendet. Wir sperren den Fundort weiträumig ab, dann kannst du vernünftig arbeiten.«

»Danke, Hero!« Tomke zwängte sich in den hellblauen Overall, zog Überschuhe an und griff nach ihrem Spurensicherungskoffer. Sie ging auf die Wasserleiche zu und atmete bewusst durch den Mund. Der Anblick schockte sie doch für einen Moment. Der Körper des Mannes war übel zugerichtet. Parallele, längliche Wunden bildeten ein gleichmäßiges Muster auf der weißen Haut. Den Kopf, insbesondere das Gesicht, durchzog ein besonders tiefer Schnitt. Es war schwer zu erkennen, wie der Mann einmal ausgesehen hatte. Tomke bückte sich an der Seite der Leiche und sah sie sich aus der Nähe genau an.

Seltsam, der Mann hatte keinen Schaumpilz am Mund. Solch ein Schaumpilz war ein typisches Zeichen für einen Ertrinkungstod. An der Stirn, am Handrücken, den Knien und an den Fingerspitzen sah sie Treibspuren. Die Haut war dort zum Teil abgescheuert. Diese Spuren entstanden, weil eine Leiche im Fließgewässer meistens mit dem Rücken nach oben trieb und Beine und Arme nach unten hingen. Im flachen Wasser rieben sie über den Grund oder das Ufer, wodurch es zu dieser Art von Verletzung kam. Neben den Treibspuren nahm Tomke die für Wasserleichen typische Waschhaut an Händen und Füßen wahr, aber Leichenwachs konnte sie noch nicht feststellen. Der Körper war durch die sich bildenden Verwesungsgase aufgedunsen, weshalb er auch an der Oberfläche getrieben war.

Tomke arbeitete sehr konzentriert. Dies war die Chance, auf die sie gewartet hatte, und sie wollte es nicht versauen. Sie nahm die Digitalkamera aus dem Koffer und fotografierte sich immer näher an die Leiche heran, wie sie es beim Lehrgang gelernt hatte. Sie nahm Tüten, steckte die Hände des Toten hinein und band die Tüten am Handgelenk fest. Als sie die Leiche berührte, entschuldigte sie sich in Gedanken. Wir wollen wissen, wer du bist. Mit den Tüten können wir verhindern, dass deine Hände beim Transport noch mehr beschädigt werden. »Beschädigt« klingt ziemlich sachlich, dachte sie. Aber so war das nach dem Tod, man wurde zu einer Sache, zu einem Gegenstand.

Tomke bemerkte selbstkritisch, dass ihre Gedanken etwas irrational wurden, vermutlich durch den direkten Kontakt mit der Leiche. Sie bekam eine leichte Gänsehaut und beschloss für sich, immer daran zu denken, dass die

Würde des Toten nicht verletzt werden durfte. Sie drehte den Körper zur Seite und entschuldigte sich wieder leise. Nur gut, dass sie allein war. Was hätten die Kollegen von dieser speziellen Zwiesprache gehalten?

Sie sah sich den Körper genau an und machte weitere Fotoaufnahmen. Dabei sprach sie in Gedanken weiter mit dem Toten: Was ist mit dir passiert, wer bist du?

Auch am Rücken waren die parallelen Verletzungen zu sehen. Tomke war sich sicher, dass der Mann in eine Schiffsschraube geraten war. »Hoffentlich warst du da schon tot«, sagte sie leise.

Sie legte den Mann wieder in die Rückenlage und sah sich das Gesicht noch einmal an. Vorsichtig zog sie die Haare an der Stirn zurück und bemerkte eine Delle im Schädel. War diese Delle auch durch eine Schiffsschraube verursacht worden? Die Obduktion würde diese und viele weitere Fragen hoffentlich beantworten.

Tomke stand auf und sah sich um. Neben Sluiter standen eine schöne Frau mit einem langen schwarzen Mantel und ein älterer Mann, ebenfalls schwarz gekleidet. Vor ihnen ein Zinksarg mit langen Griffen. Es handelte sich vermutlich um die Bestatter, welche die Leiche abholen sollten. Tomke öffnete den Schutzanzug, zog die Handschuhe aus und holte ihr Handy aus der Hosentasche. Sluiter hatte ihr die Telefonnummer von Maike Broning gemailt. Sie drückte die grüne Taste und hörte, wie die Verbindung hergestellt wurde.

»Broning, Kriminalpolizei Leer.«

»Moin, hier ist Tomke Rabenstein. Ich bin eine Kollegin von der Polizeistation Borkum.«

»Sie sind bei der angetriebenen Wasserleiche am Borkumriff, oder?«, wollte Maike Broning wissen.

»Genau. Ich habe sie mir inzwischen angesehen und möchte einen ersten fernmündlichen Bericht durchgeben«, sagte Tomke etwas zu formell. »Den Tatortbefundbericht schreibe ich nachher.«

Maike Broning brach das amtliche Eis, indem sie Tomke mit dem Vornamen ansprach. »Tomke, ich darf Sie hoffentlich duzen?«

»Natürlich, Frau Broning!«

»Maike für dich. Also, Tomke, wie sieht es aus?«

Tomke berichtete, wie sie bis jetzt vorgegangen war und was sie festgestellt hatte. Maike stellte noch einige Fragen, und Tomke beantwortete diese, so gut sie konnte.

Offensichtlich war Kollegin Broning zufrieden, denn sie sagte: »Tomke, gute Arbeit, war bestimmt nicht einfach. Wasserleichen sind sehr speziell.«

»Ich bin in einer Schlachterei groß geworden. Von daher macht es mir nicht so viel aus wie den Kollegen.«

»Jedenfalls hat Sluiter Glück, eine so gute Ermittlerin an seiner Seite zu haben.«

Tomke freute sich sehr über das Lob der erfahrenen Kollegin, und deshalb traute sie sich, eine Frage zu stellen, die sie sehr bewegte. »Maike, es wäre schön, wenn ich erfahren könnte, wie es mit ihm, also mit der Leiche, weitergeht.« Sofort ärgerte sie sich über ihr dummes Gerede. Was sollte Maike von ihr denken?

»Ich werde dich auf dem Laufendem halten. Das meinst du doch, oder?«

»Ja. Aber vielleicht ist das nicht angebracht, weil ich nur ausgeholfen habe und es nicht mein Fall wird.«

»Ich finde es gut und richtig, dass dich das interessiert«, antwortete Maike. »Du bist noch relativ neu in unserem Beruf und noch nicht so abgestumpft. Mit den Dienstjahren ändert sich das leider oft. Man sieht die Toten nur noch als Kriminalfälle und verdrängt ihr Schicksal. Es gibt Polizisten, die machen blöde Witze am Tatort, angeblich Polizistenhumor.«

»Das würde ich nie machen«, sagte Tomke sehr ernst.

»Ich auch nicht. Aber dieses Verhalten ist eine Art Selbstschutz. Man möchte das Schicksal nicht zu nah an sich heranlassen, möchte Abstand halten und seinen Kleinkosmos zu Hause bewahren. Die große Menge der Schicksalsschläge würde einen erdrücken. Also ... bleib so, wie du bist. Ich gebe dir Schreibberechtigung für den Vorgang, dann kannst du den Ermittlungsstand einsehen.«

Die Verbindung wurde beendet, und Tomke war nun sehr erleichtert. Anscheinend war ihr großes Vorbild mit ihrer Arbeit zufrieden. Natürlich würde sie genau verfolgen, wie die weiteren Ermittlungen verliefen. Tomke hoffte, dass sie irgendwann einmal mit Maike Broning zusammen ermitteln würde.

LEER, POLIZEIDIENSTGEBÄUDE

Maike legte den Hörer auf und dachte kurz daran, dass sie selbst einmal so jung und engagiert wie Tomke gewesen war. Auch sie hatte ihre Arbeit möglichst perfekt erledigen wollen. Aber Perfektion war schon aufgrund der hohen Anzahl der zu bearbeitenden Vorgänge nicht immer möglich. Maike sah auf den Aktenberg auf ihrem Schreibtisch und zog eine Schnute. Die Bürokratie nahm immer mehr zu, zu viel Zeit ging dafür drauf. Die Hoffnung, dass die digitale Vorgangsbearbeitung ihr die Arbeit erleichtern würde, hatte sie schon lange aufgegeben.

Neulich hatte sie sich mit Jan darüber unterhalten, ob sie diesen Beruf noch einmal wählen würden. Früher war es so gewesen, dass die Kinder von Polizisten später auch zur Polizei gingen. Dies hatte sich inzwischen geändert. Maike konnte sich etwas Besseres für ihre Tochter Antje vorstellen, als wie Tomke die erste Untersuchung einer Wasserleiche durchzuführen. Antje hatte die hohe Sensibilität von ihrem Vater geerbt, und der hatte schon schwer genug daran zu tragen. Es war nur gut, dass die jungen Polizisten nicht wussten, was auf sie zukam. Schreckliche Situationen, in denen sie Gewalt anwenden mussten. Aggressive Strafverteidiger vor Gericht, die ihre Glaubwürdigkeit infrage stellen wollten. Vorgesetzte, die ihnen keine Rückendeckung gaben und jede Maßnahme, die sie in Eile am Tatort getroffen hatten, später vom Schreibtisch aus in aller Ruhe zerpflückten. Besonders schrecklich war die Benachrichtigung von Angehörigen bei Todesfällen oder die Rettung von Frauen und Kindern vor betrunkenen, prügelnden Ehemännern. Außerdem waren da noch die polizeibekannten Ganoven, die nach schwierigen Ermittlungen festgenommen worden waren und schon am nächsten Tage mit dem Stinkefinger an der Wache vorbeigingen. Alles zusammen ergab zu viele Abgründe, in die sie täglich sahen.

Nein, Antje würde hoffentlich einen anderen Beruf ergreifen.

Maike bemerkte, dass ihre Laune im Keller war, und sie beschloss, ihre Kollegen Onno Elzinga und Klaas Leitmann eine Etage unter ihr zu besuchen. Die zwei verstanden es, ihre Stimmung zu heben, es sei denn, sie kibbelten wieder gegeneinander an.

Sie stellte ihr Telefon auf Rufumleitung und ging über die Treppe in die dritte Etage ins Büro von Onno und Klaas. Als sie das Büro betrat, stieg ihr ein merkwürdiger Geruch in die Nase.

»Hallo, ihr beiden, ist hier was angebrannt?«

Klaas und Onno hoben synchron die Hand zur Begrüßung.

»Hallo, Maike. Ja, dieser fiese Geruch. Ich sag nur Unkenbrühe«, stellte Klaas fest und hielt sich theatralisch die Nase zu.

»Von wegen Unkenbrühe, das ist Heiltee, lieber Kollege«, sagte Onno und hielt einen Thermobecher hoch.

»Riecht aber ein wenig speziell«, erwiderte Maike.

»Sag ich doch, Unkenbrühe«, meinte Klaas. »Da sind getrocknete Frösche drin. Onno trinkt das Zeug den ganzen Tag, da kann einem der Appetit vergehen.«

»Das wäre das erste Mal in deinem Leben, lieber Klaas. Darf ich dir ein Tässchen anbieten?«

»Soll ich hier etwa aus dem Fenster speien?«

Maike musste lachen über diese wiederholte Darbietung des alten Ehepaares Onno und Klaas. Ihre Laune verbesserte sich sofort.

Die beiden Kollegen sahen sie mit zugekniffenen Augen an.

»Sag mal, Onno, kann es sein, dass wir gerade ausgelacht werden von dieser frechen Kollegin?«

Maike hob die Hände. »Das würde ich niemals wagen! Gibt es hier einen Kaffee?«

Klaas stand auf, und der Bürostuhl blieb kurz an seinem sehr fülligen Körper hängen. Onno holte tief Luft und wollte dazu einen Kommentar abgeben, entschied sich aber dagegen, als er Klaas' grimmigen Gesichtsausdruck bemerkte.

In der Vergangenheit waren Jan, Maike, Stefan, Klaas und Onno durch dick und dünn gegangen. Gemeinsam hatten sie schwierige Fälle gelöst und gefährliche Situationen überstanden. Dieses gemeinsam Erlebte hatte sie zusammengeschweißt, und sie vertrauten sich absolut. Man kannte sich wie in einer Familie und wusste um die Stärken und Schwächen der anderen.

Maike war nun mit Onno allein im Raum.

Onno hielt den Becher hoch. »Stefans Bekky hat mir einen Schamanen empfohlen, und der hat mir einen Tee zusammengestellt. Und nein, Frösche sind nicht drin.«

»Hilft es denn wenigstens? Schmeckt das Zeug so, wie es riecht?«, wollte Maike wissen.

»Ich habe ständig leichtes Kopfweh, aber das soll normal sein. Und wie es schmeckt …« Onno verzog sein Gesicht. »Kannst gerne mal probieren.«

»Nee, lass man stecken, Kaffee ist mir lieber.«

Klaas betrat mit einem Tablett das Büro und verteilte die Tassen. Nun wurde es Zeit für den Büroklatsch oder den Treppenfunk, wie das Aufarbeiten von Neuigkeiten und Gerüchten genannt wurde.

Maike berichtete von Jans künstlerischer Laufbahn und der angetriebenen Wasserleiche.

Onno stöhnte gequält auf. Er war jahrzehntelang bei der Wasserschutzpolizei gewesen, und die Erinnerungen an die etlichen geborgenen Wasserleichen tauchten wie Gespenster in seinem Kopf auf. »Wasserleichen sind entsetzlich«, sagte er. »Tote bei Verkehrsunfällen sind auch schlimm, aber Wasserleichen – das ist eine andere Hausnummer. Einmal, natürlich gerade zur Mittagszeit, trieb so eine Wasserleiche ans Ufer und wir wollten sie aus dem Wasser ziehen. Ich pack also den Fuß und zieh dran, in diesem Moment löst sich der Schuh mit einem schmatzenden Geräusch. Ich dachte, ich hätte dem Kameraden den Fuß abgetrennt, aber zum Glück war es tatsächlich nur der Schuh.«

»Konntet ihr danach noch zu Mittag essen?«, wollte Klaas wissen.

»Ja, der Kollege hatte Rouladen zubereitet und wäre enttäuscht gewesen, wenn wir die verschmäht hätten«, antwortete Onno.

»Sehr vernünftig«, kommentierte Klaas.

»Was gibt es Neues aus der Abteilung Betrug?«, fragte Maike, um das Thema nicht noch weiter auszudehnen.

Onno und Klaas arbeiteten in der Abteilung Betrugswesen, oder wie Onno es nannte: Betrugsunwesen. Die Delikte in diesem Bereich nahmen immer mehr zu. Die Beweisführung war oft schwierig, die dreifache Kausalkette musste vor Gericht wasserdicht sein.

»Häufig geht es um Internetbetrug. Die Ermittlungen gestalten sich zäh, denn im Internet ist alles schwer nachzuvollziehen«, antwortete Onno. »Dann sind da noch diese fiesen Betrüger, welche unsere Senioren mit dem Enkeltrick aufs Kreuz legen.«

»Außerdem macht uns die Niedrigzinspolitik das Leben schwer«, erklärte Klaas.

Maike sah ihren Kollegen fragend an.

»Ja, Maike, die Kleinsparer bekommen nichts mehr für ihre Geldanlagen. Neuerdings sind sogar Negativzinsen im Gespräch.«

»Wem sagst du das, Jan und ich sind auch schon am

Überlegen, was wir mit unseren paar ersparten Kröten machen sollen, um die Inflation auszugleichen.«

»Genau da liegt das Problem«, sagte Onno. »Weil die Banken keine interessanten Angebote mehr machen, suchen sich die Leute andere lohnende Geldanlagen. Betrüger wissen das natürlich und nutzen die Verhältnisse aus.«

»Schneeball- oder Pyramidensystem«, fügte Klaas hinzu.

»Ein einziges Elend, wenn du damit zu tun hast.« Onno schüttelte genervt den Kopf. »Diese Systeme gibt es schon lange, nur immer anders getarnt. Mal sind es Warentermingeschäfte, dann Immobilien oder, wie im Moment auch angesagt, Geldanlagen wie Gold.«

»Schneeballsystem passt eigentlich besser als der Name Pyramidensystem«, sagte Klaas nachdenklich.

»Ist doch dasselbe«, bemerkte Onno. »Der an der Spitze der Pyramide verdient, und nach unten hin werden die Gewinnchancen immer geringer. Eine breite Basis, die Geld verliert.«

»Ich mein nur, wenn ein kleiner Schneeball an einem Hang ins Rollen gerät, wird aus ihm nur eine große Schneekugel, weil immer mehr Schnee an ihm haften bleibt. Genauso braucht dieses Geschäftsmodell immer mehr Teilnehmer, um große Gewinne zu erzielen. Die Leute, die darauf reinfallen, ruinieren nicht nur sich selbst, sondern auch ihre Familie, Freunde und Bekannten. Sie überreden sie einzusteigen, und werden von der Lawine überrollt, wenn die Blase platzt. Diejenigen, die den Schneeball ins Rollen gebracht haben, kommen als reiche Leute davon, sofern sie nicht erwischt werden. Alle anderen sind pleite und brauchen sich nirgendwo mehr blicken zu lassen.«

Maike schüttelte den Kopf. »Ich verstehe die Leute nicht, die da mitmachen.«

»20 Prozent Rendite werden versprochen. Da kann man schon schwach werden«, meinte Onno.

»20 Prozent Rendite? Da klingeln doch schon alle Alarmglocken! Eine Gewinnaussicht von 20 Prozent ist einfach nicht möglich. Die Gretchenfrage ist doch immer gleich: Warum soll ein Händler …«

»… andere beteiligen, wenn er so viel Gewinn einstreichen kann?«, vollendete Onno Maikes Satz.

»Die Gier besiegt die Vernunft, und peng, ist die Kohle futsch.«

Maike nickte. »Schön gesagt, Klaas, du hast den Nagel auf den Kopf getroffen.«

Onno führte weiter aus: »Der Anleger ahnt anfangs nicht, dass es sich um faule Geschäfte handelt. Auch wenn er sein Umfeld jetzt schon überredet mitzumachen, kann man ihm zumindest strafrechtlich wenig vorwerfen. Aber, und dieses Aber ist großgeschrieben, irgendwann merkt er, dass er reingelegt wurde und sein Geld nur zurückbekommen kann, wenn er in der Hierarchie der Pyramide nach oben steigt, dorthin, wo die Gelder fließen, die unten eingesammelt werden. Überzeugt er jetzt möglichst viele Personen, auf das sinkende Schiff einzusteigen, um selbst zu verdienen, wird er vom Opfer zum Täter.«

»Das nachzuweisen, ist schwer, manchmal unmöglich«, fügte Klaas hinzu. »Diese Schneeballsysteme funktionieren nur, wenn die Anleger keinen Verdacht schöpfen, solange sie noch nicht investiert haben. Eine Firma wird gegründet, Hochglanzprospekte werden gedruckt und man sucht sich Personen, die für die neue Anlageform werben, Strohmänner oder besser gesagt: Sündenböcke. Die ersten Anleger sind zunächst vorsichtig und setzen nur geringe Summen ein. Und dann wird es richtig fies. Den vorsichtigen ersten Anlegern zahlt man tatsächlich 20 Prozent Gewinn aus.«

»Und die werden daraufhin gierig und steigen mit größeren Summen ein?«, fragte Maike.

»Genau. Es darf nur keiner das Gold sehen wollen, dass er angeblich gekauft hat«, antwortete Onno. »Weil es das natürlich nicht gibt. Aktuell haben wir ernstzunehmende Hinweise, die vor Betrügern aus dem Süden warnen, die bei uns im Norden aufschlagen könnten. Vermutlich sind die im Süden verbrannt und versuchen es nun hier.«

»Ja, ihr habt es wahrlich auch nicht einfach«, stellte Maike fest und stand auf. »Dann will ich euch nicht länger aufhalten.«

Nachdem sie sich verabschiedet hatte, ging sie in ihr Büro, sah auf den überquellenden Schreibtisch und atmete tief durch. Der Aktenberg musste erst einmal warten. Sie griff zum Telefon und wählte die Nummer von Staatsanwalt Gruhlich in Aurich. Kurz dachte sie an Jan. Der hatte es gut. Anstatt sich mit Leichen und Betrügern zu beschäftigen, widmete er sich den schönen Künsten.

KAPITEL 5

NIEDERLANDE, BELLINGWOLDE, ATELIER GRAVIUS

Jan Broning stand vor der großen Scheune an einem grob gezimmerten Podest. Darauf war mit großen Schraubzwingen ein Holzklotz befestigt. Es handelte sich um Nadelholz, vermutlich Douglasie. Ein problematisches Holz zum Schnitzen, weil die langen Holzfasern schwer zu kontrollieren waren. Immer wieder rutschte der Stechbeitel zu weit ins Material, und Jan fluchte jedes Mal leise, wenn sich ein langer, ungewollter Span bildete.

Neben Jan arbeiteten die anderen drei Künstler. Der schlanke Sjurd aus Harlingen, der Nordholländer Henk und die schöne Margriet. Die drei Männer bearbeiteten jeweils einen Holzblock auf einem Podest. Margriet hatte eine andere Technik gewählt. Sie formte zunächst aus Draht ein Skelett für ihre Skulptur und befestigte anschließend daran ein spezielles Material, das aussah wie Kinderknete.

Jan schüttelte genervt seinen Kopf, als sein Stechbeitel schon wieder zu tief ins Holz eindrang. An dieser Stelle würde ihm nun das Material fehlen.

»Scheißholz!«, fluchte auch Henk. »Damit kann man doch nicht arbeiten!«

»Hast recht, Henk, aber vielleicht ist nur die äußere Schicht so problematisch«, vermutete Jan.

»Ihr seid zu verwöhnt«, stellte nun Sjurd fest. »Ihr hättet wohl lieber abgelagertes Lindenholz. Man muss mit dem klarkommen, was man hat. Ich arbeite sonst mit Holz, das bei uns am Strand angespült wird, das ist auch nicht ohne.«

»Du bist ein echter Strandräuber, ein Jutter, wie er im Buche steht«, sagte Henk mit einem Lachen. »Gelobt sei der Strand und der Schlaf des Strandvogtes.«

»Du hast wahrscheinlich immer die besten Materialien für deine Galionsfiguren?«, fragte Sjurd.

»Allerdings, ich benutze Waterhout aus Lemmer«, antwortete Henk. »Die Holzstämme liegen vor der Verarbeitung viele Jahre im Wasser. Dadurch wird dieses Wasserholz sehr haltbar.«

»Das ist bestimmt teuer?«, wollte Jan wissen.

»Ja, allerdings. Aber es lohnt sich, ich kann dir ja mal die Adresse geben.«

Hinter Jan sagte Harm Gravius: »So, die feinen Damen und Herren Künstler, Zeit für eine Pause, de Koffie is klar.«

Jan legte Hammer und Beitel auf das Podest und ging zum großen Tisch in der Scheune. Kaffeetassen und Kekse wurden verteilt. Jan unterhielt sich mit den anderen über verschiedene Holzsorten und Werkzeuge. Dabei ließ er seine rechte Schulter kreisen, weil sie etwas schmerzte. Margriet stand auf, stellte sich hinter Jan und begann seinen Nacken und seine Schulter zu massieren. Sofort wurde gespottet und gelacht, und natürlich wollte jeder mal behandelt werden.

Jan schloss genießerisch seine Augen und dachte, wie schön das Leben manchmal sein konnte. Ein Leben als Künstler konnte er sich gut vorstellen, in Gesellschaft netter Kollegen, die für ihre Kunst lebten. Keine Kriminellen, keine Straftaten und keine Abgründe. Sozusagen ein Tausch, Positives gegen Negatives und Kreativität gegen Raffgier. Ja, so ein Leben wäre wunderbar.

Die vielen Dienstjahre hatten Spuren bei ihm hinterlassen. Fast hatte er vergessen, dass es auch Menschen wie Sjurd, Henk, Harm und Margriet gab. Die Lebenszeit auf Erden war begrenzt, und viel zu viel davon musste er sich mit schlechten Menschen befassen. Zum Glück hatte er seine Familie in Ditzum als Ausgleich und jetzt diese Tage mit seinen netten Künstlerkollegen.

»Margriet, ich muss schon sagen, du hast enorm kräftige Finger«, stellte Jan fest.

»Aber sie können auch sehr zärtlich sein«, raunte sie ihm mit rauchiger Stimme ins Ohr.

Wieder gab es lautes Lachen in der Runde.

Jan lachte mit und schüttelte gleichzeitig den Kopf über die verrückte Situation. Was Maike wohl dazu sagen würde, insbesondere zu den Annäherungsversuchen von Margriet? Davon sollte er ihr besser nichts erzählen.

»Prost, ihr Scheißkünstler!«, rief Harm Gravius und hob seine Kaffeetasse.

Über so viel Selbstironie konnte Jan nur staunen. Dies wäre ein schöner Moment, um die Zeit anzuhalten, aber Jan wusste, dass die Uhr im Alter immer schneller tickte. Nichts währte ewig, alles war im Fluss. Er nahm sich vor, diese schönen Erinnerungen möglichst lange zu bewahren.

»Hör mal, Harm, erst das miese Holz und jetzt auch noch keinen Zucker mehr. Du sparst auch an allem«, meinte Henk gut gelaunt.

Harm wollte schon aufstehen, aber Jan hielt ihn auf. »Bleib sitzen, Harm«, sagte er, »ich muss sowieso kurz mal wohin. Ich bring Zucker mit.« Jan wollte die Gelegenheit nutzen, um sich etwas im Haus umzusehen. Schließlich war er hier, um verdeckt zu ermitteln, auch wenn es ihm schwerfiel, sich darauf zu konzentrieren.

Er nahm die leere Zuckerdose und ging durch die Scheune in Richtung des vorderen Wohntraktes. Als er den Flur zwischen Scheune und Wohntrakt betrat, glaubte er, Geräusche aus der Küche zu hören. Es klang wie das Schluchzen einer Frau. Er näherte sich der Küchentür, doch da verstummten die Geräusche. Jan klopfte und betrat nach kurzem Zögern den Raum.

Theodora Gravius saß an einem großen Küchentisch und hielt beide Hände vor ihr Gesicht. Als sie aufschaute, bemerkte Jan, dass sie geweint hatte. Dora schnäuzte sich und wischte sich unsicher über die Augen. Vor ihr auf dem Tisch lagen etliche Zettel und Papiere. Ein Blatt trug die rote Aufschrift »Letzte Mahnung«.

»Kann ich Ihnen helfen?«, fragte Jan.

Von ihrer hochnäsigen Art war nicht mehr viel übrig, als sie sagte: »Wenn Sie mir eine Million Euro schenken können, gerne!«

»So schlimm?« Jan sah zu den Papieren auf dem Tisch.

Ihre Gesichtszüge verhärteten sich. »Künstler sind liebe Menschen, aber leider auch etwas weltfremd. Nehmen Sie zum Beispiel Harm, er hat mir gerade vorgeworfen, billiges Holz für den Workshop besorgt zu haben. Glauben Sie etwa, ich wüsste nicht, dass es besseres Holz gibt? Es muss aber bezahlt werden können. Das ist die bittere Realität, von der er nichts wissen will. Mir steht das Wasser bis zum Hals!« Sie zeigte auf die Papiere. »Rechnungen und Mahnungen. Der ganze Hof ist von der Bank finanziert, und die Zinsen sind enorm. Dann die hohen

Heizkosten – die Räume sind schlecht isoliert und haben hohe Decken.«

»Aber Ihr Mann Harm ist doch ein bekannter Künstler und …«

Theodora unterbrach ihn. »… und da dürfte Geld kein Thema sein? Das dachte ich auch mal. Der werte Künstler kann sich jedoch schlecht von seinen Werken trennen. Nein, ein Kaufmann ist mein Harm nicht, und jetzt sitzen wir in der finanziellen Patsche.«

Jan bemerkte, wie verzweifelt Theodora war. Und wenn Menschen verzweifelt sind, machen sie manchmal dumme Sachen.

»Geben Sie mir die Dose!« Ihre Stimme klang ironisch. »Zucker ist ja zum Glück billig.«

KAPITEL 6

LEER, SPORTBOOTHAFEN

Bernd Bäke stand vor dem offenen Kofferraum von Lambergs Mercedes, in dem sich Kartons mit erlesenen Getränken und eine Kiste voll Lebensmittel befanden, auch diese natürlich vom Feinsten.

Bernd fluchte, weil er wieder die Arschkarte gezogen hatte. Die drei anderen, der Chef Ferdinand Lamberg, dessen Stellvertreter Werner Woland und Volker Homming, der sich um das Marketing kümmerte, saßen im kleinen Salon von Lambergs Jacht und dachten nicht im Traum daran, ihm zu helfen. Er durfte die Drecksarbeit machen, wie immer, während die anderen Sekt soffen.

Bernd klemmte sich unter jeden Arm einen Karton und ging vom Parkplatz des Seglervereins zum Anleger, an welchem Lambergs große Jacht mit dem Namen »Sirene« lag. Hier war die »Sirene« mit Abstand das größte Sportboot. Ein Bullauge zum Anleger hin stand etwas offen, und so konnte Bernd Wortfetzen vom Gespräch im Salon hören.

»Wir haben die Schallmauer von einer Million überschritten«, stellte Lamberg mit zufriedenem Unterton fest. »In den letzten Tagen wurden auch größere Summen angelegt.«

»Es war richtig, den vorsichtigen Investoren sofort eine ordentliche Rendite zu überweisen«, bestätigte Lambergs

Stellvertreter Werner Woland. »Alle Anleger haben inzwischen Blut geleckt, und wie wir es vorausgesehen haben, werden sie gierig und unvorsichtig.«

»Ich habe versucht, einige neue Interessenten anzuwerben, aber ich habe festgestellt, dass es erste Gerüchte gibt. Die Leute warten auf ihre Dividenden und werden misstrauisch.« Dies war die Stimme von Volker Homming. Homming hatte die besten Verbindungen und einen ausgezeichneten Ruf bei den Reichen in Leer und Umgebung.

Bäke schüttelte den Kopf. Was würden diese betuchten Leute von Homming denken, wenn sie erführen, dass er pleite war? Tja, im Casino zocken und dann noch die teuren Drogen – das waren kostspielige Hobbys.

Bernd konzentrierte sich wieder auf die Männer in der Jacht, denn Lamberg sprach weiter: »Volker, du hast hoffentlich schon den Ausstiegsplan fertig? Sobald die Blase platzt, beenden wir das Ganze. Ihr wisst ja, man soll aufhören, wenn es am besten läuft.«

Als Bernd dies hörte, rutschte ihm vor Schreck ein Karton aus dem Arm und polterte auf den Anleger.

Sofort wurde nicht mehr gesprochen, und Bernd stellte die Kartons an Deck der Jacht ab. Mit wackeligen Knien ging er schnell zurück zum Parkplatz und setzte sich auf den Rand des offenen Kofferraumes. Bernd Bäke war geschockt, als er über das Gehörte nachdachte. Das konnte und durfte nicht wahr sein! Die Satzfetzen »Ausstiegsplan« und »die Blase platzt« drehten sich in einer Endlosschleife in seinem Kopf. Das ungute Gefühl, das Bernd seit einigen Tagen hatte, hatte sich mit Lambergs Worten bestätigt. Aber das konnte doch nicht sein! Solche ehrenwerten Herren – zumindest Lamberg und Woland – waren doch keine Betrüger!

Die einsetzende Angst schnürte Bernd die Kehle zu und ihm wurde übel. Unbewusst verkrampften sich seine Hände, und er presste sie fest zusammen wie zum Gebet. Er erinnerte sich, wie vor einigen Wochen alles begonnen hatte.

Bernd Bäke saß damals ahnungslos und allein am kleinen Tresen im Sozialraum des Seglervereins. Er war deprimiert, weil er an sein heiß geliebtes Motorboot dachte. In seiner erbärmlichen finanziellen Situation war der Unterhalt des Bootes zu teuer. Schweren Herzens hatte er sich deshalb entschlossen, es zu verkaufen.

Plötzlich klopfte ihm Volker Homming von hinten auf die Schulter. »Hallo, Bernd, hab gehört, du willst dein Motorboot verkaufen. Was Größeres in Aussicht?«

Bernd Bäke wunderte sich nicht, dass sein Bekannter Homming von dem geplanten Verkauf wusste. Im Verein kannte man sich, und Neuigkeiten sprachen sich schnell herum. Außerdem gehörte Volker Homming zu den besseren Vereinsmitgliedern und war gut vernetzt. Er war der zweite Vorsitzende und Kassenwart. Daneben kümmerte er sich um den Getränkeverkauf und bediente hinter dem Tresen die Vereinsmitglieder. Letzteres passte eigentlich nicht zum feinen Herrn Homming. Bernd vermutete, dass er dies machte, um alle Neuigkeiten zu erfahren und zielgerichtet weiterzuleiten.

Bernd atmete tief durch. Anlügen wollte Bernd Volker Homming nicht, und deshalb gab er keine Antwort auf die für ihn peinliche Frage.

Homming ging ins Getränkelager und kam kurz darauf mit einer teuren Flasche Whisky zurück. Er füllte zwei Gläser zweifingerbreit mit dem edlen Getränk und setzte sich neben Bernd auf einen Hocker. »Bernd, ich hab mitbekommen, dass es bei dir finanziell nicht so gut läuft«, sagte er und stellte ein Glas vor ihm ab.

»Ach ja? Zerreißen sich alle schon das Maul über mich?«

»Du weißt doch, wie es ist in so einem kleinen Verein. Aber ich wollte eigentlich über eine andere Sache mit dir sprechen.« Homming stand auf, ging zur Eingangstür, schloss ab und setzte sich wieder zu ihm. »Diese Sache ist nicht für alle Ohren bestimmt.«

»Du machst es spannend, Volker.«

»Hast du schon mal was von der Super-Pit-Mine in Westaustralien gehört?«, fragte Volker.

»Ja, die schürfen dort nach Gold und haben ein Riesenloch gebuddelt.«

»Genau, die holen da reichlich Gold raus. Und jetzt verrat ich dir was: In Westaustralien werden immer neue Goldvorkommen entdeckt und mit Riesengewinnen ausgebeutet.«

»Sollen wir beide Goldschürfer werden?«

»Nein, Bernd, mit Arbeit ist noch keiner reich geworden. Mit Anteilen an einer neuen Goldschürffirma aber schon. Ich sage nur: ›Schwanengold-Mine‹, ist brandaktuell.«

Homming bemerkte wohl Bernds skeptischen Gesichtsausdruck, denn er erklärte weiter: »Am Swan River hat eine kleine deutsche Schürffirma eine Goldader entdeckt und sich die Schürfrechte gesichert. Die Goldsuche verschlingt zu Beginn Unsummen für die Schürfgenehmigung, Ausrüstung und Manpower. Damit ist die kleine Firma jedoch überfordert und sucht nach Investoren für die Anschubfinanzierung. Zufällig habe ich den Chef der Schwanengold-Mine Ferdinand Lamberg kennengelernt. Lamberg hat sich die Rechte an der Finanzierung gesichert.«

»Moment, Volker, habe ich das richtig verstanden? Dieser Lamberg sammelt in Deutschland Geld, um die Mine in Australien zum Laufen zu kriegen?«

»Richtig. Man kann Anteile kaufen und wird dann am Gewinn beteiligt. Eine todsichere Anlagemöglichkeit mit großer Dividende. Bernd, ich hatte einfach Glück! Lamberg lief am Wochenende mit seiner riesigen Motorjacht zufällig als Gast unseren Hafen an.«

Bernd drehte sich um und blickte auf die große Jacht hinter ihm am Gastanleger. »Ich hatte schon überlegt, zu wem die gehört.«

»Jetzt weißt du es. Jedenfalls kam der Jachteigner abends zu mir an den Tresen. Bei ihm war sein Geschäftspartner Werner Woland, eine Mischung aus Kapitän und Leibwächter. Diese beiden saßen also bei mir und haben sich über diese neue Goldmine am Swan River unterhalten. Ich wurde neugierig.«

»Typisch Volker, immer für Neuigkeiten aufgeschlossen.«

»Na klar, deswegen mache ich doch den Job am Tresen. Ich kam jedenfalls mit diesem Lamberg und Woland ins Gespräch. Erst taten sie sehr geheimnisvoll. Mithilfe meiner Geheimwaffe, einem guten Whisky, habe ich sie dann aber zum Sprechen gebracht. Die beiden wollen sich hier in der Umgebung niederlassen und …«, Volker sah ihn durchdringend an, »sie suchen Anleger, die ihr Geld in diese todsichere Anlage investieren.«

Bernd musste lachen. »Da bin ich der Falsche, bei meinem Kontostand.«

»Mitnichten, Bernd. Lamberg und Woland beginnen erst mit ihrer Firma. Zunächst brauchen sie Verbindungen in die Oberschicht hier in Leer, um geeignete Anleger zu finden.«

»Dann sind sie bei dir genau richtig, Volker, du gehörst doch selber dazu.«

»Na ja, ich hab einige Beziehungen, die ich einsetzen könnte«, sagte Volker selbstzufrieden. »Das hab ich den beiden mitgeteilt, und wir sind uns einig geworden. Ich werde die Kontakte zwischen der Firma Schwanengold-Mine und möglichen finanzkräftigen Anlegern herstellen.«

»Schön für dich, aber was habe ich damit zu tun?«, wollte Bernd wissen.

»Du hast doch eine Ausbildung als Bankkaufmann gemacht und kennst dich mit der Abwicklung von internationalen Geldgeschäften aus?«

»Stimmt, bis jetzt aber sehr erfolglos. Die Bankgeschäfte laufen heutzutage überwiegend online ab und werden von immer weniger Bankern wie mir erledigt. Was zur Folge hatte, dass ich arbeitslos wurde.«

»Lamberg und Woland brauchen einen vertrauenswürdigen Bankkaufmann, der die Abwicklung der finanziellen Transaktionen übernimmt. Ich habe ihnen erklärt, dass ich genau den richtigen Mann dafür kenne.«

»Mich?«

»Bernd, das ist deine Chance. Du kannst bei den Großen mitmachen, eine einmalige Gelegenheit. Du sollst dich Lamberg und Woland heute Abend vorstellen. Sie erwarten dich an Bord der ›Sirene‹ im Salon. Ich komme später auch hinzu.«

Das Gespräch im Salon von Lambergs Jacht am Abend verlief sehr angenehm, und Bernd war von der Geschäftsidee sofort begeistert. Lamberg und Woland hatten ein Talent für Überredungskunst, und so wurde Bernd Bäke zum offiziellen Geschäftsführer der Firma Schwanengold-Mine. Seine Aufgabe war es, das Geld von den Leuten anzulegen, die Volker Homming angeworben hatte. Er sollte die erhofften großen Beträge auf die Konten von Lamberg und Woland leiten, den Chefs. Das angesammelte Kapital würde dann als Anschubfinanzierung für die Mine im fernen Australien dienen.

Nachdem Lamberg ihn zum Geschäftsführer bestimmt hatte, kamen die ersten Anleger zu ihm. Die Gewinnaussichten waren enorm, und weil es für Geldanlagen an den normalen Hausbanken keine Zinsen gab, liefen ihnen die Kunden in Scharen zu.

An Bord von Lambergs Jacht »Sirene« feierten sie ihre Erfolge. Um in Leer nicht aufzufallen, unternahmen sie Bootsausflüge zu den ostfriesischen Inseln. Bernds Aufgabe war es, das Boot zu manövrieren, während die drei feierten. Die Hierarchie an Bord war klar: Lamberg war das Alphatier, dann kamen Woland und Homming. Bernd war der Neue und musste alle Arbeiten übernehmen, mit denen die anderen nichts zu tun haben wollten.

Trotz dieser Rolle war Bernd sehr zufrieden. Das Geschäft brummte, und er verdiente zunächst ordentlich mit. Gleich zu Beginn des Anlagesystems wurden hohe Dividenden an die ersten Kunden ausgezahlt. Dies sprach sich herum, woraufhin immer mehr Kunden Schlange bei Bernd Bäke standen und ihm ihr Geld aufdrängten. Die Vorsicht war der Gier gewichen, und die Höhe der eingezahlten Geldsummen wuchs stark an. Bernd überredete seine Familie und seine Freunde, ebenfalls zu investieren. Alle vertrauten ihm und gaben ihm ihr Sparvermögen.

Ein Auto fuhr auf den Parkplatz. Die Geräusche des knirschenden Schotters und seine schmerzenden Hände, die er noch immer fest zusammenpresste, rissen Bernd zurück aus der Vergangenheit in die bittere Gegenwart. Aus dem Auto stieg Ingo Osting, ein Bekannter von Bernd, der ebenfalls einen Vertrag über Goldkäufe bei ihm abgeschlossen hatte.

Osting kam lächelnd auf ihn zu. »Hallo, Bernd, das war ein Supertipp mit der Geldanlage, danke noch mal. Oh, geht es dir nicht gut? Du siehst blass aus.«

»Hab gerade Verpflegung zu Lambergs Jacht geschleppt und mich damit wohl etwas übernommen. Geht gleich wieder.«

»Lamberg ist der Kopf der Firma Schwanengold, oder?«

Bernd antwortete nicht auf Ostings Frage.

»Haben wir uns im Verein schon gedacht«, sagte Osting. »Hinter Schwanengold stehen Lamberg, Woland, Homming und natürlich du.«

Damit hatte Bernd nicht gerechnet, die Firmenstruktur sollte eigentlich nicht bekannt werden.

Osting sah ihm seine Überraschung wohl an. »Mensch, Bernd, alle im Verein wissen doch Bescheid. Ihr vier klebt dauernd zusammen und ...« Den Rest des Satzes sprach er nicht aus.

»Und was?«, hakte Bernd nach.

»Na ja, ehrlich gesagt trauen wir dir alleine eine solche Sache auch nicht zu. Bis jetzt warst du finanziell gesehen eher unauffällig.«

»Jaja, ich weiß, dass ich nicht mit euch mithalten kann.«

»Nicht mithalten konntest, Bernd. Jetzt hast du es drauf und uns alle überrascht. Als diese Firma Schwanengold durch dich und Homming bekannt wurde und Lamberg, Woland und Homming des Öfteren mit dir gesehen wurden, haben wir eins und eins zusammengezählt.«

Ingo Osting ging endlich weiter zum Hafenanleger, und Bernd dachte daran, was er über Osting und dessen Kumpel Dinkela gehört hatte. Die beiden verliehen Geld und waren nicht zimperlich, wenn ihre Gläubiger die zu hohen Zinsen nicht zurückzahlen konnten. Die Bezeichnung »Kredithaie« traf bei den beiden wahrlich zu. Mit solchen Menschen wollte Bernd eigentlich nichts zu tun haben, aber Homming hatte ihn gedrängt, die Verträge mit Osting abzuschließen.

Noch während er voller Zorn über das Gehörte nachdachte, meldete sich sein Gewissen. Er fragte sich selbstkritisch, ob nicht auch er die Nase etwas zu hoch trug. Handelte es sich bei der Firma Schwanengold tatsächlich um ein Schneeballsystem? Als Banker kannte er solche Betrügereien. Was, wenn auch er nun zur dunklen Seite der Finanzwelt gehörte? Ein Betrüger war, der ahnungslose Anleger um ihr Geld brachte?

Bernd Bäke versuchte die aufkommende Panik zu unterdrücken.

Seine düsteren Gedanken wurden durch das Klingeln seines Handys unterbrochen. Auf dem Display erkannte er die Nummer von Hubert von Bühl. Er drückte den grünen Knopf und meldete sich. »Finanzberatung Bäke.«

»Hier von Bühl. ›Finanzberatung‹ ist wohl ein schlechter Witz!«

Bernd Bäke gab seiner Stimme einen festen Klang. »Ich verstehe nicht, was Sie meinen, Herr von Bühl?«

»Ich rede nicht lange um den heißen Brei herum. Wo sind die Dividenden, meine Zinsen?«, fragte von Bühl wütend.

»Sind die noch nicht überwiesen worden?«

»Nein, sind sie nicht, ich habe gerade mit meiner Hausbank telefoniert.«

»Herr von Bühl, ich werde mich sofort darum kümmern. Vermutlich nur eine kleine Verzögerung in der internationalen Finanzabwicklung.«

»Bäke, ich habe über 100.000 Euro bei Ihnen investiert. Normalerweise mache ich Geldgeschäfte nur mit meiner Hausbank. Ihr Freund Homming hat mich allerdings überredet, bei Ihnen einzusteigen. Hoffentlich muss ich das nicht bereuen.«

»Ganz sicher nicht, Herr von Bühl!«, entgegnete Bäke mit hoffentlich entschiedenem Ton.

Hubert von Bühl drohte leise und dadurch umso eindrücklicher: »Falls da ein krummes Ding läuft, Herr Finanzberater, werden Sie und Homming es bereuen!« Er legte auf.

Das beklemmende Gefühl in Bernds Magengegend verstärkte sich immer mehr. Erst das ungewollte Mithören des Gespräches an Bord und nun dieser Anruf. Es konnte und durfte einfach nicht wahr sein! Hatte er etwas übersehen? Wenn die Schwanengold-Mine tatsächlich Betrug war, dann war er im Grunde genauso in die Falle getappt wie die anderen Anleger. Sein Gefühl der Beklemmung steigerte sich zur blanken Angst, und sein Magen krampfte sich erneut zusammen, als er an die Tragweite dachte.

War er der Strohmann für Lambergs und Wolands Betrugssystem? Nirgendwo könnte Bernd sich mehr blicken lassen, man würde ihn verantwortlich machen und einbuchten.

Bernd klammerte sich an seine letzte Hoffnung, dass alles nur ein Missverständnis war. Er würde sich später allein mit Lamberg unterhalten.

EMDEN, UPHUSER MEER

Bernd Bäke schwamm seit einer halben Stunde durch das Uphuser Meer am Stadtrand von Emden, das im Grunde ein kleiner Binnensee war. Die Familie Bäke besaß dort ein kleines Ferienhaus, eine sogenannte Meerbude, direkt am Wasser. Bernd Bäke war schon als Kind vom Wasser begeistert gewesen, und wenn er schwamm, war er in seinem Element. Seit Jahren gehörte er zur Stammmannschaft der DLRG in Leer, und seit einigen Monaten trainierte er für den nächsten Triathlon-Wettkampf. Die Schwimmdisziplin dieses Wettkampfes wurde im freien Wasser durchgeführt. Deshalb hatte er das gekachelte Schwimmbecken gegen das kalte Wasser des Sees eingetauscht. Normalerweise vergaß er beim Schwimmen alles um sich herum, aber heute war es anders.

Das Schwimmtraining im kalten Seewasser tat ihm zwar gut. Er dachte etwas ruhiger über diesen beschissenen Tag nach und versuchte cool zu bleiben. Trotzdem durchlitt er ein Wechselbad der Gefühle: Wut auf die Betrüger und Selbstmitleid wechselten sich dabei ab.

Inzwischen wusste er mit Sicherheit, dass man ihn nur als Strohmann für das groß angelegte Schneeballsystem benutzt hatte und er auf die Betrüger hereingefallen war. Ja, am Anfang hatte er sich wie Hans im Glück gefühlt, und nun hatte ihn das Schicksal gehörig in den Hintern getreten.

Während er mit kräftigen Kraulzügen durchs Wasser schwamm, dachte er an die Ereignisse des Tages zurück.

Am Vormittag hatte er zufällig das Gespräch an Bord von Lambergs Jacht mitgehört. Dann die alarmierenden Anrufe der Anleger oder, besser gesagt, der betrogenen Geldanleger. Hubert von Bühl war der Erste gewesen, weitere waren gefolgt. Um die Mittagszeit war Lamberg immer an Bord anzutreffen, und Bernd hatte die Gelegenheit genutzt, um persönlich mit ihm zu sprechen. Er hatte kein Blatt vor den Mund genommen und ihm vorgeworfen, ein Betrüger zu sein.

Lamberg hatte eiskalt reagiert. »Nun, Bernd, mein Name steht nicht unter den Verträgen, sondern deiner.«

Bernd hatte die Beherrschung verloren und ihn angeschrien: »Ihr habt mich benutzt, ich wusste nichts von euren krummen Geschäften.«

Nun war auch Lamberg laut geworden. »Runter von meiner Jacht, Bäke, ich will auslaufen. Ich habe keine Zeit für dein Geplärre!«

In diesem Moment hatte Woland, Lambergs Stellvertreter und Leibwächter, das Ruderhaus betreten. Er musste sich unter Deck im Salon aufgehalten haben. »Was ist hier los?«

»Was hier los ist? Ihr Schweine habt mich und die Anleger betrogen!«, hatte Bernd ihm empört entgegengeschleudert.

»Ich denke, unsere Geschäftsbeziehung ist hiermit beendet«, hatte Lamberg wieder ruhig und kalt gesagt. »Werner, bring Herrn Bäke bitte zurück an Land.« Gemeinsam hatten Lamberg und Woland ihn von Bord gejagt.

Kaum hatte Bernd festen Boden unter den Füßen gehabt, war er ausgerutscht und hingefallen. Die beiden Männer hatten nur gelacht.

Bernd hatte aufgebracht gerufen: »Das werdet ihr bereuen, ich mach euch fertig!«

Plötzlich hatte Woland einen Wasserschlauch in der Hand gehalten und den Wasserstrahl auf Bernd gerichtet, der daraufhin klitschnass und wütend davongelaufen war.

Bäke kochte noch immer vor Wut, als er jetzt im Uphuser Meer daran zurückdachte, und schluckte prompt Wasser, weil er sich nicht auf seine Atemtechnik konzentrierte.

Nach dem Streit an Bord von Lambergs Jacht und der Demütigung auf dem Anleger war alles noch schlimmer geworden. Bernd war sofort nach Hause gefahren und hatte sich mit seinen nassen Klamotten in seinem Büro vor den Computer gesetzt in der Hoffnung, einige Geldtransfers noch stoppen und so zumindest den Schaden begrenzen zu können. Doch als er versucht hatte, sich einzuloggen, hatte er festgestellt, dass sein Zugang zu den Konten gesperrt war. Lamberg und Woland hatten schnell gehandelt und auch an das Konto gedacht, auf dem sich seine persönlichen Anteile als Geschäftsführer befanden. »Kein Zugriff« und »Bitte aktuelles Passwort eingeben« war immer wieder auf dem Desktop erschienen. Dies war der endgültige Beweis für Bernd gewesen.

Er hatte sich trockene Sachen angezogen, den Telefonhörer in die Hand genommen und die Nummer seiner Schwester Bärbel gewählt. Als sie sich meldete, hatte seine Stimme versagt, aber schließlich hatte er ihr alles erzählt. Ihr angelegtes Geld war verloren, und er hatte, ohne es zu wissen, mit Betrügern zusammengearbeitet und viele Freunde mit hineingezogen.

Bärbel hatte eine Weile gebraucht, bis sie die Nachricht realisiert hatte, und ihn anschließend wütend beschimpft. Ihre Vorwürfe hatten ihn hart getroffen. Sie hatte seine Verzweiflung bemerkt, sich beruhigt und ihn gefragt, was er nun vorhabe.

»Ich muss verschwinden. Was, glaubst du, ist hier los, wenn das rauskommt? Ich kriech in unserer Meerbude unter. Sag niemandem, wo ich bin. Bitte, versprich mir das!«

Sie hatte es ihm versprochen, und er hatte das schlimmste Telefonat in seinem Leben beendet. Er hatte seine geliebte Schwester Bärbel, seine Freunde und sich selbst in den finanziellen Ruin getrieben. Die riesige Last der Schuld hatte ihn beinahe erdrückt, und er hatte fluchtartig das Haus verlassen, in dem er alle Vertragsabschlüsse unterschrieben hatte. Alles in diesem Haus erinnerte ihn an sein Versagen. Doch als er sich ins Auto gesetzt hatte, um zum Uphuser Meer zu fahren, war es ihm wie Schuppen von den Augen gefallen, und er hatte den Motor wieder abgestellt.

Es gab einen Tag, an den er sich nicht erinnern konnte. Auf sein Gedächtnis war normalerweise zu einhundert Prozent Verlass. Doch von jenem Tag wusste er nur noch, dass er mit Lamberg, Woland und Homming zusammen gewesen war. Sie hatten zu viel Alkohol getrunken und dann – Filmriss. Schuld war der Alkohol, hatte er sich bis heute eingeredet, doch sein Unterbewusstsein war mit dieser Erklärung nicht einverstanden gewesen. Er hatte seit Tagen schlecht geschlafen und ständig darüber nachgegrübelt, wieso er einen solchen Filmriss hatte und was in dieser Zeit passiert sein könnte. Nach den heutigen Ereignissen war er sich sicher: Es war nicht allein der Alkohol gewesen; entweder sie hatten ihm etwas ins Getränk geschüttet, oder er hatte etwas herausgefunden, das zu groß, zu schrecklich war, um es in sein Bewusstsein vordringen zu lassen, und das er seither verdrängte.

Hatte er an jenem Tag bereits festgestellt, dass er es mit Betrügern zu tun hatte? Sie hatten alle zu viel getrunken und vermutlich hatten die anderen sich verplappert. Und hatte er, Bernd, anstatt zu handeln und dem Betrug auf den Grund zu gehen, einfach weiter mitgemacht?

Die Schuld hatte Bernd beinahe erdrückt, als ihm, noch immer im Auto vor seinem Haus in Leer sitzend, die Erkenntnis gekommen war. Er hatte keine Hoffnung auf ein glückliches Ende mehr gesehen. Sein Leben war verpfuscht, und er hatte nur noch daran gedacht, es so ganz bestimmt nicht weiterführen zu wollen. Er hatte sich ein altes Abschleppseil gegriffen und war in das nahe gelegene Erholungsgebiet, den Westerhammrich, gelaufen. Dort gab es einsame Stellen und Bäume.

Stundenlang hatte er vor einem Baum gesessen und abwechselnd einen starken Ast und den Strick betrachtet. Nur ein paar Minuten Angst und Schmerz, und danach wäre alles vorbei.

Während er mit sich haderte, hatte er eine Frauenstimme gehört, die schimpfte und fluchte. Die Frau hatte er nicht gesehen, weil ein Gebüsch den Blick auf den Schotterweg versperrte. Bernd war aufgestanden und um das Gebüsch herumgegangen. Auf dem Weg hatte eine junge Frau in einem Rollstuhl gesessen und versucht, den Rollstuhl aus einem ausgespülten Loch zu befreien.

»Moin, kann ich helfen?«

Die junge Frau hatte zu ihm aufgeblickt; Tränen waren ihr übers Gesicht gelaufen. »Das Scheißding sitzt fest, ich hab einen Moment nicht aufgepasst!«

»Das haben wir gleich.« Bernd war hinter den Rollstuhl gegangen und hatte ihn aus dem Loch geschoben.

»Sie haben mich gerettet!«

»Gern geschehen«, hatte Bernd nachdenklich erwidert.

»Ist alles in Ordnung?« Die junge Frau hatte ihn besorgt angesehen.

Bernd Bäke hatte sich in diesem Moment in Grund und Boden geschämt. Gerade noch hatte er mit dem Gedanken gespielt, sich aufzuhängen, und nun war ihm klar geworden, dass auch andere schwere Schicksalsschläge erlitten. Aber im Gegensatz zu ihm gaben sie nicht auf und kämpften weiter. Gut, finanziell war er erledigt, seine Freunde würden ihn verachten und er würde sich vor Gericht verantworten müssen. Trotzdem war er gesund und konnte sogar für einen Triathlon trainieren. Die junge Frau vor ihm hatte ihn gerettet, ohne es zu wissen.

»Übrigens, ich heiße Ingrid«, hatte sie gesagt.

»Ich heiße Bernd, und ich habe Mist gebaut.«

»Na ja, das tun wir doch alle mal. Gerade eben haben Sie mir jedenfalls geholfen.«

»Schon, aber es ist ein ziemlich großer Misthaufen.«

»Ja, das Leben ist kein Ponyhof«, hatte Ingrid mit ernster Stimme gesagt. »Wir müssen mit dem klarkommen, was wir haben, auch mit unseren Entscheidungen. Zum Beispiel, mit einem Motorrad zu schnell in eine Kurve zu rasen.«

Bernd hatte geahnt, was die Ursache für ihre Behinderung war. Er hatte sich noch eine Weile mit ihr unterhalten und sie auf Anhieb gemocht. Es war so gewesen, als würden sie sich schon ewig kennen, und sie hatten nicht bemerkt, wie schnell die Zeit verging.

Plötzlich hatte sie erschrocken auf ihre Uhr geblickt. »Bernd, ich muss los, sonst macht sich meine Mutter wieder unnötig Sorgen. Sie wuselt den ganzen Tag um mich herum. Deshalb bin ich hierher geflohen.«

»Tschüss, Ingrid. Ich bin sehr froh, dass du geflohen bist, sonst hätte ich dich nicht kennengelernt«, hatte Bernd gesagt und sie angelächelt. »Vielleicht sieht man sich mal wieder?«

»Ich bin oft um diese Zeit hier«, hatte sie entgegnet, und es hatte wie eine Einladung geklungen.

Nachdenklich war Bernd zurück zu seinem Haus gegangen und hatte sofort den Schriftzug »Betrüger« an der Wand bemerkt. Jemand hatte das Wort in seiner Abwesenheit mit weißer Farbe gut sichtbar an die Mauer geschrieben. Er war ins Haus gegangen und hatte gleich noch eine Überraschung erlebt: Alle Schubladen waren herausgerissen und der Inhalt auf den Boden verstreut worden. Das Glas der Terrassentür war herausgebrochen, vermutlich von außen eingeschlagen. Glasscherben lagen verstreut auf dem Teppich.

Zunächst hatte er vergeblich versucht, die Farbschmiererei an der Hauswand zu entfernen. Dann hatte er die Glasscherben aufgesammelt. Währenddessen war ihm siedend heiß etwas eingefallen. Vor Schreck hatte er nicht auf die Glasscheiben in der Hand geachtet, und eine scharfe Ecke hatte sich in seine Hand gebohrt. Er hatte die Scherben fallen lassen, war in sein Büro gestürmt und hatte zu seinem Entsetzen festgestellt, dass alle Akten mit den Verträgen zur Firma Schwanengold verschwunden waren. Jemand hatte sogar seinen Computer mitgenommen. Und er Idiot hatte die meisten Passwörter automatisch gespeichert. Jetzt konnte die Person, die im Besitz des Computers war, auf seine Daten zugreifen.

Bernd war nach draußen zu seinem Wagen gerannt. Darin hatte sein Laptop gelegen. Im Wohnzimmer hatte er versuchte, sein E-Mail-Programm zu starten, beim dritten erfolglosen Versuch jedoch geahnt, dass das Passwort geändert worden war und er nicht einmal mehr auf seinen E-Mail-Schriftverkehr zugreifen konnte.

Wer war in sein Haus eingebrochen und hatte die Unterlagen und den PC mitgenommen? War es dieselbe Person, die das Wort »Betrüger« an die Wand geschrieben hatte?

Einer der vielen geschädigten Anleger? Spontan waren ihm die Namen von Bühl, Osting und Dinkela eingefallen. Diese drei Männer hatten am meisten Geld verloren.

Er hatte seine Dummheit verflucht. Anstatt in Selbstmitleid zu zerfließen, hätte er besser mit allen Unterlagen sofort zur Polizei gehen sollen. Aber nun hatte er praktisch nichts mehr in der Hand.

Bernd hatte sich auf den Wohnzimmerboden zwischen die Glasscherben gesetzt. Die scharfen Scherben würden auch einen Ausweg bieten, hatte er gedacht. Einen Ausweg aus der schweren Schuld, die ihn verzweifeln ließ.

Dann jedoch waren ihm Ingrid und ihr Schicksal im Rollstuhl wieder in den Sinn gekommen. Und die Betrüger Lamberg, Woland und Homming, die nur darüber lachen würden, wenn er Suizid beginge. Besser könnte es für die doch gar nicht laufen. Der perfekte Strohmann, auf den man alle Schuld laden konnte. Und seine Schwester, was würde sie von ihm halten? Nein, so einfach würde er es ihnen nicht machen. Diesen letzten Ausweg könnte er immer noch nehmen, aber vorher gab es noch einiges zu tun, hatte er beschlossen und war zum Uphuser Meer gefahren.

Seit fast einer Stunde schwamm er nun und hatte sich langsam etwas beruhigt. Er drehte sich um und ließ sich auf dem Rücken treiben. Ja, er war froh, dass er sich nicht umgebracht hatte, und jetzt brauchte er einen Plan. Die Polizei und die Ermittlungsbehörden würden gegen die Betrüger – und somit vorerst auch gegen ihn – vorgehen, sobald sie Wind davon bekämen. Bestimmt dauerte es nicht mehr lange, bis einer der Anleger sie anzeigen würde, wenn es nicht sogar schon geschehen war. Aber Bernd wusste, dass die Ermittlungen nicht einfach werden würden. Die Betrüger könnten sich ins Ausland absetzen und dort ihr System neu auflegen. Sicher würden sie wieder einen Dummen wie ihn finden, der für sie den Strohmann spielte. Wenn er Pech hatte, würde alles an ihm hängen bleiben.

Einmal hatte er sich mit seiner Schwester über die Motive von Mördern unterhalten. Damals war er überzeugt gewesen, dass ihn nichts dazu bringen könnte, einen anderen Menschen zu töten. Dies war ein Irrtum, wie er nun wusste. Der heutige Tag hatte alles verändert. Ohne mit der Wimper zu zucken, könnte er jetzt diesen Betrügern den Hals umdrehen.

Nein, er würde sich nicht auf die Polizei verlassen, sondern sich selbst um diese Schweine kümmern.

KAPITEL 7

LEER, POLIZEIDIENSTGEBÄUDE

Das Telefon auf dem Schreibtisch von Onno Elzinga im Kommissariat für Betrug klingelte. Onno nahm den Hörer ab.

»Polizei Leer, Elzinga am Apparat.«

»Moin, Herr Elzinga, hier spricht Hubert von Bühl.«

Onno war der Name »von Bühl« bekannt, ein reicher Immobilienmakler aus Leer, spezialisiert auf Luxuswohnungen. Er stellte das Telefon laut, damit sein Kollege Klaas Leitmann mithören konnte. »Was kann ich für Sie tun, Herr von Bühl?«

»Tja, es ist mir ein bisschen peinlich. Sie sind doch für Betrugssachen zuständig?«

»Ja, wir bearbeiten Betrugsfälle«, bestätigte Onno.

Hubert von Bühl ließ die Katze aus dem Sack. »Ich vermute, man hat mich und viele andere Investoren hier in Leer reingelegt!« Er schilderte Onno, wie ihn Volker Homming auf eine Supergeldanlage angesprochen hatte. Daraufhin habe er Kontakt mit dem Geschäftsführer der Firma Schwanengold-Mine aufgenommen und sich überreden lassen, eine bestimmte Geldsumme in das Projekt am Swan River in Australien zu investieren. »Alles sah so gut aus, und tatsächlich bekam ich eine Dividende von fast 20 Prozent auf mein Konto ausgezahlt. Dann …«, von Bühl stockte, »habe ich Blödmann gegen den Rat meiner Hausbank 100.000 Euro investiert.«

Onno hörte, wie von Bühl tief ein- und ausatmete, bevor er wütend weitersprach.

»Die Dividende sollte schon vor Tagen überwiesen werden, aber bis jetzt Fehlanzeige.«

»Haben Sie Kontakt mit dem Geschäftsführer aufgenommen?«, wollte Onno wissen. »Vielleicht kann er es erklären.«

»Habe ich mehrfach versucht, Herr Elzinga, aber er weicht mir nur aus. Ich dachte, ob Sie vielleicht …« Von Bühl suchte nach den richtigen Worten.

»Den Baum schütteln und prüfen kann, was herunterfällt?«, half Onno.

»Ja, schön haben Sie das formuliert.« Nun wurde von Bühls Tonfall verbittert. »Ich hätte das selbst tun sollen, ich weiß. Mich erkundigen, mit wem ich es zu tun habe, bevor ich so viel Geld überweise. Verdammt, es klang alles so gut!«

»Herr von Bühl, erzählen Sie mir bitte detailliert, wie das abgelaufen ist und mit wem Sie die Geschäfte abgewickelt haben«, bat Onno.

»Wie gesagt, es fing alles mit Volker Homming an, er ist absolut vertrauenswürdig und zweiter Vorsitzender unseres Motorbootvereins hier in Leer. Jedenfalls habe ich von ihm den Tipp für die australische Goldmine bekommen.«

»Wissen Sie Genaueres über diese Goldmine?«, hakte Onno nach.

»Es handelt sich um eine neue, noch nicht voll erschlossene Goldmine am Swan River, das liegt im Westen Australiens, wo sich auch die bekannte Super-Pit-Mine befindet. Eine deutsche Firma namens Schwanengold-Mine sammelt

Gelder für die weitere Anschubfinanzierung. Volker Homming ist bei der Firma fürs Marketing und die Werbung zuständig.« Von Bühl lachte kurz freudlos kurz auf. »Vielleicht sollte ich es anders formulieren: Er sucht nach finanzstarken Dummen, die ihm ihr Geld anvertrauen. Einer davon bin wohl ich.«

»Das wissen wir noch nicht mit Sicherheit«, tröstete ihn Onno. »Zunächst klingt das alles plausibel, und vielleicht klärt sich bald alles auf. Bei wem haben Sie die Verträge unterschrieben? Auch bei diesem Homming? Wer war die Kontaktperson und wer hat die Geldtransfers durchgeführt?«

»Bernd Bäke. Das ist der Geschäftsführer der Firma. Er ist übrigens auch bei uns im Verein, ebenfalls ein integrer Mann. Deshalb war ich auch so unvorsichtig. Ich kenne beide Männer gut und habe ihnen vertraut. Allerdings vermute ich, dass da noch jemand mit drinhängt, ist aber nur ein Gerücht bei uns im Verein.«

»Was für ein Gerücht?«, wollte Onno wissen. »Wir werden Ihre Hinweise vertraulich behandeln, machen Sie sich keine Sorgen.« Onno wartete, offensichtlich überlegte von Bühl, was er sagen durfte und was er besser verschwieg.

Nach einer Weile begann von Bühl zögerlich: »Herr Elzinga, in so einem Verein wird viel geredet, jeder kennt jeden, und es wird leider zu viel getratscht. Jedenfalls hat alles begonnen, als eine große Motorjacht unseren Hafen anlief. Eine richtig teure Jacht. Die soll einem Herrn Lamberg gehören.«

Onno machte sich Notizen und fragte, als von Bühl nicht weitersprach: »Dieser Lamberg, was hat der mit den beiden Herren Homming und Bäke zu tun?«

»Die sind ganz dicke und werden oft zusammen gesehen. Ein Herr Woland gehört auch noch dazu.«

»Sie vermuten also, dass Lamberg, Woland, Homming und Bäke bei dieser Firma Schwanengold zusammenarbeiten?«

»Ja, aber mehr weiß ich nicht. Wie gesagt, es sind nur Gerüchte!«

»Homming und Bäke sind aus Leer und Ihnen gut bekannt«, wiederholte Onno. »Was ist mit Lamberg und Woland?«

»Keine Ahnung, wo die hergekommen sind. Ich habe diesen Lamberg nur einmal kurz auf seiner Jacht gesehen. Er trug teure Klamotten, und für seine Uhr muss er ein Vermögen hingelegt haben. Wie sagt man so schön: Der stinkt vor Geld.«

»Okay. Was können Sie mir über die Jacht sagen? Die Bootsnummer wäre interessant, Typ und Name.«

»Eine Nummer habe ich nicht für Sie, aber es handelt sich um eine Beveria der gehobenen Klasse, die wird so um die 17 Meter lang sein und hat mindestens drei Kabinen. Die passt gerade so an unseren Gastanleger. Der Name ist merkwürdig, ›Sirene‹ oder so.«

Onno stellte noch weitere Fragen, aber von Bühl konnte diese nicht beantworten. Schließlich sagte Onno: »Herr von Bühl, ich werde mich mal umhören. Sobald Sie etwas Neues erfahren, rufen Sie mich bitte an.«

»Danke, Herr Elzinga. Ich hab inzwischen ein ganz mieses Bauchgefühl. Mein Geld ist futsch! Ich hoffe, Sie kommen den Banditen auf die Schliche und sorgen dafür, dass ich mein Geld zurückbekomme.«

»Ich kann nichts versprechen. Diese Geschäfte sind schwierig zu handhaben, weil sie in einem Graubereich stattfinden«, gab Onno zu.

»Wenn Sie nichts tun können, werde ich mich selbst drum kümmern«, erwiderte von Bühl bestimmt.

Onno versuchte ihn zu beruhigen. »Bitte unternehmen Sie nichts auf eigene Faust!«

»›Faust‹ ist das richtige Stichwort, gefällt mir«, sagte von Bühl und beendete den Anruf.

»Da ist aber jemand wütend«, stellte Klaas fest, der das Gespräch mitgehört hatte.

»Ja, der kocht vor Wut«, bestätigte Onno. »Was soll man jetzt davon halten?«

»Zwei Möglichkeiten, Onno: Entweder es sind Geschäftsleute mit einer guten Geschäftsidee, oder es sind Betrüger und die Goldmine in Westaustralien existiert nicht.«

»Das würde bedeuten, dass es sich um ein Schneeballsystem handelt«, ergänzte Onno. »Was, glaubst du, ist hier los, wenn das bekannt wird? Dieser von Bühl ist sicher nicht der einzige Geschädigte.«

»Wir müssen an die Öffentlichkeit gehen«, schlug Klaas vor.

»Und wenn sich herausstellt, dass es keine Betrüger sind?«

»Dann zerreißen uns die Anwälte in der Luft, Mist!«, fluchte Klaas.

»Wir brauchen mehr Informationen«, sagte Onno. »Wenn wir die Personalien der Männer haben, können wir die Daten ins System eingeben.«

»Unser Kollege Stefan ist doch bei der Analyse beim LKA in Hannover«, meinte Klaas.

»Gute Idee, Klaas. Stefan hat die richtigen Verbindungen. Falls die Herren Lamberg und Woland schon einmal so ein Ding abgezogen haben und polizeibekannt sind, bekommt Stefan das heraus.«

»Nur die Namen sind ein bisschen dünn für eine Abfrage«, bemerkte Klaas.

»Deshalb wollte ich ja die Bootsnummer haben. Mit der Nummer hätte ich vielleicht die Daten des Eigners ermitteln können. Weißt du was? Wir fahren jetzt zum Sportboothafen und sehen uns die Jacht an. Hier vom Schreibtisch aus kommen wir nicht weiter.«

»Ich besorg uns einen Zivilwagen«, schlug Klaas vor.

»Ist ja nicht so weit. Wir könnten auch zu Fuß gehen.«

»Onno, wir sind ehemalige Autobahnpolizisten. Wir laufen nur, wenn der Streifenwagen brennt.«

»Täte uns aber ganz gut«, widersprach Onno und sah auf Klaas' dicken Bauch.

Klaas warf ihm einen finsteren Blick zu, und Onno wollte nicht noch mehr Benzin ins Feuer gießen.

»Okay«, lenkte er ein. »Wir fahren mit meinem Auto, dann können wir anschließend noch zum Imbiss.«

»Manchmal kannst du sehr vernünftig sein«, stellte Klaas fest. »Es besteht noch Hoffnung.«

Kurz darauf saßen sie in Onnos Auto und fuhren zum Sportboothafen. Der Hafen lag zwischen der Seeschleuse und der ehemaligen Dienststelle der Wasserschutzpolizei.

Unterwegs dachte Onno laut nach. »›Sirene‹, sein Boot heißt ›Sirene‹.«

»Sirene? Wie das Katastrophensignal?«

»Nein, Klaas, wohl eher wie das Fabelwesen aus der griechischen Mythologie.«

»Ach, bist du jetzt auch noch Spezialist für griechische Sagen?«

»Ich sag nur: Odysseus und Ohrenwachs. Die Sirenen haben mit ihrem betörenden Gesang vorbeifahrende Seeleute angelockt und getötet.«

»Als ehemaliger Wasserschutzpolizist kennst du dich mit betörenden Gesängen auf See wohl aus. Die Loreley ist dann die deutsche Version einer Sirene«, lästerte Klaas. »Spaß beiseite. Was du eigentlich sagen willst, ist, dass diese angeblichen Betrüger analog zu den Sirenen Anleger anlocken und ihnen zwar nicht den Tod, aber dafür einen großen Verlust einbringen.«

»Genau, Klaas, nomen est omen, der Name der Jacht ist ein Zeichen, vielleicht ein Hinweis auf die Gesinnung des Eigners.«

Inzwischen hatten sie ihr Ziel erreicht. Onno stellte den Wagen auf dem Schotterparkplatz ab, und gemeinsam gingen sie in Richtung Vereinsgebäude. Die Eingangstür war verschlossen, und niemand war zu sehen. Die beiden Polizisten hielten am Gastanleger Ausschau nach der großen Jacht, die von Bühl beschrieben hatte.

»Suchen Sie etwas?«, hörte Onno plötzlich eine Stimme hinter sich.

»Wer will das wissen?«, fragte er und sah sich den Mann an. Designerklamotten, rote Augen und die Nase sehr hoch im ostfriesischen Himmel.

»Homming mein Name, ich bin der zweite Vorsitzende des Vereins.«

»Herr Homming, wir wollten uns eine Jacht ansehen«, erklärte Onno. »Ich hab gehört, hier soll eine große Beveria liegen. Ich will mir auch so seine Jacht zulegen, sobald ich in Rente bin.«

»Ich wusste gar nicht, dass man bei der Polizei so viel verdient«, sagte Homming überheblich und sah ihn dabei mit verkniffenem Gesichtsausdruck an. »Ich kenn Sie noch von Ihrer Zeit bei der Wasserschutzpolizei. Sie haben uns mal kontrolliert und auf Drogen getestet. Hab ich nicht vergessen.«

»Wie auch immer. Können Sie mir sagen, wo die Jacht

ist?« Onno war etwas verstimmt, weil Homming Verdacht geschöpft hatte.

»Nein, die Leute melden sich ja nicht an und ab.« Wieder dieser herablassende Ton.

Klaas hatte dieses Hin und Her satt und fragte nun direkt: »Wenn diese Jacht hier gelegen hat, dann wissen Sie bestimmt, wer der Eigner ist. Schließlich wird er Liegegebühren bezahlt haben.«

»Und wer sind Sie? Da könnte ja jeder kommen!« Hommings Ton wurde aggressiv.

»Leitmann, ein Kollege von Herrn Elzinga«, informierte Klaas und zeigte mit dem Daumen Richtung Onno. »Wir sind aber in unserer Freizeit hier. Mein Kollege hatte, sagen wir mal, etwas Glück im Casino in Groningen. Andere kaufen sich davon ein teures Auto, mein Kollege als ehemaliger Wasserschutzpolizist möchte sich ein größeres Boot zulegen. Im Prospekt ansehen ist doch blöd, und deshalb dachte er, vielleicht könnte er an Bord der Jacht alles direkt in Augenschein nehmen.«

»Genau, Herr Homming. Ich habe gehofft, dass der Eigner mir das Bootsinnere zeigt und mir seine Erfahrungen mitteilt. Im besten Falle will er seine Jacht sogar verkaufen.«

»Ach so, ich verstehe«, antwortete Homming nun sehr freundlich. »Tut mir leid, Herr Elzinga, der Eigner hat bar bezahlt. Wo er hinwollte, hat er uns nicht verraten. Aber ich habe eine Idee, wie Sie Ihren Gewinn besser anlegen könnten.«

Onno versuchte, unwissend dreinzuschauen, als er sagte: »Jetzt machen Sie mich neugierig, Herr Homming.«

»Sie wissen doch, wie groß der Wertverlust einer Jacht ist und was so ein Boot an Unterhalt kostet«, erklärte Homming. »Das ist eine schlechte Geldanlage. Sie sollten Ihr Geld besser anders investieren.«

Onno nickte. »Was die Banken mir an Zinsen für mein Geld angeboten haben, ist ein schlechter Witz.«

Homming lächelte verschwörerisch. »Banken können Sie vergessen! In diesen unsicheren Zeiten sollten Sie auf Edelmetalle setzen.«

Onno legte einen interessierten Gesichtsausdruck auf. Er war gespannt, was nun folgen würde.

»Ich hab einen Supertipp für Sie: eine neue Goldschürfstelle in Australien, todsicher und lukrativ. Ich sag nur, 20 Prozent Rendite!«

»Das klingt gut«, erwiderte Onno und tat erstaunt.

Homming griff in seine Tasche und holte seine Visitenkarte heraus. Verschwörerisch kniff er ein Auge zu und überreichte Onno die Karte. »Hier, falls Sie Näheres erfahren und investieren möchten. Aber Sie sollten sich beeilen, die Aktion läuft nämlich aus.«

Als die zwei Kollegen kurz darauf wieder im Auto saßen, sagte Klaas: »Der hat vielleicht Nerven, dieser eingebildete Schnösel. Bietet den Polizisten seine faule Geldanlage an! Von wegen unerkannt und so, das ging ja voll in die Hose!«

»Klaas, diesen Homming hatte ich nicht mehr auf der Festplatte. Was glaubst du, wie viele Kontrollen ich durchgeführt habe?«

»Gut, dass du deinen genialen Kollegen an der Seite hast, der dich wieder einmal gerettet hat.« Klaas grinste Onno an.

»Übertreib mal nicht, Klaas. ›Gerettet‹, pah! Aber recht hast du damit, dass der Versuch, uns als Polizisten mit reinzuziehen, extrem frech ist.«

»Oder die Goldmine existiert tatsächlich und die Sache ist doch nicht faul«, meinte Klaas.

»Ich glaube eher, dass die noch schnell einige Anleger

abzocken und sich dann absetzen wollen«, widersprach Onno. »Falls er uns die Geschichte mit meinem Kaufinteresse an der Jacht nicht abgenommen hat, warnt er die anderen wahrscheinlich. Verfluchter Mist! Klaas, was machen wir denn jetzt?«

»Erst einmal was essen, heute ist Schnitzeltag beim Imbiss. Mit leerem Magen kann ich nicht denken.«

»Okay, überredet. Ich hoffe, dass uns die ganze Sache nicht um die Ohren fliegt. Was unser Kollege Jan wohl machen würde?«

KAPITEL 8

NIEDERLANDE, BELLINGWOLDE, GALERIE GRAVIUS

»Du machst das nicht richtig, Jan.«

Die rauchige Stimme von Margriet war ganz dicht an seinem Ohr, und Jan spürte den Druck ihrer Brüste durch sein Hemd. Er räusperte sich. »Was meinst du, Margriet?«

Sie nahm seine Hände und führte sie sanft über die Augenpartie seiner Skulptur. Dabei presste sie sich noch mehr an Jans Rücken. »Kannst du es jetzt spüren?«

Jan bekam ein leichtes Kribbeln im Nacken und fragte: »Die Augen? Die sind nicht so gut, das ist meine Achillesferse.«

»Schließ mal deine Augen und fühle ganz sanft über diese Stelle«, sagte sie und dirigierte seine rechte Hand. Nun stellte sie sich vor ihn.

Wieder sehr nah. Zu nah, wie Jan feststellte.

Sie legte seine Hand auf ihr Auge. »Jetzt taste mein Auge ab. Keine Angst, kann nichts passieren.«

Jan hörte, wie seine Künstlerkollegen neben ihm prusteten. Es gab Kommentare wie: »Küsst euch doch endlich, muss Liebe schön sein! Aber rutsch nicht mit der Hand nach unten.« Sie machten Kussgeräusche und stöhnten dabei.

Jan versuchte ernst zu bleiben und hörte, wie Margriet

zu seinen Kollegen sagte: »Einfach mal die Fresse halten, ihr Neidhammel! Jan, lass die Augen zu!«

Plötzlich spürte Jan, wie Margriet ihn auf den Mund küsste, und er riss erschrocken die Augen auf.

Margriet lächelte ihn an, drehte sich dann zu den Kollegen um und meinte: »So, jetzt habt ihr wenigstens einen Grund zum Tratschen.«

»Ich hör schon die Hochzeitsglocken«, frotzelte Henk und grinste.

Sjurd musste natürlich auch seinen Senf dazugeben. »Darf ich euer Trauzeuge sein?«

»Idioten! Jan, zu deiner Achillesferse.« Margriet ging einen Schritt zurück.

Jan ahnte, worauf sie hinauswollte. »Du versuchst mir zu sagen, dass ich bei den Augen mehr an eine Kugel denken soll?«

»Richtig. Deine geschnitzten Augen sind flach, gerade und an den Seiten nicht tief genug eingearbeitet. Stell dir immer eine Kugel vor und vergiss auch nicht die Augenlider.«

»Dafür lässt du einfach Material genug stehen«, fügte Henk hinzu. »Die Augenlider kannst du später mit dem kleinen Schnitzmesser ausarbeiten.«

»Das könnte die Lösung sein für mein Problem.« Jan war erfreut. »Kollegen, danke für eure Tipps, damit kann ich etwas anfangen. Ich werde es gleich versuchen!«

»Dafür ist ja so ein Workshop gedacht«, stellte Henk fest. »Man lernt nette Leute kennen und kann sich gegenseitig helfen.«

Es war spät geworden, und neben Jan war nur noch Sjurd am Schnitzen. Jan nutzte die Gelegenheit, um Sjurd etwas auszuhorchen.

»Kennst du Harm und Dora schon länger?«

»Ja, Harm kenne ich schon ewig, damals hat er noch allein in Groningen in einem kleinen Reihenhaus gewohnt. Als er Dora kennenlernte, hat es nicht lange gedauert, und sie sind hierhergezogen. Ich glaube, ihr war seine Wohnung zu klein und sie hat ihn überredet, diesen Bauernhof zu kaufen.«

»Können sie sich das denn leisten?«, fragte Jan. »Ich hab den Eindruck, dass sie sich ein bisschen übernommen haben.« Jan erzählte Sjurd davon, wie er die verzweifelte Dora in der Küche angetroffen hatte.

Sjurd ließ sich Zeit mit der Antwort. Vermutlich überlegte er, was er Jan mitteilen durfte. Schließlich rückte er mit der Sprache raus. »Du hast recht mit deiner Vermutung, bei den beiden herrscht finanziell gesehen immer Ebbe. Aber …« Wieder eine Pause. »Es gibt Gerüchte.« Sjurd blickte sich um. Als er sich davon überzeugt hatte, dass weder Harm noch Dora in der Nähe waren, fuhr er fort: »Angeblich hat Dora einen Weg gefunden, Geld zu machen.«

»Die verticken doch keine Drogen?«, fragte Jan scherzhaft.

»Nein, das nicht. Dora ist so eine Art Zwischenhändlerin für besondere Waren.«

»›Besondere Waren‹? Wenn es keine Drogen sind, was dann?«

»Wie gesagt, es ist nur ein Gerücht. Bei uns an der Küste treiben alle möglichen Sachen an, nicht nur Holz. Das Mitnehmen von wertvollen Strandfunden ist natürlich illegal. An der Küste und auf den Inseln nennt man Strandräuber auch Jutter, mit ›u‹ geschrieben, mit ›ü‹ gesprochen.«

»Ja, den Ausdruck kenne ich«, sagte Jan. »Auf der Insel Texel gibt es sogar ein Jutter-Museum.«

»Wir haben harmlos angefangen, zunächst mit angetriebenem antiken Holz, zum Beispiel Palmholz, das wir unter der Hand an Dora verkauft haben. Sie hat es für ihren Mann erworben, dann aber gemerkt, dass sie es mit Gewinn weiterverkaufen kann.«

»Da ist sie auf den Geschmack gekommen«, vermutete Jan.

»Genau. Sie fragte nach Dingen, die mehr Geld bringen, Gegenstände aus Schiffswracks wie Bullaugen und Positionslaternen. Je älter, umso besser. Wo die Sachen herkommen, will sie nicht wissen. Sie stammt ursprünglich aus Düsseldorf und hat gute Verbindungen in die dortige Kunst- und Antiquitätenhändlerszene. Die sind ganz scharf auf solche Sachen.«

»Dora und Harm sind also inoffizielle Zwischenhändler und ...«

Sjurd unterbrach ihn. »Nein, nicht Dora und Harm, nur Dora. Ich glaube nicht, dass Harm von dem Nebengeschäft etwas ahnt. Harm lebt in seiner eigenen Welt.«

»Er muss doch mitbekommen, wenn hier die Waren über den Tisch gehen!«

»Dora macht das ganz geschickt. Sie hat im riesigen Keller des Wohnhauses ihre Acrylbilder eingelagert und heimlich auch die Spezialware. Wie sie die Strandfunde anbietet, weiß ich nicht, vielleicht hat sie eine Kontaktperson in Düsseldorf. Jedenfalls kommen die Interessierten hierher, um offiziell ihre Acrylbilder anzusehen und zu kaufen. Tatsächlich verhökert sie im Keller aber die Strandfunde. Und Harm, der Dussel, hat keine Ahnung davon.«

»Du kennst dich verdammt gut aus«, stellte Jan fest.

»Manchmal finden meine Jutter-Kollegen am Strand mehr, als sie selbst benötigen, und dann machen sie einen Deal mit Dora.«

»Was du natürlich nie tun würdest«, fügte Jan ironisch hinzu.

»Wie gesagt, es sind nur Gerüchte. Und ja, ich würde mich an solchen Geschäften nie beteiligen«, erwiderte Sjurd und zwinkerte Jan verschwörerisch zu. »Also, wenn du mal ein edles Stück Palmholz suchst … Aber von mir hast du den Tipp nicht. So, ich muss nach Hause, bis morgen, Jan.«

»Tot ziens, Sjurd, bis bald!« Jan sah auf seine Uhr. »Verdammt, schon so spät! Ich mach auch Schluss.«

Er räumte zusammen und entschied, noch einmal auf die Toilette zu gehen, bevor er losfuhr. Als er die Scheune betrat, hörte er laute Stimmen durch die offene Verbindungstür zwischen Scheune und dem vorderen Wohntrakt, eine Frauen- und eine Männerstimme. Waren das Harm und Dora?

Doch jetzt erklang eine zweite Männerstimme, und wenn er sich nicht täuschte, mit einem ostfriesischen Akzent. Harm war das jedenfalls nicht. Vorsichtig näherte sich Jan der offen stehenden Tür und lauschte.

»Sie wissen doch genau, wie wertvoll die Stücke sind!«, empörte sich ein Mann.

»Mehr kann ich Ihnen aber im Moment nicht zahlen!« Die Stimme von Dora.

»Hören Sie, wir sprechen von antiken Fundstücken aus der Zeit des Römischen Imperiums. Allein die Standartenadler sind ein Vermögen wert!«, sagte ein zweiter Mann, der mit dem ostfriesischen Akzent.

Der könnte aus Krummhörn stammen, dachte Jan. Sein Kollege Hayo aus Pewsum sprach ähnlich.

Dora wurde nun versöhnlicher. »Lassen Sie die Sachen hier, ich habe Verbindungen nach Düsseldorf. Dort kann ich die Stücke anbieten und vielleicht einen guten Preis erzielen.«

»Das können Sie vergessen«, sagte der eine. »Sie haben die Informationen und die Fotos. Melden Sie sich, sobald Sie ein Angebot, ein gutes Angebot, für uns haben.«

Jan hörte, wie die Eingangstür zugeschlagen wurde, ging schnell zur Toilette und zog die Tür bis auf einen Spalt zu.

»Blöde Arschlöcher!«, fluchte Dora und verschwand.

Jan schloss ab, zog seine Hose runter, setzte sich auf die Schüssel und dachte über das soeben Gehörte nach. Er sah auf seine Uhr und merkte sich die Zeit. Die Kamera in seinem Bulli, die auf die Auffahrt gerichtet war, hatte die beiden Besucher und ihr Fahrzeug bestimmt aufgezeichnet.

DITZUM, HAUS DER FAMILIE BRONING

Eine Stunde später saß Jan zusammen mit Maike in der Küche ihres Hauses in Ditzum. Jan hatte die Speicherkarte aus der Kamera genommen und war dabei, die Stellen zu finden, wo die beiden Besucher den Hof in Bellingwolde betreten und später wieder verlassen hatten.

»Scheiße!«, fluchte Jan, als er fündig geworden war.

»Das sagt man nicht, Papa!« Antje stand mit ihrer neuen Puppe Margriet in der Küchentür.

»Da hast du recht, mein Schatz, soll nicht wieder vorkommen!«, entschuldigte sich Jan bei seiner Tochter und Maike.

»Tja«, sagte Maike, »da sind wohl zwei Euro für die Fluch-Spardose fällig.«

Im Hause Broning gab es neuerdings diese spezielle Spardose. Jeder, der fluchte oder bestimmte Schimpfwörter benutzte, musste Strafgeld bezahlen.

Jan hob entschuldigend die Hand und wandte sich erneut der Aufzeichnung zu.

Fast hätte er wieder geflucht, als die beiden Männer in den Aufnahmebereich der Kamera kamen, wandelte seinen Ausruf, der ihm schon auf der Zunge lag, jedoch ab in ein harmloses »Oh nee!«.

»Jan, was ist denn?«

»Schau selbst.« Er drehte den Laptop so, dass Maike gut auf den Bildschirm sehen konnte. »Hier die erste Stelle, wo die zwei Männer, die ich gehört habe, ankommen.«

»Oh«, sagte seine Frau, »jetzt weiß ich, warum du geflucht hast. Zwei Kapuzenmänner auf Fahrrädern.«

»Kein Kennzeichen und keine Gesichter zu erkennen. Und beim Verlassen des Hofes dasselbe.« Jan zeigte ihr nun die Aufzeichnung, als die Männer mit ihren Fahrrädern davonfuhren.

»Ganz schön clever, die Herren«, stellte Maike fest. »Vermutlich haben sie ihren Wagen ein Stück vom Hof entfernt abgestellt. Oder sie kommen aus der Nähe.«

»Beides möglich. Einer der beiden hatte zumindest einen ostfriesischen Dialekt, möglicherweise kommt er aus der Krummhörn. Jedenfalls wollten sie anonym bleiben, sonst hätten sie sich nicht solche Kapuzenpullis angezogen«, fügte Jan hinzu. »Wie kommen Ostfriesen aus der Krummhörn an einen Standartenadler aus dem Römischen Imperium?«

»Eine sehr gute Frage.« Nachdem Maike einen Moment überlegt hatte, antwortete sie: »Diebesbeute. Vielleicht haben sie die Sachen bei einem Einbruch gestohlen. Aus dem Privatbesitz eines reichen Sammlers oder aus einem Museum.«

»Wenn du auf der Dienststelle bist, kannst du das im System überprüfen?«, fragte Jan.

»Kein Problem. Übrigens, unser Freund Onno will heute Abend noch vorbeikommen. Er hofft auf deinen Rat zu einer dienstlichen Sache.«

»Eigentlich wollten wir den Dienst nicht mit nach Hause nehmen.«

»Das funktioniert ja so gut«, erwiderte Maike sarkastisch. »Außerdem: Würdest du dich nicht schon die ganze Woche mit anderen Weibern in Holland herumtreiben, hätte Onno dich in deinem Büro in der Dienststelle aufgesucht. Nach Bellingwolde kann er schlecht kommen, schließlich bist du undercover dort. Und er würde euch noch bei euren künstlerischen Aktivitäten stören.« Die drei letzten Worte betonte sie besonders zynisch.

»Ent-schul-di-gung, mein Schatz.« Jan beschloss, lieber nichts von Margriet und der intensiven Beschulung in Sachen schöne Augen zu erzählen. »Wo wir schon beim Dienst sind: Gibt es etwas Neues zu der Wasserleiche, die am Borkumriff angetrieben worden ist?«

»Nein, wir konnten die Identität des Mannes noch nicht feststellen. Vielleicht ergibt die Obduktion neue Ansatzpunkte.«

Draußen fuhr ein Motorroller vor und hielt vor dem Haus.

»Ich glaube, Onno ist da«, sagte Maike und ging zur Eingangstür.

Kurz darauf kam sie mit Onno zurück in die Küche.

»Hallo, Jan, ich habe gehört, du bist unter die Künstler gegangen?«

Jan sah, wie seine Frau tief durchatmete, als ob sie Onnos Bemerkung kommentieren wollte. Doch sie zog es vor zu schweigen.

»Ja, Onno, ein Spezialeinsatz für unsere niederländischen Kollegen.« Jan war schlau genug, sich einen Satz in Richtung Maike zu verkneifen. Er berichtete vom Undercover-Einsatz in Bellingwolde, ließ aber einige Passagen, insbesondere die, in denen Margriet vorkam, aus.

»Das klingt nach Win-win«, stellte Onno fest. »Du kannst Dienstliches mit deinem Hobby verbinden.«

»J…ein. Ich habe schon einiges dazugelernt, gleichzeitig jedoch festgestellt, dass die anderen Teilnehmer in einer anderen Liga spielen. Ich bin sozusagen in der Kreisklasse, und die sind in der Bundesliga. Aber weshalb bist du hier? Maike sagte, du willst mit mir über ein dienstliches Problem sprechen.«

»Ja, ich mach mir Sorgen wegen einem aktuellen Fall«, begann Onno.

Jan hörte sich Onnos Bericht über das vermutete Schneeballsystem in Leer aufmerksam an. »Habt ihr schon Stefan beim LKA eingeschaltet?«, wollte er wissen.

»Haben wir, und jetzt sitzen wir in einer verdammten Zwickmühle. Stefan hat mit den wenigen Daten, die wir ihm übermittelt haben, eine Analyse durchgeführt. Im letzten Jahr hatte dieser Lamberg, der Kopf der Bande, ein Schneeballsystem in Süddeutschland durchgezogen, so viel steht fest. Allerdings ging es dabei nicht um eine Goldmine, sondern um Warentermingeschäfte. Er selbst und sein Stellvertreter Woland blieben als Kopf der Bande im Hintergrund. Sie haben sich einen Strohmann für die Abwicklung der Überweisungen gesucht, dem die Leute vertrauten. Außerdem gab es einen Anwerber, der neue Kunden anlockte.«

Jan hakte nach: »Vorausgesetzt, bei dieser angeblichen Firma Schwanengold handelt es sich wieder um ein Schneeballsystem, dann wäre der Strohmann dieser Bernd Bäke und der Anwerber Volker Homming?«

Onno nickte. »Und schon sind wir bei der Gretchenfrage angelangt.«

Jan wusste sofort, wo der Schuh drückte. »Der Verdacht liegt durch Lambergs Vergangenheit nahe, dass es sich auch bei der Firma Schwanengold um ein Schneeballsystem handelt und die Mitarbeiter Betrüger sind. Die Öffentlichkeit müsste so schnell wie möglich gewarnt werden, um den Schaden zu begrenzen. Allerdings fehlen euch Beweise. Geht ihr mit einem Warnhinweis an die Öffentlichkeit, habt ihr einen Riesenärger am Hals, insbesondere Schadenersatzforderungen von den Anwälten der Firma, sollte an dem Verdacht nichts dran sein und es sich um eine ganz normale Firma handeln, die tatsächlich Gold in einer existierenden Mine schürfen will.«

Onno zog eine Schnute. »Warnen wir die Anleger jedoch nicht und es stellt sich heraus, dass sie Betrügern aufgesessen sind, werden die uns ...«

»Auf kleiner Flamme grillen«, ergänzte Jan. »Auf jeden Fall wird es einen gewaltigen Shitstorm geben. Was sagt denn euer Bauchgefühl?«

»Klaas und ich sind uns einig, dass wir es mit einem klassischen Schneeballsystem zu tun haben und es sich bei Lamberg, Woland, Homming und Bäke um Betrüger handelt. Allerdings ...«

»Doch nicht so sicher?«

»Vielleicht ist auch dieser Bernd Bäke ein Opfer und weiß gar nicht, dass er die Anleger betrügt. In Süddeutschland wusste der Strohmann jedenfalls nichts. Und als er dahinterkam, war es zu spät.«

»Ihr könntet morgen früh mit Staatsanwalt Gruhlich sprechen, aber ich glaube nicht, dass er bei dieser dünnen Beweislage einen Durchsuchungsbeschluss befürwortet«, meinte Jan. »Dieser Bernd Bäke wohnt doch in Leer. Fahrt nach dem Gespräch mit dem Staatsanwalt zu ihm, am besten ohne Voranmeldung, und hört euch an, was er zu sagen hat. Klopft ein bisschen auf den Busch. Und danach könnt ihr immer noch entscheiden, ob ihr an die Öffentlichkeit geht«, schlug Jan vor. »Wie auch immer, ich halte euch den Rücken frei und ihr könnt euch auf mich berufen.«

Onno wirkte erleichtert. »Danke, Jan. Klaas und ich waren uns unsicher und wollten hören, wie du die Sache einschätzt.«

»Im Grunde ist es Abwägungssache. Geht ihr an die Öffentlichkeit und habt recht, bewahrt ihr zukünftige Anleger vor Schaden und erreicht eine Strafverfolgung der Betrüger. Liegt ihr falsch, müsst ihr mit Folgen für euch rechnen, weil ihr der Firma Schaden zugefügt habt. Wartet ihr allerdings ab und ermittelt im Hintergrund, werden weitere Bürger ihr Geld verlieren, sollte es sich um ein Schneeballsystem handeln. Zusammengefasst: Wir haben jetzt Stefans Informationen über die Betrügereien von Lamberg und Woland in der Vergangenheit. Mit hoher Wahrscheinlichkeit ziehen sie hier wieder ein Betrugssystem auf. Deshalb mein Rat: Rücksprache mit der Staatsanwaltschaft, Konfrontation mit diesem Bäke, und dann gebt ihr – ob mit oder ohne Beweise – über die Pressestelle eine Warnmeldung für die Öffentlichkeit heraus. Es ist wie immer bei der Polizei: keine Zeit für Gutachter oder Diskussionsrunden. Wir müssen uns entscheiden und dann mit dem Ergebnis leben.«

KAPITEL 9

LEER, POLIZEIDIENSTGEBÄUDE

Im Büro legte Onno den Hörer auf und sah seinen Kollegen Klaas, der gegenüber von ihm saß, mürrisch an.

»Und? Was hat der Staatsanwalt gesagt?«, wollte Klaas wissen. »Deinem Gesicht nach zu urteilen, lief das Gespräch nicht nach deiner Mütze.«

Onno gähnte ausgiebig, er hatte heute Nacht schlecht geschlafen. Das gestrige Gespräch mit Jan hatte ihn zwar beruhigt, aber dennoch hatte ihn die Sache nicht losgelassen. »Wie Jan schon vermutet hat: Der Staatsanwalt war sehr interessiert, meinte jedoch, dass dies eine hochsensible Angelegenheit sei und wir, bevor wir drastische Maßnahmen wie zum Beispiel einen Durchsuchungsbeschluss ergreifen, weiter hier vor Ort ermitteln sollen.«

»Viele Ermittlungsansätze haben wir ja nicht«, dachte Klaas laut. »Von diesem Betrüger-Quartett kennen wir nur Homming und Bäke. Deren Personalien und Adressen haben wir. Bei den anderen beiden wissen wir nur die Familiennamen, Lamberg und Woland.«

»Dann lass uns Jans Rat folgen und mit diesem Bernd Bäke anfangen«, schlug Onno vor.

Kurz darauf waren Onno und Klaas im Zivilwagen unterwegs zur Adresse von Bernd Bäke. Das kleine Einfamilienhaus lag im westlichen Stadtteil von Leer. Onno stellte das Auto vor dem Haus ab und sah auf ein kleines Schild neben der Haustür. Darauf stand: »Bernd Bäke, Finanzberater.«

»Hier sind wir richtig«, stellte Onno fest und stieg aus.

Klaas folgte ihm zur Haustür. Onno fiel sofort eine verschmierte Stelle an der Hausmauer auf. Bei genauerem Hinsehen erkannte er das Wort »Betrüger«, das mit weißer Farbe an die Wand gesprüht worden war. Jedoch hatte jemand versucht, die Schrift zu entfernen. Lösemittel und Putzlappen lagen noch am Boden.

An der Haustür erkannten die beiden Polizisten Einbruchsspuren. Hier war eindeutig, aber vergeblich, mit einem Stemmeisen hantiert worden. Die Tür wirkte recht neu, die Sicherheitsverriegelungen hatten wohl standgehalten.

Onno sagte leise: »So wie das hier aussieht, hatte Herr Bäke einen sehr unfreundlichen Besucher. Ich bin gespannt, was er uns erzählt.« Er drückte auf die Klingel und wartete. Als keine Reaktion erfolgte, drückte er die Klingel noch einmal, jetzt energischer.

»Ist keiner zu Hause«, stellte Klaas fest. »Zumindest rührt sich keiner.«

Onno sah sich um. »Ich geh mal ums Haus herum, vielleicht ist jemand im Garten.«

Zwischen der Garage und der Hausmauer befand sich eine einfache Holztür, an der das Schloss herausgebrochen worden war.

»Der Einbrecher ist vorne gescheitert und hat hier versucht, ins Haus zu kommen«, rief er Klaas zu.

Klaas kam zu ihm und legte den Zeigefinger an die Lippen. »Vielleicht ist er noch im Haus, wir sollten vorsichtig sein«, warnte er und griff nach seiner Pistole.

»Du hast recht. Und wenn er die Klingel gehört hat, könnte er versuchen, über die Rückseite zu flüchten.«

Die beiden Polizisten gingen durch die Zwischentür und gelangten auf die Terrasse hinter dem Haus. Der Einbrecher hatte die große Glasscheibe der Terrassentür eingeschlagen und war so ins Hausinnere gelangt.

Onno und Klaas sahen sich an. Auch unausgesprochen wussten beide, um was es in diesem Moment ging: sofort reingehen oder auf Verstärkung warten. Reingehen bedeutete in einer solchen Situation immer, sich einer Gefahr auszusetzen, da sie nicht wussten, ob sich der oder die Täter noch im Haus befanden, ob sie bewaffnet waren und so weiter. Allerdings könnte jemand verletzt sein und so schnell wie möglich Hilfe benötigen. Und speziell in diesem Fall bestand auch die Möglichkeit, dass ein Geschädigter sich den Finanzmakler vorknöpfen wollte.

»Wir gehen rein und sehen nach, was los ist«, entschied Onno.

»Okay, aber so, wie wir es gelernt haben.« Klaas meinte das spezielle Training für Eigensicherung bei Einsätzen wie diesem hier. Zusammenbleiben, sich absprechen und gegenseitig absichern.

Als sie durch die zerstörte Terrassentür das Wohnzimmer betraten, bot sich ihnen ein Anblick blinder Zerstörungswut. Die Einrichtung war kurz und klein geschlagen und überall auf dem Fußboden verstreut.

Onno rief laut: »Polizei Leer, ist hier jemand?«

Die beiden Polizisten lauschten und warteten auf eine Reaktion.

Nichts! Keine Fluchtgeräusche und kein Stöhnen eines Verletzten.

»Herr Bäke, hier ist die Polizei!«, rief Onno noch einmal sehr laut.

»Hier ist keiner, zumindest keiner, der etwas von sich geben kann oder will«, stellte Klaas trocken fest. »Und nu?«

Onno gab keine Antwort. Er hatte gerade mehrere rote Flecken auf dem hellen Teppich entdeckt.

Klaas sah sie nun auch. »Vermutlich Blut. Entweder hat sich der Einbrecher an den Scherben geschnitten oder ...«

»Oder das Blut stammt von unserem Finanzberater Bäke«, vollendete Onno. »Klaas, wir durchsuchen das Haus. Vielleicht liegt Bäke irgendwo und ist verletzt.«

»So wie es hier aussieht, war jemand verdammt sauer. Wenn er Bäke angetroffen hat, möchte ich nicht in seiner Haut gesteckt haben.«

Onno und Klaas überprüften das ganze Haus. In dem Zimmer, das als Büro diente, waren die Schubladen der Aktenschränke herausgerissen und Blätter lagen verstreut auf dem Boden. Die Regale, in denen den Staubabdrücken nach bis vor Kurzem Aktenordner gestanden haben mussten, waren leer.

Schließlich hatten sie alle Räume inklusive des Kellers und des Dachbodens durchsucht.

»Alles negativ, kein Einbrecher und kein Finanzberater«, stellte Klaas fest.

»Verschleppt oder geflüchtet. Wie auch immer, wir brauchen auf jeden Fall die Spurensicherung.«

»Albert Brede wird nicht erfreut sein, dass wir überall herumgelaufen sind«, gab Klaas zu bedenken.

Onno verzog sein Gesicht, als er an den meist übel gelaunten Kollegen Albert Brede dachte. Albert war ein ausgezeichneter Forensiker der alten Schule, allerdings auch bekannt für seine schlechte Laune und kurzen Sätze. Seine Mitarbeiterin Swantje Beninga hielt es erstaunlicherweise schon sehr lange mit ihm aus. Und Klaas hatte recht. Sie hatten den beiden Tatortermittlern Albert und Swantje zusätzliche Arbeit beschert, weil sie den Tatort mit Fremdspuren kontaminiert hatten, was die Spurenauswertung nicht einfacher machte.

Onno rief bei Albert an und bat ihn, so schnell wie möglich herzukommen.

Sie warteten im Auto auf die Tatortermittler und überlegten in der Zeit, was hier passiert sein könnte. »Die Schmiererei an der Wand könnte von einem Geschädigten stammen«, spekulierte Klaas. »Jemand, vielleicht dieser von Bühl, der sich bei uns gemeldet hat, stattet dem verantwortlichen Finanzberater einen kleinen Besuch ab, weil er draufgekommen ist, dass er aufs Kreuz gelegt wurde.«

Onno nickte und nahm Klaas' Faden auf. »Bäke ahnt, was ihm blüht, als dieser Jemand vor seiner Tür steht, und verschanzt sich im Haus.«

»Der Geschädigte rastet aus und versucht ins Haus einzudringen, um sich Bäke zu schnappen«, fuhr Klaas fort. »Die Eingangstür hält jedoch stand, also bricht er die Zwischentür auf und schlägt die Glasscheibe ein.«

»Und Bäke?«, unterbrach Onno ihn. »Warum ruft er nicht die Polizei? Der Einbrecher war sicher eine Weile beschäftigt. Warum wartet er drinnen auf den Einbrecher?«

»Weil er als Teil des Betrüger-Rings die Polizei nicht rufen kann?«, spekulierte Klaas. »Man würde ihn zu den Vorwürfen befragen.«

»Oder Bäke war nicht zu Hause und das Blut stammt vom Einbrecher«, überlegte Onno.

»Auch möglich«, stimmte Klaas zu.

»Wir sind hergekommen, um festzustellen, ob es sich bei der Firma Schwanengold um ein Betrugssystem handelt. Was sagt uns jetzt das Ganze? Hat sich Bäke abgesetzt oder wurde er entführt?«

»Wir sollten ihn zur Fahndung ausschreiben«, schlug Klaas vor.

»Sehe ich auch so«, pflichtete Onno ihm bei. »Und sobald die Spurensicherung eintrifft, befragen wir die Nachbarn, vielleicht haben die etwas mitbekommen und können uns etwas zu Bäke erzählen. Sein Umfeld wäre auch interessant, Frau oder Freundin, Familienangehörige …«

Der weiße Bulli der Spurensicherung hielt neben dem Auto, in dem Onno und Klaas saßen. Alle stiegen aus und begrüßten sich. Swantje war guter Laune und lachte, während Alberts Gesicht immer länger wurde, als Onno erzählte, was sie vorgefunden hatten.

»Was angefasst?«, fragte Albert mürrisch.

»Nein«, antwortete Onno. »Bis auf die Türklinken, aber auch die nur mit dem Ellenbogen.«

»Tatort sicher?«

»Ja, alles durchsucht, ihr könnt in Ruhe arbeiten.« Onnos letzte Bemerkung sollte Albert eigentlich beschwichtigen.

Aber dieser schüttelte verständnislos den Kopf, griff sich den schweren Spurensicherungskoffer und ging auf die Eingangstür zu.

»Immer wieder gerne!«, rief Klaas ihm hinterher.

»Kollegen, Albert ist heute nicht so gut drauf«, entschuldigte Swantje ihren Chef.

»Ach, ist ja ganz was Neues«, erwiderte Onno. »Wie hältst du das bloß aus mit so einem Misanthropen?«

»Die meiste Zeit sagt er nichts«, antwortete Swantje. »Ich komm schon klar mit unserem Albert. Inzwischen hat er sogar die neuen forensischen Möglichkeiten akzeptiert. Er schickt mich zu den Lehrgängen, ich besorge die Unterlagen und die Werkzeuge. Zusammen setzen wir dann alles am Tatort um.« Swantje zwinkerte ihnen zu. »So, Jungs, ich muss jetzt los und Albert helfen. Bis später!«

Klaas und Onno begannen mit dem »Klinken putzen«, der Befragung der Nachbarn. Schnell stellte sich heraus, dass die Frauen die besseren Beobachterinnen waren. Die Männer waren an ihrem Nachbar Bäke weniger interessiert.

Nach zwei Stunden hatten sie einiges über Bernd Bäke erfahren. Er lebte allein in seinem Elternhaus. Eine Frau oder eine Freundin hatte er nicht, allerdings eine Schwester, die ihn ab und zu besuchte. Bäke war gelernter Bankkaufmann, im Moment jedoch arbeitslos. Er lebte ruhig und zurückgezogen. Es gab Gerüchte, dass Bäke sein Sportboot verkaufen wollte, weil er Schulden hatte. Bäke war sehr sportlich, seine Leidenschaft war das Schwimmen. Er trainierte sogar für einen Triathlon-Wettkampf. Er war Vereinsmitglied bei der örtlichen DLRG und hatte sich in letzter Zeit als Schwimmaufsicht an Baggerseen etwas hinzuverdient. Von dem Einbruch hatten die Nachbarn nichts mitbekommen.

Onno und Klaas fuhren zurück in ihr Büro. Als Erstes bat Onno die Presseabteilung der Dienststelle, die vorbereitete Eilmeldung wegen des Schneeballsystems herauszugeben. Danach telefonierte er mit dem Staatsanwalt in Aurich und bat um Unterstützung für einen Durchsuchungsbeschluss im Haus Bäke. Dokumente und Schriftstücke, zumindest was noch da war, sollten in Kartons verpackt und zur Staatsanwaltschaft transportiert werden.

Noch immer gab es keine konkreten Beweise für ein illegales Schneeballsystem. Onno wollte auf Nummer sicher gehen, gleichzeitig aber die Umstände nutzen. Die Vorgehensweise hatte er mit dem Staatsanwalt abgesprochen.

Klaas formulierte es wieder einmal auf seine spezielle Art: »Arsch an die Wand und melden macht frei!« Klaas war inzwischen auch nicht untätig gewesen und hatte Mitglieder der örtlichen DLRG befragt.

Onno hatte die Gespräche mit einem Ohr mitgehört. Keiner wusste, wo Bernd Bäke sich zurzeit aufhalten könnte, aber ein Mitglied kannte zumindest den Vornamen der Schwester: Bärbel. Klaas hatte auf gut Glück »Bärbel Bäke« und »Ostfriesland« in die Internetsuchmaschine eingegeben und war fündig geworden. Sie wohnte in Aurich, sogar die Telefonnummer war angegeben.

Während Klaas mit Bärbel Bäke telefonierte und mit ihr ein Treffen auf der Dienststelle vereinbarte, ließ Onno Bernd Bäke zur Fahndung ausschreiben und prüfte daraufhin seine dienstlichen Mails. Swantje hatte ihm kurz den aktuellen Stand der Dinge mitgeteilt: Albert und sie hatten den Tatort inzwischen aufgenommen. Die roten Flecken auf dem Teppich im Wohnzimmer waren tatsächlich Blutspuren. Das Haus war nun versiegelt. Swantje hatte die neue 3-D-Kamera eingesetzt, mit der man den Raum dreidimensional aufnehmen und später am Computer betrachten konnte. Der ausführliche Tatortbefundbericht würde folgen.

Klaas hatte inzwischen aufgelegt und berichtete Onno jetzt vom Gespräch mit Frau Bäke. »Sie ist sehr besorgt wegen ihrem Bruder. Angeblich hat er ihr gebeichtet, dass es sich wirklich um ein Betrugssystem handelt. Sie hat auf Anraten ihres Bruders viel Geld investiert und nun vermutlich alles verloren. Er soll am Telefon ziemlich verzweifelt geklungen haben.«

»So doof es klingt in der Situation, aber ich bin nach dieser Aussage doch erleichtert. Der Verdacht des Betrugs verdichtet sich immer mehr. Sobald die Schwester auf der Dienststelle eintrifft, werden wir sie erneut befragen und mit ihr zusammen zum Haus von Bäke fahren. Es ist wichtig, dass ein Familienangehöriger bei der Durchsuchung des Hauses anwesend ist.«

»Ich finde, wir haben uns dringend eine Pause verdient.« Auch Klaas wirkte erleichtert. Ihre Entscheidung mit der Herausgabe der Warnmeldung hatte sich als richtig erwiesen.

Aus der Kaffeepause wurde allerdings nichts, denn die Pressemitteilung zeigte Wirkung und die Telefone von Onno und Klaas standen nicht mehr still. Wie ein Lauffeuer hatte sich die Meldung über die sozialen Medien herumgesprochen. Onno wurde schnell klar, dass sie mit der Bewältigung der Anrufe zu zweit überfordert waren. Plan B trat nun in Kraft, und alle Anrufe, insbesondere die der Medienvertreter, wurden zur Pressestelle umgeleitet. Dort stellten die Kollegen Listen der Geschädigten zusammen und informierten Onno und Klaas zwischendurch. Die beiden staunten über die Höhe der Geldanlagen.

Wieder klingelte das Telefon auf Klaas' Schreibtisch. Klaas meldete sich, hörte zu und sagte: »Bringt sie bitte zu uns rauf.«

»Die Schwester von Bernd Bäke ist da, richtig?«, vermutete Onno.

»Ja«, bestätigte Klaas. »Onno, du siehst ein wenig blass aus. Ist alles okay?«

»Ist ja kein Wunder«, erwiderte Onno. »Wir haben unsere Köpfe direkt in die Schusslinie gehalten.«

»Aber der Anruf bei Frau Bäke hat gezeigt, dass wir richtiglagen. Du kannst dich also entspannen.«

»Wir haben uns ganz schön weit aus dem Fenster gelehnt. Früher haben mir solche Entscheidungen nicht so viel Kopfzerbrechen bereitet. Ich werde langsam zu alt für diesen Beruf.«

Es klopfte, und eine junge Polizistin erschien mit Frau Bäke im Schlepptau.

»Danke, Kollegin. Bitte, Frau Bäke, setzen Sie sich!«, sagte Onno und stellte sich und Klaas vor. »Sie haben vorhin mit meinem Kollegen telefoniert, wir bearbeiten Betrugsfälle. Haben Sie ein Dokument dabei, mit dem Sie sich ausweisen können?«

»Meinen Führerschein.« Sie reichte Onno die Karte.

Onno schob sie Klaas zu, und dieser überprüfte die Daten.

Frau Bäkes Gesicht hatte inzwischen jegliche Farbe verloren. »Kann ich ein Glas Wasser haben?«, fragte sie nervös.

»Natürlich«, antwortete Klaas, stand auf und gab ihr den Führerschein zurück. Dabei sah er Onno an und schüttelte leicht den Kopf. Ein Zeichen dafür, dass gegen Frau Bäke nichts vorlag.

Onno wartete, bis Klaas mit dem Wasser zurück war. Dabei überlegte er, ob Frau Bäke nur Geschädigte oder womöglich am Betrugssystem beteiligt war. Ihre Körpersprache und Nervosität sprachen dafür, könnten aber auch Ausdruck ihrer Angst um den Bruder und das verlorene Geld sein. Offiziell belehren musste er sie auf jeden Fall.

Klaas kam zurück und reichte ihr ein Glas Wasser. Sie trank einen Schluck.

Onno bemerkte, dass ihre Hand zitterte. »Geht es wieder?«, fragte er.

»Alles verloren, alles futsch«, stammelte Frau Bäke. Sie begann zu weinen. »Ich habe meine gesamten Ersparnisse Bernd gegeben und sogar einen Kredit aufgenommen, und jetzt ist alles verloren.«

In Gedanken strich Onno seinen Verdacht, dass sie am Betrugssystem beteiligt sein könnte. Im Gegenteil, sie war eindeutig ein Opfer des Betrugs. »Frau Bäke, bevor ich mit der Befragung beginne, muss ich Sie als Zeugin belehren, das ist Vorschrift.«

Klaas nickte, weil er die Situation genauso einschätzte.

Erstaunlich, dachte Onno, wie gut sie sich kannten. Viele Worte brauchten sie nicht mehr. Irgendwann würden sie wie Albert Brede enden.

Nach der vorgeschriebenen Belehrung begann Onno mit der Befragung. »Frau Bäke, wie ist Ihr Verhältnis zu Ihrem Bruder?«

»Sehr gut. Unsere Eltern sind früh verstorben, und wir hatten nur noch uns.«

Wenn es stimmte, was Frau Bäke sagte, war ihr Bruder Bernd vermutlich unwissender Strohmann gewesen und hatte im guten Glauben gehandelt, denn er würde seine geliebte Schwester niemals wissentlich betrügen. Das leiteten sowohl Onno als auch Klaas aus der Antwort ab.

Die nächste Frage war dennoch unausweichlich. »Frau Bäke, es besteht der Verdacht, dass Ihr Bruder Bernd an einem illegalen Schneeballsystem beteiligt ist.«

»Nennen Sie das Kind doch beim Namen! Sie wollen wissen, ob Bernd ein Betrüger ist und ob ich davon wusste. Nein, und nochmals nein! Bernd ist selbst auf die Betrüger reingefallen!« Sie schluchzte auf. »Gestern hat er es erfahren und mich angerufen. Das habe ich Ihrem Kollegen schon am Telefon mitgeteilt. Er hat geweint und mir gesagt, dass mein Geld futsch ist. Er war echt verzweifelt.«

Ihre entschiedene Reaktion überraschte Onno. »Wir müssen unbedingt mit Ihrem Bruder sprechen. Wissen Sie, wo er sich aufhält?«, fragte er und beobachtete sie genau.

»Ich habe keine Ahnung, wo er ist.«

KAPITEL 10

WESTEREMS, SÜDWESTLICH DER INSEL BORKUM

Der Wattführer Tamme Uden saß beim Tee in der Küche in seinem kleinen Haus im Ortskern der Insel Borkum, als das Telefon klingelte. Tamme sah auf das Display, es zeigte die Nummer des zweiten Vormannes Eiko an.

»Eiko, wat is los? Ick sit net vört Tee.«

»De sall woll kolt woren«, erwiderte Eiko, was so viel bedeutete wie: »Der wird wohl kalt werden«. Er wechselte ins Hochdeutsche: »Tamme, wir müssen sofort auslaufen! Die Holländer haben im Randzelgat eine brennende Jacht gesichtet. Maschinist Fritz und Rettungsmann Dietje sind schon unterwegs.«

»Ich mach mich fertig und bin gleich da«, sagte Tamme und legte auf.

Tamme Uden war einer der Vormänner der Station der Deutschen Gesellschaft zur Rettung Schiffbrüchiger, kurz DGzRS, auf Borkum. Zusammen mit anderen Ehrenamtlichen gehörte er zur Besatzung des Rettungskreuzers »Alfried Krupp«. Die »Alfried Krupp« lag im Schutzhafen von Borkum am Schwimmanleger II.

Auf der Fahrt zum Schutzhafen überlegte Tamme, was sie im Moment für Tideverhältnisse hatten. Die Tide bestimmte das Leben auf der Insel, insbesondere das der Wattführer und der Schifffahrt draußen auf See. Deshalb hatte Tamme die Tidenzeiten immer grob im Kopf, und wenn er nicht falsch lag, dann herrschte noch Ebbe. Dies würde bedeuten, dass ihnen die brennende Jacht mit der Strömung entgegenkam.

Im Schutzhafen angekommen, stellte er seinen Wagen ab und lief die Stahlbrücke hinunter zum Schwimmanleger. Die Motoren der »Alfried Krupp« waren bereits gestartet worden.

Heute war Tamme der erste Vormann an Bord. Zur Besatzung gehörten der zweite Vormann Eiko, der Maschinist Fritz und Rettungsmann Dietje.

Tamme traf Eiko im Ruderhaus an. »Wie sieht's aus, Eiko, gibt's was Neues von dem Havaristen?«

»Ich hab gerade noch einmal über UKW-Funk mit der Verkehrszentrale und den niederländischen Kollegen gesprochen. Es liegt nun eine weitere Meldung über die brennende Jacht vor.«

In diesem Moment rief Fritz: »Alle an Bord, Maschinen laufen und Landanschluss ist getrennt!«

»Okay, dann man Leinen los und auslaufen!« Mit diesen Worten übernahm Tamme das Kommando. Es fühlte sich gut an, wieder einmal an Bord zu sein. Vorsichtig legte er den Kreuzer vom Anleger ab und gab das Auslaufsignal.

Nachdem sie die Fischerbalje, das Leuchtfeuer am Kopf des Borkumer Leitdamms, erreicht hatten, erhöhte er die Drehzahlen der Motoren. Der Kreuzer war 27,5 Meter lang und verfügte über drei Motoren mit insgesamt 3.200 PS. Das Schiff nahm schnell Fahrt auf. Tamme hob sein Fernglas vor die Augen und sah nach Backbord Richtung Randzelgat, wo er eine kleine Rauchwolke wahrnahm.

Eiko und Dietje kamen zu ihm ins Ruderhaus. Eiko blickte auf den Radarschirm. »Ich hab hier ein kleines Echo, das könnte die Jacht sein.«

»Wo ist Fritz?«, wollte Tamme wissen.

»Der fummelt an den Feuerlöschern rum«, antwortete Eiko.

Kaum hatte Eiko seinen Satz beendet, schoss eine Wasserfontäne aus dem Wasserstrahlrohr des Kreuzers an der Backbordseite empor.

»Scheint alles wunderbar zu funktionieren«, witzelte Eiko.

Tamme lachte. »›Feuerlöscher‹ ist gut … Aber du hast recht, die Löschanlage bringt volle Leistung.«

Eiko sah noch einmal aufs Radarbild und das ARPA-Gerät, welches das Radarbild auswertete. »Tamme, keine Schiffe in Sicht, du kannst abdrehen und ins Fahrwasser einlaufen.«

»Okay.« Tamme legte die Maschinenhebel auf volle Fahrt. Gefühlvoll gab er Backbordruder, und die »Alfried Krupp« lief in das Fahrwasser Westerems ein.

Obwohl sie nun gegen die Strömung fuhren, kamen sie schnell voran. Bald trieb ihnen die brennende Jacht mit dem Ebbstrom entgegen und sie kamen auf Abfangkurs zum Havaristen.

»Scheint keiner an Deck zu sein«, sagte Eiko, der konzentriert durchs Fernglas schaute. »Der Wind weht den Qualm in Richtung Randzel, deshalb kann ich was sehen. Es handelt sich um eine Motorjacht, mindestens 15 Meter lang.«

»Mist!«, fluchte Tamme laut. »Der Wind verschafft uns zwar gute Sicht, aber gleichzeitig drückt er die Jacht Richtung Randzel ins flache Wasser.«

Mit 2,1 Metern Tiefgang war der Einsatzbereich des Rettungskreuzers im flachen Wasser begrenzt. Deshalb war das Schiff für den Flachwasserbereich mit einem Tochterboot ausgerüstet.

»Ich glaube, die Jacht hat jetzt außerhalb des Fahrwassers Grundberührung, denn sie bewegt sich nicht mehr«, stellte Eiko fest und bestätigte damit Tammes Vermutung.

»Mal sehen, wie dicht wir rankommen.« Tamme verlangsamte die Fahrt und manövrierte den Rettungskreuzer näher an den Havaristen heran. Dabei achtete er peinlichst darauf, dass die Schrauben immer in Richtung des tiefen Wassers zeigten.

Nach wenigen Minuten ertönte vom Echolot ein Alarmsignal, sie hatten die kritische Wassertiefe erreicht. Tamme wollte nicht riskieren, dass sie festkamen, denn bei ablaufendem Wasser konnte das zum großen Problem werden. Bei auflaufendem Wasser wäre es nicht so gefährlich, weil ein festsitzendes Schiff dann leichter vom Grund freikam.

Fritz schaltete die Wasserkanone an Deck an. Die Löschwasserfontäne ging über der brennenden Jacht nieder, und sofort stieg weißer Qualm auf.

Tamme hielt den Kreuzer auf sicheren Abstand zur Sandbank, und Fritz und Eiko bedienten die Strahlrohre der Wasserkanonen.

Als der Qualm durchsichtiger wurde und schließlich weg war, sagte Tamme: »Jungs, lasst es gut sein. Ich glaube, ihr habt den Brand gelöscht. Wenn wir noch mehr Wasser reinpumpen, kriegen wir die Jacht nicht mehr vom Grund los.«

Die Männer überlegten gemeinsam, wie sie weiter vorgehen wollten, und kamen schließlich überein, das Tochterboot auszusetzen, um eine Leinenverbindung zwischen dem Kreuzer und dem Havaristen herzustellen. Der Kreuzer sollte die Jacht von der Sandbank ziehen und anschließend in den Schutzhafen schleppen.

Das Tochterboot wurde klargemacht. Dietje und Fritz fuhren damit rüber zur Jacht.

Dietje kletterte an Deck und ging vorsichtig zum Heck, um in das Bootsinnere zu gelangen. Dort wollte er als Erstes nach der Besatzung sehen und eventuell Hilfe leisten. Für einen Moment verlor Tamme seinen Kameraden Dietje aus den Augen.

Plötzlich kam Dietje zurückgerannt und übergab sich über die Reling. Danach lief er zum Bug und rief Fritz etwas zu.

Verdammt, was war da los? Tamme wurde unruhig.

Endlich hörte er die aufgeregte Stimme von Fritz über das Funkgerät.

»Tamme, Dietje hat im Salon eine gefesselte Leiche gefunden!«

KAPITEL 11

INSEL BORKUM, SCHUTZHAFEN

Die Polizistin Tomke Rabenstein stand zusammen mit ihrem Chef, Hauptkommissar Hero Sluiter, auf dem Schwimmanleger II. Sie hörten das Einlaufsignal des Rettungskreuzers, der jeden Moment in Sicht kommen musste. Kurz darauf sahen sie ihn, wie er mit der großen Motorjacht im Schlepp in den Hafen einlief.

»Schiet! Die Jacht liegt verdammt tief im Wasser«, stellte Tomke fest.

»Sicher wegen des vielen Löschwassers. Hauptsache, die säuft uns hier nicht ab«, hoffte Hero Sluiter.

Sie beobachteten, wie die Schleppleine zwischen Rettungskreuzer und Jacht aufgekürzt wurde. Der Kapitän des Kreuzers ging nun längsseits der Jacht und bugsierte diese mit vorsichtigen Manövern an den Anleger. Der Aufbau der Jacht war rußgeschwärzt und die Bullaugen waren zum Teil geborsten. Der Maschinist sprang von Bord des Kreuzers auf den Anleger, um die Festmacher zu belegen.

»Moin, wat'n Schiet!«, sagte er zu den Polizisten.

»Moin, Fritz!«, begrüßte Hero Sluiter ihn. Die beiden kannten sich. Ein Heimvorteil, den Tomke noch nicht hatte.

Inzwischen waren am Himmel über Borkum dunkle Wolken aufgezogen, Anzeichen für ein bevorstehendes Gewitter.

Fritz sah nach oben. Doch sein besorgter Blick galt nicht den dunklen Wolken, sondern war auf die Jacht gerichtet. Tomke bemerkte den beunruhigten Gesichtsausdruck.

»Was ist los, Fritz?« Auch ihrem Chef war er nicht entgangen.

»Wenn da jetzt noch Regen reinläuft, säuft uns die Jacht ab«, stellte Fritz nüchtern fest. »Wir müssen Pumpen einsetzen!«

Tomke überlegte. Um die Pumpen anzuschließen, mussten ein paar Leute auf die Jacht, was mehr Gewicht bedeutete. Würde das gut gehen? Außerdem handelte es sich bei der Jacht um einen Tatort, und dieser war durch die notwendige Bergung ohnehin bereits verändert worden. Eine Verunreinigung des Tatortes durch Fremdspuren war der Albtraum eines jeden Tatortermittlers.

Hero Sluiter musterte sie von der Seite. Tomke ahnte, dass ihm Ähnliches durch den Kopf ging. Die Spuren mussten unbedingt sofort gesichert werden, und zwar bevor der Regen einsetzte oder weitere Personen die Jacht betraten. Und bestimmt fragte er sich, ob sie, Tomke, das schaffte oder ob dieser spezielle Tatort eine Nummer zu groß für sie war.

»Die Kollegen von der Kripo Leer sind unterwegs. Wenn du lieber warten möchtest, dann …«

Tomke hatte also richtig vermutet. Und ganz falsch lag ihr Chef nicht – auch sie war sich nicht sicher, ob sie das allein konnte. Doch sie versuchte, sich ihre Verunsicherung nicht anmerken zu lassen. »Das kann noch Stunden dauern, und ich denke, die Zeit haben wir nicht. Ich schaff das schon!«

»Da hat deine Kollegin recht«, stellte Fritz fest, der mitgehört hatte.

»Na gut, Tomke. Dann zieh dich um und leg los. Die Pumpaktion muss noch warten, Fritz. Brauchst du Hilfe, Tomke?«

»Nein, ich komm klar. Das Beste ist, wenn ich ungestört arbeiten kann.«

»Okay. Die Kollegen werden den Anleger absperren und mit der Befragung der Besatzung des Rettungskreuzers beginnen.«

Tomke nickte und bat: »Die sollen genau sagen, was sie angefasst haben. Und es wäre gut, wenn ich mir das Profil ihrer Schuhe ansehen kann.« Für diesen Satz erntete sie einen strengen Blick von ihrem Chef. Tomke verfluchte innerlich ihr voreiliges Mundwerk, denn auf diese Idee wäre ihr Chef garantiert auch alleine gekommen. Schnell ging sie zu ihrem Streifenwagen, um aus der Schusslinie zu kommen. Außerdem musste sie sich umziehen.

Als sie in den Schutzanzug geschlüpft war, stand ihr Streifenpartner grinsend neben ihr. »Tomke, du erinnerst mich an meine Kindheit«, sagte er.

»Wie bitte?«

»In deinem blauen Overall siehst du aus wie Schlumpfine, echt schick!«

»Pack lieber mit an, anstatt Unsinn zu reden!«

Gemeinsam trugen sie die Ausrüstung über den Schwimmanleger zur havarierten Jacht. Tomke machte ein paar Außenaufnahmen, setzte dann die Kapuze des Overalls auf, zog die dünnen Überschuhe und Handschuh an und ging mit der Digitalkamera an Bord.

An Deck sah sie sofort zahlreiche Schuhabdrücke, bestimmt diejenigen der Männer vom Rettungskreuzer.

Sie legte einen Maßstab daneben, um die Größe der Abdrücke auf dem Foto darzustellen. Es dauerte einen Moment, bis sie so alle Aufnahmen angefertigt hatte. In der Ferne hörte sie das Donnern des heranziehenden Gewitters. Die Zeit wurde verdammt knapp. Der Regen würde die Spuren an Deck verwischen und auch in das Jachtinnere laufen. Schnell machte sie Fotos vom Niedergang aus und betrat dann das Innere der Jacht. Hier stank es entsetzlich nach verbranntem Kunststoff. Alle Wände und Gegenstände waren rußgeschwärzt. Im Bedienfeld der Maschinenanlage steckte der Zündschlüssel, und eine Warnlampe blinkte auf der Instrumententafel. Es war die Anzeige für den Bilgen-Alarm. Vermutlich war das Löschwasser auch in den Kiel des Schiffes gelaufen, wo sich normalerweise Leckwasser sammelte.

Vom Fahrstand aus sah sie durch die offene Verbindungstür in den Salon, wo die Leiche liegen sollte. Auch hier war alles schwarz vom Ruß, dennoch entdeckte sie sofort die verbrannte menschliche Gestalt auf dem Tisch, die auf dem Rücken lag. Beine und Arme waren angezogen wie beim Boxer in der Ausgangsstellung. Tomke wusste, dass sich die Sehnen im Körper durch die Hitzeeinwirkung des Brandes zusammengezogen hatten.

Für einen Moment blieb sie wie erstarrt stehen. Erst das gleichmäßige leise Trommeln an Deck holte sie zurück. Der Gewitterregen hatte eingesetzt.

Die Leiche sah entsetzlich aus: die gekrümmte Haltung, der verbrannte Körper und der zu einem lautlosen Schrei geöffnete Mund. Tomke näherte sich langsam und bemerkte verschmorte Kabelbinder an Händen und Füßen. Außerdem war der Körper mit einem Strick auf dem Tisch fixiert worden. Und der wiederum war, wie bei

Schiffen üblich, fest am Boden verschraubt. Unter dem Tisch lag ein leerer, länglicher Sack, der nicht verbrannt war. Tomke befühlte die Oberfläche und stellte fest, dass der Sack klatschnass war. Außerdem stand ein halb gefüllter Wassereimer daneben.

Ungewollt begann die Vorstellung in Tomkes Kopfkino. Jemand hatte den Mann – die Leiche war eindeutig männlich, wie Tomke aus der Nähe zweifelsfrei feststellte – mit Kabelbindern an Beinen und Armen gefesselt, auf den Tisch gelegt und mit einem Strick darauf fixiert. Dann hatte man ihm den Sack über den Kopf gezogen und den Gesichtsbereich anschließend mit dem Wasser aus dem Eimer übergossen. Warum? Um zu verhindern, dass das Gesicht verbrannte? Oder hatten sie es hier mit Waterboarding zu tun? Einer Foltermethode, bei der das mit einem Tuch bedeckte Gesicht mit Wasser übergossen wurde? Tomke hatte davon gehört. Bei dieser Methode wurde der Würgereflex ausgelöst und dadurch das Ertrinken simuliert.

»Du armer Kerl!«, sagte Tomke leise. »Was haben sie mit dir gemacht? Da war jemand sehr böse auf dich oder wollte eine Information von dir.« Sie wartete einen Moment, als würde sie auf eine Antwort hoffen. Dann dachte sie weiter laut nach. »Wenn man dich gefoltert hat, was ist danach passiert? Ist der Stoffsack runtergefallen oder hat man ihn abgenommen? Wie bist du gestorben? Hat man dich getötet, nachdem du die Informationen preisgegeben hast? Oder …« Wieder setzte ihr Kopfkino ein und sie sah, wie man den Gequälten einfach auf dem Tisch liegen ließ. Wegen des fest verknoteten Strickes konnte er sich nicht befreien. Hilflos musste er mitansehen, wie der Brand gelegt wurde.

»Es war ein schlimmer Tod, nicht wahr? Tut mir sehr leid, einen solchen Tod hat kein Mensch verdient! Ich muss dich jetzt durchsuchen, vielleicht kann ich dich dann mit deinem Namen ansprechen.«

Tomke fasste vorsichtig in die verbrannte Hose und fand eine Geldbörse in einer der Gesäßtaschen. Durch ihre Lage zwischen Körper und Tischplatte war sie vom Feuer weitgehend verschont geblieben. Tomke zog einen Personalausweis heraus.

»Ferdinand Lamberg aus Frankfurt«, las sie laut. »Schade, dass wir uns unter diesen Umständen kennenlernen. Ich bin übrigens Tomke Rabenstein!«

KAPITEL 12

UNTERWEGS AUF DER EMS ZWISCHEN EMDEN UND BORKUM

Maike Broning stand auf dem Achterdeck des Polizeiboo-tes Niedersachsen 2. Sie war zusammen mit den Krimi-naltechnikern Albert Brede und Swantje Beninga unter-wegs zur Insel Borkum. Als die Nachricht von der Leiche in der ausgebrannten Jacht eingetroffen war, hatte sie die Fahrt zur Insel organisiert. Es war nicht mehr weit, nur noch eine halbe Stunde bis zum Schutzhafen, wo die Jacht inzwischen lag.

Nun begann es zu regnen, und Maike flüchtete ins Ruderhaus des Polizeibootes.

Die Besatzung bestand aus den Kollegen der Wasser-schutzpolizei Jann Traunicht und Uwe Beske. Jann stand am Ruder, und Uwe beobachtete konzentriert den Bild-schirm des Radargerätes.

»So ein Gewitter ist nicht ohne«, erklärte Uwe. »Der Regen kann so heftig werden, dass man den Kurs nicht mehr erkennt.« Als er das erschrockene Gesicht von Albert sah, beeilte er sich hinzuzufügen: »Aber für diese Fälle haben wir das Radargerät und die elektronische Seekarte. Also keine Sorge, wir fahren nicht an der Insel vorbei.«

Auch Swantje blickte nicht gerade zuversichtlich.

»Swantje, alles in Ordnung?«, fragte Maike.

»Ich mach mir ein bisschen Sorgen um unseren Tatort«, antwortete sie. »Der Regen könnte die Spuren verwaschen.«

»Unsere neue Kollegin Tomke Rabenstein hat zum Glück mit der Sicherung der Spuren begonnen«, sagte Maike.

Albert zog die Augenbrauen hoch.

Maike erklärte: »Die Bullaugen und Türen wurden durch die Hitzeeinwirkung zum Teil zerstört und das Regenwasser könnte in die Jacht laufen.« Sie griff in ihre Jackentasche, weil ihr Handy klingelte, und nahm den Anruf entgegen. »Maike Broning!«

»Hier ist Tomke Rabenstein, ich wollte einen kurzen Lagebericht abgeben.«

»Leg los, Tomke!«

»Wegen des Wassereinbruchs in der Jacht durch die Löscharbeiten sollen Pumpen an Bord eingesetzt werden. Dazu noch das Gewitter, welches uns im Nacken saß. Ich hatte also nicht viel Zeit, es musste alles schnell gehen.«

»Es war die richtige Entscheidung, ohne uns anzufangen. Inzwischen gießt es in Strömen.«

»Bei uns im Schutzhafen geht auch gerade die Welt unter. Jedenfalls konnte ich die Fußabdruckspuren an Deck vor dem Regen zumindest fotografieren. Allerdings bin ich dabei nicht unbedingt schulbuchmäßig vorgegangen.«

Maike versuchte die junge Kollegin zu beruhigen. »Tomke, mach dir deswegen bitte keine Sorgen. Auch wenn die Spurensicherung nicht perfekt ist, haben wir immerhin etwas. Die Situation ist besonders und erfordert eben ein Abweichen von der Norm. Es war gut, dass du die Fotos gemacht hast, bevor jemand an Bord ging, um die Pumpen zu aktivieren.«

»Okay, da bin ich erleichtert. Übrigens habe ich in der Hosentasche der Leiche eine Geldbörse mit Personalausweis gefunden. Es könnte sich um Ferdinand Lamberg handeln. Außerdem liegt eindeutig Fremdverschulden vor. Es sieht so aus, als ob der Mann gefesselt und gefoltert wurde.«

Diese Neuigkeit musste Maike kurz sacken lassen. Es handelte sich also nicht um ein Bootsunglück, sondern um Mord. »War noch jemand von der Besatzung an Bord?«, wollte Maike wissen.

»Nein, nur der Tote im Salon.«

»Danke, Tomke, gut gemacht. Wir sehen uns gleich im Schutzhafen.« Maike beendete das Gespräch und informierte ihre Kollegen.

Sie hatte erwartet, dass Albert Brede losschimpfen würde. Nichts hasste er so sehr wie einen total versauten Tatort. Aber die Reaktion blieb aus. Albert war schon seit einer Weile immer blasser geworden. Nun schluckte er ständig trocken. Er war wohl seekrank, denn das Gewitter machte die Fahrt zunehmend unruhiger. Das kleine Polizeiboot rollte in den immer höher werdenden Wellen auf und ab. Albert hatte nun ganz andere Probleme als einen versauten Tatort.

Aus den Gesprächen mit Onno und Klaas kannte Maike den Namen Ferdinand Lamberg. Er war der Kopf der Betrügerbande. Inzwischen musste einigen Anlegern klar geworden sein, dass man sie betrogen hatte. War Lamberg deshalb gefoltert und ermordet worden? Hoffte ein betrogener Anleger, auf diese Weise zu erfahren, wo sein Geld war? Oder steckte dieser Bernd Bäke, der Strohmann des Schneeballsystems, dahinter? Bäkes Schwester hatte ausgesagt, dass er inzwischen wusste, dass er für Betrüger gearbeitet hatte. Bernd Bäke hatte seine Familie und Freunde unwissend in den finanziellen Ruin getrieben und somit ein Motiv.

Maike überlegte, was Onno und Klaas ihr noch erzählt hatten. In Bäkes Wohnung war eingebrochen worden und man hatte Blutspuren gefunden. Er selbst war verschwunden. War er untergetaucht oder zusammen mit Lamberg an Bord der Jacht gewesen und ebenfalls Opfer eines geprellten Anlegers geworden? Doch auf dem Schiff war definitiv nur Lamberg gefunden worden. Hatte man Bäke über Bord geworfen?

»Gleich wird es ruhiger«, sagte Bootsführer Traunicht und unterbrach damit Maikes Gedanken.

Wie zum Hohn schaukelte das Boot in diesem Moment noch heftiger, und Albert stöhnte auf.

»Ich muss den Kurs nach Steuerbord ändern, um in die Fischerbalje einzulaufen. Wir liegen jetzt quer zu den Wellen, aber es dauert nicht mehr lange«, versprach Traunicht.

Albert fing an zu würgen und wollte raus an Deck, vermutlich um sich über die Reling zu übergeben.

Der Wasserschutzpolizist Beske erkannte die Situation und hielt Albert am Arm fest. »Hiergeblieben! Nachher gehen Sie noch über Bord.« Er zog Albert den Niedergang runter Richtung Bordtoilette.

Von unten hörte Maike zunächst Beskes Stimme. »Hier, ein Eimer. Setzen Sie sich auf die Schüssel und dann man to.«

Maike hatte Mitleid mit ihrem Kollegen, als sie sein Würgen hörte.

Kurze Zeit später liefen sie in den Schutzhafen Borkum ein. Vor dem Liegeplatz des Polizeibootes lag der Rettungskreuzer und vor diesem die havarierte Motorjacht.

Die Inselpolizisten Hero Sluiter und Tomke Rabenstein kamen ihnen auf dem Anleger entgegen und man begrüßte sich.

»Die Jacht wird gerade gesichert, die wäre uns hier fast abgesoffen«, informierte Sluiter. »Die Pumpen geben ihr Bestes, außerdem werden die Türen und Bullaugen provisorisch abgedichtet.«

Tomke beobachtete, wie Albert Brede kreidebleich und sehr langsam das Boot verließ. »Oh Mann, der sieht aber nicht gesund aus«, stellte sie fest.

»Der ist wohl seekrank«, sagte Hero Sluiter. »So kann er nicht arbeiten.«

Wortlos ging Albert an den Kollegen vorbei und beeilte sich, vom Schwimmanleger zu kommen.

Maike sah Tomke an. »Kannst du für unseren Albert einspringen und mit Swantje den Tatort aufnehmen?«

Tomke strahlte übers ganze Gesicht. »Gerne, da kann ich bestimmt noch viel lernen.«

Ein Problem weniger, dachte Maike. »Danke, Tomke. Hero, kannst du Albert etwas aufpäppeln?«

Hero nickte. »Kein Problem, mach ich gerne. Ich schätze, dass es ihm jetzt, wo er wieder festen Boden unter den Füßen hat, langsam besser gehen wird.«

Während Swantje und Tomke die Ausrüstung an Bord der Jacht trugen, sah Maike sich das ausgebrannte Boot vom Anleger aus an. Am Bug stand der Bootsname »Sirene«. Sie lachte kurz auf. Wenn das mal kein passender Name war. Die Sirenen lockten Seefahrer ins Verderben. Der Betrüger Lamberg leichtsinnige Anleger. Aber damit war es nun vorbei, vorausgesetzt, es handelte sich tatsächlich um diesen Finanzhai Lamberg.

Hinter sich hörte sie die Stimme von Wasserschutzpolizist Uwe. »Maike, wir haben gerade Tee fertig. Wie wäre es mit einem Tässchen?«

»Gerne, ich muss sowieso warten, bis die Kriminaltechniker ihre Arbeit beendet haben. Ich komm sofort, ich will nur noch kurz telefonieren.« Maike wählte die Nummer von Onno Elzinga.

»Polizei Leer, Elzinga.«

»Hallo, Onno, hier ist Maike.« Sie berichtete ihrem Kollegen, was sie bis jetzt erfahren hatte.

Onno brauchte einen Moment, um die Neuigkeiten zu verdauen. »Dann ist aus unserem Betrugsfall soeben eine Todesermittlung geworden.«

»Ja, sieht so aus. Dieser Fall zieht immer größere Kreise. Sobald wir zurück sind, müssen wir uns unbedingt zusammensetzen und überlegen, wie es weitergeht.«

»Maike ...«

»Ja?«

»Wie lange ist Jan noch bei diesem Undercover-Einsatz?«

»Nur noch heute. Bevor er zu uns zurückkommt, wollte er eigentlich ein paar Überstunden abfeiern, aber ich vermute, das kann er jetzt vergessen.«

»Wäre gut, wenn er uns hilft. Die Sache wächst Klaas und mir langsam über den Kopf.«

»Ja, dieser Fall wird eine Menge Staub aufwirbeln.«

»Maike, kann ich dich irgendwie unterstützen?«

»Ruf bitte den Staatsanwalt an und informiere die Dienststellenleitung. Ich befürchte, es wird sich schnell herumsprechen, was hier passiert ist. Du weißt ja, wie gerne der Chef es hat, wenn er nicht informiert ist.«

»Klaas und ich kümmern uns drum.«

»Danke, Onno. Ich melde mich, sobald ich weiß, wann wir fertig sind.«

KAPITEL 13

NIEDERLANDE, BELLINGWOLDE, ATELIER GRAVIUS

Jan Broning und die anderen Künstler saßen gemeinsam am großen Tisch hinter dem Hof im Garten. Verteilt um den Tisch herum standen die Podeste mit den fertigen Skulpturen der Workshop-Teilnehmer.

Jan sah auf seinen fast fertigen Holzfrosch und dann auf die Werke seiner Kollegen. Sein Holzfrosch hatte zwei Gesichter. Betrachtete man die eine Seite, wirkte das Tier frech-fröhlich, von der anderen griesgrämig. Jan musterte die anderen Werke und gestand sich ein, dass sein Frosch nicht mit ihnen konkurrieren konnte. Theodora Gravius schüttelte jedes Mal den Kopf, wenn sie Jans Frosch anschaute.

Margriet versuchte ihn zu trösten. »Ich finde ihn gut gelungen, deinen Frosch. Das Grinsegesicht ist niederländisch, das andere deutsch.«

»Soso. Wir Deutschen sind also mürrisch?«

»Na ja, *la dolce vita* habt ihr sicher nicht erfunden. Steckt noch eine Menge Preußen in euch.«

Jan lachte. »Schade, dass der Kurs schon vorbei ist. Es hat mir mit euch sehr gut gefallen«, sagte Jan und sah in die Runde.

»Wir Künstler leben für unsere Kreativität, und meistens arbeiten wir allein, ausschließlich auf unser Werk konzentriert. Diese Woche war eine schöne Ausnahme«, stimmte Harm Gravius ihm zu.

»Margriet, was wirst du nur ohne uns machen?«, fragte Sjurd grinsend, »insbesondere ohne Jan?«

»Er weiß ja, wo ich wohne. Und wenn er wieder mal unsicher ist, wie er sein Werkzeug führen soll, bin ich gerne behilflich.«

»Na, wenn das keine Offerte ist«, stellte Henk zwinkernd fest.

»Liebe Margriet, ich bin dir sehr dankbar für deine …«, Jan suchte nach dem richtigen Wort, »Unterstützung. Und deshalb möchte ich dir meinen Frosch schenken, sozusagen als Andenken.«

»Oh Jan, danke!« Margriet gab Jan einen Kuss auf die Wange. »Männer haben mir schon alles Mögliche geschenkt, aber ein Frosch war noch nie dabei.«

Alle lachten und gaben ihre Kommentare ab, bis sie durch die laute Stimme von Theodora Gravius unterbrochen wurden.

»Meine Damen und Herren! Heute am letzten Tag unseres Workshops möchte ich mich bei Ihnen allen bedanken. Von der Bewertung der einzelnen Werke«, Dora sah auf Jans Frosch und zog eine Augenbraue hoch, »möchte ich absehen. Die Umsetzung des Themas ist fast immer gelungen.« Wieder ein Blick auf den Frosch. »Nun ja, jedenfalls bin ich sehr zufrieden und hoffe, Sie bei einem der nächsten Workshops erneut begrüßen zu können. Man lernt doch immer noch dazu.« Nun schaute sie Jan direkt an.

Jan zählte in Gedanken ganz langsam bis zehn, um nichts Verletzendes zu sagen.

Die Runde löste sich auf und es wurden Telefonnummern ausgetauscht. Margriet kam mit ihrer Skulptur in der Hand auf Jan zu. »Für dich, ein Geschenk.« Sie überreichte ihm ihre Darstellung eines Zentauren, einer Mischung aus Mensch und Pferd.

»Margriet, das kann ich nicht annehmen«, wehrte Jan verlegen ab.

»Ich weiß, dass du glücklich verheiratet bist, fairerweise hast du mir gleich von deiner Frau Maike erzählt. Aber vielleicht im nächsten Leben, du hast ja meine Telefonnummer.« Sie drückte Jan fest an sich. »Mach es gut, tot ziens, bis bald!«

Jan schaute ihr nach, wie sie davonging und in ihre alte Ente stieg. Den Holzfrosch hatte er ihr vorhin auf den Beifahrersitz gestellt. Jan musste an den amerikanischen Dichter Robert Frost denken und an das Gedicht »Der unbegangene Weg«. Darin gabelt sich der Weg vor einem Wanderer und er muss sich entscheiden, welche Richtung er nehmen will. Im Nachhinein stellt er sich die Frage, was geschehen wäre, wenn er den anderen Abzweig genommen hätte. Wie wäre Jans Leben verlaufen, wenn er nicht Polizist, sondern Künstler geworden wäre? Stellte das Leben einen nicht immer wieder vor solche Entscheidungen? Jan grübelte eine Weile darüber nach und kam zu dem Schluss, dass der Knackpunkt nicht darin lag, eine Entscheidung zu treffen, sondern darin, ein Leben lang damit und den daraus resultierenden Folgen klarzukommen.

Jan war kein Zauderer und mit seiner Entscheidung für Maike sehr zufrieden. Er hatte den richtigen Weg gewählt. Das Leben als Künstler an der Seite von Margriet war sicher reizvoll, aber mit Maike und seiner Tochter Antje war er sehr glücklich. Das hatte er Margriet auch deutlich gesagt. Nur bei der Berufswahl war er sich nicht mehr so sicher.

Jan Broning sah auf seine Uhr, es wurde Zeit loszufahren. Simon Drebber war bestimmt schon auf dem Weg zum Treffpunkt. Jan hatte mit dem niederländischen Kriminalbeamten vereinbart, sich in einem kleinen Café an der Grenze zu treffen.

Er packte seine Werkzeugkiste und Margriets Skulptur in seinen Bulli und fuhr los. Während der Fahrt dachte er noch einmal über seinen Undercover-Einsatz nach. Was war unterm Strich dabei herausgekommen? Hatte sich der Aufwand gelohnt? Ja, zumindest was sein Hobby, die Holzschnitzerei, betraf. Er hatte in dieser Woche mehr gelernt als in den Jahren ohne Anleitung.

Sein Telefon klingelte, und Jan aktivierte die Freisprecheinrichtung.

»Broning!«

»Hallo, Jan, hier ist Maike. Ich hoffe, ich störe dich nicht bei deinen Aktivitäten.«

Jan fand, dass sie das Wort »Aktivitäten« merkwürdig formulierte. Er kannte seine Frau gut und hörte den Sarkasmus heraus. »Nein, meine liebe Maike, ich bin fertig in Bellingwolde und unterwegs, um mich mit Simon zu treffen.«

»Grüß ihn schön von mir!«

»Mach ich. Wie ist die Lage?«

»Während du dich deinen Hobbys widmest, haben wir einen weiteren Toten.« Maike berichtete ausführlich über die Bergung der Jacht und den Leichenfund. »Wir müssen uns unbedingt mit Onno und Klaas abstimmen und überlegen, wie wir es angehen wollen.«

»Meinen Plan, Überstunden abzubauen, kann ich wohl vergessen«, stellte Jan folgerichtig fest. »Ich fahre nach dem Treffen mit Simon direkt zur Dienststelle. Melde dich, sobald du mehr weißt.«

»Mach ich. Tschüss, Jan.«

»Tschüss!« Jan drückte den roten Knopf der Freisprechanlage.

Inzwischen hatte er das Café erreicht und sah sich nach einem Parkplatz um. Dabei entdeckte er das Motorradgespann von Simon Drebber auf dem kleinen Parkplatz neben dem Café. Jan parkte in der Nähe eines Einkaufszentrums, das, den Nummernschildern nach, Deutsche und Niederländer nutzten.

Im Café fand er Simon an einem Ecktisch. Er verputzte genussvoll einen Becher Spaghetti-Eis.

»Hallo, Simon, du Naschkatze«, begrüßte Jan seinen Kollegen. Die Männer gaben sich die Hand, und Jan setzte sich zu Simon an den Tisch.

»Ich konnte nicht widerstehen.«

Jan bestellte zwei Kaffee.

Als der Kellner die zwei Tassen gebracht hatte, sah Jan sich um. Keiner in Hörweite, sie konnten sich ungestört unterhalten. Jan schob Simon einen Umschlag zu, in dem sich die SD-Karten mit den Kameraaufzeichnungen befanden. Simon steckte den Umschlag ein.

»Was ist mit der Kameraausrüstung, willst du die auch gleich mitnehmen?«, wollte Jan wissen.

»Lass sie vorerst in deinem Bulli, vielleicht brauchen wir sie noch einmal.«

»Ich habe euch gerne bei der Observierung der Hehlerin geholfen, aber ich befürchte, in nächster Zeit bin ich mit anderen Ermittlungen beschäftigt.« Jan berichtete von dem aufgeflogenen Schneeballsystem in Leer, dem vermissten Bernd Bäke und der in der Jacht gefundenen Leiche.

»Verstehe«, sagte Simon nur und lenkte das Gespräch in eine andere Richtung. »Nun zu Theodora Gravius. Deine

Informationen waren sehr wertvoll. Wir wissen jetzt, wie sie vorgeht. Es wundert mich nur, dass ihr Mann nichts davon mitbekommt.«

»Die Künstler leben in einer anderen Welt«, erklärte Jan und fügte hinzu: »In einer besseren.«

»Höre ich da ein wenig Wehmut heraus?« Simon sah ihn an und lächelte.

»Harm hat keine Ahnung, was seine liebe Dora so treibt. Für ihn ist alles paletti, solange er ein Dach über dem Kopf und etwas zu essen hat«, sagte Jan. »Das Einzige, was man ihm vorwerfen könnte, ist, dass er sich um nichts anderes kümmert als um seine Kunst. Sie leben über ihre Verhältnisse, und seine Frau versucht, alles am Laufen zu halten. Lebensfremdheit alla Harm Gravius ist aber kein Verbrechen. Die Hehlerei von Theodora ist allerdings eine andere Sache. Die Dinge, die sie an- und verkauft, stammen aus Diebstählen und Raubzügen. Und ihre schwierige finanzielle Situation hat sie selbst verursacht.«

»Du meinst den großen Hof?«, fragte Simon. »Finanziell gesehen steht ihnen das Wasser tatsächlich bis zum Hals.«

»Das merkt man ihr an. Diese Dora erinnert mich an das Märchen vom Fischer und seiner Frau.«

Simon sah ihn fragend an.

»Ein einfacher Fischer fängt einen großen Butt und lässt ihn wieder frei. Daraufhin erfüllt der Fisch ihm Wünsche. Die Frau des Fischers ist jedoch nie zufrieden und will immer größere Wünsche erfüllt haben. Zuletzt will sie sogar Gott sein, sitzt dann jedoch wieder in ihrer armseligen Fischerkate.«

»Solche Sagen gibt es bei uns in den Niederlanden auch«, erwiderte Simon. »Theodora Gravius ist also die Fischersfrau und kann den Hals nicht vollkriegen?«

»Genau so sehe ich das. Es war ihr Wunsch, diesen Hof zu kaufen. Harm Gravius lebte wie der Fischer sehr bescheiden, doch Theodora war damit nicht zufrieden.«

»Am Ende wird sie jedoch nicht in einer Fischerkate sitzen, sondern im Gefängnis.«

»Bis dahin werdet ihr mit dieser Hehlerei noch einiges zu tun haben. Tut mir leid, dass ich euch mit diesen zwei Kapuzenmännern nicht weiterhelfen konnte.«

»Ja, diese Spur scheint interessant zu sein. Ich habe mich erkundigt. In den Niederlanden ist kein Einbruch bekannt, bei dem ein Legionsadler entwendet wurde.«

»Bei uns auch nicht«, fügte Jan hinzu. »Echt merkwürdig. Wo haben die beiden Männer den Adler her?«

»Die haben sich verdammt clever verhalten«, stellte Simon fest. »Sie sind nicht mit dem Auto vorgefahren, sondern mit Fahrrädern. Ihr Auto haben sie außerhalb im sicheren Abstand abgestellt.«

»Wie wollt ihr weiter vorgehen?«, fragte Jan.

»Dank deiner Informationen haben wir Gewissheit, was die Hehlerei angeht«, antwortete Simon. »Wir werden die Observierung fortsetzen, allerdings mit mehr Abstand. Und wir werden auf in der Nähe des Hofes abgestellte deutsche Autos achten. Vielleicht gehen uns die zwei Kapuzenmänner ins Netz, um beim Bild des Fischers zu bleiben.«

Die beiden Polizisten unterhielten sich noch eine Weile, bis Jan auf seine Uhr sah.

»Simon, ich muss los, wir bleiben in Verbindung.«

»Gerne. Unsere besondere Art der Zusammenarbeit hat sich ja schon mehrfach bewährt. Tot ziens, Jan.«

Jan Broning wollte die Rechnung bezahlen, aber Simon winkte ab. »Betrachte dich als eingeladen von der niederländischen Regierung.«

»Danke an die Regierung«, sagte Jan. Er verließ das Café, ging zu seinem Bulli, startete den Motor und fuhr zur Dienststelle in Leer.

LEER, POLIZEIDIENSTGEBÄUDE

Dort angekommen, ging er direkt zu Onno und Klaas ins Büro.

Onno war erleichtert, dass Jan zurück war. »Jan, hier ist der Teufel los! Bei der Pressestelle stehen die Telefone nicht still. Es melden sich etliche Geschädigte des Schneeballsystems, damit haben wir gerechnet. Aber irgendwie hat sich die Bergung der brennenden Jacht und der Fund des Toten herumgesprochen.«

»Küstentratsch. Wir wissen doch, wie schnell sich hier die Gerüchte verbreiten.«

»Du hast recht. Außerdem waren ja auch Außenstehende an der Sichtung und späteren Bergung beteiligt. Klar, dass sich das schnell rumspricht. Und die Medien lassen sich solch einen spektakulären Fall auch nicht entgehen.«

»Hat Maike sich schon gemeldet?«, wollte Jan wissen.

»Ja, die Spurensicherung war allerdings etwas ungewöhnlich.«

»Wieso? Hat Albert plötzlich ganze Sätze gesprochen?«

»Dicht dran. Nein, Albert ist seekrank geworden«, antwortete Onno. »Sie hatten schlechtes Wetter bei der Überfahrt nach Borkum. Das war zu viel für Albert. Er war anschließend …«, Onno suchte nach dem richtigen Wort, »unpässlich.«

»Auf Borkum gibt es eine neue Kollegin. Sie heißt Tomke Rabenstein«, mischte sich Klaas nun ein. »Sie hat Albert ersetzt. Die hat saubere Arbeit geleistet und Swantje geholfen.«

»Haben wir jetzt Gewissheit, was die Identität des Toten angeht?«, fragte Jan.

»Der Tote ist stark verbrannt, auch im Gesicht. Ein Vergleich mit dem Ausweisfoto ist deshalb nicht möglich«, antwortete Onno. Er hob den Hörer vom Telefon auf seinem Schreibtisch, das zu klingeln begonnen hatte. »Hallo, Maike. Jan ist gerade eingetroffen und wir …«

Jan nahm ihm den Hörer aus der Hand. »Maike, ich bin's. Moment, ich stelle das Telefon laut, dann können die Kollegen mithören.«

»Hat Onno dir schon von Albert berichtet?«, wollte Maike wissen.

»Ja, ich weiß Bescheid. Wie geht es ihm?«

»Der Ärmste weigert sich, mit dem Polizeiboot zurückzufahren. Ich zitiere: ›Keine zehn Pferde bringen mich zurück auf diese Nussschale!‹«

»Oha, wenn er ganze Sätze von sich gibt, ist es ernst«, kommentierte Jan.

»Er will mit der regulären Fähre zurück aufs Festland. Swantje und ich fahren gleich mit den Kollegen der Wasserschutzpolizei zurück nach Emden, kann also spät werden.«

»In Ordnung. Ist Antje noch bei deinem Vater und Karin? Ich möchte Onno und Klaas hier noch unterstützen.«

»Ja, ist alles geregelt, kannst dir Zeit lassen.«

»Wenn wir die beiden nicht hätten«, stellte Jan wieder einmal fest.

»Das stimmt, mit Geld nicht zu bezahlen. Jan, eine Sache geht mir nicht aus dem Kopf bei diesem Todesfall. Bis jetzt haben wir keinen Hinweis auf eine andere Person an Bord gefunden. Jemand muss den Mann aber auf den Tisch gefesselt, ihn gefoltert und getötet haben. Den Brand hat dieser Jemand vermutlich auch gelegt. Wo ist diese Person abgeblieben?«

»Könnte ein Zusammenhang mit der angespülten, unbekannten Wasserleiche bei Borkumriff bestehen?«, fragte Jan.

»Daran habe ich auch schon gedacht. Aber die Todeszeit der Wasserleiche passt nicht zu dem Zeitablauf an Bord der Jacht. Auch ist immer noch nicht klar, ob es sich tatsächlich um den Kopf der Betrügerbande, diesen Ferdinand Lamberg, handelt.«

»Wir sollten uns auf die kurzfristigen Maßnahmen konzentrieren«, sagte Jan. »Betrachten wir die Vorgeschichte zum Betrugssystem und gehen davon aus, dass es sich um Lamberg handelt, dann sind die anderen Mitglieder der Bande ebenfalls in Gefahr. Onno, wer ist das im Einzelnen?«

»Homming, Woland und dieser Strohmann Bernd Bäke«, zählte Onno auf. »Es könnte auch sein, dass Bernd Bäke etwas mit dem Tod des Jachteigners zu tun hat.«

»Wie auch immer. Wir müssen mit diesen Personen sprechen und sie warnen«, empfahl Jan.

»Einfacher gesagt als getan«, meinte Klaas. »Bernd Bäke ist verschwunden, und Homming erreichen wir auch nicht.

Von diesem Woland haben wir noch nicht einmal eine Adresse.«

Jan dachte laut nach. »Die Ermittlungen bezüglich der Betrugsfälle Schwanengold, des Einbruchs bei diesem Bäke, dessen Verschwinden und des Mordfalls an Bord der Jacht überschneiden sich und müssen als Gesamtheit angesehen werden. Wir kommen nicht umhin, eine Sonderkommission zu bilden. Den Namen dafür haben wir schon.«

Die Kollegen sahen Jan fragend an.

»Na, ist doch klar: ›Schwanengold‹«, erklärte Jan.

KAPITEL 14

UNTERWEGS VON DER INSEL BORKUM NACH EMDEN

Maike Broning atmete am Achterdeck des Polizeiboo-
tes die frische Seeluft tief ein. Sie befanden sich auf der
Rückfahrt von der Insel Borkum zum Seehafen Emden.
Ihre Kollegin Swantje unterhielt sich im Ruderhaus mit
den beiden Wasserschutzpolizisten. Albert hatte es vor-
gezogen, auf die Inselfähre zu warten. Er hatte die Hoffnung, dass er auf der großen Fähre die Wellenbewegung
nicht so spürte wie auf dem kleinen Polizeiboot. Maike
dachte an Tomke, die kurzerhand für Albert eingesprun-
gen war. Sie erwies sich als echter Glücksfall, auch was
die Verbindung zwischen dem Kommissariat in Leer und
der Dienststelle auf der Insel Borkum anging. Und auf
die waren sie noch eine Weile angewiesen, denn mittlerweile gab es zwei Leichen im Bereich der Insel Borkum,
die noch nicht mit abschließender Gewissheit identifiziert waren. Wer waren die toten Männer? Wer hatte die
Jacht zur Tatzeit gesteuert? So viele Fragen und noch so
wenige Antworten.

Maike war vorhin an Deck gegangen, um in Ruhe über
diese Fragen nachzudenken. Was hatten sie bis jetzt herausgefunden? Bei der angetriebenen Wasserleiche am Riff

könnte es sich um einen Unfalltod handeln. Bei der zweiten Leiche handelte es sich sehr wahrscheinlich um den Jachteigner Ferdinand Lamberg. Im Gegensatz zur Wasserleiche stand eindeutig fest, dass der Chef der Betrügerbande ermordet worden war. Die Auffindesituation war eindeutig. Tomkes erste Einschätzung, dass das Opfer auf dem Tisch im Salon der Jacht gefesselt und gefoltert worden war, hatte sich bestätigt. Nur, wie war der Mann gestorben? Die Haut war verbrannt und die Kleidung zum Teil mit dem Körper verschmolzen. Deshalb war es schwierig gewesen, Druckstellen oder Wunden auszumachen. Die Obduktion in der Rechtsmedizin würde hoffentlich Klarheit über die Todesursache bringen.

Plötzlich zuckte Maike zusammen, weil das laute Schallsignal des Typhons das Einlaufen in den Hafen Emden ankündigte. Maike ging zurück ins Ruderhaus, um ihre Sachen zusammenzupacken.

DITZUM, HAUS DER FAMILIE BRONING

»Maike, ich habe dich was gefragt!«

Nur langsam drang die Stimme ihres Mannes in ihr Bewusstsein. Maike war in dem bequemen Ohrensessel eingeschlafen. Dabei hatte sie nach dem anstrengenden Tag und dem aufgewärmten Essen nur kurz die Beine hochlegen wollen.

»Geh doch ins Bett«, sagte Jan. »Ich räum ab und komm gleich nach.«

Maike verkniff sich ein Gähnen. »Habe ich lange geschlafen?«

»Ein halbes Stündchen«, antwortete Jan. »Das kommt von der Seeluft, die macht müde.«

Maike bemerkte im Regal an der Wand eine Skulptur, die sie noch nie gesehen hatte. Eine Fantasiefigur, halb Mensch, halb Pferd. »Wo kommt die Figur her?«, wollte sie wissen.

»Ein Geschenk von Margriet«, sagte Jan.

Nun war Maike hellwach. »Soso, ein Geschenk von Margriet!«

»Ich habe ihr meinen Holzfrosch geschenkt, und dafür bekam ich den Zentaur.«

Maike spürte, wie Eifersucht in ihr aufstieg. »Diese Margriet, ist die in festen Händen?« Sie versuchte, die Frage möglichst harmlos klingen zu lassen.

Jan konnte sich ein Lachen nicht verkneifen, als er antwortete: »Nein, soweit ich weiß, nicht.« Er legte noch einen drauf. »Ist eigentlich merkwürdig. Die sieht sehr gut aus und hat so eine gewisse Ausstrahlung.«

Maike presste die Lippen fest zusammen und atmete tief durch. »Eine gewisse Ausstrahlung? Wie denn? Erotisch?«

»Ja, kann schon sein. Und sie hat eine wirklich sexy klingende raue Stimme und sehr gefühlvolle Hände beim Modellieren«, schwärmte Jan.

»Was hat sie denn modelliert?« Maikes Stimme war lauter geworden.

Plötzlich stand Antje im Schlafanzug im Zimmer und hielt ihre Puppe hoch. »Mama, du hast Margriet noch keinen Gutenachtkuss gegeben.«

Das war zu viel! Maike wollte gerade lospoltern, doch Jan hielt sie davon ab.

»Denk an die Fluch-Kasse, Maike!« Zu Antje sagte er: »Ab ins Bett mit dir. Mama kommt sofort.«

Antje drückte ihre Puppe an sich und ging in ihr Zimmer.

Als Maike aufstand, um ihr zu folgen, trat Jan vor sie und drückte sie fest an sich. »Du weißt doch, dass mir diese Margriet egal ist«, flüsterte er ihr ins Ohr. »Ich liebe nur dich und unsere Tochter.«

»Genau das wollte ich hören«, antwortete sie und küsste ihn.

KAPITEL 15

LEER, POLIZEIDIENSTGEBÄUDE

Jan Broning traf im Flur der dritten Etage seinen Kollegen Onno Elzinga.

»Guten Morgen, Onno!«

»Hallo, Jan. Bin gerade dabei, unser Büro für die neue Sonderkommission vorzubereiten.« Onno befestigte ein großes Blatt Papier mit der Aufschrift »Sonderkommission Schwanengold« an der Tür zum Büro. »Schon wieder eine Soko«, sagte er.

Jan wusste genau, was sein Kollege damit meinte. Sie hatten schon in einigen Mord- und Sonderkommissionen zusammengearbeitet. »Polizisten werden niemals arbeitslos, das Böse im Menschen stirbt nicht aus, im Gegenteil«, stellte Jan fest. »Denk nur an die zunehmende Kriminalität im Internet.«

»Nicht meine Welt!« Onno sah Jan an. »Deine doch auch nicht, oder? Du kommst gerade aus der schönen Welt der Künste, und jetzt darfst du dich gleich wieder mit der dunklen Seite der Menschheit beschäftigen.«

Jan nickte zustimmend und sagte schulterzuckend: »Wat mut, dat mut. Is nich anners.«

Sie betraten die Räumlichkeiten der neu gegründeten Soko, zwei mit einer Tür verbundene Zimmer. Im großen Raum standen drei Schreibtische mit Computer und ein großer runder Tisch für gemeinsame Besprechungen. An der Wand lehnten zwei unbenutzte Whiteboards zum Aufstellen. Später würden sie die weißen Tafeln mit allen wichtigen Infos bestücken: Fotos der Opfer, der zeitliche Ablauf der Ereignisse, eine Karte der Ems und die Namen der Opfer und der Verdächtigen, sobald diese feststanden.

Jan nickte zufrieden und ging durch die Verbindungstür in das kleinere Nebenzimmer, das nur für ihn hergerichtet worden war. Jans Kollegen wussten, dass er ab und zu Raum für sich benötigte, um sich zu konzentrieren. Hier gab es deshalb nur einen Schreibtisch mit Bürostuhl und ein Feldbett. Wozu das Bett? Damit er rund um die Uhr arbeiten konnte?

Onno bemerkte Jans skeptischen Blick auf das Feldbett und erklärte: »Da du dich selten von einem Fall lösen kannst, hast du so die Gelegenheit, einen kurzen Schönheitsschlaf zu halten.«

Jan zog eine Augenbraue hoch.

Schnell ergänzte Onno: »Nicht dass du es nötig hättest, aber wir werden auch älter. Und eine kleine Auszeit hilft beim Denken.«

»Okay, ist schon gut, vielen Dank. Sag mal, Onno, wo ist eigentlich unser Klaas?«

»Der wollte noch was Wichtiges für die Soko besorgen.«

»Und ist gerade zurückgekommen«, hörten sie Klaas' Stimme aus dem Nebenraum. »Kommt mal rüber und schaut euch an, was ich in der Teppichetage bei den Chefs gefunden habe.«

»Wenn man vom Teufel spricht …« Onno grinste und ging mit Jan in das große Zimmer.

Klaas hielt eine riesige Mikrowelle in seinen Armen.

»Ich dachte, du wolltest was Wichtiges?« Onno schüttelte missbilligend den Kopf.

»Ent-schul-di-gung, was ist denn wichtiger als Essen und Trinken?«, maulte Klaas. »Wenn ich eins gelernt habe bei unseren gemeinsamen Ermittlungen: Essen fällt entweder aus oder es wird kalt, weil wieder etwas dazwischenkommt. So können wir es zumindest aufwärmen.«

»Solltest du einmal sterben und bei Petrus an die Tür klopfen, was wird deine erste Frage sein, lieber Klaas?«, wollte Onno wissen.

Klaas stellte die Mikrowelle ab und sah Onno finster an. »Na los, spuck's schon aus!«

»Was gibt es heute zu essen, Herr Petrus?«

Jan musste sich ein Lachen verkneifen. »Ihr beide werdet euch nie ändern. Immer am Kibbeln, wie ein altes Ehepaar! Übrigens, das ist sehr nett vom Chef, uns seine Mikrowelle zu überlassen.«

Klaas grinste nur, sagte aber nichts dazu.

Jan ahnte, woher der Wind wehte. »Du hast sie genommen, ohne zu fragen? Wie soll unser Chef jetzt sein Essen warm machen?«

»Dann fällt seine Mahlzeit eben mal aus«, antwortete Klaas und zuckte mit den Schultern. »Schadet ihm auch nichts.«

Onno prustete: »Das sagt der Richtige!«

Jan schüttelte den Kopf. Je älter die Menschen wurden, umso deutlicher traten ihre Charakterzüge zutage. War ein junger Mann sparsam, wurde er im Alter geizig. Aus vorsichtigem Agieren wurde ängstliches Verhalten. Introvertierte junge Menschen wurden manchmal einsam. Und er? Was war mit ihm? Wie wirkte sich bei ihm das Älterwerden aus? Mit den Jahren war auch er unsicher geworden.

Neuerdings beschäftigten ihn Fragen, die er sich als junger Mann nie gestellt hätte. Seine späte Vaterrolle zum Beispiel und die neuesten Bedenken über die richtige Berufswahl. Wäre er als Künstler glücklicher geworden? Ein weiser Mann hatte einmal gefragt: »Was kannst du jetzt ernten auf dem Feld der Vergangenheit?« Natürlich nichts, und deshalb würde Jan das Grübeln einstellen und sich auf die Gegenwart und Zukunft konzentrieren.

Das Klingeln des Telefons auf dem Schreibtisch im Nebenraum riss ihn aus seinen Gedanken. Jan ging nach nebenan und hob den Hörer ab. »Broning, Kriminalpolizei Leer!«

»Hallo, Jan, hier ist Thomas. Ich wollte nur wissen, ob du bereits in den neuen Räumen bist. Ich komme gleich runter zu dir.« Thomas Sprengel war der Leiter der Polizeiinspektion Leer und Besitzer der organisierten Mikrowelle.

Jan legte den Hörer auf und ging rüber zu Klaas und Onno. »Klaas, Sprengel kommt gleich zu uns, du solltest die Mikrowelle etwas tarnen.«

Klaas nahm einen großen leeren Karton und stülpte ihn über das Gerät. Keinen Moment zu früh, denn schon betrat Thomas Sprengel das Büro. Die Männer begrüßten sich per Handschlag, und der Chef zeigte auf den Nebenraum, er wollte mit Jan allein sprechen.

Dort angekommen, schloss Sprengel die Tür hinter sich und setzte sich Jan gegenüber auf einen Stuhl. Jan bemerkte, dass sich seine Stirn in Falten legte, als er das Feldbett sah.

»Hier geschehen merkwürdige Dinge.« Sprengel presste seine Lippen zusammen.

»Die Kollegen meinen es gut mit mir«, sagte Jan. »In meinem Alter sollte ich mich zwischendurch kurz entspannen können.«

»Nein, das meine ich nicht. Vorhin, als ich kam, habe ich mein Mittagessen in unsere Mikrowelle gestellt. Und plötzlich ist diese samt Mittagessen verschwunden! Dabei soll es heute nach Aussage meiner Frau etwas extra Feines geben.«

Jan versuchte unschuldig auszusehen und biss sich auf die Zunge, um das aufsteigende Lachen zu unterdrücken. »Sollen wir nach deinem Mittagessen fahnden? Albert Brede könnte nach Spuren suchen.«

Sprengel winkte ab. »Damit die Kollegen was zum Lachen haben? Themawechsel, wir müssen uns über die aktuellen Ermittlungen zu diesem Schneeballsystem und dem Mord an Bord der Jacht unterhalten. Außerdem, wie war es bei deiner Undercover-Aktion in Bellingwolde? Lass uns damit beginnen.«

Jan berichtete ausführlich über die verdeckte Ermittlung.

Thomas Sprengel wurde hellhörig, als Jan von dem Gespräch zwischen Theodora Gravius und den beiden unbekannten Männern mit plattdeutschem Akzent erzählte. »Das ist ja unglaublich! Diese Männer haben Adlerstandarten aus dem Römischen Imperium angeboten? Und sie redeten platt?«

Jan nickte. »Ich meine sogar, den Zungenschlag aus der Krummhörn gehört zu haben.«

»Sind solche antiken Gegenstände irgendwo als gestohlen gemeldet worden? In einem Museum zum Beispiel?«

»Nein, bis jetzt alles negativ. Aber die Ermittlungen sowohl in den Niederlanden als auch bei uns sind noch nicht abgeschlossen.«

»Zunächst sah es so aus, als ob dieser Hehlerring in Bellingwolde eine Angelegenheit der niederländischen Kollegen wäre«, dachte Sprengel laut nach.

»Jetzt sind wir auch mit im Boot«, ergänzte Jan. »Zumal die eigentliche Hehlerin, diese Theodora Gravius, eine Deutsche aus Düsseldorf ist und die beiden Anbieter der Goldstandarten vermutlich ebenfalls Deutsche sind.«

»Die Niederländer observieren diese Galerie Gravius hoffentlich weiter?«

»Ja«, bestätigte Jan. »Sie haben den Überwachungsradius erweitert und ein Auge auf Fahrradfahrer, die zum Atelier kommen. Sie hoffen, so auch das Auto der Männer zu finden. Sobald es neue Erkenntnisse gibt, werden sie uns informieren.«

»Können wir noch etwas in dieser Angelegenheit unternehmen?«

Jan verkniff sich einen sarkastischen Kommentar. »Wir« bedeutete in diesem Fall, was er, Jan, noch veranlassen konnte. »Beim LKA wird inzwischen international nach den angebotenen Standartenadler gefahndet«, antwortete er stattdessen. »Und Hayo Ukena aus der Krummhörn will sich umhören.«

»Hayo Ukena … Hat der Kollege denn Zeit, wo der doch ständig beim Angeln ist?«

»Thomas, bitte. Hayo will uns helfen, er hat die besten offiziellen und inoffiziellen Verbindungen in Aurich und der Krummhörn. Außerdem ist es nur ein Gerücht, dass er seine Arbeit per Telefon beim Angeln erledigt.« Auf Hayo ließ Jan nichts kommen, denn er zählte ihn zu seinen engsten Freunden. Daher wusste er, dass Hayo seine Vorgesetzten gerne provozierte, indem er mit ihnen fast immer Plattdeutsch sprach, die zweite Amtssprache in Ostfriesland, obwohl er gut Hochdeutsch konnte. Die zum Teil auswärtigen Vorgesetzten hatten ihre liebe Not, ihn zu verstehen. Hayo war ein hervorragender Polizist, doch er machte sich nichts aus höheren Posten. Aufgrund seiner Fähigkeiten hätte er längst befördert werden müssen, aber er weigerte sich stur, die Karriereleiter hinaufzusteigen. Die Teppichetage, damit wurde unter Kollegen gerne die Führungsebene bezeichnet, sei nichts für ihn, sagte er immer. Er liebte seine Arbeit »an der Front«, wie er es nannte. Jan konnte ihn gut verstehen, er war auch lieber draußen unterwegs. Aber als Fachbereichsleiter musste er sich mit viel zu viel Büroarbeit herumschlagen. Besonders unangenehm war es, Beurteilungen über Kollegen zu schreiben.

Thomas Sprengel räusperte sich und unterbrach Jans Gedanken. »Da bin ich anderer Meinung. Ukena wird mehr beim Angeln als bei der Arbeit gesehen.«

»Weil er da am besten nachdenken kann«, sagte Jan. »Die Ergebnisse sprechen für ihn, das musst du zugeben.«

»Na ja.« Sprengel verkniff sich einen weiteren Kommentar. »Nun zu diesem verfluchten Schneeballsystem. Müssen die ausgerechnet hier bei uns in Leer das Ding abziehen? Das gibt schlechte Presse für uns.«

»Onno und Klaas haben entschieden und schnell reagiert«, erwiderte Jan etwas verärgert, weil ihm die Meinung der Presse nicht so wichtig erschien. »Sie haben damit weiteren erheblichen Schaden vermieden. Mit dem offiziellen Warnhinweis der Polizei war es vorbei mit der Betrugsmasche. Ein Lob von deiner Seite an die Kollegen wäre sicher angebracht.«

Sprengel nickte. »Ja, natürlich, aber du weißt, wie es ist. Wenn was schiefläuft, ist bei den Medien immer die Polizei schuld!«

»Deshalb mache ich mir über die Presse auch nicht so viele Gedanken«, sagte Jan. »Jetzt zu den Toten. Wir haben zwei Leichen in unserem Zuständigkeitsbereich und wissen noch immer nicht genau, um wen es sich handelt. Maike ist unterwegs zur Rechtsmedizin, wo die Toten obduziert werden.«

»Wäre schön, wenn wir einige Antworten auf die Fragen der Presse, die mit Sicherheit nicht ausbleiben, finden würden«, entgegnete Sprengel. »Die Bergung der Jacht vor Borkum und der Fund der Leiche an Bord haben für ordentlich Wirbel gesorgt. Eine Pressekonferenz bleibt uns da nicht erspart.«

»Muss das sein?«, fragte Jan schlecht gelaunt. »Im Moment haben wir Wichtigeres zu tun.«

»Wat mut, dat mut!«, antwortete Sprengel und stand auf. »Ich ruf dich später wegen des Termins für die Pressekonferenz an.«

»Thomas, bevor du gehst: Sollte sich herausstellen, dass es sich bei dem Toten an Bord der Jacht um diesen Ferdinand Lamberg handelt, brauchen wir in der Soko personelle Unterstützung. Der Strohmann Bernd Bäke ist verschwunden. Und zwei weitere Männer gehören zu der Betrügerbande und sind möglicherweise in Gefahr.«

»An wen hast du gedacht? Die alte Mannschaft?«

»Gerne. Du weißt ja: Ändere nie ein gut funktionierendes Team.«

»Onno und Klaas werden auf jeden Fall zu dir abgeordnet. Und Stefan Gastmann ist noch beim LKA, den könnte ich jedoch anfordern.«

»Ich brauche ihn für alles, was mit Computer zu tun hat.«

»Okay, das krieg ich hin. Dann fehlt nur noch deine Maike.«

»Maike wird sich zunächst noch mit der Wasserleiche beschäftigen«, erwiderte Jan.

»Das ist doch merkwürdig: zwei Tote im Bereich der Insel Borkum. Gibt es da eine Verbindung?«, wollte Sprengel wissen.

»Bis jetzt noch nicht, aber wenn, dann finden wir es heraus«, antwortete Jan.

»Wäre Tomke Rabenstein nichts für euer Team?«, fragte der Chef. »Die hat einen sehr guten Job gemacht auf der Insel.«

»Das stimmt. Sie wäre hier auch eine gute Unterstützung für uns, aber dann fehlt sie auf der Insel. Mein Bauchgefühl sagt mir, dass wir sie dort noch brauchen.«

»Jan und sein berühmtes Bauchgefühl. Wir telefonieren und treffen uns spätestens vor der Konferenz noch einmal, um uns abzusprechen.«

»So machen wir es«, sagte Jan und folgte Thomas Sprengel nebenan ins Büro.

Der Chef blieb stehen und wandte sich Klaas und Onno zu. Dabei lehnte er sich ausgerechnet an den großen Karton, unter dem die Mikrowelle versteckt war. Klaas und Onno hielten die Luft an.

»Kollegen Elzinga und Leitmann«, begann Sprengel ernst, »ich möchte es nicht versäumen, Ihnen meine Anerkennung für Ihr entschlossenes und angemessenes Verhalten auszusprechen. Durch die von Ihnen veranlasste Warnmeldung an die Öffentlichkeit wurden weitere Betrugsfälle unterbunden. Sehr gut gemacht!« Mit diesen Worten verließ er das Büro.

Klaas atmete erleichtert auf.

Onno meinte: »Klaas, nicht schlecht, ein Lob von unserem Chef!«

»Von dieser Art des Lobes und Dankes haben wir einen ganzen Schrank voll«, maulte Klaas. »Davon kann ich mir nichts kaufen. Eine Beförderung wäre mir lieber.«

»Wenn Sprengel rauskriegt, wer seine Mikrowelle gemopst hat, ist bestimmt eine Beförderung drin«, erwiderte Onno grinsend, »allerdings mit Ortswechsel. Dann findest du dich bei der Pferdestaffel wieder und kannst den Polizeipferdestall in Hannover ausmisten.«

»Pah, alte Unke. Ein bisschen Nervenkitzel muss auch mal sein.«

Jan ließ die beiden allein und ging rüber ins Nebenzimmer, um Maike anzurufen.

KAPITEL 16

OLDENBURG, GERICHTSMEDIZIN

Maike Broning stand im Flur der Gerichtsmedizin in Oldenburg, als ihr Handy klingelte. Auf dem Display sah sie, dass es sich um eine Nummer der Dienststelle in Leer handelte. Sie drückte den grünen Knopf und meldete sich.

»Hallo, Maike, hier ist Jan. Ich sitze gerade im neuen Büro der Soko Schwanengold. Wie geht es dir?«

»Du weißt ja, wie es ist. Ich glaube, es gibt keinen Polizisten, der gerne zu einer Obduktion geht. Der Geruch reicht schon aus, dass einem der Morgenkaffee hochkommt.«

»Armes Mädchen, wenn ich dir das nur ersparen könnte.«

»Dieses Thema haben wir vor langer Zeit bereits besprochen.« Maikes Stimme nahm einen drohenden Unterton an. Gleich zu Beginn ihrer gemeinsamen privaten und dienstlichen Zeit hatte es einen Streit zwischen ihnen gegeben. In der Vergangenheit war Maike im Dienst mehrfach in Lebensgefahr geraten und auch verletzt worden. Jan hatte deshalb versucht, sie vor Gefahren, aber auch vor unangenehmen Dingen wie Obduktionen zu bewahren, indem er es selbst erledigen wollte. Maike konnte sich noch gut an ihre heftige Reaktion erinnern. »Nur weil ich eine Frau bin, soll es eine Sonderbehandlung geben?«, hatte sie ihn wütend gefragt. »Das kannst du vergessen! Ich werde die gleichen Aufgaben übernehmen wie alle anderen. Stell dir vor, sie sagen: ›Sie ist die Freundin vom Chef, sie braucht die verweste Leiche nicht zu durchsuchen oder den gewalttätigen Ehemann festzunehmen.‹ Verflucht! Behandle mich wie alle anderen!« Mit diesem Wutausbruch war das Thema erledigt gewesen.

»Maike, bist du noch dran?«, fragte Jan.

»Ja, bin ich.« Versöhnlich fügte sie hinzu: »Aber das nächste Mal darfst gerne du die Obduktion übernehmen.«

»Okay, das ist nur fair. Ist alles vorbereitet?«

»Die Leichen sind vor Ort, und Doktor Knoche und sein Assistent Andresen fangen gleich an.«

»Bitte ruf mich an, wenn die ersten Ergebnisse vorliegen, du hast ja jetzt meine neue Nummer.«

»Mach ich, bis später.« Maike steckte das Handy weg, atmete tief ein und aus und betrat den Sektionsraum, in welchem die Obduktionen stattfinden sollten.

Die Anwesenheit eines Polizisten war vorgeschrieben und sinnvoll. Der ermittelnde Polizist kannte die Umstände des Tatortes, die Auffindesituation und den Transport der Leiche. Dies konnte bei der Bewertung der festgestellten Spuren an der Leiche sehr wichtig sein. Deshalb kamen neuerdings die Rechtsmediziner auch mit raus zum Tatort, was jedoch bei diesen zwei Toten nicht der Fall gewesen war. Maike würde also die Fragen der Rechtsmediziner beantworten müssen.

Bei der äußeren Leichenschau des am Borkumriff angetriebenen Toten schilderte sie, dass neben dem Fundort eine vielbefahrene Wasserstraße verlief, auf der auch größere Seeschiffe verkehren.

»Das ergibt Sinn, Frau Broning«, sagte der Rechtsmediziner Dr. Knoche. »Sehen Sie diese großen, parallel verlaufenden Schnittwunden? Die wurden mit hoher Wahrscheinlichkeit von einer Schiffsschraube verursacht. Die Leiche trieb in Bauchlage im Wasser. Arme und Beine hingen nach unten. Im Flachwasser entstehen dann diese typischen Treibspuren«, er zeigte auf Hände und Beine. »Vielleicht können wir noch Teile der Fingerabdrücke retten. Gut, dass man die Hände vor dem Transport in Plastiktüten verpackt hat.«

»Ja, eine neue Kollegin von der Insel hat zum Glück daran gedacht«, sagte Maike. »Ihr Name ist Tomke Rabenstein. Sie hat sich den Toten vor Ort genau angesehen und ebenfalls an eine Schiffsschraube und Abriebverletzungen gedacht.«

»Sehr gut. Vielleicht können wir die Leiche anhand der Teilabdrücke der Finger identifizieren.«

»Vorausgesetzt, es liegen Vergleichsspuren vor.«

»Korrekt, Frau Broning. Nun zurück zu unserer Wasserleiche. Der Mann lag vermutlich länger an einem Strand. Hier sehen Sie Sand im Gewebe, außerdem sind Spuren von vermutlich Tierfraß zu erkennen. Die Augäpfel wurden höchstwahrscheinlich von Vögeln herausgepickt.«

Maike bemühte sich, die Bilder von Möwen, die an Leichen picken, zu verdrängen. Übelkeit stieg in ihr auf, und sie atmete flach durch den Mund.

»Ah, was haben wir denn da?« Knoches Stimme klang beinahe erfreut. »Ich fühle eine Delle im Schädel. Das bedeutet, wir müssen die Haare an dieser Stelle entfernen.«

Kurz darauf hatten die beiden Rechtsmediziner den Bereich am Kopf abrasiert.

»Sehen Sie hier, Frau Broning, eine Verletzung«, stellte Dr. Knoche fest. »Wir werden später den Schädel öffnen, dann wissen wir Genaueres.«

»Könnte diese Verletzung die Todesursache sein?«, fragte Maike.

Dr. Knoche war eher skeptisch. »Ante oder post mortem, vor oder nach dem Tod – das ist die Gretchenfrage. Wir müssen die innere Leichenschau abwarten. Diese Art von Verletzung sehen wir öfter, gerade bei Sportbootfahrern. Das Deck ist voller Stolperfallen, man rutscht aus, stößt sich den Kopf und geht über Bord. Manchmal finden wir auch Leichen mit heruntergelassenen Hosen. Die Sportbootfahrer lehnen sich über die Reling, um sich zu erleichtern, verlieren das Gleichgewicht und stürzen ins Wasser. Vielleicht spielt in unserem Fall auch Alkohol eine Rolle, aber das wird später untersucht.«

Vor der jetzt beginnenden inneren Leichenschau graute es Maike am meisten. Kopf, Brust und Bauch der Leiche wurden dazu geöffnet.

Nachdem die erste Leiche obduziert worden war, kam die nächste an die Reihe. Maike kam es so vor, als würden die schrecklichen Bilder, Geräusche und Gerüche niemals enden.

Endlich fasste Dr. Knoche die Ergebnisse der beiden Obduktionen grob zusammen. »Also, Frau Broning, bei der Wasserleiche dürfte die Kopfverletzung tatsächlich vor dem Tod eingetreten sein. Todesursache ist jedoch Ertrinken. Wir haben außerdem weitere Treibspuren an den Gliedmaßen festgestellt.«

Maike unterbrach ihn. »Die Kopfverletzung …« Sie schluckte, um die Übelkeit endgültig zu bezwingen. »Wurde sie durch Fremdeinwirkung verursacht?«

»Tut mir leid, das lässt sich nicht mit Gewissheit feststellen. Bei der zweiten Leiche, dem Toten aus der Jacht, sieht die Sache anders aus. Hier sind eindeutige Fessel- und Folterspuren vorhanden. Außerdem gibt es deutliche Ersti-ckungsanzeichen.«

»Durch Wasser oder durch den Rauch des Feuers?«, hakte Maike nach und dachte an Tomkes Waterboarding-Theorie.

»Auf keinen Fall durch Rauch. Bei der Sektion haben wir keine Rußspuren im Körper festgestellt. Zum Zeit-punkt des Feuers hat der Mann nicht mehr geatmet, sonst hätten wir entsprechende Rückstände in den Atmungs-organen gefunden.«

»Er ist also erstickt durch Ertränken?«, wollte Maike wissen.

»Nein, so ist er nicht gestorben. Der Mann wurde mit einer Art dünnem, spitzem Dorn erstochen. Ich musste sofort an einen Eispickel denken. Es gibt zwei kleine Ein-stichstellen am Körper. Es wurde sehr exakt zugestochen, beide Male ein Volltreffer ins Herz. Wie gesagt, Sie sollten nach einer Art Eispickel Ausschau halten.«

»Können wir das ein wenig einschränken? Ich meine zum Beispiel die Länge der Waffe oder eine Besonderheit.«

»Bei dieser Art Stichverletzung kommt es auf die Kraft an, mit der zugestoßen wird. Es lässt sich nicht genau sagen, wie viel des Dorns im Körper steckte. Wenn der Einstich zehn Zentimeter tief ist, kann die Tatwaffe dennoch 20 Zen-timeter lang sein. Es gibt allerdings eine Besonderheit, ich bin mir jedoch nicht sicher, ob …«

»Jede Kleinigkeit kann uns helfen«, versicherte Maike.

»Kommen Sie!« Knoche gab Maike ein Zeichen, näher an die Leiche zu treten, und zeigte auf die Eintrittswun-den. »Normalerweise müssten die Einstichstellen bei einem Dorn …«, Knoche suchte nach einer verständli-chen Beschreibung, »rund sein. Aber an beiden Wundrändern gibt es eine Art Einkerbung.« Er zog die Haut etwas auseinander. Vielleicht ist die Tatwaffe beschädigt.«

Trotz dieser Information war Maike enttäuscht. Sie hatte sich von den Obduktionen mehr Anhaltspunkte für ihre Ermittlungen versprochen, hatte jedoch wenig Neues erfahren. »Jetzt haben wir zwei Leichen ohne Namen. Bei der einen hätten wir zwar einen, jedoch ist das Gesicht nicht erkennbar. Gibt es denn gar nichts, womit wir sie eventuell identifizieren können?«

»Hätten wir Vergleichsproben oder Unterlagen vom Zahnarzt, könnten wir Ihnen weiterhelfen«, bot Knoche an. »Im Fernsehen wird in solchen Fällen ein Herzschrittmacher mit Identifizierungsnummer oder eine nummerierte Prothese gefunden. Hier allerdings Fehlanzeige! Aber wir sind ja noch nicht fertig. Es folgt die toxikologische Untersuchung. Und Sie erhalten die Teilabdrücke der Finger und das DNA-Material, das Sie zum Abgleich mit Ihren Datenbanken nutzen können.«

Maike schüttelte resigniert den Kopf. »Aber im Moment stehen wir mit leeren Händen da. Von der ersten Leiche wissen wir nichts. Bei dem Toten aus der Jacht könnte es sich um den Eigner, einen Herrn Lamberg, handeln. An die Öffentlichkeit brauchen wir mit diesem Zustand der Leichen auch nicht zu gehen. Ein augenloser, aufgequollener Körper und ein verbrannter erkennt niemand.«

»Ja, Frau Broning, das stimmt. Bringen Sie mir Vergleichsmaterial, dann wissen wir mehr. So lange nenne ich sie die Wasserleiche vom Riff und die Brandleiche von Borkum, aber nur inoffiziell.«

Maike verabschiedete sich von Dr. Knoche, verließ die Rechtsmedizin, setzte sich in ihr Auto, griff zum Telefon und rief Jan an.

»Hallo, Maike. Hast du es endlich hinter dich gebracht? Wie geht es dir?«

»Na ja, kannst du dir ja denken. Ich krieg den Gestank nicht aus der Nase. Ich fahr erst nach Hause, gründlich duschen und andere Klamotten anziehen. Anschließend komme ich zu euch ins Büro.«

»Okay, aber bitte erzähl kurz von den Obduktionen.«

Nachdem Maike von den Ergebnissen berichtet hatte, startete sie den Motor, hängte einen Duftbaum an den Innenspiegel und fuhr los Richtung Ditzum.

KAPITEL 17

LEER, POLIZEIDIENSTGEBÄUDE

Jan Broning legte den Hörer auf. In Gedanken war er bei seiner Maike. Er wusste, dass es mit einer Dusche nicht getan wäre. Die Eindrücke der Obduktionen würden sie noch eine Weile verfolgen.

Die Trennung zwischen Privatleben und dem Polizeidienst waren für Jan und Maike nicht immer einfach. Sie richteten es meistens so ein, dass sie nicht zusammenarbeiteten. Außerdem versuchte Jan im Dienst des Öfteren, sie im wahrsten Sinne des Wortes aus der Schusslinie zu ziehen. Maike ließ sich das aber nicht gefallen. Sie war kein Typ für einen Schreibtischjob, und das hatte ihn ja auch von Anfang an beeindruckt. Früher waren sie als Einzelkämpfer nur für sich selbst verantwortlich gewesen. Inzwischen jedoch waren sie seit mehreren Jahren verheiratet und Eltern einer Tochter.

Jan konzentrierte sich wieder auf die aktuellen Ermittlungen und sein Team. Onno und Klaas waren einsatzbereit. Bei Stefan Gastmann und Maike sah das anders aus. Stefan war noch in Hannover beim LKA, aber Jan hoffte, dass seine Abordnung beendet werden würde und er ihn hier unterstützen könnte. Stefan war ihr Computerspezialist und unverzichtbar. Und Maike ermittelte im Moment noch im Fall der angetriebenen Wasserleiche. Mit ihm waren sie also bis jetzt nur zu dritt. Zu wenig, denn Jan war der Meinung, dass zwei Zweierteams und ein Ermittler im Büro optimal waren. Vielleicht könnte Maike, nur vorübergehend, aushelfen. Am besten wäre es, wenn sie selbst auf diese Idee käme. Heute Abend würde er etwas jammern und hoffen, dass Maike ihre Unterstützung anbot.

Jan ging gedanklich noch einmal Maikes Infos durch. Der Unbekannte an Bord der Jacht, »die Brandleiche von Borkum«, wie Maike gesagt hatte, war gefoltert und anschließend mit einer Art Eispickel getötet worden. Die bei der Leiche gefundene Brieftasche ließ vermuten, dass es sich um Ferdinand Lamberg handelte. Als Täter kam möglicherweise ein betrogener Geldanleger infrage. In diesem Fall wären auch Lambergs Komplizen in Lebensgefahr. Von denen kannten sie aufgrund Onnos und Klaas' Ermittlungen die Namen: Bäke, Woland und Homming. Bäkes und Hommings Adressen waren ihnen inzwischen zwar bekannt, aber sie hatten niemanden erreicht. Von Lamberg hatten sie die auf dem Personalausweis angegebene Adresse in Frankfurt, von Woland wussten sie so gut wie nichts. Nähere Auskunft über Lamberg und Woland könnten Bäke oder Homming geben, wenn sie denn auffindbar wären. Kein Wunder, dass die sich nach dem Bekanntwerden des Betrugs abgesetzt hatten. Doch so war es Jan und seinem Team auch nicht möglich, sie zu warnen oder für Personenschutz zu sorgen.

Onno und Klaas versuchten schon, die Männer ausfindig zu machen. Sie waren mit einem Zivilwagen unterwegs und überprüften abwechselnd die Adressen von Bäke, das Haus von Homming im Musikerviertel von Leer und den Sportboothafen. Bis jetzt Fehlanzeige. Und Jan brauchte seine

Kollegen hier im Büro. Er würde nachher bei Sprengel personelle Unterstützung für die Observierung der Wohnadressen anfordern.

Jan griff zum Telefon und wählte die Nummer seines Kollegen Stefan in Hannover.

»Stefan Gastmann, LKA Hannover.«

»Hallo, Stefan, hier ist Jan aus Leer, wie geht's?«

»Alles okay. Und bei euch?«

»Privat alles bestens, nur dienstlich hakt es etwas.«

»Was ist denn los? Thomas Sprengel hat sich bei meinem Chef gemeldet. Ich soll gleich zu ihm ins Büro kommen.«

»Ich will nicht lange drumherum reden. Wir haben eine Sonderkommission eingerichtet aufgrund der Betrügerbande, zu der du für uns recherchiert hast, und eines vermutlich damit in Zusammenhang stehenden Todesdelikts. Du hast wahrscheinlich davon gehört. Jedenfalls sollst du uns hier in Leer unterstützen. Allerdings nur, wenn du einverstanden bist.«

»Bin ich, dann sehe ich meine Bekky wieder öfter! Wann soll es losgehen?«

»Sofort«, antwortete Jan erleichtert. »Ich bin froh, dass du dabei bist. Weißt du, um was es geht?«

»Teilweise. Onno und Klaas haben wegen des Schneeballsystems Kontakt zu mir aufgenommen. Außerdem verfolge ich die aktuelle Entwicklung, insbesondere diesen Mord auf der Jacht, vom Bildschirm aus.«

»Wir vermuten, dass es sich bei dem Toten an Bord der Jacht um Ferdinand Lamberg, den Kopf der Betrüger, handelt. Die Leiche ist stark verbrannt und deshalb per Augenschein nicht hundertprozentig identifizierbar. Könntest du mit der in Frankfurt zuständigen Polizeidienststelle – dort hat Lamberg gewohnt, zumindest haben wir eine

Adresse auf seinem Ausweis – Kontakt aufnehmen und sie um Unterstützung bitten? Außerdem müssen wir herausfinden, wer sein Haus- und Zahnarzt war.«

»Für den Zahnstatus, DNA-Vergleichsmaterial oder besondere Auffälligkeiten«, ergänzte Stefan.

»Ja, jede Information hilft uns weiter«, bestätigte Jan.

»Ich will es versuchen, aber die zuständigen Kollegen in Hessen brauchen bestimmt einen richterlichen Beschluss. Bis dahin gebe ich alles, um möglichst viel über die Betrügereien der Herren Lamberg und Woland herauszufinden.«

»Das wäre super, Stefan. Vielleicht sehen wir uns dann morgen früh?«

»An mir soll es nicht liegen. Bis dann!«

Jan legte auf und hörte die Stimmen von Onno und Klaas aus dem Nebenzimmer. Sie waren von der Observierungsrunde zurückgekehrt. Er ging hinüber und schaute sie fragend an.

»Fehlanzeige«, sagte Onno. »Die Vögel sind ausgeflogen.«

»Wir haben alles überprüft: die Häuser von Bäke und Homming und den Sportboothafen. Alles negativ«, ergänzte Klaas.

»Verflixte Axt!«, fluchte Jan. »Aber damit haben wir ja gerechnet.« Er nahm einen Stift und schrieb die Namen Bäke, Lamberg, Woland und Homming nebeneinander auf die linke der beiden unbeschriebenen weißen Tafeln. Und darüber: »Mitglieder des Schneeballsystems ›Schwanengold‹«.

Onno und Klaas hatten sich einen Kaffee eingeschenkt und betrachteten nun nachdenklich die Tafel.

»Hat die Reihenfolge der Namen einen besonderen Sinn?«, wollte Klaas wissen.

»Mit diesem Bäke fing alles an«, antwortete Jan. »Nachdem die Betrüger aufgeflogen waren, wurde bei ihm die Mauer beschmiert und eingebrochen. Bäke ist seit diesem Tag spurlos verschwunden. Dann war Lamberg dran. Er wurde auf seiner Jacht gefesselt, gefoltert und mit einer Art Eispickel erstochen.«

»Wenn der Tote dieser Lamberg ist. Das wissen wir noch nicht mit abschließender Sicherheit«, gab Onno zu Bedenken.

»Stimmt. Und es wird auch noch etwas dauern, bis Stefan die Unterlagen zum Vergleich aus Hessen bekommt«, erwiderte Jan und fing an aufzuzählen: »Antrag beim Richter, richterlicher Beschluss und Amtshilfeersuchen an die Kollegen in Hessen.« Jan schüttelte den Kopf. »Der Tote lag im Salon der Jacht ›Sirene‹. Die gehört Lamberg. Außerdem wurde dessen Geldbörse in den Kleidungsresten der Leiche gefunden. Ich fresse einen Besen, wenn die Brandleiche von Borkum nicht Ferdinand Lamberg ist.«

»Wisst ihr, worüber ich mir schon die ganze Zeit Gedanken mache?«, fragte Onno. »Die Jacht von Lamberg trieb doch brennend im Fahrwasser vor Borkum. An Bord fand man nur eine Person: den toten Jachteigner Lamberg.«

Jan nahm Onnos Gedanken auf. »Ich weiß genau, worauf du hinauswillst. Es muss mindestens eine weitere Person an Bord gewesen sein, die ihn gefesselt, gefoltert und getötet hat. Wie sind der oder die Täter von der Jacht weggekommen?«

»Und wie an Bord? War er oder waren sie bereits beim Auslaufen auf der Jacht?«, ergänzte Klaas. »Haben wir es hier mit einem Klassiker zu tun? Dem Streit unter Ganoven um die Beute?«

»Aber dann hätte der Täter schwimmen müssen, als er die Jacht verließ«, warf Jan ein. »Er konnte ja nicht aussteigen wie aus einem Bus. Da draußen gibt es nur Wasser und keine Haltestellen. Es sei denn …« Jan heftete ein Foto der Jacht an die Tafel und tippte auf eine Stelle am Heck. »Ich sag nur: Beiboot!«

»Scheiße!«, murmelte Onno zerknirscht. »Auf dem Foto fehlt das Beiboot!«

»Pah, Onno, das entgeht ausgerechnet dir, unserem alten Kapitän?«, neckte Klaas seinen Kollegen.

»Ent-schul-di-gung, lieber Klaas«, setzte Onno an und holte tief Luft. Sicher, um etwas Nettes zu sagen.

Doch Jan unterbrach ihn. »Wir sollten eine Suchmeldung nach dem Beiboot herausgeben. Onno, kannst du dich darum kümmern?«

»Okay. Vermutlich handelt es sich um ein kleines Schlauchboot mit Motor. Ich könnte mich zuvor beim Sportboothafen umhören, vielleicht erinnert sich dort jemand an die Art des Beiboots auf der ›Sirene‹.«

»Sehr gute Idee, mach das«, bestätigte Jan. »Und wenn du schon dort bist, frage auch nach Bäkes Boot. Angeblich ist er Eigentümer eines Sportbootes.«

»Das stimmt, aber anscheinend wollte er es aus Geldnot verkaufen. Und ich weiß, dass es nicht mehr im Hafen liegt«, antwortete Onno.

»Hak dennoch bitte nach, ob es verkauft wurde, und wenn ja, wann und an wen«, sagte Jan. »Falls er noch im Besitz seines Bootes ist, könnte er damit ausgelaufen und vor Borkum mit Lamberg zusammengetroffen sein.«

»Du hast recht, ich höre mich beim Hafen und an der Schleuse um.«

Nun wandte Jan sich an Klaas. »Klaas, wir benötigen eine Liste der Geschädigten des Schneeballsystems. Der Täter könnte auch einer von ihnen sein.«

»Einen Namen kann ich dir gleich sagen: Hubert von Bühl«, erwiderte Klaas. »Der hat bei uns angerufen, wurde sehr wütend während des Gesprächs und hat Drohungen ausgestoßen, weil er viel Geld an die Betrüger verloren hat.«

»Wartet kurz, ich bin sofort wieder da.« Jan ging ins Nebenzimmer, wo das Telefon klingelte, und hob den Hörer ab.

»Hallo, Jan, Thomas hier. In einer halben Stunde findet die Pressekonferenz statt. Bitte komm vorher noch in mein Büro.«

»Okay, bin gleich bei dir.«

KAPITEL 18

»TEPPICHETAGE«

Nachdem Jan seinen Vorgesetzten Thomas Sprengel in dessen Büro in der Teppichetage der Dienststelle auf den aktuellen Stand der Ermittlungen gebracht hatte, meinte Sprengel zerknirscht: »Wir sollten uns in dem, was wir preisgeben, auf die Betrugssache beschränken und die Leiche auf der Jacht unerwähnt lassen. Noch wissen wir zu wenig, die Presse wird damit nicht zufrieden sein.«

»Wir müssen damit rechnen, dass die Medien über den Toten Bescheid wissen. Die Bergung der brennenden Jacht ging schließlich nicht ganz unbemerkt vonstatten. Irgendjemand hat bestimmt geplaudert, du weißt doch, wie schnell sich so etwas herumspricht. Übrigens, wie sieht es mit dem versprochenen Observierungsteam aus?«

»Die Kollegen melden sich bei euch nach der Pressekonferenz. Falls jemand den Todesfall auf der Jacht anspricht, kannst du dies bestätigen, weiter sagen wir jedoch nichts dazu«, antwortete Sprengel und stand auf.

Jan atmete tief durch und folgte seinem Chef in den großen Saal. Er hasste Pressekonferenzen, und insbesondere bei der bevorstehenden hatte er kein gutes Gefühl.

Wie erwartet war das Interesse der Medien groß, und der Raum füllte sich schnell mit Reportern der hiesigen

Zeitungen, auch Teams der Rundfunk- und Fernsehsender waren dabei.

Thomas Sprengel verlas zunächst die dünne Pressemitteilung.

Sofort wurden Fragen gestellt. »Stimmt es, dass man den Kopf des Betrugssystems ›Schwanengold‹ ermordet in seiner Jacht aufgefunden hat?«

Es stimmte also, jemand hatte aus dem Nähkästchen geplaudert. Ein Außenstehender, der bei der Bergung dabei war, oder jemand, der später im Schutzhafen Borkum zufällig etwas aufgeschnappt hatte. Auf jeden Fall war die Katze nun aus dem Sack. Sprengel nickte Jan auffordernd zu.

Jan hielt sich an Sprengels Anweisung und verwies darauf, dass sich die Ermittlungen noch in einem sehr frühen Stadium befänden, was ja der Wahrheit entsprach.

Eine sehr resolute Reporterin gab sich damit nicht zufrieden. »Der Tote an Bord war auf den Tisch gefesselt worden. Hat man ihn gefoltert und ermordet? Handelt es sich um einen der Betrüger?«

»Wie gesagt, wir stehen noch ganz am Anfang und machen keine weiteren Angaben, um die Ermittlungen nicht zu gefährden«, wich Jan wieder aus.

Der Ton wurde rauer, und Sprengel gab Jan ein Zeichen, die Veranstaltung abzubrechen. Unter Protestrufen verließen die Polizisten den Raum.

»Das gibt keine gute Presse«, stellte Thomas Sprengel fest.

»Ist mir egal. Es ist wichtiger, mit den Ermittlungen voranzukommen, als unsere Pressevertreter zu befriedigen«, erklärte Jan und ging zielstrebig ins Büro der Soko Schwanengold.

Dort erwarteten ihn Onno, Klaas und zwei Kollegen, die sie bei der Observierung der Häuser von Bäke und Homming unterstützen sollten.

Jan wies die zwei in die Ermittlungen ein. Gerade als er fertig war, betrat Maike das Büro. In den Armen hielt sie vier Pizzakartons.

»Oje, ihr seid ja zu fünft, das wusste ich nicht«, sagte sie.

»Kein Problem, Maike, und danke fürs Bringen!« Klaas nahm Maike die Kartons ab. »Ich habe was zu essen dabei, ihr könnt euch also die für mich gedachte Pizza teilen.« Er reichte den zwei Kollegen vom Observierungsteam die Pizza.

Die beiden nahmen sie dankend entgegen und verließen das Büro, um ihre Observierung zu beginnen. Essen wollten sie im Auto, um keine Zeit zu verlieren.

»Dass ich das noch erleben darf!« Onno grinste Klaas an. »Du verzichtest auf eine Pizza!«

»Ja, Onno, stell dir vor! Ich denke eben an das Wohl meiner Kollegen. Sonst sitzen die nachher hungrig im Zivilwagen vor dem Haus von Bäke oder Homming. Sie waren ja nicht auf den Einsatz vorbereitet.«

Maike und Jan lächelten sich an. Die beiden waren einfach zu köstlich! Maike öffnete ihren Pizzakarton, und sofort stieg der Duft in Jans Nase. Erst jetzt merkte er, dass er großen Hunger hatte.

»Du bist doch die beste aller Ehefrauen, meine liebe Maike!«

Jeder holte sich Teller und Besteck, und gerade als sie sich an den großen Tisch setzten, klingelte die Mikrowelle.

»Ah, mein Essen ist fertig.« Klaas öffnete die Mikrowellentür. Vorsichtig nahm er den Teller heraus und stellte ihn auf den Tisch.

Alle bekamen große Augen, als sie sahen, was auf Klaas' Teller lag.

»Ist das Rehrücken?«, wollte Jan wissen.

»Oh ja«, antwortete Klaas. »Gespickt mit Speckstreifen und garniert mit Preiselbeeren.«

»Sogar Kroketten und Rotkohl sind dabei«, stellte Onno neidisch fest. »Kein Wunder, dass du dafür auf die Pizza verzichtest.«

Jan erinnerte sich daran, was Sprengel ihm gesagt hatte, dass seine Mikrowelle samt Mittagessen verschwunden sei. Ihm schwante Übles, doch er schwieg.

Maike hatte für sich eine vegetarische Pizza mitgebracht. Jan wusste, dass sie noch ein paar Tage lang keine Lust auf Fleisch, in welcher Form auch immer, haben würde.

»Ihr seid ja schon mit einer Mikrowelle ausgestattet«, sagte Maike kauend. »Ich habe extra unsere alte von zu Hause mitgebracht, die liegt noch im Kofferraum.«

»Sehr gut«, lobte Jan. »Dann kann dieses Gerät hier wieder dahin zurückgebracht werden, wo es hergekommen ist.« Jan warf Klaas einen auffordernden Blick zu.

»Wird erledigt!« Klaas hatte Jans Botschaft verstanden.

Während Onno sein Pizzastück verdrückte, beobachtete er Klaas, der genüsslich sein edles Mahl verzehrte. »Du musst ja sehr brav gewesen sein, wenn du ein solches Festessen mit zur Arbeit bekommst.«

»Neid ist die aufrichtigste Form der Anerkennung«, erwiderte Klaas.

Maike grinste. »Hier wird sich nie etwas ändern.«

»Vielleicht solltet ihr es mal mit einer Paartherapie versuchen«, schlug Jan vor und verschluckte sich im selben Moment.

»Kleine Sünden werden sofort bestraft«, kommentierte Onno, nachdem Jans Hustenreiz abgeklungen war.

Jan nahm einen Schluck Wasser und räusperte sich ausgiebig.

»Nun fehlt nur noch Stefan«, stellte Klaas fest. »Dann sind wir wieder komplett.«

Jan war fertig mit dem Essen und legte das Besteck weg. »Ich habe schon mit ihm telefoniert. Mit etwas Glück ist er ab morgen vor Ort. Maike, was ist mit dir?« Jan verwarf seine Strategie, dass er Maike am Abend so lange etwas vorjammern wollte, bis sie von sich aus anbot, Teil der Soko zu werden. Denn Klaas ging offensichtlich davon aus, dass Maike mit im Boot war. Also fragte er direkt.

»Ich bin natürlich dabei. Mit meiner Wasserleiche komme ich im Moment sowieso nicht weiter. Allerdings nur unter einer Bedingung!«

Jan ahnte, worauf sie hinauswollte. »Du willst nicht diejenige sein, die im Büro sitzt. Richtig?«

»Korrekt, mein Lieber. Dieses Mal ist ein anderer dran.«

Jan überlegte. »Ich kann mir vorstellen, dass Stefan auch keine Lust dazu hat. Schließlich war er in Hannover nur am Schreibtisch.«

»Ich übernehme das«, bot Klaas an. »Ich hab das noch nie gemacht, und ein paar Tage ohne Onno sind bestimmt auch mal angenehm. Man soll ja seinen Horizont erweitern. Macht sich gut in der Personalakte.«

»Super, Klaas«, freute sich Jan. »Das ist eine gute Idee! Dann werde ich mit Onno ermitteln und Stefan mit Maike.« Jan war froh, dass sich sein Problem fast von allein geregelt hatte. Stefan und Maike arbeiteten als Team gut zusammen. Und er würde mit Onno draußen sein, Klaas jedoch so weit wie möglich im Büro unterstützen. »Also, legen wir los und bringen uns kurz auf den neuesten Stand. Onno, fang du bitte an. Was hast du beim Sportboothafen herausbekommen?«

Onno verzog sein Gesicht. »Nicht viel. Keiner der Befragten konnte sich erinnern, ob sich ein Beiboot an Bord der ›Sirene‹ befunden hat. Nur daran, dass die vier Männer Lamberg, Woland, Homming und Bäke oft zusammen rausgefahren sind. Dieser Bäke war wohl das arme Schwein an Bord.«

»Was meinst du damit?«, wollte Jan wissen.

»Bäke musste alle Arbeiten erledigen, für die sich die feinen Herren zu schade waren«, antwortete Onno. »Proviant an Bord schleppen, Jacht putzen und solche Dinge. Die haben ihn angeblich ausgenutzt und wie Dreck behandelt.«

»Höre ich da ein Motiv heraus?«, bemerkte Jan. »Bäke war also nicht nur der ahnungslose Strohmann, sondern wurde auch noch gemobbt.«

»Die haben ne echt miese Nummer mit dem Mann abgezogen«, bestätigte Onno. »Alle Befragten waren sich einig: Wenn Bäke nicht auf diesen Job als Finanzberater angewiesen gewesen wäre, hätte er das bestimmt nicht mit sich machen lassen.«

»Was ist mit Bäkes Boot? Hat er es noch?«, wollte Jan als Nächstes wissen.

»Das konnte ich nicht herausfinden«, antwortete Onno. »Es befindet sich jedenfalls nicht an seinem Liegeplatz im Sportboothafen. Dieser Homming besitzt ein Segelboot, doch auch das ist nicht da. Der Einzige, der über die Boote im Hafen genau Bescheid weiß, ist laut Aussagen der Leute, die ich gefragt habe, unser Herr Homming. Er ist so eine Art Kassenwart und hat den Überblick, welche Boote an-

und abfahren. Doch wie ihr wisst, ist Homming bisher unauffindbar und kann uns keine Auskunft geben. Deshalb bin ich zur Seeschleuse gefahren, weil alle ein- und auslaufenden Boote und Schiffe diese passieren müssen. Ich habe mit der Schleusenbesatzung gesprochen, aber denen ist nichts aufgefallen.«

»Gibt es an der Schleuse Aufzeichnungen über ein- und auslaufende Schiffe?«, fragte Maike.

»Es wird schriftlich festgehalten, welche gewerblichen Schiffe passieren. Bei Sportbooten, wie zum Beispiel die von unseren Betrügern, ist das jedoch nicht der Fall«, antwortete Onno. »Darüber werden keine Listen geführt.«

»Mit anderen Worten: Wir wissen nicht, wann die Boote von Lamberg, Bäke und Homming den Hafen verlassen haben und wohin sie gefahren sind«, fasste Jan zusammen. »Wir müssen die Boote ebenfalls zur Fahndung ausschreiben, aber dafür brauchen wir genauere Informationen.«

»Ich habe noch einige Eisen im Feuer«, sagte Onno. »Ich will noch ein paar Sportbootfahrer anrufen, die ich nicht am Hafen angetroffen habe. Vielleicht wissen die mehr, zumindest die Bootsnamen. Oder sie können die Boote beschreiben.«

Jan nickte zur Bestätigung. »Klaas, wie sieht es mit den Geschädigten des Schneeballsystems aus? Hast du einen Hinweis auf ein mögliches Motiv erhalten und jemanden im Verdacht?«

»Ein Motiv hätte jeder, weil alle viel Geld an die Betrüger verloren haben. Aber einige Herren sind mir besonders aufgefallen.«

»Hubert von Bühl?«, fragte Onno.

»Genau. Du warst ja dabei, als er hier angerufen hat, und hast mitbekommen, wie er den Betrügern gedroht hat. Er und zwei weitere Männer wurden um die größte Summe betrogen.«

Jan stand auf und schrieb den Namen Hubert von Bühl auf die rechte weiße Tafel. Neben den Namen notierte er: »Verlor hohen Geldbetrag, massive Drohungen.«

»Wer sind die anderen beiden?«, wollte er anschließend wissen.

»Eiko Dinkela und Ingo Osting«, antwortete Klaas. »Die zwei sind wohl enge Freunde und nicht ohne.«

»Nicht ohne?«, hakte Jan nach.

»Man munkelt, dass sie unter der Hand Geld verleihen. Und wehe dem, der es nicht zurückzahlen kann. Es bleibe nicht bei verbalen Einschüchterungen. Säumige Schuldner seien auch schon zusammengeschlagen worden.«

»Na, wenn das keine Gerechtigkeit ist«, meinte Onno zynisch. »Kredithaie werden von Betrügern reingelegt.«

Jan schrieb die Namen Eiko Dinkela und Ingo Osting unter den Namen von Bühl auf die Tafel. Daneben notierte er: »Arbeiten als Team zusammen. Kredithaie?«

»An Verdächtigen und Motiven besteht in diesem Fall kein Mangel«, stellte Maike fest.

»Allerdings«, bestätigte Jan, trat zwei Schritte zurück und betrachtete die Tafel. »Angefangen bei Bernd Bäke. Wenn die Aussagen seiner Schwester zutreffen, war er bis zuletzt ahnungslos, was die Betrugsabsichten der Firma Schwanengold betraf. Er hat sein eigenes Vermögen und das seiner Schwester durch die Betrüger verloren. Außerdem hat man ihn gemobbt.« Jan ging zurück zur Tafel und tippte auf die Namen der Geldanleger. »Von Bühl und die Zweierbande Dinkela und Osting haben am meisten investiert. Bei mindestens zwei von ihnen handelt es sich um Männer, mit denen man so etwas nicht ungestraft machen kann.«

»Vergesst nicht die Herren Woland und Homming«, erinnerte Maike. »Vielleicht kam es nach Bekanntwerden des Betrugssystems zu einem Streit.«

»Um die Piratenbeute.« Klaas grinste.

»Ein Sportbootfahrer hatte übrigens den Eindruck, dass Woland Lambergs Leibwächter war«, sagte Onno. »Sozusagen sein Schatten.«

»Wenn das der Fall ist, hat er einen schlechten Job gemacht, zumal sein Chef jetzt in der Rechtsmedizin im Kühlschrank liegt«, kommentierte Jan.

Maike spielte gedankenverloren mit einer Tupperdose, die auf dem Tisch stand. Sie schob die Dose hin und her, bis ihr der Zettel auffiel, der auf dem Deckel klebte. Laut las sie: »›Liebster Thomas, heute ein besonderes Essen für dich. Gruß von deinem Schwiegervater. Er hofft, dass sein geschossenes Reh dir schmeckt.‹« Irritiert schaute sie in die Runde. »Thomas? Wieso Thomas?«

Keiner der drei Männer antwortete. Klaas und Jan, weil sie die Antwort kannten und sich ertappt fühlten, Onno aus Unwissenheit.

»Woher habt ihr eigentlich die Mikrowelle?«, wollte sie wissen.

»Aus der Teppichetage«, gab Klaas zu. »Sozusagen eine Leihgabe.«

Onno zählte nun auch eins und eins zusammen. »Du hast das Essen vom Chef geklaut und verputzt?«, fragte er ungläubig.

»Vorgekostet«, antwortete Klaas. »Im alten Rom haben die das auch so gemacht.«

KAPITEL 19

LEER, LUXUSWOHNUNG AN DER NESSE

Werner Woland stand vor dem großen Fenster des Wohn-zimmers und sah auf den Hafen. Die Wohnung gehörte einem guten Bekannten von Ferdinand. Der hatte sie als Geldanlage und Feriendomizil gekauft. Für die Dauer ihres Projektes Schwanengold durften sie die Wohnung nut-zen. Sie befand sich in der ersten Etage eines Häuserblocks direkt am Hafen. Zur Wohnung gehörte ein großer Bal-kon. Woland hatte einmal zu Ferdinand gesagt, vom Bal-kon aus könne man direkt im Hafen angeln.

Nach Angeln war es Werner Woland heute allerdings nicht zumute. Er hatte geahnt, dass Unheil heraufziehen würde, nachdem er erfahren hatte, dass sie aufgeflogen waren. Die Nachricht über den Toten auf einer Jacht hatte seine Ahnung bestätigt. Er war gestern von einem Kurzauf-enthalt in Hessen nach Leer zurückgekommen und hatte Ferdinand mitteilen wollen, dass er zurück war. Doch Fer-dinand hatte nicht auf seine Anrufe reagiert. Also war Wer-ner zum Sportboothafen gefahren, die »Sirene« hatte aber nicht an ihrem Platz gelegen. Werner hatte vermutet, dass Ferdinand sofort nach Bekanntwerden des Betrugs aus-gelaufen war. Nun wusste er, warum Ferdinand sich nicht gemeldet hatte.

Sein Handy klingelte und riss ihn aus seinen Gedanken. Er sah auf das Display und erkannte die Nummer von Volker Homming. »Hallo?«

Hommings Stimme klang aufgeregt. »Werner, hast du es im Internet gelesen? Ferdinand wurde ermordet! Verflucht, sie haben ihn erwischt, gefoltert und seine Jacht in Brand gesteckt! Was sollen wir jetzt machen?«

»Wir müssen cool bleiben!«, sagte Werner.

»Cool bleiben?« Volker wurde hysterisch. »Cool bleiben? Begreifst du es nicht? Wir sind aufgeflogen, und sie haben sich an Ferdinand gerächt! Wir sind als Nächste dran! Ich glaube, ich geh zur Polizei und stelle mich.«

»Das wirst du nicht tun!«, entgegnete Werner bestimmt. »Wo bist du jetzt?«

Schweigen.

»Volker, bist du noch dran?«

»Wo warst du eigentlich, als Ferdinand ermordet wurde?«, fragte Volker misstrauisch. »Ihr wart doch immer zusammen.«

»Du glaubst doch wohl nicht, dass ich etwas mit seinem Tod zu tun habe? Ich war in Hessen und habe einen Teil unserer Einnahmen abgehoben und in Sicherheit gebracht. Also, wo bist du? Wir müssen uns treffen! Kannst du in die Wohnung kommen? Du willst doch sicher deinen Anteil aus dem Projekt erhalten.«

»Ich hab meine Beine in die Hand genommen, als alles rauskam, und bin mit meinem Boot raus aus der Stadt«, antwortete Volker Homming. »Können wir uns an Bord meiner Jacht treffen? In Leer ist mir das Pflaster zu heiß geworden.«

»Okay, dann komme ich zu dir. Wo bist du?«

Wieder Schweigen.

Werner versicherte: »Volker, ich habe nichts mit Ferdinands Tod zu tun. Ich habe unser Geld in Frankfurt abgeholt. Du kannst deinen Anteil haben. Aber dafür musst du mir vertrauen und mir sagen, wo du bist!«

»Ich habe im Sportboothafen von Borkum festgemacht«, antwortete Volker zögerlich.

»Nicht schlecht, von da aus kannst du überall hin«, sagte Werner anerkennend.

»Ja, sobald meine Reisekasse gefüllt ist. Und da kommst du ins Spiel.«

»Wie wäre es, wenn wir zusammen mit deiner Jacht Richtung Kanalinseln auslaufen?«, schlug Werner vor und dachte: Dann kannst du bekokst in der Koje liegen und ich steuere das Boot.

»Einverstanden, zu zweit können wir uns abwechseln beim Manövrieren. Ist eine lange Reise«, antwortete Volker.

»Wie komme ich am besten zu dir?«

»Du fährst mit dem Auto in die Niederlande zum Eemshaven und von dort mit der Fähre rüber nach Borkum. Ist kürzer und sicherer! Du nimmst die erste Fähre, und sobald du auf der Insel bist, rufst du mich an.«

»So machen wir es. Und bitte sei erreichbar, falls wir unseren Plan ändern müssen. Für mich gilt dasselbe.«

»Alles klar. Ich werde, bis du kommst, den Namen meines Bootes abändern und Proviant bunkern.«

»Wie willst du jetzt noch den Namen ändern?«

»Meine Jacht heißt ›Belinda‹. Ich habe noch ein bisschen Farbe an Bord und mache einfach eine ›Linda‹ daraus!«

»Gute Idee! Also bis morgen.« Werner Woland beendete das Gespräch.

KAPITEL 20

DITZUM, HAUS DER FAMILIE BRONING

Jan Broning hatte etwas Zeit gefunden, um an einer neuen Skulptur zu arbeiten. Maike hatte sich eine Katze gewünscht. Gerade war er dabei, mit einem speziellen Zirkel Maß zu nehmen und die Augenumrisse mit einem Bleistift einzuzeichnen. Immer wieder griff er zum Radiergummi, weil er mit dem Ergebnis nicht zufrieden war.

Normalerweise gelang es ihm beim Schnitzen ganz gut, von seiner Arbeit als Polizist abzuschalten. Doch der aktuelle Fall ließ ihm keine Ruhe und er konnte sich nicht auf die für ihn ohnehin schwierige Gesichtspartie der Skulptur konzentrieren. Entnervt legte er deshalb nun sein Werkzeug beiseite und ging zu Maike in die Küche.

Die sah ihm seine Anspannung sofort an. »Was ist? Wehrt sie sich, die Katze?«

»Ja, ist nicht so einfach. Mit den Fröschen habe ich mehr Übung. Und mir spukt ständig der Fall durch den Kopf.«

»Bis jetzt sind deine Skulpturen immer was geworden«, tröstete sie ihn. »Lass dir Zeit.«

»Kann ich dir helfen?«, fragte Jan.

»Ich wollte Kartoffelsuppe kochen, dann haben wir was Warmes für die nächsten Tage.«

»Gute Idee, es kann ja nicht immer Rehrücken geben.«

Maike schüttelte lachend den Kopf. »Klaas hat vielleicht Nerven!«

»Hat er die Mikro wenigstens zurückgebracht?«, wollte Jan wissen.

»Ja, hat er. Als Onno und Klaas Feierabend gemacht haben, bin ich in die Teppichetage und habe nachgesehen. Die Mikro stand an ihrem Platz, und darin war auch die Tupperdose. Allerdings ... Stell dir vor: Ich mach den Deckel auf und drinnen liegt ein Rest von meiner vegetarischen Pizza!«

»Ehrlich?« Nun musste auch Jan lachen. »Ich glaube, Klaas ist böse auf Thomas, weil er noch nicht befördert worden ist.«

»Gut möglich. Und bei Onno ist es dasselbe. Unsere älteren Kollegen fallen oft hinten runter, wenn es um Beförderungen geht.«

»So ist das nun mal, wenn nach dem Leistungsprinzip befördert wird, da haben junge Kollegen die Nase vorn«, bestätigte Jan. »Unser Chef vergisst dabei nur, dass die älteren Kollegen, als sie jung waren, auch mehr Leistung gebracht haben.«

»Onno und Klaas sollten jedenfalls bald auf der Karriereleiter nach oben steigen, sonst wirkt es sich nicht mehr auf die Höhe der Pension aus«, stellte Maike fest. »Kannst du nicht mal mit Thomas sprechen?«

»Okay, ich warte auf eine günstige Gelegenheit. Allerdings sollte Klaas solchen Unsinn in Zukunft lassen.«

»Ich habe die Pizza vorsorglich rausgenommen und die Dose abgewaschen. Wir wollen es ja nicht auf die Spitze treiben«, sagte Maike und deutete auf den Tisch, wo die Zutaten für die Suppe lagen. »Kannst du bitte die Zwiebeln und den Speck schneiden? Dann mache ich mit dem Gemüse weiter.«

Gemeinsam machten sie sich an die Arbeit, tranken nebenbei Wein und warfen nach und nach die Zutaten in den großen Topf.

»Ich hatte schon Angst, dass es tagelang nur vegetarisches Essen geben würde«, sagte Jan augenzwinkernd.

»Für mich schon, ich werde den Speck in der Suppe nicht runterbekommen. Aber Antje und du habt dann wenigstens was, denn die nächsten Tage wird nicht viel Zeit zum Kochen bleiben.«

Zwei Stunden später war die Suppe fertig und Jan sehr zufrieden mit dem Ergebnis. »Dafür lass ich jeden Rehrücken stehen«, schwärmte er.

KAPITEL 21

LEER, LUXUSWOHNUNG AN DER NESSE

Werner Woland lag im Bett und dachte nach. Seine Gedanken drehten sich um den Tod seines Freundes Ferdinand Lamberg. Nun war eingetreten, wovor sie sich bei all ihren »Projekten«, bei ihren illegalen Betrügereien, insgeheim gefürchtet hatten.

Der kritische Zeitpunkt war erreicht, wenn die ersten Anleger misstrauisch wurden. Dann kam die unangenehme Phase der Beschimpfungen und Bedrohungen. Werner konnte sich gut an ihr erstes Projekt erinnern, bei dem sie noch unerfahren waren und Fehler begangen hatten. Sie hatten keinen Strohmann eingesetzt und von zu Hause aus operiert. Die geschädigten Anleger kannten ihre Namen und Adressen. Eingeworfene Scheiben und tote Tiere vor der Haustür waren das Resultat gewesen. Ferdinand hatte sogar eine Ohrfeige von einer alten Dame bekommen. Aber Mord? Ein solcher Gewaltausbruch eines Geschädigten war neu.

Werner gähnte und sah auf die Uhr. Morgen früh wollte er die erste Fähre vom Eemshaven nach Borkum erreichen, um sich dort mit Homming zu treffen.

Dieser Homming hatte sich in den letzten Wochen als sehr nützlich erwiesen, in ihm steckte Potenzial. Homming war der richtige Mann, um weitere Projekte durchzuziehen, allerdings in der zweiten Reihe. Ferdinands Position würde nun er, Werner Woland, einnehmen.

Er tastete mit der Hand nach der Tasche unter dem Bett und lächelte zufrieden. Darin befand sich das Startkapital für seine Zukunft: eine Million in bar und im Seitenfach Unterlagen der neuen Bank in Luxemburg. Diese waren viel Geld wert, allerdings brauchte man, um an das Geld ranzukommen, ein sehr kompliziertes Passwort. Lamberg und er hatten ständig die Bank gewechselt, um den Verbleib des ergaunerten Geldes zu verschleiern. Die Million und die Bankunterlagen wären in einem Safe besser aufgehoben, aber für die Flucht war es so praktischer. Und hier in der Wohnung war er sicher, die Eingangstür war mit den neuesten Sicherheitsverriegelungen ausgerüstet. Er hatte sie vorhin extra noch einmal überprüft, um beruhigt schlafen zu können.

Irgendwann in der Nacht wurde er durch ein Geräusch geweckt. Es war stockdunkel, er konnte nichts sehen, spürte aber instinktiv, dass er nicht mehr allein im Zimmer war. Er betätigte den Lichtschalter der Nachttischlampe, aber es blieb dunkel. Der Radiowecker zeigte keine Uhrzeit an. Das bedeutete: kein Strom. Jemand musste die Sicherungen ausgeschaltet haben. Verdammt, wo war der Sicherungskasten überhaupt?

»Wer ist da?« Werner versuchte, seiner Stimme einen festen Klang zu geben. »Ich bin bewaffnet! Besser, Sie verschwinden sofort!« Hoffentlich half das. Er musste den Sicherungskasten finden und Licht anmachen.

Als er seine Beine aus dem Bett schwang, bemerkte er einen Schatten im Bereich der Balkontür. Angriff ist die beste Verteidigung, dachte Woland und lief auf den Schatten zu. Er ballte seine rechte Faust und schlug in Richtung des schwarzen menschlichen Umrisses. Sein Faustschlag schrammte haarscharf am Kopf seines Gegners vorbei, doch leicht hatte er ihn noch berührt. Schwitzte der? Woland meinte, etwas Nasses gespürt zu haben. Bevor er zu einem zweiten Schlag ausholen konnte, hörte er einen lauten Knall und nahm fast gleichzeitig einen heftigen stechenden Schmerz an seiner Schulter wahr. Gleich darauf traf ihn ein Ellenbogen an der Schläfe. Werner Woland verlor das Bewusstsein und fiel wie ein gefällter Baum auf den Teppich.

»Hey, wach werden! Komm endlich zu dir, wir wollen uns ein bisschen unterhalten.«

Woland brauchte eine Weile, um sich zu orientieren. Als er wieder wusste, was passiert war, nahm er den heftigen Schmerz an der Kopfseite und an der Schulter wahr. Langsam öffnete er die Augen, doch noch immer war er von Dunkelheit umgeben. Und nun erkannte er auch, weshalb. Auf seinem Gesicht lag ein undurchsichtiger Stoff. Er wollte sich bewegen, aber seine Arme waren gefesselt. Unter seinem Rücken fühlte er eine harte Oberfläche.

Ihm wurde klar, dass es ihm genauso erging wie seinem Freund Ferdinand. Er war gefesselt, mit einem Sack über dem Kopf, und somit seinem Gegner ausgeliefert. Diese Erkenntnis versetzte ihn in Panik. Er holte Luft, um zu schreien. Doch ein Wasserstrahl, der ihm in diesem Moment über den Kopf gegossen wurde, erstickte den Schrei. Sofort blieb ihm die Luft weg. Der nasse Stoff legte sich wie eine zweite Haut auf sein Gesicht und verhinderte, dass er atmen konnte. Er bäumte sich auf, soweit das seine Fesseln zuließen, und spürte zu seiner Erleichterung, dass kein Wasser mehr auf den Stoff lief und er wieder Luft bekam. Ihm war schwindelig und er hatte das Gefühl, sich übergeben zu müssen.

»Na, geht's wieder? Sollten Sie versuchen zu schreien, werde ich das Wasser erneut auf Ihren Kopf laufen lassen. Und dieses Mal länger!« Die Stimme klang hart und erbarmungslos. »Haben Sie verstanden?«

Werner nickte schnell.

»Na, sehen Sie, so ist es recht. Schön brav sein und meine Fragen beantworten, dann können Sie sich so was ersparen.« Das »so was« verdeutlichte der Angreifer mit einem erneuten Wasserstrahl auf Werner Wolands Gesicht.

KAPITEL 22

LEER, POLIZEIDIENSTGEBÄUDE

Jan und Maike waren die Ersten im Büro der Soko.

»Ich stell die Kaffeemaschine an«, sagte Jan und gähnte.

Die Tür ging auf und ein gut gelaunter Stefan Gastmann trat ein »Guten Morgen zusammen, Ostfriesland hat mich wieder.«

»Gut, dass du da bist, Stefan«, begrüßte Jan ihn.

Maike umarmte ihren Kollegen. »Hallo, Stefan. Wie geht's, und was macht das Eheleben?«, wollte sie wissen.

»Alles paletti. Mit Bekky wird es nie langweilig.«

Stefan Gastmann hatte sich vor Jahren während der Ermittlungen der Mordkommission »Hekate« in Bekky Erdmann, die Tochter des hiesigen Bestatters, verliebt. Bekky war geheimnisvoll, trug nur schwarze Kleidung und sagte von sich selbst, sie gehöre zu den modernen Hexen. Stefan hatte sich erst an ihr besonderes Wesen gewöhnen müssen, und Außenstehende hatten nicht erwartet, dass die Beziehung des ungleichen Paares lange halten würde. Da hatten sie sich aber gründlich getäuscht. Inzwischen waren Bekky und Stefan glücklich verheiratet.

»Guten Morgen zusammen.« Onno und Klaas trafen nun ebenfalls ein und begrüßten ihren Kollegen überschwänglich.

Jan war selig, nun waren sie alle wieder zusammen. Jeder kannte jeden, und man konnte sich zu 100 Prozent aufeinander verlassen.

Bei einer Tasse Kaffee brachten sie Stefan auf den neuesten Stand, was das Betrugssystem und den Toten auf der Jacht betraf. Jan berichtete von seinem verdeckten Einsatz bei den Künstlern in Bellingwolde, wobei er den Namen Margriet tunlichst vermied. Maike erzählte von der angespülten Wasserleiche am Borkumriff und den vergeblichen Versuchen, den Mann zu identifizieren.

»Im Moment laufen die Anfragen bei den nationalen und internationalen Behörden, und ich kann nur abwarten. Deshalb werde ich euch bei der Soko unterstützen.«

»Wofür wir sehr dankbar sind!«, stellte Jan noch einmal fest.

Stefan wollte gerade mit seinem Bericht zu den Ermittlungen beginnen, als Thomas Sprengel mit rotem Gesicht ins Büro stürmte. In den Händen hielt er mehrere Zeitungen, die er nun vor Jan auf den Tisch knallte.

»Hab ich es nicht gleich gesagt? Schlechte Presse!« Er nahm eine Zeitung, schlug sie auf und seine Stimme triefte vor Sarkasmus, als er daraus zitierte. »›Kopf der Betrügerbande an Bord seiner Jacht ermordet. Bei der Bergung einer brennenden Jacht vor Borkum entdeckte man eine auf den Tisch gefesselte und verbrannte Leiche. Die Polizei schweigt beharrlich über die Identität des Toten und ignoriert das Recht der Öffentlichkeit auf Informationen.‹ Den Rest kannst du selbst lesen. Und rate mal, wer dabei ganz schlecht wegkommt.«

Sprengel erwartete wohl eine entsprechende Antwort von Jan. Der sagte aber nur: »Auch dir einen schönen guten Morgen!«

Sprengels Gesicht wurde dunkelrot. Er holte tief Luft, um sich zu beruhigen, und sagte dann gepresst: »Ja, guten Morgen allerseits.«

Jan blieb eisern. »Meine Meinung hat sich nicht geändert. Es ist zu früh für Informationen nach außen. Stell dir vor, wir geben bekannt, dass es sich bei der Leiche um Lamberg handelt, und dann stellt sich heraus, dass es nicht er, sondern sein Leibwächter, dieser Woland, ist.«

Sprengel wollte etwas erwidern, überlegte es sich jedoch anders. Er räusperte sich und verkündete mit einem Blick zu jedem einzelnen in der Runde: »Meine Dame, meine Herren, ich erwarte Ergebnisse!« Sein Blick blieb an der Mikrowelle hängen. Die alte von Jan und Maike, die sie heute Morgen mitgebracht hatten.

Jan musste sich auf die Zunge beißen, um nicht laut loszulachen. Der Chef war beim Betreten der Dienststelle sicher sofort in ihr Büro gelaufen und hatte deshalb noch nicht bemerkt, dass sein Gerät wieder da war. Das war knapp gewesen! Gut, dass Klaas das Gerät gestern noch zurückgestellt hatte.

»Nachdem ich den Kollegen Gastmann vom LKA losgeeist habe und nun das bewährte Team wieder zusammen ermittelt, hoffe ich auf schnelles Vorankommen«, erklärte Sprengel und sah auf sein klingelndes Handy, das er in der Hand hielt. Er verzog sein Gesicht, stand auf und sagte: »Ich muss telefonieren. Schadensbegrenzung!« Und schon war er Richtung Teppichetage verschwunden.

Wieder unter sich meinte Stefan: »Ich sollte ihm Bekkys Karte geben. Sie bietet auch Kurse für Meditation und Entspannung an.«

»Er hat es nicht leicht«, verteidigte Jan ihren Chef. »Durch seinen Posten sitzt er zwischen allen Stühlen.«

»Mein Mitleid hält sich in Grenzen«, entgegnete Klaas, und Onno nickte bestätigend.

»Anderes Thema. Stefan, bevor wir unterbrochen wurden, wolltest du von deinen Ermittlungen in Hessen berichten«, sagte Jan. »Zum Umfeld von Lamberg und Woland haben wir ja so gut wie nichts herausgefunden.«

Stefan griff in seine Tasche, legte seine Unterlagen auf den Tisch und begann: »Vorweg noch einmal zum Schneeballsystem: Es handelt sich um ein ›Geschäftsmodell‹«, Stefan zeichnete mit den Fingern Anführungszeichen in die Luft, »das eine ständig wachsende Anzahl von Teilnehmern braucht, damit es funktioniert. Gewinne entstehen dadurch, dass neue Teilnehmer Gelder einzahlen.«

Klaas unterbrach Stefan. »Bäkes Schwester berichtete, dass ihr Bruder auch sie und seine Freunde angeworben hatte.«

»Genau so funktioniert das. Bäkes Schwester wirbt daraufhin weitere Teilnehmer, diese wieder andere. Und irgendwann platzt die Blase.«

Jan hakte nach: »Bäke war doch ausgebildeter Banker. Es wundert mich, dass er nicht eher bemerkt hat, was da läuft.«

»Dafür gibt es mehrere Gründe«, antwortete Stefan. »Gier, finanzielle Notlage oder, davon bin ich überzeugt, es war ihm nicht bewusst, dass diese sagenhafte Goldmine in Australien gar nicht existiert. Dazu passt, dass Lamberg in der Vergangenheit sehr glaubhaft aufgetreten ist. Ein sehr geschickter Betrüger, und sein ›Erfolg‹«, wieder die Anführungsstriche mit den Fingern, »gab ihm recht. Außerdem wird die Grenze zwischen einem erlaubten und einem nicht zulässigen Geschäftsmodell schnell überschritten. Herauszufinden und nachzuweisen, ob etwas illegal ist, kann sehr langwierig sein. In unserem Fall machen es uns Lamberg und seine Mittäter einfach. Allein dadurch, dass diese Mine nicht existiert, liegt ein Betrug vor.« Stefan sah wieder in seine Unterlagen. »Jetzt kommt eine echte Gemeinheit von Lamberg hinzu. Die eingenommenen Gelder, insbesondere die der neuen Teilnehmer, fließen von unten nach oben, also zu Lamberg und seinen Genossen. Allerdings hat Lamberg bei vorigen Betrugsmaschen seine Mitwisser mit der Auszahlung ihrer Anteile so lange vertröstet, bis er sich auf Nimmerwiedersehen abgesetzt hatte.«

»Lamberg ist also der einzige Gewinner?«, fragte Jan.

»Nein, bis jetzt war immer auch sein Leibwächter Werner Woland eingeweiht und beteiligt. Die Herren Homming und Bäke sind beim neuesten Projekt vermutlich hin und wieder mit kleineren Beträgen bedacht worden. Gerade so viel, dass sie bei der Stange blieben. Bestimmt wurde ihnen eine fette Beteiligung bei der großen Abrechnung in Aussicht gestellt, die sie aber nie erhalten sollten.«

»Die betrogenen Betrüger«, stellte Jan fest. »Wie begann denn die ›Karriere‹«, jetzt war Jan es, der Anführungszeichen in die Luft zeichnete, »der beiden Herren?«

Stefan blätterte in seinen Unterlagen. »Lamberg und Woland sind beide in Eschborn, einer Stadt mit rund 22.000 Einwohnern im südhessischen Main-Taunus-Kreis, aufgewachsen. Die Kollegen der Polizeistation Eschborn kennen die beiden gut. Lamberg und sein Schatten Woland waren eng befreundet und fingen bereits in der Schule damit an, ihre Klassenkameraden zu erpressen. Lamberg dachte sich die Aktionen aus, und Woland schritt zur Tat bei Nichtbezahlen. Nach der Schule war Sendepause. Die Kollegen dachten schon, dass eine Wandlung vom Saulus zum Paulus stattgefunden hätte. Lamberg und Woland wurden zu scheinbar seriösen Firmeninhabern. Doch irgendwann schwammen sie im Geld, und es stellte sich heraus, dass sie ein Betrugssystem aufgezogen hatten. Sie hatten den Fehler gemacht, dass die Geschädigten ihre Namen und Wohnadressen kannten. Keine schöne Zeit für die beiden. Daraus haben sie gelernt und bei den zwei späteren Aktionen Strohmänner eingesetzt. Sie selber bleiben seither im Hintergrund. Übrigens sind sie noch immer wohnhaft in Eschborn gemeldet.«

»Gute Arbeit«, lobte Jan seinen Kollegen. »Wir brauchen einen Durchsuchungsbeschluss für die Wohnungen von Lamberg und Woland.«

»Praktischerweise befinden sich beide an einer Adresse«, informierte Stefan.

»Umso besser. Mein Plan sieht wie folgt aus: Wir beantragen die Beschlüsse und bitten die Kollegen in Hessen um Amtshilfe. Hoffentlich werden bei den Durchsuchungen DNA-Material sowie Anschriften von Haus- und Zahnarzt gefunden. Dann können wir mit etwas Glück endlich die Identität des Toten auf der Jacht feststellen.«

»Viel Papierarbeit«, stöhnte Stefan. »Wer hält während der Ermittlungen eigentlich die Stellung im Büro?«

Jan konnte heraushören, dass Stefan diesen Job nicht gerne übernehmen würde. Er setzte zu einer Antwort an, doch Klaas kam ihm zuvor.

»Ich, wenn du einverstanden bist. Ich bin gerne auch mal der Büroleiter.«

Onno verschluckte sich an seinem Kaffee. »Büroleiter? Du meinst wohl Innendienst, Leiter bist du deshalb noch lange nicht! Glaub bloß nicht, ich tanz nach deiner Pfeife!«

Stefan, Maike und Jan sahen sich an und lachten.

»Hier hat sich nichts geändert«, stellte Stefan fest. »Hauptsache, ich muss nicht mehr im Büro hocken. Beim LKA habe ich mir den Hintern breit gesessen!«

KAPITEL 23

INSEL BORKUM, JACHTHAFEN

Volker Homming saß an Bord seiner Segeljacht »Belinda« und unterdrückte nur mühsam das Zittern seiner Hände. Immer wieder sah er auf sein Handy und schüttelte verzweifelt den Kopf. Dieser verfluchte Werner Woland meldete sich nicht! Er hätte schon längst auf der Insel sein sollen! Langsam dämmerte Volker, dass man ihn reingelegt hatte. Woland hatte ihn am Telefon bestimmt nur vertröstet und war inzwischen mit dem ganzen Geld unterwegs ins Ausland – und zwar ohne ihn.

Verflucht! Zurück nach Leer konnte er nicht, dort wurde sicher schon nach ihm gefahndet. Sein schöner Plan ging nicht auf, und alles lief aus dem Ruder. Eigentlich hatte er sich mit seinem Anteil aus dem Betrugssystem absetzen wollen, zu Hause in Leer hielt ihn nichts mehr. Sein Haus war hoch mit Hypotheken belastet, weil seine Spielsucht und die Drogen Unsummen verschlangen. Außerdem, alle, die er zu den Abschlüssen bei der Schwanengoldmine überredet hatte, wussten nun, dass sie reingelegt worden waren. Sie würden ihn für die Verluste verantwortlich machen. Osting und sein Schläger Dinkela beispielsweise. Volkers Magen krampfte sich vor Angst zusammen. Mit diesen Männern war nicht zu spaßen, erst recht nicht, wenn es um deren Geld ging. Die Kredithaie Osting und Dinkela waren rabiat, wenn Schuldner ihre Zinsen nicht rechtzeitig zahlten. Man munkelte, dass es Dinkela Freude bereitete, den Schuldnern die Finger zu brechen, auch wenn es sich um relativ kleine Summen handelte. Wie würden sie erst reagieren, wenn ihnen klar wurde, dass ihre eingesetzte Summe von einer halben Million futsch war?

Dann war da noch Hubert von Bühl, ein Mann, der ihm einen Schauer über den Rücken laufen ließ. Sobald von Bühl Alkohol getrunken hatte, wurde er aggressiv. Das hatte Volker oft erlebt, als er hinter dem Tresen die Vereinsmitglieder bedient hatte. Ein falsches Wort und der angetrunkene von Bühl schlug zu. Deswegen hatte er im Vereinsheim inzwischen Lokalverbot. Trotzdem war er immer wieder aufgetaucht, und keiner hatte es gewagt, ihn rauszuwerfen.

Volker Homming war klar: Wenn diese Männer ihn in die Finger kriegen würden, erginge es ihm genauso wie Ferdinand Lamberg. Und wofür das alles? Für nichts! Seinen Anteil würde er nie zu sehen bekommen, und zurück nach Leer konnte er auch nicht. Lamberg war tot und Woland hatte sich abgesetzt. Alle würden ihm und vielleicht noch Bernd Bäke die Schuld geben.

Bäke ... Den hatte er ja ganz vergessen, diesen Trottel! War es möglich, dass Bäke Lamberg umgebracht hatte? Nachdem der Schwindel aufgeflogen war, wurde Bäke wahrscheinlich klar, dass man ihn als Strohmann benutzt hatte, der die Geschäfte zum Abschluss bringt. Der nichtsahnende Idiot hatte all seine Freunde und sogar seine Familie ins sinkende Boot geholt. Volker lachte kurz freudlos auf. Der wird ganz schön böse sein, dachte er. Außerdem haben wir ihn ordentlich gequält.

Je mehr Volker Homming über seine Situation nach-dachte, desto wütender wurde er. Lamberg und Woland hatten nicht nur Bernd Bäke, sondern auch ihn verarscht.

Homming griff zum Handy. Noch einen Versuch, Woland zu erreichen, wollte er starten. Das Handy hatte Homming gleich am Anfang von Lamberg erhalten. Die Nummer war angeblich nicht nachzuverfolgen. Er wählte und wartete. Woland meldete sich wieder nicht.

Im Grunde war er, Volker Homming, ein viel größe-rer Trottel als Bäke. Bis zuletzt hatte er sich sicher gefühlt und mitgelacht, als Lamberg und Woland sich über Bäkes Naivität lustig gemacht hatten. Wahrscheinlich hatten sie in seiner Abwesenheit genauso über ihn gelacht, doch im Gegensatz zu Bäke hatte er nichts davon mitbekommen. Na warte, dachte er, euch werde ich es zeigen!

Er wählte die Telefonnummer der Polizeidienststelle in Leer.

»Polizei Leer, Hensmann. Was kann ich für Sie tun?«

»Hören Sie genau zu«, sagte Homming. »Sie suchen doch die Schwanengoldbetrüger. Ich teile Ihnen jetzt mit, wo Sie einen von ihnen finden.« Homming nannte die Adresse der geheimen Luxuswohnung an der Nesse.

»Mit wem spreche ich?«, wollte der Polizist wissen.

Aber Homming legte auf, nahm den Akku aus dem Handy und warf es mit Schwung in den Hafen. Hoffentlich erwischen sie Woland noch, dachte er, ging in die Kajüte und zog sich eine Spritze auf.

Als die Wirkung der Droge einsetzte, fiel er in einen glückseligen Halbschlaf.

KAPITEL 24

LEER, POLIZEIDIENSTGEBÄUDE

Im Büro der Soko klingelte das Telefon, und Jan Broning nahm das Gespräch entgegen.

Die Stimme des Wachhabenden Klaus Hensmann dröhnte aus dem Hörer. »Hallo, Jan. Klaus von der Wache hier. Wir haben einen anonymen Hinweis erhalten, der für euch bestimmt ist. Angeblich …«

»Warte, Klaus, ich stell das Telefon laut«, unterbrach Jan ihn und drückte den Knopf. »Leg los, wir hören!«

»Angeblich soll sich einer der gesuchten Betrüger in einer der Luxuswohnungen an der Nesse aufhalten.« Hensmann nannte die Adresse.

Jan kannte die großen Wohnblöcke direkt am Hafenufer. Früher hatte er auf der anderen Hafenseite gewohnt. Die Wohnkomplexe sahen aus wie große Würfel. Kein architektonisches Highlight, wie Jan fand. Es gab jeweils einen zentralen Eingang, ein Parkdeck im Keller, und jede Wohnung hatte einen Balkon zum Hafen raus. »Weißt du, um welchen Block es sich handelt?«

»Um den mittleren, vermute ich«, antwortete Klaus.

»Okay, wir fahren sofort mit zwei Zivilwagen raus. Dann sehen wir vor Ort anhand der Adresse, wo sich die

Wohnung genau befindet. Könnt ihr uns später bei der äußeren Absperrung helfen?«

»Geht klar, wir sind auf Stand-by.«

»Danke, Klaus.« Jan legte auf.

Onno, Maike und Stefan hatten sich bereits ihre Ausrüstung geholt. Im Gehen sagte Jan zu Klaas: »Also, wir sind dann mal weg. Kannst du in der Zwischenzeit Kontakt mit dem Einwohnermeldeamt aufnehmen und checken, wem die Wohnung gehört?«

Kurz darauf saßen Jan und Onno in einem und Maike und Stefan in einem anderen Zivilwagen. Am Nesseufer angekommen, bestätigte sich Klaus Hensmanns Vermutung: Die angegebene Wohnung gehörte zum mittleren Gebäudekomplex. Sie befand sich im ersten Stock.

Jan forderte die bei Hensmann angekündigte Unterstützung an und wartete, bis die Kollegen die äußere Absperrung eingerichtet hatten. Insbesondere sollten sie die Straße zum Gebäude und die Ausfahrt des Parkkellers überwachen. Danach ging er mit Onno zum Haus. Maike und Stefan wies er an, im Auto zu warten und die Haustür nicht aus den Augen zu lassen.

Die Tür war mit einer modernen Kamera und Gegensprechanlage ausgerüstet. Jan drückte auf den Klingelknopf und wartete vergeblich auf eine Reaktion. Auch die nächsten Versuche blieben erfolglos.

Nun klingelte Jan wahllos bei den anderen Wohnungen im Block. Endlich hatte er Erfolg, und eine ältere Stimme meldete sich.

»Ja, bitte?«

»Hier ist die Polizei, bitte öffnen Sie die Eingangstür!«

»Das kann jeder behaupten. Man soll ja vorsichtig sein.«

»Da haben Sie recht. Ich zeige Ihnen meinen Dienstausweis.« Jan hielt seinen Ausweis vor die kleine Kamera.

Es ertönte ein summendes Geräusch, und Jan und Onno traten ein.

Im Flur empfing sie eine aufgeregte ältere Dame. »Ist etwas passiert?«

»Moin, Jan Broning und …«, Jan zeigte auf Onno, »Onno Elzinga. Sie sind Frau …?«

»Gretchen Riepena!«

»Frau Riepena, wo wohnen Sie hier im Haus?«, wollte Jan wissen.

»In der zweiten Etage.« Frau Riepena wies mit dem Finger nach oben.

»Wir wollen in die Wohnung unter Ihrer.«

»Das dachte ich mir schon«, antwortete sie und zog missbilligend eine Augenbraue hoch.

»Bitte warten Sie oben auf uns, wir müssen zuerst zu Ihren Nachbarn.«

»Pah, Nachbarn!«, zischte Frau Riepena und fügte hinzu: »Auf diese Nachbarschaft kann ich gut verzichten!«

Jan wartete, bis sie die Treppe hinaufgegangen war, und klingelte dann an der Wohnungstür vor ihm.

Niemand öffnete, auch nach mehreren Versuchen nicht. Jan lauschte, aber in der Wohnung war es totenstill. Ihn überkam ein ungutes Gefühl und er achtete darauf, nicht direkt vor der Tür zu stehen. Nun trommelte er mit der Faust dagegen und rief laut: »Aufmachen! Hier ist die Polizei!«

»Keiner zu Hause, oder?«, folgerte Onno, der neben Jan stand.

Frau Riepena rief von oben: »Es muss jemand da sein! Heute Nacht waren komische Geräusche in der Wohnung. Ich wollte schon Ihre Kollegen anrufen wegen dem Krach.«

»Haben Sie einen Schlüssel, oder gibt es hier einen Hausmeister?«, wollte Onno wissen.

»Wieso sollte ich einen Schlüssel haben? Um die Blumen zu gießen?«, fragte sie sarkastisch. »So was gibt es hier nicht, hier interessiert sich niemand füreinander.«

»Schlüsseldienst?«, fragte Jan an Onno gerichtet.

Frau Riepena hatte ihn gehört und kommentierte: »Wenn die Tür so abgeschlossen ist wie meine, können Sie das vergessen. Kommen Sie mal rauf, dann zeige ich es Ihnen.«

Onno blieb vor der Wohnungstür stehen, und Jan ging die Treppe hinauf und folgte Frau Riepena in den Flur. Sie zeigte auf den breiten Sicherungsriegel, der über die gesamte Türbreite verlief. An den beiden Enden konnten massive Bolzen in extra angebrachte Stahlöffnungen geschoben werden. Waren die Bolzen eingerastet, war ein Öffnen der Tür von außen unmöglich.

»Verstehen Sie, was ich meine?«, fragte Frau Riepena.

Jan nickte und zog sein vibrierendes Handy aus der Hosentasche. Nach einem kurzen Blick auf das Display hielt er es ans Ohr. »Hallo, Klaas, was gibt es?«

»Die Wohnung gehört einer Immobilienfirma aus Frankfurt. Ich habe da angerufen, aber die wollen keine Auskunft geben. Von wegen richterlicher Beschluss und so weiter.«

»Danke, Klaas. Dann kommen wir da auf die Schnelle also auch nicht weiter.« Jan legte auf. Verflixte Axt! Wie gelangen wir jetzt in die Wohnung, dachte er und überlegte, welche Möglichkeiten es noch gab. Vielleicht vom Wasser aus über den Balkon? Die Wohnung lag im ersten Stock, und die Balkone schwebten direkt über dem Hafenwasser. Dann fiel ihm ein, dass die Balkone exakt übereinanderlagen. Vielleicht könnte er von Frau Riepenas Balkon auf den darunter klettern und so in die Wohnung kommen oder zumindest hineinsehen?

»Darf ich mal auf Ihren Balkon?«, fragte Jan.

»Nur zu.« Frau Riepena deutete Richtung Wohnzimmer. Jan ging durch den Raum nach draußen, beugte sich über das Geländer und sah nach unten.

Frau Riepena war hinter ihm hergegangen und hatte offensichtlich erraten, was er vorhatte, denn sie sagte: »Mein verstorbener Mann war immer sehr vorsichtig. Er meinte, falls es mal brennen sollte, sitzen wir in der Mausefalle. Deshalb, Moment ...« Sie ging in die Wohnung und kam kurz darauf mit einer zusammengerollten Strickleiter zurück. Lachend drückte sie Jan die Rolle in die Hand. »Stellen Sie sich vor, ich würde versuchen, mit dieser Strickleiter runterzuklettern ...«

»Frau Riepena, Sie sind 'ne Wucht! Das könnte klappen«, entgegnete Jan positiv überrascht.

»Ach bitte, nennen Sie mich doch Greti. Ich mach uns jetzt einen schönen Tee.«

Jan spürte die große Einsamkeit, die Geißel des Alters, von Frau Riepena. Vermutlich war sie froh, wieder einmal Gesellschaft zu haben, und wenn es nur die Polizei war. »Äh ja, Greti, Tee wäre wunderbar.«

Während Greti in der Küche beschäftigt war, ging Jan runter zu Onno und erläuterte ihm seinen Plan.

»Was, du willst dich von oben abseilen?«, fragte Onno skeptisch. »Wenigstens fällst du weich, wenn du abrutschst.«

»Hast du eine bessere Idee?« Jan wartete. »Na siehst du!«

»Denn man to, Luis!« Onno grinste.

»Meinst du Luis Trenker, den Bergsteiger? Sehr witzig, Onno. Du hältst hier Wache während meiner Absteigaktion. Alles klar?« Jan ging zurück in Gretis Wohnung.

Dort standen bereits die Teetassen auf dem Tisch.

»Greti, ich muss zuerst in die untere Wohnung. Danach gerne einen Tee.«

»Na gut. Wie aufregend! Aber später leisten Sie mir Gesellschaft. Versprochen?«

»Versprochen, Frau Riepena … äh … Greti.« Jan befestigte das Ende der Strickleiter am Balkongeländer und zog probeweise an der Leiter. Wirkte stabil. Er schwang ein Bein übers Geländer und stellte einen Fuß auf eine der Querstangen. Vorsichtig belastete er die Leiter. Sie hielt, und Jan hangelte sich langsam hinab.

Es war nicht weit bis auf den darunterliegenden Balkon. Er stieg über das Geländer und sah sich um. Die Vorhänge der Balkontür waren zugezogen, doch er entdeckte eine Beschädigung im Rahmen der Schiebetür. Kein Zweifel, jemand hatte eine Brechstange angesetzt. Jan drückte in Schieberichtung gegen die Tür und sie glitt ein Stück zur Seite.

Plötzlich hörte er ein Geräusch hinter sich. Die Strickleiter klapperte gegen das Balkongeländer.

Von oben rief Onno: »Jan, ich komm runter zu dir.«

»Du solltest Wache schieben«, sagte Jan.

»Maike war anderer Meinung. Sie hat deine Turnübung an der Leiter gesehen und wollte nicht, dass du allein in die Wohnung gehst. Stefan und Maike stehen jetzt vor der Wohnungstür.«

»Sie hat natürlich recht«, sagte Jan zerknirscht. »Wir sind schließlich nicht beim Fernsehen, wo der Kommissar ohne Absicherung an den gefährlichsten Orten rumstolziert.«

Die beiden Polizisten zogen ihre Waffen, und Jan schob die Tür ganz auf.

»Hier ist die Polizei!«, rief Jan. »Wir kommen jetzt rein.« Er betrat die Wohnung, während Onno ihn absicherte.

Jan stockte der Atem beim Anblick, der sich ihm bot. Er befand sich im Wohnzimmer, in dessen Mitte eine lederne Sitzgruppe mit einem massiven Couchtisch davor stand. Auf dem Tisch lag ein regungsloser menschlicher Körper. Jan sah sich zunächst nach einem möglichen Angreifer um, aber er war allein im Raum. »Sicher!«, rief er Onno zu.

Onno kam ebenfalls rein. »Ach du meine Güte!«, sagte er entsetzt. »Ist der tot?«

»Hab ich noch nicht geprüft.« Jan näherte sich dem Mann, über dessen Kopf eine Art Sack gezogen war. Die Arme waren unter dem Tisch zusammengebunden. Er zog den Sack vom Kopf, denn Erste Hilfe – falls der Mann noch lebte – war wichtiger als die Spurensicherung. Die Augen des Mannes waren weit aufgerissen. Jan fühlte nach dem Puls am Hals und legte eine Hand flach auf den Brustkorb. Kein Puls und keine Bewegung der Brust. Dann versuchte Jan nacheinander, den Kopf und die Beine anzuheben. Die Leichenstarre war fast vollständig ausgebildet. Er schaute zu Onno und schüttelte den Kopf. Diesem Mann war nicht mehr zu helfen.

Nun überprüften sie die anderen Räume und sicherten sich dabei gegenseitig ab. Schließlich steckten sie die Waffen ein. Bis auf den Toten waren sie allein in der Wohnung.

Jan ging zur Eingangstür, öffnete die Sicherungsriegel, drehte den Schlüssel und öffnete die Tür einen Spaltbreit.

»Maike, Stefan, ich bin's, Jan«, informierte er und öffnete die Tür ganz. »Wir haben hier einen Toten und brauchen die Spurensicherung.«

»Noch eine Tasse Tee, Herr Broning?«, fragte Greti Riepena.

Onno, Frau Riepena und Jan Broning saßen am Wohnzimmertisch und tranken Tee. Unter ihnen waren die Kriminaltechniker Albert Brede und Swantje Beninga dabei, den Tatort aufzunehmen. Stefan und Maike befragten die anderen Bewohner des Wohnkomplexes.

»Ja, gerne. Es ist sehr nett von Ihnen, Greti, dass wir hier warten dürfen«, antwortete Jan. Er war die ganze Zeit sehr schweigsam gewesen.

»Es ist nett von Ihnen, dass Sie mir Gesellschaft leisten. Wissen Sie, wenn man so alt wird wie ich, bleiben einem nicht mehr viele Freunde und Bekannte.«

Jan nickte gedankenverloren.

Onno wusste, dass Jan über den Toten unter ihnen nachdachte, und übernahm den Small Talk mit Frau Riepena, wofür Jan ihm sehr dankbar war.

Die Auffindesituation entsprach derjenigen des Toten auf der Jacht. Beide Männer waren in Rückenlage auf einen Tisch gefesselt worden. Man hatte ihnen einen Sack über den Kopf gezogen und Wasser auf das Gesicht gegossen. Der nasse Stoff verhinderte, dass das Opfer atmen konnte. Sie wurden gefoltert, vermutlich, damit sie Informationen preisgaben.

Von Greti hatte Jan bereits erfahren, dass drei verschiedene Männer die unter ihr liegende Wohnung regelmäßig aufgesucht hatten. Jan war überzeugt, dass zwei von ihnen Lamberg und Woland waren, der dritte Homming oder Bäke. An Kontakt mit den anderen Hausbewohnern sei ihnen nichts gelegen gewesen, hatte Greti gesagt, sie hätten sich immer sehr verschlossen verhalten. War die Wohnung ein geheimer Stützpunkt der Betrüger gewesen? Doch wie hatten der oder die Täter dann davon erfahren? Möglicherweise hatte Lamberg es verraten, während er auf seiner Jacht gefoltert worden war. Vorausgesetzt, bei dem Toten handelte es sich um Lamberg. Vermutlich hatten sie auch herausbekommen wollen, wo sich das erbeutete Geld befand.

Jan nahm einen Schluck Tee und sah Frau Riepena an. »Greti, Sie sagten, Sie hätten in der Nacht Geräusche aus der unteren Wohnung gehört?«

»Ich habe eine Schlaftablette genommen und bin ins Bett gegangen. Kurz darauf hat es geknallt, ein oder zwei Mal, da bin ich mir nicht sicher. Ich dachte, die würden wieder die Korken knallen lassen. Sie haben oft zusammengesessen und Sekt und Schampus gesoffen. Ich habe die Kartons mit den leeren Flaschen vor der Tür gesehen. Dann setzte zum Glück die Wirkung der Tablette ein und ich bin eingedämmert. Irgendwann wachte ich auf und meinte, unterdrückte Schreie zu hören. Ich habe überlegt, die Polizei anzurufen, vermutete aber, dass die Kerle wieder in Partylaune sind. Die waren mir immer unheimlich, und ich wollte keinen Ärger mit ihnen. Jedenfalls habe ich mir etwas in die Ohren gestopft und bin wieder eingeschlafen. Vor einem von ihnen hatte ich besonders Angst. Er sah so finster aus und sprach mit einem Akzent, hessisch oder so was. Der hatte ein Kreuz wie ein Preisboxer, ein richtiger Türstehertyp. Den habe ich gestern noch kurz gesehen.«

Diese Beschreibung könnte auf Werner Woland zutreffen, dachte Jan. Der kam ja aus Hessen. Bernd Bäke war auch kräftig gebaut, aber Ostfriese.

Albert Brede von der Spurensicherung rief an.

»Hallo, Albert. Seid ihr fertig?«

»Kannst kommen«, sagte Albert kurz angebunden.

Jan kannte seinen Kollegen seit Jahren und ahnte, dass er wieder einmal schlecht gelaunt war. Kein Wunder, Onno und er waren durch den Tatort gelaufen, hatten Fremdspuren hinterlassen, vielleicht sogar Spuren verwischt oder, im

schlimmsten Fall, vernichtet. Das bedeutete für die Tatort-
techniker viel zusätzliche Arbeit. Dennoch war es für Jan
und sein Team unumgänglich, das Opfer auf Lebenszeichen zu überprüfen und, falls noch möglich, Erste Hilfe
zu leisten. Sie konnten schlecht den Tatort nur beobachten
und das Opfer sterben lassen. Also war Handeln angesagt,
und das bedeutete, den Tatort oder Fundort zu betreten.
Mit dem »Herumgelaufe« der Fernsehkommissare, während die Kriminaltechniker in ihren Overalls den Tatort
aufnahmen, hatte das nichts zu tun. Das machte sich im
Fernsehen sicher toll, aber wenn man dem Opfer nicht
mehr helfen konnte, gehörte der Tatort allein den Krimi-
naltechnikern. Erst wenn diese ihre Arbeit beendet hatten, durften sich die Kommissare den Tatort oder Fundort erneut ansehen.

»Greti, wir müssen Sie jetzt leider verlassen«, sagte Jan.
»Sie haben uns sehr geholfen, vielen Dank.«

»Gern geschehen«, entgegnete Greti.

Jan meinte, Wehmut herauszuhören. Vermutlich, weil sie
nun wieder allein in ihrer teuren Wohnung sein würde und
die Einsamkeit nach dieser kurzen Ablenkung umso heftiger einsetzen würde. Unwillkürlich fiel ihm der Vergleich
mit dem Vogel im goldenen Käfig ein. Es kam auch häufiger vor, dass die Kollegen vom Nachtdienst von älteren
Menschen gerufen wurden, weil angeblich jemand einbre-
chen würde oder sie verdächtige Geräusche gehört hätten.
In Wirklichkeit war es die Einsamkeit, die sie nicht mehr
aushielten. Sie sehnten sich nach einer kleinen Unterhal-
tung, nach menschlichem Kontakt, und wenn es Polizisten waren.

Jan und Onno sahen sich an und dachten dasselbe: Frau
Riepena tat ihnen leid.

»Hier ist meine Karte.« Jan reichte ihr seine Visitenkarte. »Falls Ihnen noch etwas einfällt, melden Sie sich bitte.«

»Das mache ich. Und dann können wir wieder zusammen Tee trinken.«

»Na klar. Tschüss, Greti!«

Onno und Jan verließen die Wohnung und gingen die Treppe hinunter. Dabei murmelte Onno: »Altwerden ist manchmal echt scheiße!«

»Besser nicht dran denken«, brummte Jan.

»Vielleicht ist das der Fehler«, erwiderte Onno.

»Ich weiß, was du meinst.«

An der unteren Wohnungstür kam ihnen Swantje entgegen. Sie trug den Overall der Kriminaltechniker und übergab auch ihnen den obligatorischen Schutzanzug sowie Überziehschuhe. Anschließend packte sie die neue Livescan-Kamera ein, mit welcher der Tatort dreidimensional aufgenommen werden konnte. Während Onno und Jan sich vor der Tür umzogen, warnte Swantje sie, Albert bloß nicht aufzuregen. Schließlich sei sie es, die den restlichen Tag noch mit ihm zusammenarbeiten müsse.

»Ich weiß nicht, wie du es schon so lange mit diesem Misanthropen aushältst«, flüsterte Onno, als er sich in den engen Overall zwängte.

»Lass man, Albert ist in Ordnung. Bei ihm weiß ich genau, woran ich bin. Außerdem kann ich immer noch von ihm lernen«, nahm Swantje ihren Chef in Schutz. »Meine Vorgänger haben zu früh aufgegeben. Und Albert hat sich irgendwann keine Mühe mehr gegeben, die neuen Leute auszubilden, weil sie seiner Meinung nach ohnehin bald wieder verschwinden würden.«

»Gute Einstellung, Swantje«, lobte Jan und betrat zusammen mit Onno die Wohnung.

Der Kriminaltechniker Albert Brede war dabei, Teile seiner Ausrüstung in einen Alu-Koffer zu verstauen. Er würdigte sie keines Blickes.

Oha, dachte Jan, da war jemand richtig sauer. »Albert, wir wussten nicht, ob der Mann noch lebt, und auch nicht, ob der Täter noch in der Wohnung ist«, erklärte Jan und hoffte, Albert damit zu besänftigen.

Doch der ging nicht darauf ein. Noch immer räumte er seinen Koffer ein und sah stur nach unten, während er mit wenigen Worten das Ergebnis seiner Untersuchung zusammenfasste. »Zwei Einstiche in der Brust, einer in der Schulter.«

Jan ging rüber zur Leiche und stellte fest, dass der Oberkörper entblößt war. Albert hatte die Schlafanzugjacke geöffnet. Im Bereich des Herzens sah Jan zwei Einstichstellen wie bei dem Toten auf der Jacht, eine weitere in der rechten Schulter. Vermutlich waren die Stiche ins Herz tödlich gewesen. Der Tote war sehr kräftig gebaut. Deshalb vermutete Jan, dass es sich um den Leibwächter Werner Woland handelte. Er sah sich den Mann genauer an. Er trug nur einen Schlafanzug, dessen Oberteil an den Ärmeln, am Kragen und im Brustbereich immer noch nass war. Die Fesseln hatten Albert und Swantje inzwischen gelöst, aber die Leichenstarre hielt Arme und Beine des Toten in Position. Jan versuchte, die rechte Schulter des Mannes etwas anzuheben, was durch den starren Körper schwierig war. Doch es gelang ihm, und er erkannte, dass der Einstich den Schulterbereich durchstoßen hatte. Der Tisch war an der Stelle jedoch nicht beschädigt, was darauf hinwies, dass ihm die Verletzung zugefügt worden war, bevor er auf dem Tisch lag. Bis auf die drei Einstichstellen und Hautabschürfungen an den Handgelenken waren keine weiteren Verletzungen vorhanden.

»Ausziehen!«, befahl Albert hinter ihnen.

»Wie bitte?«, fragte Jan irritiert.

»Ausziehen!«, bellte Albert erneut.

Jetzt verstand Jan. Albert wollte, dass Jan und Onno ihm dabei halfen, dem Toten den nassen Schlafanzug auszuziehen. An ihm waren möglicherweise Spuren vorhanden. Er musste deshalb vorsichtig getrocknet werden. Würde man den nassen Stoff in einen Plastikbeutel verpacken, würde der Stoff anfangen zu schimmeln. »Okay, Albert. Ziehen wir ihn zusammen aus«, bot Jan an.

»Das mache ich allein. Ich meine euch!«

Trotz des groben Tonfalls glaubte Jan, ein hämisches Grinsen auf Alberts Gesicht gesehen zu haben.

»Uns? Wieso sollen wir uns ausziehen?«, fragte Onno ungläubig.

»Fremdspuren, Vergleichsproben! Wendet euch vertrauensvoll an Swantje.«

»Sollen wir in Unterhosen aus dem Haus spazieren?« Onno war empört.

»Habt ja noch die Overalls.«

Wieder meinte Jan, ein Zucken um Alberts Mundwinkel gesehen zu haben. Er ging mit Onno in eines der Nebenzimmer, denn er merkte, dass Onno kurz davor war zu explodieren.

Kaum hatte Jan die Tür hinter ihnen geschlossen, platzte es aus Onno heraus: »Der spinnt doch! Das ist reine Schikane!« Dennoch zog er sich bis auf die Unterwäsche aus.

»Hilft ja nichts, es könnten tatsächlich Fasern von unserer Kleidung zum Beispiel auf den Körper des Toten gelangt sein.«

»Das schon, aber deswegen bräuchte man uns nicht halbnackt hier rausgehen zu lassen. Das ist Alberts Rache dafür, dass wir hier rumgetrampelt sind«, meinte Onno und stieg wieder in den engen Overall.

Die beiden Polizisten legten ihre Kleidung zusammen und gaben sie Swantje.

Die reichte ihnen eine Geldbörse mit Dokumenten, die auf einen Werner Woland ausgestellt waren. Die Kriminaltechniker hatten sie gefunden. Jan verglich das Passbild mit dem Gesicht des Toten und war sich nun sicher, dass es sich um den Leibwächter Werner Woland handelte.

Außer der Geldbörse hatten die Techniker zwei Handys und einen Laptop entdeckt. Leider waren beide Telefone und der Computer passwortgesichert.

Albert war inzwischen ein wenig aufgetaut und wies Jan auf eine Wasserpfütze direkt am Geländer auf dem Boden des Balkons hin. Jan und Onno gingen nach draußen.

»In den letzten Tagen hat es nicht geregnet. Woher kommt das Wasser dann?«, fragte Albert.

»Der Mann wurde mit Wasser übergossen«, antwortete Jan.

»Habe ich überprüft. Es wurde in der Küche in einen Eimer abgezapft. Und der Eimer steht drin. Das ist kein Leitungswasser«, erwiderte Albert. Er reichte Jan eine Lupe. »Schau dir die angetrockneten Ränder an.«

Jan nahm die Lupe und bückte sich. »Du hast recht. Das Wasser ist nicht klar, an den Rändern erkennt man eindeutig Schmutzpartikel«, sagte Jan.

»Genau, ich vermute, es ist Hafenwasser. Durch die Baggerungen werden Schlammreste durch die Schleuse in den Hafen gespült, und das Hafenwasser hat diese trübe Einfärbung.«

Jan scherzte: »Dann hat der Klabautermann Woland umgebracht?« Alberts Blick ließ ihn sofort wieder ernst werden. »Die Wohnungstür war einbruchsicher verschlossen«, erklärte er. »Wie also kam der Täter oder kamen die

Täter herein?« Er wies auf die Hebelspuren der Balkontür. »Durch diese Schiebetür.«

»Und wie sind sie auf den Balkon gekommen?«, hakte Albert nach. »Von Land aus nicht, der Balkon schwebt direkt über dem Wasser. Und auf deine Weise vermutlich auch nicht, das hätte dir die alte Dame erzählt.«

»Per Boot vielleicht oder direkt aus dem Wasser«, schlug Jan vor. »Die Bewohnerin der oberen Wohnung hörte in der Nacht ein oder zwei Mal einen Knall.«

Onno und Jan hatten dieselbe Eingebung, denn sie sahen sich synchron das Geländer genauer an und fanden eine Stelle, an der die runde Chromstange etwas eingedrückt und verkratzt war.

»Ein Wurfanker«, folgerte Jan. »Der Täter wirft vom Hafen aus einen Wurfanker über das Geländer. Das geht nicht lautlos vonstatten, zumal Metall auf Metall trifft. Sobald der Anker festsitzt, klettert er an einem Seil hoch. Und weil er geschwommen und also nass ist, tropft Hafenwasser auf den Balkon.«

»Ganz schön sportlich«, meinte Onno.

»Wir kennen einen guten Schwimmer, der sogar für einen Triathlon trainiert«, erinnerte Jan ihn.

»Stimmt, Bernd Bäke. Das passt, denn er hat ein Motiv, Woland umzubringen.«

»Vielleicht wollte er von Woland erfahren, wo das Geld abgeblieben ist.«

Onno und Jan durchsuchten noch einmal gründlich die Wohnung, doch von Geld keine Spur. Dafür stießen sie auf einen zum Teil gepackten Koffer.

»Da wollte sich jemand absetzen«, stellte Jan fest. »Wohl zu spät.«

Hinter ihnen sagte Swantje: »Jan, die Bestatter sind da.«

Onno und Jan gingen in den Flur und begrüßten die Erdmanns. Vater Siegmund und Tochter Bekky hatten den Auftrag übernommen, den Toten abzutransportieren. Bekky war nicht nur mit Stefan verheiratet, sondern auch mit Maike, Onno, Klaas und Jan befreundet. Wie immer war sie ganz in Schwarz gekleidet und trug ihren langen Sternenmantel. Mit ihrem dunkel geschminkten Gesicht und den langen schwarzen Haaren war sie eine eindrucksvolle Erscheinung. Sie hatte eine besondere, fast ein wenig unheimliche Ausstrahlung. Kein Wunder, dass Stefan ihr mit Haut und Haaren verfallen war.

Nach der freundschaftlichen Begrüßung gingen Bekky und ihr Vater zu dem Toten, stellten sich am Kopf- und Fußende auf und sprachen ein kurzes Gebet. Siegmund Erdmann war schnell damit fertig, aber Bekky hielt weiterhin die Augen geschlossen, wirkte hochkonzentriert und murmelte leise vor sich hin. Was sie sagte, konnte Jan nicht verstehen. Deshalb ging er näher ran und hörte genau hin.

»Du hast viel Leid über andere Menschen gebracht«, sagte sie leise. »Und nun musstest du qualvoll sterben.«

Jan lief es eiskalt den Rücken herunter. Woher wusste sie das?

Bekky öffnete die Augen und murmelte eine Art Schutzzauber für die Anwesenden. Dann erklärte sie: »Er ist böse, wir müssen uns schützen.«

Er *war* böse, dachte Jan, der Mann war doch tot. Was sah Bekky, was sie nicht sahen? Jan würde diese geheimnisvolle Frau nie verstehen.

Erdmann und seine Tochter machten sich daran, Woland in den Sarg zu legen. Wegen der Leichenstarre hatten sie einige Mühe damit. Jan traf noch einige Absprachen wegen des weiteren Transports der Leiche zur Rechtsmedizin.

Und als alle die Wohnung verlassen hatten, wurde sie versiegelt.

Die Polizisten fuhren zurück zur Dienststelle.

Im Auto sagte Onno: »Bekky war wieder einmal sehr unheimlich. Hast du gehört, was sie da gesagt hat? Ich hab richtig Gänsehaut bekommen.«

»Ging mir genauso«, bestätigte Jan. »Diese Frau ist voller Geheimnisse.«

»Wie ihre Freundin Aukje van Dijken«, behauptete Onno. »Ist da was dran an diesem Hokuspokus?«

»Hokuspokus? Lass das bloß nicht Bekky oder Aukje hören«, warnte Jan grinsend. »Sonst verwandeln sie dich noch in eine Kröte.«

Im Büro angekommen, erwartete sie ein gut gelaunter Klaas Leitmann. Als er Onno in dem zu kleinen Overall sah, konnte er sich ein Lachen nicht verkneifen. »Onno, du siehst echt sexy aus! Und wie sich deine Unterhose unter dem Stoff abzeichnet ... Einfach umwerfend!«

KAPITEL 25

EMDEN, FERIENHAUS AM UPHUSER MEER

Bernd Bäke wachte schweißüberströmt aus seinem Albtraum auf. Er brauchte einen Moment, um sich in seiner Umgebung zu orientieren. Der feuchte, etwas muffige Geruch erinnerte ihn daran, dass er sich im alten Ferienhaus seiner Familie befand. Es lag am Ostufer des Uphuser Meeres.

Bäke war mit seinem Motorboot gekommen. Er war von Leer über die Ems nach Oldersum gefahren. Dort hatte er Glück gehabt, denn er hatte zusammen mit einem Behördenschiff durchschleusen können und somit nicht auf sich aufmerksam machen müssen. Er hatte den Emsseitenkanal befahren und hatte sich dann im innerostfriesischen Wasserstraßennetz befunden. Sein Motorboot war für die Fahrt gut geeignet, weil er einige Aufbauten, bestehend aus Stangen und Planen, entfernen konnte. Mit dem flachen Boot hatte er so unter den festen Brücken durchfahren können.

Nun lag sein Boot versteckt am Neuen Tief, dem Zufluss des Uphuser Meeres. Niemand sollte wissen, dass er hierher geflüchtet war. Bestimmt wurde nach ihm, seinem Auto und auch nach seinem Boot gefahndet.

Gefahndet ... Niemals hätte Bernd sich vorstellen können, dass er einmal von der Polizei gesucht werden würde.

Wie hatte es so weit kommen können? An welcher Kreuzung seines Lebensweges hatte er die falsche Richtung eingeschlagen?

Vor diesem ganzen Elend, dass jetzt wie ein eiskalter Hagelschauer auf seine Seele niederprasselte, war er doch ein guter Mensch gewesen. Er hatte sich geweigert, die Kunden bei den Bankgeschäften übers Ohr zu hauen, was ihm schließlich die Kündigung eingebracht hatte. Seine Eltern hatten ihm anständige Werte vermittelt. Und diese Werte waren ihm und seiner Schwester immer wichtig gewesen. Sie hatten danach gelebt und konnten ohne Scham in den Spiegel sehen. Bernd kannte auch Menschen, die auf diese Werte pfiffen und denen es dadurch besser ging. Die Kredithaie Dinkela und Osting aus seinem Verein beispielsweise. Die fuhren teure Autos und besaßen entsprechende Luxusjachten. Wenn die an ihre miesen Aktionen dachten, überfiel sie mit Sicherheit kein schlechtes Gewissen, sondern sie bekamen gute Laune. Ein solcher Mensch war er nicht, und dennoch war er auf die dunkle Seite geraten.

Bernd Bäke starrte weiter an die Holzdecke über ihm und es gelang ihm nicht, das Karussell der düsteren Gedanken zu stoppen. Wann war es dem Teufel gelungen, ihn zu verführen? Womit hatte er ihn eingefangen?

Geld war die Antwort darauf. Seine finanzielle Situation war, vorsichtig formuliert, eng. Nach dem Tod der Eltern hatte er das Elternhaus übernommen und seine Schwester Bärbel ausgezahlt – mit einer Hypothek. Dann hatte er seinen Job bei der Bank verloren, und seine Reserven waren schnell aufgebraucht gewesen, weil er keine neue Stelle gefunden hatte. Genau in dieser Situation hatte er zugeschlagen, der Verführer. Es war zwar nicht der Teufel persönlich gewesen, sondern Lamberg, doch die beiden schenkten sich nicht viel, das war Bernd inzwischen klar geworden.

Wie selbstgerecht er doch war! Hatte sich stets etwas auf seinen ehrlichen Charakter eingebildet, solange es ihm gut gegangen war. Doch kaum war es eng geworden, hatte er all seine guten Vorsätze über Bord geworfen und war blind dem Geld verfallen. Erst wenn einem das Wasser bis zum Hals steht, zeigt sich, aus was für einem Holz der Mensch geschnitzt ist, wusste er nun.

Bernd schluckte, weil Übelkeit in ihm aufstieg. Die Gewissheit, dass er nicht der Mensch war, für den er sich immer gehalten hatte, setzte ihm zu. Er hatte viele Menschen um ihr Erspartes gebracht, seine Freunde und Familie betrogen. Vielleicht könnte er damit irgendwann leben, denn er hatte zu dem Zeitpunkt nicht gewusst, dass es sich um einen Betrug handelte. Aber mit der anderen Sache würde er niemals Frieden finden!

Wieder schluckte Bernd trocken, und Schweiß bildete sich auf seiner Stirn. Er sprang aus dem Bett, rannte ins Bad und übergab sich.

Als die Krämpfe nachließen, sah er nicht in den Spiegel. Er konnte seinen Anblick nicht mehr ertragen.

KAPITEL 26

LEER, POLIZEIDIENSTGEBÄUDE

»Die Ereignisse überschlagen sich!«, stellte Jan Broning fest. »Und wir rennen hinterher.«

Jan und seine Kollegen saßen am großen Tisch im Büro der Soko Schwanengold, Jan und Onno hatten sich inzwischen umgezogen. Sie warteten noch auf Swantje, die Jan dazugebeten hatte. Erst dann sollte die Besprechung beginnen.

Kurz darauf kam sie und setzte sich ebenfalls an den Tisch.

»Hat Albert sich wieder beruhigt?«, wollte Onno wissen.

»Ja, aber am besten lassen wir ihn heute in Ruhe arbeiten«, antwortete Swantje.

»Wir sollten gemeinsam versuchen, den Tatablauf in der Wohnung zu klären«, schlug Jan vor. Er ging an die Tafel und zeigte auf ein Bild des Toten. »Wir wissen, dass es sich um Werner Woland handelt. Angeblich der Stellvertreter und Leibwächter von Lamberg.« Jan wies nun auf das Bild der Jacht-Leiche. »Stefan, wie ist der Stand der Dinge hinsichtlich dieser Person? Ist es Lamberg?«

»Ja«, bestätigte Stefan. »Die Kollegen in Hessen haben den Zahnarzt ausfindig gemacht. Und der lieferte den Zahnstatus, mit welchem das Gebiss des Toten verglichen wurde. Übereinstimmung! Es handelt sich um Ferdinand Lamberg. Die Durchsuchung der Wohnung in Hessen ergab jedoch nichts. Keine Unterlagen oder Ähnliches, was auf den Betrug hinweist.«

»Danke, Stefan. Lamberg war nach seinen früheren Erfahrungen bestimmt vorsichtig und hat seine direkte Umgebung sauber gehalten«, vermutete Jan. »Also, Leute, nun haben wir zwei tote Mitglieder der Betrügerbande: Lamberg, der Chef, und sein Stellvertreter Woland.«

»Bleiben die beiden anderen: der Strohmann Bernd Bäke und der Anwerber Homming«, stellte Maike fest.

»Zu den beiden kommen wir später«, sagte Jan. »Bleiben wir vorerst bei den Morden. Die Tatorte liegen weit auseinander. Lamberg wurde tot im Salon seiner Jacht aufgefunden, die brennend vor der Insel Borkum trieb. Woland starb in der Luxuswohnung an der Nesse hier in Leer. Swantje hat bei beiden Tatorten die Spuren gesichert und kann sicher etwas dazu sagen.«

»Es gibt zwei Tatorte, aber einen Modus Operandi, wie ihr wisst. Beide Männer wurden gefesselt, gefoltert und anschließend umgebracht. Albert und ich haben bereits einige Spuren ausgewertet und herausgefunden, dass sowohl die Kabelbinder, mit denen die Männer fixiert wurden, als auch die Stoffsäcke, die man ihnen über den Kopf gezogen hat, vom selben Hersteller sind.«

»Und wie verhält es sich mit den Wunden?«, wollte Jan wissen.

»Da gibt es ebenfalls Übereinstimmungen. In beiden Fällen ist die Mordwaffe eine Art Eispickel«, antwortete Swantje. »Möglicherweise sogar dieselbe Waffe. Jeweils zwei tödliche Stiche ins Herz. Bei Woland gibt es eine dritte Wunde an der rechten Schulter, ein glatter Durchstich. Die anstehende Obduktion müssen wir noch abwarten, aber die Wahrscheinlichkeit ist hoch, dass beide Opfer von demselben Täter getötet wurden. Oder Tätern.«

»Hat sich der Verdacht bestätigt, dass der oder die Täter über den Balkon in die Wohnung eingedrungen sind?«, fragte Jan.

»Mit hoher Wahrscheinlichkeit. Bei der Wasserpfütze handelt es sich tatsächlich um Hafenwasser. Und an der Delle im Balkongeländer haben wir sowohl Fasern eines Seils als auch Metallrückstände gefunden. Die Theorie mit dem Wurfanker könnte durchaus stimmen«, antwortete die Kriminaltechnikerin.

»Was ist das für eine Theorie?«, fragte Klaas.

Jan fasste noch einmal zusammen, was Onno, er und Albert bereits auf dem Balkon vermutet hatten.

»Ganz schön sportlich«, stellte Klaas fest. »Aus dem Wasser heraus an einem Seil hochzuklettern, dürfte nicht so einfach sein.«

»Allerdings«, gab Jan ihm recht. »Denkt an unseren Bernd Bäke, der ist ein ausgezeichneter Sportler. Wer für einen Triathlon-Wettkampf trainiert, der klettert auch an einem Seil hoch.«

Das Telefon klingelte, und Jan nahm den Hörer ab. »Hallo, Albert. Ja, Swantje ist noch bei uns. ... In Ordnung, ich sag's ihr.« Er legte auf und wandte sich an Swantje. »Albert vermisst dich. Geh lieber hoch, sonst bekommt er wieder schlechte Laune. Erst einmal besten Dank, ich schaue später noch bei euch vorbei.«

Swantje verabschiedete sich und verließ das Büro.

»Wie machen wir jetzt weiter?«, wollte Maike wissen.

»Wir müssen die beiden verbliebenen Mitglieder der Betrügerbande schützen, das ist vorerst die wichtigste Maßnahme«, ordnete Jan an.

»Leichter gesagt als getan«, sagte Stefan. »Zumal wir nicht wissen, wo sich die beiden aufhalten. Bäke und Homming sind auf der Flucht, wir können sie noch nicht einmal warnen.«

»Ich denk, Bäke ist unser Täter und nicht das nächste Opfer?«, lenkte Onno ein.

»Ein berechtigter Einwand, Onno«, stimmte Jan zu. »Aber bewiesen ist das noch nicht. Was, wenn Bernd Bäke es nicht war? Wir dürfen uns nicht nur auf ihn konzentrieren. Es gibt noch andere mit einem starken Motiv.«

»Die Kredithaie Osting und Dinkela«, schlug Klaas vor. »Und nicht zu vergessen: unser Herr von Bühl.«

»Genau diese Herren meinte ich«, bestätigte Jan. »Wir werden sie aufsuchen oder vorladen und befragen. Sollte einer oder mehrere von ihnen der oder die Täter sein, wird die Befragung sie zumindest verunsichern. Wir sollten mit Dinkela und Osting beginnen. Die beiden halte ich für sportlich genug für die Nummer mit dem Balkon. Am besten, wir vernehmen sie getrennt voneinander und möglichst gleichzeitig. Achtet darauf, dass sie sich nicht absprechen können, sonst geben sie sich gegenseitig ein Alibi für die Tatzeiten.«

»Hubert von Bühl kommt trotzdem infrage«, meinte Maike. »Auch wenn er älter ist, kann er trotzdem fit genug sein oder jemanden beauftragt haben.«

»Das stimmt natürlich, Maike. Doch wir haben nur zwei Teams, und ich möchte, dass Osting und Dinkela von jeweils zwei Beamten befragt werden, sie könnten gefährlich sein.«

Maike war noch immer nicht zufrieden. »Als was sollen wir sie befragen, als Zeugen oder als Beschuldigte? Die machen doch sofort dicht, wenn sie merken, dass wir sie verdächtigen. Was dann?«

Jan presste die Lippen zusammen, dachte angestrengt nach und kam zu einem Entschluss. »Wir sacken sie ein, Vernehmung als Beschuldigte und erkennungsdienstliche Behandlung mit allem Drum und Dran. Dann haben wir zumindest Vergleichsproben mit den Fingerabdrücken oder dem DNA-Material an den Tatorten.«

»Für diese Maßnahmen ist die Beweislage gegen die drei Herren aber ganz schön dünn«, gab Stefan zu bedenken. »Stell dir vor, die leisten Widerstand!«

»Ich weiß, viel haben wir nicht«, bestätigte Jan. Entschlossen sagte er: »Aber ich bleibe dabei, wir ziehen das jetzt durch, und wenn es die ganze Nacht dauert. In dieser Zeit können sie wenigstens keinen weiteren Mord begehen, wenn sie es denn waren. Sollte es Beschwerden geben, könnt ihr gerne auf mich verweisen.«

»Ein bisschen Rückendeckung würde jedoch nicht schaden«, meinte Klaas. »Ich kann ja noch Rücksprache mit dem Staatsanwalt halten.«

»Eigentlich eine gute Idee, aber lass es sein«, erwiderte Jan.

»Du glaubst, er würde nicht mitziehen bei der Beweislage, oder?«, vermutete Klaas. »In diesem Fall hältst du deinen Hintern ganz schön in den Kugelhagel, wenn es schiefgeht. Die reichen Säcke haben doch alle einen Rechtsanwalt, mit dem sie golfen oder segeln.«

»Ja und?« Jan grinste. »Ich habe euch. Also los, packen wir es an.«

Wie vorausgesehen waren die Kollegen die ganze Nacht beschäftigt. Maike und Stefan waren auf Osting und Dinkela angesetzt, die sie jedoch nicht zu Hause antrafen. Sie suchten weiter nach ihnen.

Jan und Onno waren bei Hubert von Bühl erfolgreicher und nahmen ihn mit zur Dienststelle. Von Bühl hatte wohl die Hoffnung gehabt, sein Geld sei wiederaufgetaucht. Als er feststellte, dass es um die Ermordung von Woland und Lamberg ging, stieß er erneut wüste Drohungen gegen die Betrüger aus, was die Angelegenheit nicht besser machte. Jan Broning blieb nichts anderes übrig, als ihn weiterhin als Tatverdächtigen anzusehen und ihn als Beschuldigten zu belehren. Nun begriff von Bühl, dass man ihn als Verdächtigen in zwei Mordfällen vernehmen wollte, und verweigerte die Aussage.

Eine Nachricht von Maike und Stefan traf auf Jans Mobiltelefon ein. Sie hatten Osting und Dinkela beim Seglerheim entdeckt, hielten es aber für besser, wenn Jan und Onno zur Unterstützung kämen.

Jan unterbrach von Bühls Vernehmung und ordnete an, in ihrer Abwesenheit die erkennungsdienstliche Behandlung durchzuführen. Dazu gehörten Fotos, die Abnahme der Fingerabdrücke und eine DNA-Probe.

Daraufhin fuhren Jan und Onno zum Seglerheim und trafen dort auf Maike und Stefan. Gemeinsam betraten sie das Vereinshaus, wo Osting und Dinkela am Tresen saßen. Sie waren angetrunken und wurden sofort aggressiv, als Maike sie ansprach. Dinkela holte aus und wollte Maike schlagen, doch Maike war schneller. Sie packte seinen Arm und zog Dinkela vom Hocker herunter. Am Boden drehte sie ihm den Arm auf den Rücken und stoppte so wirkungsvoll seinen Angriff.

Osting wollte seinem Kumpel helfen. Er griff nach einer leeren Flasche und zertrümmerte diese auf dem Tresen. Mit dem scharfen Flaschenhals in der Hand wollte er aufspringen. Jan hatte sein Vorhaben bemerkt und trat den Mann samt Hocker einfach um. Osting landete schmerzhaft auf dem Rücken. Die Polizisten legten den Männern Handschellen an und führten sie zu den Zivilwagen.

Die weiteren Maßnahmen dauerten Stunden. Durchsuchung der Wohnräume, Blutprobe und die anschließende erkennungsdienstliche Behandlung. In dem ganzen Trubel vergaßen sie den »geparkten« Hubert von Bühl.

Irgendwann fiel er Jan siedend heiß wieder ein und er fragte Klaas: »Sag mal, wo ist dieser von Bühl?«

»Die Kollegen wollten ihn im Vorraum der Wache warten lassen.«

»Da sind wir vorhin vorbeigekommen, da war niemand!«

»Warte kurz, ich rufe in der Wache an.« Klaas griff zum Telefon. Nachdem er den Kollegen seine Frage gestellt hatte, bemerkte Jan, wie Klaas zunächst sehr tief einatmete und dann seine Lippen zusammenpresste. Er legte den Hörer auf, sah ihn unsicher an und sagte: »Oha, Scheiße!«

»Was ist los, Klaas? Wo ist er?«, wollte Jan wissen.

»Die von der Nachtschicht hatten wohl viel zu tun und konnten nicht auf unseren von Bühl aufpassen ...«

»Und? Mach es nicht so spannend!«

»Sie haben ihn in die Zelle verfrachtet. Dort sitzt er seit Stunden und schimpft wie ein Rohrspatz.«

KAPITEL 27

INSEL BORKUM, POLIZEIDIENSTSTELLE

Tomke Rabenstein hatte gerade den Frühdienst begonnen. Sie startete den Polizeicomputer und sah sich die Lagemeldung an. Die Fahndungen nach Bernd Bäke und Volker Homming waren noch aktuell.

Ihr Kollege Uwe klimperte mit den Schlüsseln des Streifenwagens. »Tomke, lass uns eine Runde drehen, dann können wir auch gleich Brötchen fürs zweite Frühstück besorgen.«

»Okay, aber zuerst fahren wir zum Schutzhafen. Ich will mich dort noch einmal umsehen.«

Kurz darauf saßen sie im Streifenwagen und fuhren in den Süden der Insel.

»Willst du erneut einen Blick in die Mordjacht werfen?«

»Mordjacht? So kann man es auch nennen …« In Tomkes Kopf tauchten unwillkürlich die Bilder aus dem Salon der »Sirene« auf. Wieder sah sie den Toten. Der nasse Stoff über dem Gesicht, die gefesselten Hände unter dem Tisch. Dazu der widerliche Brandgeruch.

Die Stimme ihres Kollegen Uwe riss sie aus den düsteren Erinnerungen.

»Wenn ich das meinen Kollegen in Hannover erzähle … Die haben mich ausgelacht, als ich zur Sommerverstärkung hierher abgeordnet wurde. Von wegen hier ist nichts los. Erst die angetriebene Wasserleiche am Borkumriff, dann die brennende Jacht vor der Insel. Darin ein Mordopfer, welches man gefoltert und eiskalt umgebracht hat.«

»Und du, Uwe, mittendrin«, sagte Tomke grinsend. »Ausreichend Erzählstoff für mehrere lange Nachtdienste.«

Uwe schien den leichten Spott nicht zu bemerken. »Nächstes Jahr melde ich mich wieder für den Inseldienst.«

Inzwischen hatten sie den Schutzhafen erreicht und betraten den Anleger II, an welchem die abgedeckte Jacht noch immer lag.

»Alles so, wie es sein soll«, stellte Tomke fest und sah sich aufmerksam um.

»Suchst du was Bestimmtes?«, wollte Uwe wissen.

»Allerdings! Zwei Tatverdächtige sollen mit einem Boot unterwegs sein. Hast du die Lagemeldung noch nicht gelesen?«

»Äh, ich bin noch nicht dazu gekommen«, gestand Uwe.

»Nee, ist klar. Ihr Kerle musstet euch ja erst über die neu angekommenen Touristinnen unterhalten, die ihr gestern Abend in der Kneipe gesehen habt.«

»Lass uns doch den Spaß.«

»Dann pass man auf, die Frauen wollen nur deinen Körper!«

»Meinst du?« Uwe klang erfreut. »Die stehen aber auch auf Uniform. Ich bin kein Mann für eine Nacht, ich bleib die ganze Woche.«

Tomke verdrehte die Augen und sah in den blauen ostfriesischen Himmel.

»Tomke, Brötchen!«

»Gleich, Uwe. Lass uns noch kurz zum Sportboothafen rüberfahren.«

»Du wirst noch Karriere machen, Tomke«, unkte Uwe gutmütig. »Dein Diensteifer ist sehr lobenswert.«

Tomke boxte ihrem Kollegen gegen den Arm. »Mit deiner Karriere sieht's düster aus, wenn du dich nur ums Essen und um Frauenbekanntschaften kümmerst.«

»Aua, genau auf den Musikknochen!« Uwe rieb sich den Ellbogen. »Wir sind nur einmal jung. Carpe diem, nutze den Tag und vor allem die Sommerverstärkung auf der Insel für glückliche Stunden. Heute Abend treffen wir uns wieder in der Kellerkneipe. Komm doch mit«, bot Uwe an.

»Nur damit mich ein paar angetrunkene Badegäste anbaggern? Nein, danke.«

Uwe stellte den Streifenwagen auf dem Gelände des Sportboothafens ab, und sie stiegen aus. »Der Hafen liegt weit weg vom Ort, einige Kilometer bis zum Nachtleben«, stellte Uwe fest.

»Ideal, um sich zu verstecken«, stimmte Tomke zu.

Während Uwe von seiner neuesten Bekanntschaft schwärmte, eine Uschi aus Oberhausen, liefen sie auf den rostigen Anlegern herum und Tomke sah sich die Jachten an.

»Zwischen Uschi und mir hat es gleich gefunkt …«

Tomke bückte sich und betrachtete konzentriert den Namen eines Segelbootes.

»Hörst du mir eigentlich zu?«, fragte er. »Ich brauch deinen Rat als Frau, und du schaust dir Bootsnamen an.«

»Deine Frauengeschichten sind gerade nebensächlich«, sagte Tomke, wendete ihren Blick jedoch nicht von dem Namen am Bug des Bootes ab. Dann ging sie auf die andere Seite des Bootes und sah sich den Schriftzug dort an.

»Hast du deine Brille vergessen?«, spottete Uwe. »Ich les den Bootsnamen für dich, da steht ›Linda‹. An beiden Seiten.«

»Wer von uns eine Brille braucht, wird sich noch herausstellen«, frotzelte Tomke.

»Erhelle mich, o holde Maid!«

»Da steht zwar ›Linda‹ drauf, aber jemand hat am Namen rumgemacht«, erklärte Tomke.

»Fragewort ohne w: hääh? Rumgemacht? Sag endlich, was du meinst, und tu nicht so geheimnisvoll!« Uwe wurde langsam ungeduldig.

»Hat da jemand schlechte Laune? Hast wohl noch nicht gefrühstückt und bis zur letzten Minute in der Poffe gelegen. Hast du Uschi kein Frühstück ans Bett gebracht?«

»Wenigstens habe ich Gesellschaft im Bett. Also, zurück zum Thema. Was meinst du mit ›rumgemacht‹?«

Tomke ging nah an den Rumpf des Bootes und fühlte mit den Fingerspitzen über den Bootsnamen. »Vor dem L wurde rumgekratzt. Schau dir die Ränder der Kratzer mal genau an, ich glaube, da wurden ein B und ein E entfernt. Also hieß das Boot ›Belinda‹.«

»Kann doch sein, dass das Boot den Besitzer und damit den Namen gewechselt hat.« Uwe war noch nicht überzeugt.

»Bootsnamen werden nach der Taufe nicht mehr geändert«, informierte Tomke ihn.

»Vielleicht hat der Bootseigner auch Stress mit seiner Flamme Belinda gehabt, und seine neue Herzensdame heißt praktischerweise Linda«, schlug Uwe als weitere Erklärung vor.

Tomke sah ihn an und schüttelte den Kopf.

»Zu früh für einen Witz?«, fragte Uwe. »Okay, Spaß beiseite. Ein bisschen merkwürdig ist das schon. Stand der Bootsname ›Belinda‹ denn in der Fahndung?«

»Ziemlich sicher, und zwar als Boot von diesem Homming. Bäke soll mit einer Motorjacht unterwegs sein.«

»Die ist es jedenfalls nicht, hier sind nur Segelboote.«

Tomke hielt sich an der Reling des Segelbootes »Belinda« fest und schwang ein Bein auf das Deck.

»Hey, was hast du vor?«

»Nachsehen, ob jemand an Bord ist. Fragen kostet ja nix.«

»Aber nicht alleine, ich komme mit!« Uwe stieg ebenfalls über die Reling.

Tomke ging zum Heck des Bootes und in die Plicht. Die Tür zur Kajüte war nicht abgeschlossen und die Schiebeluke im oberen Bereich der Tür geöffnet. Durch die Luke rief Tomke ins Bootsinnere: »Hallo, jemand an Bord? Hier ist die Polizei!«

Keine Antwort.

Tomke rief noch einmal, dieses Mal lauter, und klopfte zusätzlich laut gegen die Tür.

Wieder keine Reaktion.

»Niemand zu Hause?«, fragte Uwe, der inzwischen neben Tomke getreten war.

»Sieht nicht so aus. Aber wenn man an Land geht, schließt man doch ab und macht die Luke zu«, sagte Tomke.

»Vielleicht ist der Eigner aus den Latschen gekippt und liegt hilflos in der Kajüte?«

»Wir gehen rein!«, entschied Tomke. Sie zog sich vorsichtshalber Einweghandschuhe an und stieß die Tür auf.

Vorsichtig betrat sie die Kajüte. Auf dem Boden lagen verstreut Einrichtungsgegenstände. Hatte hier ein Kampf stattgefunden? Uwe und Tomke sahen sich an und zogen ihre Dienstwaffen.

»Hier ist die Polizei! Kommen Sie raus oder wir kommen rein«, rief Uwe laut in Richtung der kurzen Treppe, die hinunter in den abgetrennten Wohnbereich führte.

Keine Reaktion.

Tomke ging mit klopfendem Herzen zur Treppe. Unten war es stockdunkel, die Vorhänge vor den Bullaugen waren wohl alle zugezogen. Tomke griff nach ihrer Taschenlampe und leuchtete in den Raum hinein. Sie zuckte zusammen, als der Lichtstrahl auf den Tisch fiel. Eine menschliche Gestalt lag darauf, und über den Kopf war ein Stoffsack gestülpt. Auf dem Boden am Kopfende sah sie eine Wasserpfütze.

»Ach du Scheiße!«, sagte Uwe erschrocken, als er über Tomkes Schulter in den Raum sah.

Die Person auf dem Tisch bewegte sich nicht, aber vielleicht war sie noch am Leben? Tomke blieb nichts anderes übrig, als sich zu vergewissern. Die Hände waren mit Kabelbindern unter dem Tisch gefesselt. Tomke legte eine Hand auf den Brustkorb der Person, aber sie spürte keine Atembewegung. Auch die Pulskontrolle am Hals war negativ. Vorsichtig zog sie den Stoff vom Kopf. Die Augen des toten Mannes waren starr zur Decke gerichtet. Sein Gesicht kannte sie von einem der Fahndungsfotos.

»Moin, Herr Homming. Tomke Rabenstein ist mein Name«, sagte sie leise und hörte, wie ihr Kollege Uwe hinter ihr nach Luft schnappte.

KAPITEL 28

LEER, POLIZEIDIENSTGEBÄUDE

Jan Broning lag auf dem Feldbett in seinem Büro der Soko Schwanengold und schlief. Die ganze Nacht hindurch hatten sie die drei Verdächtigen Osting, Dinkela und von Bühl befragt und erkennungsdienstlich behandelt. Danach hatte Jan seine Kollegen nach Hause geschickt. Sie sollten etwas schlafen und erst am frühen Nachmittag wieder zum Dienst erscheinen. Jan hatte noch weitergearbeitet. Irgendwann hatte er sich nur kurz auf dem Feldbett ausruhen wollen, war jedoch fest eingeschlafen.

Das Klingeln des Telefons riss ihn unsanft aus dem Schlaf. Er setzte sich benommen auf, wankte zum Schreibtisch und nahm den Hörer ab.

Am anderen Ende der Leitung war ein schlecht gelaunter Staatsanwalt Gruhlich. »Herr Broning, dieses Mal haben Sie einen Bock geschossen! Mein Jagdfreund Hubert von Bühl hat mir gerade eine unglaubliche Geschichte erzählt!«

»Also nicht Golf oder Segelsport«, murmelte Jan schlaftrunken, »sondern Jagdfreunde.«

»Wie bitte? Was wollen Sie damit andeuten?«

»Herr Gruhlich, es war eine lange Nacht, und Sie haben mich aus dem Schlaf gerissen!«

»Haben Sie etwa im Büro geschlafen?«

»Lohnte sich nicht, nach Hause zu fahren. Einer muss hier die Stellung halten.« Jan unterdrückte ein Gähnen.

»Warum haben Sie diese Maßnahmen nicht mit mir abgesprochen? Jetzt haben wir drei Anwälte am Hals, die sich bei mir beschwert haben!«

»So haben Sie wenigstens nichts mit den Beschwerden zu tun und können mir die Schuld geben.«

»Herr Broning, ich habe Ihnen immer Rückendeckung gegeben, auch ...«

»Auch bei diesen Maßnahmen? Das wage ich zu bezweifeln, wenn ich offen sein darf. Die Beweislage war sehr dünn.«

»Ich will ehrlich sein, Bedenken hätte ich schon gehabt.«

»Wir mussten etwas unternehmen, und die Maßnahmen schienen mir geeignet dazu.«

»Herr Broning, Sie haben bei den Herren Osting und Dinkela Glück gehabt, dass sie so dumm waren, Widerstand zu leisten. Aber bei von Bühl sieht die Sache anders aus. Sie werden eine Menge Ärger bekommen. War es denn wirklich nötig, ihn in eine Zelle zu sperren? Ein wenig mehr Taktgefühl hätte ich Ihnen schon zugetraut. Unter uns gesprochen: Von Bühl ist in unserem Kreis nicht sehr beliebt.« Gruhlichs Tonfall wurde beinahe heiter. »Die Vorstellung, dass dieser aufgeblasene Kerl in der Zelle saß, zaubert mir ein kleines Lächeln ins Gesicht.« Er räusperte sich und wurde wieder ernst. »Mit dem Mann ist nicht zu spaßen! Es besteht die Gefahr, dass er seinen Frust über den Verlust seiner Geldanlage nun an Ihnen auslässt.«

»Soll er ruhig, ich sehe dem gelassen entgegen. Was mir mehr Sorgen bereitet, ist diese Mordserie«, erwiderte Jan.

»Haben die Befragungen wenigstens etwas ergeben?«, wollte Gruhlich wissen.

»Sie haben alle drei die Aussage verweigert, nachdem wir sie belehrt hatten. Aber immerhin haben wir jetzt Vergleichsmaterial für die Kriminaltechniker.«

»Hoffentlich gibt es einen Treffer und wir können den Mörder festnehmen«, sagte Gruhlich. »Herr Broning, informieren Sie mich bitte in Zukunft immer, auch bei ähnlichen Situationen. Wir kennen uns schon so lange, und Sie wissen, dass ich Ihnen den Rücken freihalte. So, jetzt habe ich offiziell eine Standpauke gehalten. Nun noch einmal zu meinem Freund von Bühl. Was hat er denn für ein Gesicht gemacht, als die Zellentür hinter ihm verschlossen wurde? Musste er auch seine Schnürsenkel abgeben?«

Jan konnte sich das Grinsen in Gruhlichs Gesicht beim Gedanken an die Zellennacht seines Jagdfreundes gut vorstellen. Er erzählte, dass die Zelle erst kurz vorher von einer sehr ungepflegten Person ohne festen Wohnsitz belegt gewesen war. Der Mief hatte nach Aussagen der Kollegen von der Wache noch in der Zelle gehangen, als man den tobenden von Bühl darin eingesperrt hatte.

»Der arme Kerl!« Die Stimme des Staatsanwaltes triefte vor Ironie. »Hoffentlich hat er sich nichts eingefangen. Herr Broning, Sie haben mir den Tag gerettet! Bis bald.«

Jan legte den Hörer auf, und sofort klingelte das Telefon erneut. Auf dem Display erschien die Nummer der Polizeidienststelle Borkum.

»Kripo Leer, Broning.«

»Hier ist Hero von der Dienststelle Borkum. Da habe ich gleich den Richtigen erwischt. Jan, ich mach es kurz: Eine Streife von uns hat im Sportboothafen das Segelboot dieses gesuchten Homming gefunden mitsamt dem Eigner, allerdings mausetot. Er ist in der Kajüte auf den Tisch gefesselt und gefoltert worden. Genau wie Lamberg.«

Jan verschlug es für einen Moment die Sprache.

»Jan, bist du noch dran?«

»Das darf doch nicht wahr sein!«

»Ist es aber. Unsere neue Kollegin Tomke Rabenstein ist echt ein Glücksgriff. Sie hat bemerkt, dass der Bootsname ›Linda‹ bis vor Kurzem ›Belinda‹ war, und die richtigen Schlüsse gezogen.«

»Hat sie etwas zum Todeszeitpunkt sagen können?«

»Anhand der eingetretenen Leichenstarre schätzt sie, dass der Tod um Mitternacht eingetreten ist.«

»Und sie ist sicher, dass die Todesumstände mit dem Mord auf der ›Sirene‹ identisch sind?«

»Absolut«, antwortete Hero. »Die Fesselung unter dem Tisch, der nasse Sack über dem Gesicht und auch die kleinen Stichwunden.«

Jan berichtete von den Festnahmen und Vernehmungen der Verdächtigen Osting, Dinkela und von Bühl.

Hero begriff sofort, worauf Jan hinauswollte. »Dann kommen die Herren als Täter für diesen Fall nicht infrage.«

»Genau, Hero. Und weil die Ausführung dieselbe ist wie bei den anderen beiden Morden, können wir sie auch da von unserer Liste streichen.«

»Wir haben den gesamten Sportboothafen abgesperrt. Wie schnell könnt ihr auf der Insel sein?«

Jan gähnte laut.

»Langweile ich dich?«, fragte Hero.

»Natürlich nicht, bitte entschuldige. Es war eine lange Nacht.«

»Ja, alte Männer brauchen ihren Schönheitsschlaf. Also, wann könnt ihr hier sein?«

»Ich bespreche es und melde mich bei dir«, sagte Jan und legte auf.

Er überlegte, wie die Kriminaltechniker Swantje und Albert auf dem schnellsten Weg zur Insel gebracht werden könnten, und suchte die Telefonnummer der Hubschrauberstaffel heraus. Es gelang ihm, einen Flug zu organisieren, allerdings nur den Hinflug. Zurück musste er eine andere Lösung finden. Doch vorher rief er die beiden Kriminaltechniker an und teilte ihnen mit, dass der Hubschrauber sie in einer halben Stunde am Flughafen Nüttermoor abholen würde.

Swantje freute sich auf diesen Einsatz, im Gegensatz zu Albert. Der befürchtete, dass ihm der Flug wie bei der Fahrt mit dem Polizeiboot nicht bekommen könnte.

»Das wackelt doch bestimmt noch viel mehr wie auf diesem elenden kleinen Boot«, maulte er.

»Es ist nur ein kurzer Flug«, beruhigte Jan ihn. »Das überstehst du ohne Probleme.« Dass Albert und Swantje für den Rückweg wieder ein Schiff nehmen mussten, verschwieg er lieber.

Jan ging ins große Büro nebenan und schaute gedankenversunken auf die weißen Tafeln. Nun gab es drei Tote: Ferdinand Lamberg, den man auf seiner brennenden Jacht vor Borkum gefunden hatte. Dann seinen Stellvertreter Werner Woland, der auf ähnliche Weise in der Luxuswohnung an der Nesse in Leer getötet worden war, und nun Volker Homming, ebenfalls ermordet an Bord seiner Jacht im Sportboothafen Borkum. Einer nach dem anderen. Bernd Bäke war der Letzte der Betrügerbande, der noch am Leben war. Hoffentlich, denn bis jetzt war die Suche nach ihm erfolglos verlaufen.

Jans Blick wanderte auf der Tafel von den Opfern zu den Tatverdächtigen. Sollte sich herausstellen, dass der dritte Mord im Tathergang den ersten beiden entsprach, wären

Osting, Dinkela und von Bühl vom Haken. Die drei hatten das denkbar beste Alibi: Sie hatten sich in Gewahrsam der Polizei hier in Leer befunden. An die Möglichkeit, dass ein Auftragsmörder die Taten verübt haben könnte, glaubte Jan nicht.

Verdammt, sie mussten Bernd Bäke finden! Der Mann war entweder der Mörder oder in akuter Lebensgefahr.

KAPITEL 29

BORKUM, POLIZEIDIENSTSTELLE

Hero Sluiter trommelte mit den Fingern ungeduldig auf die Schreibtischplatte. Er wartete auf Uwe, den er hierherzitiert hatte. Hero konnte noch immer nicht fassen, was gerade passiert war.

Die Kriminaltechniker aus Leer waren an Bord der Jacht mit der Spurensicherung beschäftigt gewesen. Hero und Tomke waren ebenfalls vor Ort gewesen, um den Tatort abzusperren und die Kollegen zu unterstützen. Tomke war nach Schichtende zu ihm ins Büro gekommen und hatte ihn auf den neuesten Stand gebracht. Gerade als sie gehen wollte, hatte sie eine Nachricht erhalten und erschrocken die Luft angehalten.

»Tomke, was ist los?«, hatte Hero gefragt.

Tomke hatte ihm ihr Handy gegeben und gemurmelt: »Gerade ging ein Post auf der Facebook-Seite von Borkum ein. Der wird dir nicht gefallen.«

Hero hatte große Augen bekommen, als er den Post einer Touristin aus Oberhausen mit dem Namen Uschi las. Der Serienmörder habe auf Borkum wieder zugeschlagen. Auch zum Opfer hatte diese Uschi sich geäußert: Es solle sich um einen Betrüger aus Leer handeln. Im Folgenden hatte sie beschrieben, wie der Tote aufgefunden worden war. Als wäre das nicht schon schlimm genug, hatte sie als Quelle den Polizeichef von Borkum genannt.

Es gab nur zwei Kollegen, die diese Einzelheiten kannten: Tomke und Uwe. Hero hielt Tomke für viel zu intelligent, um so eine Dummheit zu begehen. Blieb also nur Uwe übrig.

Das zaghafte Klopfen an der Tür riss Hero aus seinen Gedanken. »Herein!«, rief er.

Eingeschüchtert betrat Uwe das Büro.

Hero stand auf und sagte sarkastisch: »Ach, der Herr Polizeichef persönlich!« Er wies auf seinen Stuhl. »Nehmen Sie doch Platz, werter Herr Polizeichef!«

»Ich kann das erklären«, stammelte Uwe.

Er kannte den Post also schon, dachte Hero. »Ach ja? Da bin ich gespannt ...«

Uwe berichtete, wie er sich nach der Frühschicht mit seiner neuen Flamme getroffen hatte. Sie habe ihn aufgezogen, von wegen ruhiger Job als Inselpolizist. Da sei ihm rausgerutscht, dass sie am frühen Morgen einen Toten gefunden hatten. Eigentlich habe er nichts erzählen wollen, aber sie habe alles aus ihm herausgekitzelt. »Sie hat mir versprochen, mit niemandem darüber zu sprechen«, jammerte Uwe.

»Hat sie ja auch nicht«, blaffte Hero. »Sie hat nur darüber geschrieben und es im Internet gepostet. Haben Sie eine Ahnung, was Sie da angerichtet haben? Und als Krönung der ganzen Angeberei haben Sie sich vor Ihrer neuen Flamme auch noch als Polizeichef ausgegeben?«

»Das hat sie falsch verstanden«, sagte Uwe.

»Sie können Ihre Sachen packen!«, forderte Hero. »Ich will Sie hier nicht mehr sehen! Außerdem werde ich einen Bericht für Ihre Personalakte anfertigen. Ein Disziplinarverfahren wird sicher auch noch folgen. Und jetzt raus hier!«

KAPITEL 30

LEER, POLIZEIDIENSTGEBÄUDE

Maike, Stefan, Onno und Klaas überlegten, wie sie die Ermittlungen jetzt, nach dem dritten Mord, weiterführen sollten.

Maike hatte Jan nach Hause geschickt. Er war total übermüdet gewesen, weshalb sie darauf bestanden hatte, dass er zumindest für ein paar Stunden abschaltete. Zunächst hatte er sich dagegen gesträubt, aber Maikes Argument, er solle mal in den Spiegel sehen, hatte ihn überzeugt.

Die aufgeregte Stimme von Thomas Sprengel drang durch die Tür. Offenbar stand er im Flur und führte ein Telefonat mit Hero Sluiter. »Hero, ich bin zu alt für so eine Moppelkotze!«

»Welch erlesene Wortwahl«, kommentierte Klaas grinsend, verstummte aber sofort, weil Sprengel nun das Büro betrat.

Mit finsterer Miene sah er sich um. »Wo ist Jan?«

»Moin, Thomas. Ich hoffe, er liegt in seinem Bett und schläft«, antwortete Maike.

»Im Bett? Ich brauche ihn hier!«, maulte Sprengel.

»Es war eine lange Nacht, und heute Morgen ging es für ihn gleich weiter, als die Nachricht vom dritten Mord eintraf«, erinnerte Maike ihren Vorgesetzten verärgert. »Irgendwann muss jeder einmal abschalten und schlafen.«

»Seit die Info über den dritten Mord durchgesickert ist, drehen die Medienvertreter durch«, erklärte Thomas Sprengel. »Ihr könnt euch denken, dass die vor Wut schäumen, übrigens zu Recht. Es darf einfach nicht passieren, dass die Presse als Letztes informiert wird. Jedenfalls findet gleich eine Pressekonferenz statt, und ich hoffte, Jan könnte mich dabei unterstützen. Das wird kein Spaß!« Sprengel sah Maike an. »Wärst du bereit, an der Konferenz teilzunehmen?«

Maike atmete tief durch. »Wir haben eigentlich genug zu tun. Und Jan hat schon eine Pressemitteilung vorbereitet. Allerdings wusste er da noch nicht, dass interne Informationen durchsickert sind.«

»Dann müssen wir eben improvisieren.«

»Okay, ich bin dabei«, stimmte Maike zu. »Allerdings will ich vorher kurz mit den Kollegen Swantje und Albert sprechen. Überraschungen hatten wir schon genug.«

»Ich danke dir!« Sprengel war sichtlich erleichtert. »Wir treffen uns kurz vor der Pressekonferenz und stimmen uns ab. Ich ruf dich an. Tschüss!« Er verließ das Büro, und erneut klingelte sein Handy.

»Der steht ganz schön unter Dampf«, stellte Stefan fest.

»Was willst du der Presse mitteilen?«, fragte Onno. »Die werden euch festnageln. Improvisieren könnte schwierig werden.«

»Das Blöde ist, dass Einzelheiten über den Tatort und den Tathergang bekannt geworden sind«, antwortete Maike. »Auch vage Angaben zur Identität des Opfers. Das gibt reichlich Raum für Spekulationen.«

Eine Stunde später im großen Sitzungssaal bestätigten sich Maikes Vorahnungen.

Eine Reporterin brachte es auf den Punkt: »Da wir nicht von offizieller Seite informiert werden und die uns zustehenden Infos übers Internet erfahren, können wir uns diese Veranstaltung auch gleich sparen. Der Öffentlichkeit wird verheimlicht, dass jemand systematisch alle Drahtzieher dieses Betrugssystems ermordet? Wer wird als Nächster dran sein? Dieser Rächer foltert seine Opfer, um zu erfahren, wer an dem Betrug verdient hat. Ein Name reicht ihm, und dann …«

Thomas Sprengel versuchte zu retten, was zu retten war, aber die Polizisten gerieten immer mehr in die Defensive. Maike war froh, als die Konferenz endlich beendet wurde.

KAPITEL 31

AURICH, WOHNUNG VON BÄRBEL BÄKE

Immer wieder las Bärbel Bäke, die Schwester von Bernd, den Post im Internet. Inzwischen gab es auch Pressebeiträge über die Morde auf der Insel Borkum und der Stadt Leer. In den Radionachrichten hatte die Reporterin angedeutet, dass alle Beteiligten des Betrugssystems nacheinander umgebracht wurden. Die Sorge um ihren Bruder Bernd versetzte sie in Panik. Von ihm wusste sie, dass es mit ihm vier Drahtzieher waren. Von den vieren war nun nur noch ihr Bruder am Leben. Hatte er die drei Männer, die ihm so übel mitgespielt hatten, getötet?

Nein, unmöglich! Dazu war Bernd nicht in der Lage. Er war kein Mörder, sondern, genau wie die Anleger, ein Opfer.

Sie lief wie ein Tiger im Käfig in der Küche herum, kaute an den Resten ihrer Fingernägel und konnte keinen klaren Gedanken fassen.

Beruhige dich, Bärbel, sagte sie sich selbst. Bernd ist nicht der Mörder, aber das bedeutet, dass er sich in Lebensgefahr befindet. Der oder die Mörder wissen nicht, dass auch er reingelegt wurde. Er ist das Gesicht des Systems, weil die Anleger bei ihm ihre Verträge unterschrieben haben. Ist Bernd bis jetzt verschont geblieben, weil man ihn noch nicht gefunden hat? Doch die anderen Männer wurden auch aufgespürt.

Bärbel wusste, wo er sich aufhielt. War auch sie in Gefahr? Bei ihrem letzten Telefongespräch hatte sie ihren Bruder angefleht, sich zu stellen. Dies hatte Bernd sofort abgelehnt. Er würde später zur Polizei gehen. Vermutlich klammerte er sich an die Hoffnung, Beweise zu finden, die ihn entlasteten. Sie hatte ihm geraten, der Polizei diese Arbeit zu überlassen und ihr bei den Ermittlungen zu helfen. Daraufhin hatte er gesagt: »Bärbel, ich habe noch schlimmere Sachen getan, als bei diesem Betrug mitzumachen, viel schlimmere.«

Was konnte das sein? Warum verkroch er sich in dem Ferienhaus am Uphuser Meer? War er doch an den Morden beteiligt gewesen?

Blödsinn, schalt sie sich. Was es auch war, im Ferienhaus war er jedenfalls nicht sicher. Klar denken konnte er anscheinend auch nicht, also musste sie die Vernünftige sein.

KAPITEL 32

LEER, POLIZEIDIENSTGEBÄUDE

Die Kollegen der Tagschicht hatten das Dienstgebäude bereits verlassen, als Jan mit seinem Bulli auf den Innenhof fuhr. Gleichzeitig mit ihm traf die Kriminaltechnikerin Swantje ein. Eine Streifenbesatzung aus Emden hatte sie vom Anleger der Wasserschutzpolizei abgeholt und nach Leer gefahren. Jan half ihr, die Ausrüstung ins Gebäude zu tragen.

»Swantje, wo ist Albert?«

»Den haben wir zu Hause abgesetzt, es ging ihm nicht so gut. Die Rückfahrt mit dem Boot war etwas kabbelig.«

»Albert wollte doch nicht mehr aufs Wasser.«

Swantje hob die Schultern. »Ich glaube, nach dem Flug mit dem Hubschrauber war ihm alles egal. In seinem Magen konnte nicht mehr viel gewesen sein.«

»Der arme Kerl!« Jan hatte Mitleid. »Aber es ging nicht anders, irgendwie musstet ihr ja schnellstmöglich auf die Insel kommen.«

Nachdem sie die Ausrüstung ins Labor gebracht hatten, gingen sie gemeinsam ins Büro der Soko Schwanengold.

Jan sah in die müden Gesichter seiner Kollegen. Auch sie hatten sich in der Zwischenzeit kurz hingelegt, doch der nächtliche Einsatz hatte bei allen Spuren hinterlassen.

»Moin zusammen«, begrüßte er sie.

»Ich mach uns erst einmal einen starken Kaffee«, schlug Klaas vor. »Den können wir alle gut gebrauchen. Ab einem gewissen Alter gehört man nachts ins Bett.«

»Habt ihr auch so schlecht geschlafen?«, fragte Onno gähnend. »Ich musste ständig an unsere Ermittlungen denken.«

»Ja. Und an den letzten Mord auf der Insel«, fügte Stefan hinzu. »Die Ereignisse überschlagen sich.«

Jan gab Maike einen Begrüßungskuss und fragte: »Na, wie war die Pressekonferenz? Einiges habe ich schon aus den Medien gehört.«

Maike winkte ab. »Vergiss es. Manchmal denke ich, wie einfach alles war, als es noch kein Social Media gab.«

»Zeit zurückdrehen geht leider nicht«, entgegnete Jan. »Setzen wir uns zusammen und hören uns an, was Swantje von Borkum berichten kann.«

Swantje schaltete den Beamer an, und die Fotos von der Tatortaufnahme erschienen vergrößert an der Wand. Sie kommentierte die Bilder, sodass alle einen Eindruck von der Situation am Tatort bekamen. »Natürlich müssen die Spuren erst ausgewertet werden, aber die Übereinstimmungen zu den Tatorten Lamberg und Woland sind nicht zu übersehen.«

»Eine Frage lässt mir keine Ruhe«, sagte Jan nachdenklich. »Woher wussten die oder wusste der Täter, wo sich die Opfer aufhielten?« Er ging zu den Tafeln. »Lamberg war mit seiner Jacht draußen auf See, Woland in einem geheimen Unterschlupf an der Nesse. Und Homming hat sich auf seiner Jacht im Borkumer Sportboothafen versteckt.«

Maike zeigte auf das Bild von Bernd Bäke. »Damit wären wir wieder beim vierten Drahtzieher, Herrn Bäke.

Der kennt mit Sicherheit die Wohnung an der Nesse und auch die Jachten von Lamberg und Homming.«

Jan war nicht überzeugt. »Warum dann aber diese Folterungen? Bernd Bäke weiß vermutlich über alles Bescheid und hat es nicht nötig, Informationen aus ihnen herauszupressen.«

Stefan schüttelte den Kopf. »Dafür gibt es zwei Erklärungen, nein, sogar drei: Bäke befindet sich auf einem Rachefeldzug und will die Männer leiden sehen. Oder er wollte herausfinden, wo das ergaunerte Geld geblieben ist. Oder es ging ihm darum, ein Geständnis zu bekommen.«

»Sehr gut, Stefan, alles richtig. Vorausgesetzt, Bäke ist der Täter. Wenn er es aber nicht war, dann steht wieder meine Frage im Raum: Woher wussten die Täter, wo ihre Opfer zu finden waren?«

»Vielleicht durch die Folterungen«, überlegte Maike. »Lamberg könnte beobachtet worden sein, als er den Hafen verließ. Er gab unter Druck die geheime Wohnung an der Nesse bekannt. Und Woland verriet, wo sich Homming aufhielt.«

»Genau das ist auch meine Überlegung«, bestätigte Jan. »Daraus ergibt sich die Frage, was Homming über Bäke erzählt hat.«

»Ist diese Theorie nicht zu konstruiert?«, fragte Onno skeptisch. »Für mich deutet noch immer alles auf Bäke als Täter hin. Er hat ein starkes Motiv, die Opfer haben sein Leben ruiniert.«

Jan nickte. »Ich gebe dir recht, Onno. Aber wir sollten uns nicht auf diese Version beschränken. Du weißt doch, wie schnell man sich bei Ermittlungen verrennt, wenn man durch den Tunnelblick andere Möglichkeiten außer Acht lässt.«

Das Telefon klingelte. Jan nahm den Anruf entgegen.

Aus dem Hörer dröhnte die Stimme des Kollegen Hensmann von der Wache. »Jan, ich habe einen wichtigen Anruf für dich. Eine Frau Bärbel Bäke will dich unbedingt sprechen. Ich stelle durch.«

»Broning, Kripo Leer«, meldete sich Jan.

»Bärbel Bäke ist mein Name. Ich bin die Schwester von Bernd Bäke, den Sie, glaube ich zumindest, suchen.«

Jan stellte das Telefon laut, damit die anderen mithören konnten.

Frau Bäkes Stimme klang unsicher, als sie stammelte: »Ich habe aus der Presse erfahren, dass drei sogenannte Kollegen meines Bruders getötet wurden. Ich habe Angst um meinen Bernd, er verhält sich so merkwürdig.«

»Frau Bäke, gut, dass Sie anrufen. Es besteht die Möglichkeit, dass Ihr Bruder in Gefahr ist. Kennen Sie seinen Aufenthaltsort? Wenn ja, sollten Sie uns das sagen, denn nur dann können wir Ihrem Bruder helfen.«

Frau Bäke schluchzte laut auf. »Ich weiß, aber es fühlt sich wie Verrat an, wenn ich Ihnen sage, wo er sich befindet.«

»Frau Bäke, Ihr Bruder hat Mist gebaut. Aber ich glaube nicht, dass er die drei Männer getötet hat, auch wenn vieles darauf hindeutet. Ich denke vielmehr, dass er der Nächste sein könnte. Und Ihnen geht es genauso, deshalb Ihr Anruf, oder?«

Es entstand eine Pause.

Kaum vernehmbar sagte Bärbel Bäke nach einer gefühlten Ewigkeit: »Er befindet sich in unserem Ferienhaus am Uphuser Meer. Sein Motorboot liegt irgendwo am Seitenkanal in der Nähe.«

Jan ließ sich die Lage des Ferienhauses genau beschreiben und bat Frau Bäke, ihren Bruder nicht über das Gespräch zu informieren.

KAPITEL 33

EMDEN, FERIENHAUS AM UPHUSER MEER

Die Anfahrt zum Uphuser Meer war kompliziert, aber Onno, der am Steuer saß, kannte sich dort gut aus. Die Gewässer um das Uphuser Meer herum hatten früher zum Zuständigkeitsbereich der Wasserschutzpolizei Emden gehört. Jan genoss es, auch einmal Beifahrer zu sein, und sah hinaus in die weite Landschaft des Hammrichs.

Hinter ihnen fuhren Maike und Stefan, ebenfalls in einem zivilen Einsatzwagen.

Der Plan sah folgendermaßen aus: Am Uphuser Meer angekommen, würden sich die zwei Teams trennen. Stefan und Maike sollten nach Bäkes Motorboot Ausschau halten. Onno und Jan würden zum Ferienhaus fahren. Bäkes Schwester hatte nicht gewusst, ob ihr Bruder sich eventuell auch an Bord seines Bootes aufhalten könnte. Jan wollte so wenig Aufmerksamkeit wie möglich erregen, denn Bernd Bäke sollte nicht durch ein großes Polizeiaufgebot aufgeschreckt werden. Deshalb waren sie nur zu viert.

Inzwischen begann es zu dämmern und sie näherten sich dem Uphuser Meer. Maike und Stefan hinter ihnen gaben kurz Lichthupe und bogen ab. Onno folgte der Wegbeschreibung und hielt den Wagen weit vor dem Ferienhaus an. Sie stiegen aus.

»Onno, lass uns die Schutzwesten anlegen«, empfahl Jan. »Wir wissen nicht, was uns erwartet.«

Sie zwängten sich in die Westen, und Jan ging voraus. Als sie sich dem angegebenen Ferienhaus näherten, hörten sie plötzlich Schreie. Jan glaubte, dass sie von der Seeseite kamen. Onno und Jan rannten um das Haus herum.

Vor ihnen tat sich die weite Wasserfläche des Uphuser Meeres auf. Noch ein Schrei. Jetzt konnten Jan und Onno sehen, von wem der Schrei kam. Zwischen dem See und dem kleinen Ferienhaus befand sich eine hölzerne Terrasse, auf der ein Mann auf dem Rücken lag und sich verzweifelt an den Fugen zwischen den Holzplanken festkrallte. Seine Beine hingen bereits über die Holzplanken hinaus. Aus dem Wasser ragten vier schwarze Arme, welche die Beine des Mannes umklammerten und versuchten, den Mann ins Wasser zu ziehen. Jan und Onno spurteten los, griffen sich jeder einen Arm des Mannes – jetzt aus der Nähe erkannten sie ihn eindeutig als Bernd Bäke – und hielten ihn fest. Zwei schwarze Köpfe tauchten aus dem Wasser auf und schauten die Polizisten erschrocken durch ihre Tauchermasken an. Jan konnte nur die Augen erkennen, den Rest der Gesichter verdeckten die Mundstücke und die Masken.

Einer der Taucher ließ das Bein des Mannes los und verschwand unter Wasser. Onno und Jan reagierten sofort und zogen Bäke ein Stück zurück auf die Terrasse. Doch da kam der Taucher wieder an die Wasseroberfläche. In der rechten Hand hielt er eine klobige Pistole und zielte auf Jan.

Wie in Zeitlupe sah Jan, wie der Taucher den Abzug drückte. Der Knall hallte in seinen Ohren, er spürte einen heftigen Schmerz an seiner Brust und ihm wurde schwarz vor Augen. Den zweiten Knall hörte er nicht mehr.

KAPITEL 34

EMDEN, FERIENHAUS AM UPHUSER MEER

Als der Taucher den ersten Schuss abgab, erstarrte Onno für einen Augenblick. Dies nutzte der Taucher, um auf Jans Kopf zu zielen. Gerade noch rechtzeitig reagierte Onno und gab Jan einen seitlichen Stoß. In diesem Moment gelang es Bäke, sich zu befreien und seitlich wegzurollen. Onno holte mit dem Bein aus und trat dem Taucher mit der Waffe gegen den Kopf. Dadurch war der andere kurz abgelenkt, und Onno packte Jan am Kragen und riss ihn nach hinten, weg von der Wasserkante. Instinktiv griff er nach seiner Pistole und gab zwei Schüsse ab. Beide Taucher waren nicht mehr zu sehen, doch Onno erwartete, dass sie wieder auftauchten, und zielte weiterhin in ihre Richtung. Seine Hände zitterten, und sein Blick wanderte zwischen Jan und der Wasserkante hin und her. Er hörte, wie hinter ihnen jemand davonrannte. Mit großer Wahrscheinlichkeit machte Bäke sich vom Acker, aber Onno konnte ihn nicht verfolgen. Seine ganze Aufmerksamkeit galt seinem verwundeten Kollegen und der Stelle, an der die Taucher im Wasser verschwunden waren. Er griff zum Handy und rief bei Maike und Stefan an.

»Seid ihr fündig geworden?«, fragte Stefan.

Onnos Stimme versagte, als er antworten wollte. Er räusperte sich. »Wir wurden am Ferienhaus von zwei Tauchern angegriffen. Sie haben auf Jan geschossen, wir brauchen schnell einen Notarzt! Und Bäke war hier, ist aber davongerannt.« Er legte das Handy beiseite, ebenfalls die Waffe, denn von den Tauchern war nichts mehr zu sehen. Jan gab keinen Mucks von sich, doch Onno konnte deutlich seinen Puls fühlen. Er sah sich seinen Kollegen genauer an. Der Kopf war unverletzt, Gott sei Dank. Dafür entdeckte er an der Schulter eine blutende Wunde, die jedoch nicht tief war. Vermutlich hatte der zweite Schuss Jan hier noch gestreift. Und der erste? Das muss ein Treffer gewesen sein. Tatsächlich, im Brustbereich steckte ein langer Eisendorn in der Schutzweste. Hoffentlich hatte der Dorn die Weste nicht durchstoßen! Onno öffnete sie vorsichtig und stellte erleichtert fest, dass die Weste das seltsame Geschoss aufgehalten hatte.

Plötzlich stöhnte Jan auf, er hatte das Bewusstsein wiedererlangt.

Onno sprach beruhigend auf ihn ein, als ein Auto vor dem Ferienhaus stark abbremste. »Die Kavallerie ist da.«

KAPITEL 35

LEER, KRANKENHAUS

»Sie haben verdammtes Glück gehabt«, stellte der junge Notarzt fest. »Wenn Sie die Schutzweste nicht angehabt hätten, dann ...«

Jan saß auf der Kante der Untersuchungsliege, ihm war immer noch etwas schwindelig.

»Das Projektil traf sie genau am Solarplexus, deshalb auch die kurze Bewusstlosigkeit und der Schwindel. Die Wunde an der Schulter ist nur oberflächlich. Wir können Sie auf die Station zur Beobachtung verlegen.«

Jetzt wurde Jan hellwach. »Doktor, danke für Ihre Bemühungen, aber ich kann nicht bleiben.«

»Besser wäre es.«

Jan schüttelte entschieden den Kopf, stand auf und ging Richtung Tür.

Der Notarzt hielt ihn auf. »Warten Sie, ich gebe Ihnen wenigstens noch eine Tetanusspritze. Leben Sie allein?«

»Nein, meine Frau wird auf mich achten.« Jan sah zu, wie der Arzt ihm die Spritze verabreichte, und ihm trat die Szene mit den Tauchern am Uphuser Meer vor Augen.

»Herr Broning?«

»Entschuldigung, ich war in Gedanken.«

»Es ist wichtig, dass Sie sich morgen untersuchen lassen. Die Wunde könnte sich entzünden, deshalb sind der Verbandswechsel und die Nachkontrolle wichtig. Sie sollten sich gleich ins Bett legen und versuchen zu schlafen.«

»Okay, das werde ich machen.« Jan zog den Ärmel herunter, bedankte sich beim Arzt und verließ den Behandlungsraum.

Draußen standen Onno und Maike und warteten auf ihn.

»Entwarnung, nichts Schlimmes, nur ein Kratzer«, beruhigte Jan sie.

Maike umarmte ihn vorsichtig.

Er strich ihr über den Kopf und sagte: »Noch mal Glück gehabt.«

»Ich darf gar nicht daran denken, was passiert wäre, wenn Onno dich beim zweiten Schuss nicht weggestoßen hätte.«

Jan nickte und wandte sich an Onno. »Habt ihr die Taucher gefunden?«

»Weder die beiden Taucher noch Bernd Bäke. Die Fahndung läuft, aber bis jetzt Fehlanzeige. Stefan ist noch am Uphuser Meer und organisiert die Einsatzkräfte.«

»Wer waren die Taucher? Alle unsere Verdächtigen sind mittlerweile raus. Ich kapier es nicht!« Jan schüttelte verständnislos den Kopf.

»Passt aber zum Tathergang in der Wohnung an der Nesse. Da vermuten wir doch, dass der oder die Angreifer übers Wasser kamen«, kombinierte Onno.

»Gerade dem Tod von der Schippe gesprungen, und schon bist du wieder bei unserem Fall, ich fasse es nicht!«, schimpfte Maike. »Du solltest in einem Krankenbett liegen und nicht hier rumlaufen und weiterermitteln, als wäre nichts gewesen! Ist der Arzt noch da drin?«

Jan ahnte, dass Maike ins Behandlungszimmer stürmen wollte, um sich zu beschweren. Er hielt sie fest. »Er wollte mich zur Beobachtung hierbehalten, aber ich habe dankend abgelehnt.«

»Ach, interessant! Und so vernünftig.« Maike sah ihn wütend an.

»Ich leg mich zu Hause ins Bett, auch wenn ich nicht schlafen kann. Und morgen geh ich zur Nachuntersuchung und bleibe im Büro. Versprochen!«

Onno mischte sich ein. »Maike, bring ihn nach Hause und pass auf ihn auf. Stefan, Klaas und ich bleiben noch auf der Dienststelle. Ich schreib die Meldung wegen des Schusswaffengebrauchs und warte ab, was die Fahndung bringt. Morgen früh machen wir weiter.«

Maike umarmte Onno. »Danke! Wenn du nicht gewesen wärst ...«

KAPITEL 36

NIEDERLANDE, POLIZEIDIENSTSTELLE IN ALKMAR

Am frühen Vormittag betrat der Kriminalbeamte Simon Drebber sein Büro, als das Telefon klingelte.

»Drebber?«

»Van Geldern, Politie Drenthe, guten Morgen! Ich leite die Observierung der Kunstgalerie Gravius in Bellingwolde. Gerade haben wir ein verdächtiges Fahrzeug im Ort observiert. Ein Fahrzeug aus Deutschland mit einem Fahrradträger. Das Auto kam aus Richtung der Autobahn und fuhr langsam an der Einfahrt zur Galerie vorbei, bis es mit einigem Abstand zur Galerie geparkt wurde. Die beiden Männer haben die Räder vom Träger genommen, haben prall gefüllte Fahrradtaschen angebracht und sind auf der langen Hauptstraße zurück zur Galerie gefahren. Das kam uns sehr merkwürdig vor.«

»Sind Sie sicher, dass sie zur Galerie sind?«

»Ja, sie sind ins Gebäude gegangen. Sollen wir sie festnehmen?«

»Nein, observieren Sie weiter. Ich will wissen, ob es Hintermänner gibt. Sie sollen uns nicht bemerken. Wir werden zusammen mit den deutschen Kollegen zuschlagen. Dazu brauche ich alle Informationen.«

»Geht klar, wir beobachten sie weiter und fotografieren fleißig.«

»Gut gemacht, endlich kommen wir in der Sache weiter!« Simon legte gut gelaunt den Hörer auf. Seit Monaten hatte er über sein spezielles Netzwerk der Klovenirs-Gilde Hinweise auf die Galerie Gravius in Bellingwolde erhalten. Bei der Gilde handelte es sich um den bewaffneten Arm einer Geheimorganisation der Niederländer, und Drebber war inzwischen zum Hauptmann der 18 Schützen aufgestiegen. Die Frauen und Männer dieser Gilde waren als Jäger getarnt und wurden von höchster Stelle für heikle und inoffizielle Aufträge eingesetzt. Die Geheimgesellschaft duldete es nicht, dass niederländische Kulturgegenstände geraubt wurden und anschließend über die Galerie auf Nimmerwiedersehen in den Kellern reicher Leute verschwanden. Als Hauptmann der Gilde und natürlich auch in seiner offiziellen Eigenschaft als Kriminalpolizist war Simon Drebber an diesem Hehlerring stark interessiert. Dank der Hilfe von seinem deutschen Kollegen Jan Broning, der verdeckt in der Galerie Gravius ermittelt hatte, gab es neue Ermittlungsansätze.

Zunächst war er davon ausgegangen, dass Harm und Theodora Gravius beteiligt waren. Jan Broning war sich nach seinem Undercover-Einsatz jedoch nahezu sicher gewesen, dass Harm Gravius keine Ahnung davon hatte, was seine Frau trieb. Wenn es Simon nicht gelang, Theodora zu überführen, würden weitere unersetzbare Gemälde und andere Kunstwerke aus den Niederlanden ins Ausland verscherbelt werden. Sollte es nicht möglich sein, ihr auf offiziellem Weg das Handwerk zu legen, dann gab es noch Plan B mit den besonderen Möglichkeiten der Gilde. Für Theodora Gravius würde dieser Plan B allerdings sehr viel unangenehmer enden.

Ob Jan Broning ahnte, dass Simon zu einer Geheimgilde gehörte? Hatte er bei ihren letzten gemeinsamen Ermittlungen auf der Insel Texel bemerkt, dass die Gilde im Hintergrund aktiv gewesen war? Bestimmt. Simon würde nicht den Fehler machen und ihn unterschätzen. Irgendwann musste er Jan einiges erklären.

KAPITEL 37

LEER, POLIZEIDIENSTGEBÄUDE

»Wer waren diese Taucher?« Thomas Sprengel stand schon in aller Frühe mit hochrotem Kopf vor Klaas' Schreibtisch im Büro der Soko und sah ihn eindringlich an.

»Hab ich 'ne Glaskugel auf dem Tisch?«, entgegnete Klaas mürrisch.

Stefan versuchte den Chef zu beruhigen. »Wir tun alles, um das schnellstmöglich herauszufinden.«

»Zu dritt? Wo sind Maike und Jan? Ich dachte, es sei halb so schlimm und Jan wäre heute wieder einsatzbereit?«

»Maike ist mit Jan noch mal ins Krankenhaus gefahren, wegen der Nachuntersuchung«, antwortete Onno.

»Okay. Sie sollen sich melden, sobald sie auf der Dienststelle eintreffen.«

»Chef, wir brauchen Unterstützung in Uphusen«, forderte Stefan. »Jetzt bei Tageslicht muss das Ufer abgesucht werden. Wir brauchen Hunde, Taucher, das volle Programm.«

»Natürlich, das wollte ich gerade selbst vorschlagen. Ich kümmere mich darum.« Sprengel verließ das Büro.

Stefan sah auf die Tafeln. »Die Hälfte der Notizen können wir wegwischen. Insbesondere, was unseren Verdächtigen Bäke betrifft.«

»Nicht so schnell, Stefan«, lenkte Onno ein. »Er könnte trotz des Angriffs auf ihn etwas mit den Morden zu tun haben. Allerdings halte ich das auch für unwahrscheinlich. Es hätte nicht viel gefehlt, und die Taucher hätten ihn erwischt.«

Stefan nickte zustimmend. »Du hast recht, seine Rolle in diesem Drama ist noch nicht eindeutig geklärt. Nach diesem Anschlag überlegt er es sich hoffentlich und stellt sich der Polizei.«

Aus dem Flur hörten sie Stimmen, und kurz darauf kamen Maike und Jan herein.

Jan steuerte direkt auf Onno zu und umarmte ihn. »Ich war nach unserem Einsatz am Uphuser Meer etwas neben der Spur und habe nicht begriffen, dass du mir das Leben gerettet hast. Als dieser Taucher auf mich schoss, dachte ich, das war's, und war wie weggetreten. Ich habe noch gespürt, dass du mich zur Seite weggestoßen hast. An den Rest kann ich mich nicht mehr erinnern.«

»Ja, das war verdammt knapp«, bestätigte Onno. »Damit hat keiner gerechnet. Gibt es schon Infos zum Waffentyp?«

»Swantje kommt gleich und berichtet, was sie herausgefunden hat«, antwortete Jan. »Wir haben sie gerade im Flur getroffen.«

Stefan gab Sprengels Anweisung weiter und teilte Jan und Maike mit, dass der Chef sie sprechen wollte.

»Das hat später noch Zeit. Jetzt steht Swantjes Bericht an erster Stelle«, sagte Jan.

Als hätte sie auf das Stichwort gewartet, betrat die Kriminaltechnikerin nun das Büro. In der Hand hielt sie eine Kiste, auf welcher die Schutzweste von Jan Broning lag. Jan wurde blass, als er die Weste sah.

»Moin, Kollegen. Gibt es hier einen Kaffee?«

»Natürlich, kommt sofort.« Klaas stand auf, holte Tassen und stellte die Kaffeemaschine an.

»Erst mal zu dir, Jan. Wie geht es dir, was hat der Arzt gesagt?«, wollte Stefan wissen.

»Auf der Brust habe ich einen riesigen blauen Fleck, und die Schulter zwickt ein wenig. Bin also wieder einsatzbereit.«

»Mit Einschränkungen!«, protestierte Maike. »Der Arzt sprach von Innendienst. Klaas, du könntest mit Jan tauschen.«

Jan wollte Einspruch erheben, doch Maikes Blick brachte ihn zum Schweigen.

Klaas zwinkerte Onno zu und meinte: »Endlich sind wir wieder vereint! Dieser Job im Büro geht mir sowieso auf den Wecker, ständig wuselt die Führung hier rum.«

»Nachdem ihr nun alles geklärt habt«, Jan konnte sich einen mürrischen Seitenblick zu Maike nicht verkneifen, »legen wir los. Setzt euch bitte.«

Jan und Onno schilderten noch einmal ganz genau, was gestern Abend am Uphuser Meer passiert war.

»Könnt ihr die Taucher beschreiben?«, wollte Stefan wissen.

»Wegen der Taucherbrillen keine Chance. Aber der Mann, der auf mich zielte, hatte blaue Augen«, antwortete Jan. »Merkwürdigerweise kann ich mich daran erinnern.«

»Wenn es denn ein Mann war«, lenkte Onno ein. »Wir haben die beiden ja nur vom Kopf bis zu den Armen gesehen. Einer von ihnen hatte jedoch ein verdammt breites Kreuz. Außerdem erinnere ich mich an die Waffe, ein ziemlich klobiges Ding.«

»Dazu kann ich was sagen.« Swantje griff in ihre Kiste und legte eine Spurensicherungstüte auf den Tisch.

Stefan nahm das Tütchen in die Hand und sah sich den Inhalt genau an. »Sieht aus wie ein langer Nagel.«

»Nein, ein Nagel ist das nicht«, entgegnete Swantje. »Es handelt sich um das Projektil aus einer russischen Unterwasserpistole. Kaliber: 4,5 Millimeter, Gewicht: 13,2 Gramm, Länge: 11,5 Zentimeter. Das Projektil haben wir aus der Holzwand des Ferienhauses gezogen.«

»Vermutlich stammt es vom zweiten Schuss«, sagte Onno. »Es streifte deine Schulter und blieb anschließend in der Holzwand stecken.«

»Genau«, bestätigte Swantje und reichte Jan eine zweite Tüte mit dem gleichen Projektil. »Das hier stammt aus deiner Weste, Jan.«

Jan betrachtete das Projektil. »Keine Züge und Felder, also ein glatter Lauf. Was ist das für eine merkwürdige Waffe?«

Swantje holte mehrere Fotos aus einer Mappe und verteilte sie. »Wie gesagt, es handelt sich um eine russische Unterwasserpistole, und zwar vom Typ SPP 1. Hergestellt in den 70er-Jahren für Kampfschwimmer. Damit können vier pfeilartige Geschosse wie diese unter und über Wasser abgefeuert werden. Es gibt auch eine Version als Langwaffe, ebenfalls für Kampfschwimmer entwickelt.«

»Soll das bedeuten, Bäke, Jan und Onno wurden von russischen Kampfschwimmern attackiert?«, fragte Klaas entsetzt.

»Vier Schuss befinden sich in der Waffe, sagst du? Dann waren gestern noch zwei übrig ...« Onno wurde kreidebleich.

Swantje räusperte sich. »Nun ja. Ihr wolltet wissen, um was für eine Waffe es sich handelt. Das wisst ihr jetzt. Wieso nur zwei Mal geschossen wurde und vor allem wer das war, kann ich euch nicht sagen, das ist euer Job!«

Jan stand auf und ging zur Tafel. »Danke, Swantje, deine Erläuterungen helfen uns weiter.« Jan tippte auf das Foto von Werner Woland. »Onno hat gleich gestern schon die richtigen Schlüsse gezogen. Die Täter im Fall Woland kletterten aus dem Hafen über ein Seil auf den Balkon der Wohnung. Das ist eine sportliche Herausforderung und würde zu Kampfschwimmern passen. Für die ist das wahrscheinlich ein Klacks.«

Stefan spann den Faden weiter. »Und weil sie zu zweit sind, konnten sie ihre Opfer ohne Probleme überwältigen.«

»Dass es sich um Kampfschwimmer handelt, könnte auch eine offene Frage im Mordfall Lamberg beantworten«, sagte Maike. »Wir hatten überlegt, wie der oder die Täter nach dem Mord die treibende Jacht verlassen haben könnten. Vielleicht hatten sie ihre Tauchausrüstung dabei, sind über Bord gesprungen und davongeschwommen. Und noch was: Lamberg, Woland und Homming starben an den Verletzungen durch einen schmalen Dorn – wir sind von einem Eispickel ausgegangen. Kann es sein, dass die Tatwaffe auch bei den dreien diese Unterwasserpistole war? Die Projektile sehen ja aus wie lange Nägel oder Dornen.«

Swantje schüttelte den Kopf. »Unwahrscheinlich, denn die Projektile haben eine ziemliche Durchschlagskraft. Die wären ziemlich sicher durch den Körper und den Tisch gedrungen, zumindest aber in der Tischplatte stecken geblieben. Doch da war nichts, in allen drei Fällen. Und auch im Körper steckte kein Projektil.«

Maike seufzte. »Mist!«

Onno stellte sich neben Jan zu den Whiteboards und las noch einmal die kurze Beschreibung der Stichwaffe durch, mit der Ferdinand Lamberg ermordet worden war. Dann drehte er sich um. »Maike, der Gerichtsmediziner erwähnte doch eine Anomalie bei der Tatwaffe, oder?«

»Ja«, bestätigte sie. »Die Form der Einstichstellen deutet auf eine Art Einkerbung bei der Tatwaffe hin.«

»Es war kein Eispickel, sondern ein Marlspieker«, stellte Onno überzeugt fest.

»Ein was?«, hakte Klaas nach.

»Bei einem Marlspieker handelt es sich um einen metallenen Dorn mit einem Griffknauf am dickeren Ende. Man benutzt ihn beim Spleißen von Tauwerk. Mit dem Marlspieker kann man die Kardeele auseinanderdrängen. Man spricht auch von einem Hohlspieker.« Onno bemerkte den fragenden Gesichtsausdruck seiner Kollegen und erklärte: »Das Tauwerk besteht aus mehreren geflochtenen Strängen, den Kardeelen. Wenn man eine Schlaufe hineinspleißen will, muss man die Kardeele voneinander trennen. Man schiebt den Marlspieker in das Tau und es entsteht ein Hohlraum, weil sich im Marlspieker eine Kerbe befindet. Jetzt kann man ohne Probleme einen losen Strang hindurchschieben.«

»Wie lang ist so ein Marlspieker?«, wollte Maike wissen.

»Es gibt unterschiedliche Modelle, angefangen beim Seglermesser, an dem sich ein Pricker, also ein kleiner ausklappbarer Marlspieker befindet. Dann aber auch größere Versionen aus Metall, die 30 bis 70 Zentimeter lang sind. Damit kann man zum Beispiel auch wunderbar einen festsitzenden Schäkel losdrehen oder …«, Onno schluckte, »einen Menschen erstechen.«

»Bestimmt gehört dieses Werkzeug zur Ausrüstung von Kampftauchern …«, sinnierte Jan.

Nachdem Jan Broning bei Sprengel gewesen war und auch mit dem Staatsanwalt gesprochen hatte, kehrte er zurück ins Büro. Stefan und Maike waren unterwegs nach Uphusen, Klaas und Onno zu Bäkes Schwester, um sie erneut zu befragen. Es war wichtig, Bernd Bäke so schnell wie möglich aufzuspüren, da dieser sich noch immer in Lebensgefahr befand.

Das Telefon auf dem Schreibtisch klingelte, und eine Nummer aus den Niederlanden wurde angezeigt.

»Kriminalpolizei Leer, Broning!«

»Hallo, Jan hier ist Simon Drebber. Ich komm gleich zur Sache.«

»Okay, schieß los!«

»Wir haben neue Erkenntnisse in Sachen Galerie Gravius.« Simon berichtete von den verdächtigen Autofahrern in Bellingwolde, die die Räder vom Träger genommen hatten und mit vollen Fahrradtaschen zur Galerie gefahren waren. Dort hatten sie sich kurz aufgehalten und waren das kurze Stück Weg zum Auto zurückgefahren. Anschließend hatten sie das Auto über den inoffiziellen Grenzübergang zurück nach Deutschland gesteuert.

»Habt ihr Kennzeichen und Fabrikat des Autos?«

»Ja, ein blauer VW Passat mit folgendem Auricher Kennzeichen …«

Jan notierte sich das Kennzeichen und fragte: »Wie sieht es mit einer Beschreibung der Verdächtigen und Fotos aus?«

»Haben wir, werden allerdings noch ausgewertet. Sobald sie zurückkommen, gebe ich sie an euch weiter.«

»Okay. Und wie wollt ihr nun vorgehen?«

»Wir haben die Männer nicht festgenommen, weil wir gleichzeitig mit euch zuschlagen wollen.«

»Eine gute Idee! Ihr bei der Galerie Gravius und wir bei der Wohnung der Männer, vorausgesetzt wir finden heraus, wer sie sind.«

»Wir verstehen uns«, bestätigte Drebber. »Kannst du die Durchsuchung und Festnahme organisieren?«

»Ich kümmere mich drum und melde mich später bei dir.«

»Vielen Dank, Jan, bis später.«

Jan legte den Hörer auf und dachte nach. Für diese Angelegenheit hatte er eigentlich keine Zeit, aber er wollte seinen niederländischen Kollegen nicht im Stich lassen.

Jan gab das Auricher Kennzeichen im Polizeicomputer ein. Als Halter wurde eine Firma Swart in Pewsum angegeben. Jan googelte die Firma und stellte erstaunt fest, dass es sich um eine Bergungsfirma handelte. Angeboten wurden insbesondere Taucheinsätze. Bei Jan läuteten sofort alle Alarmglocken. War das Zufall oder bestand ein Zusammenhang mit den zwei Tauchern im Uphuser Meer?

Bei seinem verdeckten Einsatz in der kleinen Künstlergemeinde hatte Jan kurz zwei Männer beobachtet, die der Hehlerin Antiquitäten aus dem Römischen Imperium angeboten hatten. Er und Simon waren davon ausgegangen, dass es sich bei diesen Gegenständen um Diebesgut handelte. Alle Ermittlungen in diese Richtung waren jedoch ohne Ergebnis verlaufen. Jetzt wusste Jan auch, warum: Die zwei Männer hatten die Gegenstände höchstwahrscheinlich bei einem Taucheinsatz gefunden. Das ergab Sinn. Aber was hatte Bäke damit zu tun? Hatte er auch den Tauchern ihr Geld aus der Tasche gezogen? Wieso wollten diese Männer ihn umbringen? Vorausgesetzt, es handelte sich bei den Verkäufern der Antiquitäten um die dieselben Männer, die versucht hatten, Bernd Bäke ins Wasser zu ziehen.

Jan gab »Taucher« und »Ostfriesland« in eine Suchmaschine ein. Etliche Eintragungen über Tauchklubs und Bergungsfirmen erschienen auf seinem Bildschirm, viel mehr als erwartet. Es könnte sich also doch um Zufall handeln.

Die Grübelei brachte ihn nicht weiter. Er brauchte mehr Informationen, und er wusste auch schon, wer sie ihm besorgen konnte. Jan griff zum Telefon und wählte die Nummer seines Kollegen Hayo Ukena, Polizist aus Pewsum und Spezialist für die Krummhörn.

»Ukena, Kripo Aurich!«

»Hallo, Hayo, hier ist Jan aus Leer.«

»Jan, was liegt an?«

Jan erzählte Hayo, wie er als verdeckter Ermittler bei der Galerie Gravius eingesetzt worden war, und von der neuesten Entwicklung.

»Es handelt sich also um zwei Männer, die mit einem blauen Passat mit Auricher Kennzeichen unterwegs sind. Die Halterauskunft zum Kennzeichen ergab die Tauchfirma Swart bei uns in Pewsum. Du willst alle Informationen zu dieser Firma, deshalb rufst du an, oder? Offizielle und inoffizielle.«

»Du hast es auf den Punkt gebracht, Hayo. Vermutlich müssen wir gleichzeitig in den Niederlanden bei der Galerie Gravius und in Pewsum bei der Tauchfirma zuschlagen.«

»Aber eins ist dir wohl klar, Jan: Du musst uns hier unterstützen. Du kennst die Vorgeschichte und hast ein Gespräch zwischen der Hehlerin und den Männern mitgehört.«

»Da gibt es ein kleines Problem. Ich bin zum Innendienst abkommandiert worden. Maike reißt mir den Kopf ab, wenn ich mich nicht daran halte.«

»Du sollst ja nicht an vorderster Front die Firma stürmen, sondern uns bei der Aktion beraten, soufflieren quasi. Du kannst im Hintergrund bleiben. Ist Maike bei dir?«

»Nein, sie ist unterwegs.«

»Umso besser. Setz dich ins Auto und komm nach Pewsum. In der Zwischenzeit hör ich mich um.«

»Ich bin mir nicht sicher, ob das eine gute Idee ist.«

»Die Kollegen von der Wache sollen dich herfahren. Wir treffen uns auf der Dienststelle an der Mühle. Ich pass auf dich auf. Büroarbeit ist doch sowieso nichts für dich. Also, schalte das Telefon um auf dein Handy und komm her.«

Wenig später saß Jan auf dem Rücksitz eines Streifenwagens und war auf dem Weg nach Pewsum. Sein Handy klingelte. Maike, erkannte Jan erschrocken nach einem Blick auf das Display. Er atmete tief durch und meldete sich.

Sofort wurde er von Maikes wütender Stimme unterbrochen. »Innendienst! Was hast du daran nicht verstanden? Wieso sitzt Swantje bei dir am Schreibtisch und erklärt mir, dass du unterwegs nach Pewsum bist?«

KAPITEL 38

PEWSUM, POLIZEIDIENSTSTELLE

In Pewsum angekommen, bedankte sich Jan beim Kollegen vom Streifendienst für den Transport und stieg aus. Vor dem Mühlengebäude, in dem die Dienststelle untergebracht war, stand Hayo Ukenas Hochdachkombi. Jan betrat die kleine Dienststelle.

Der zwei Meter große Hayo begrüßte ihn gut gelaunt. »Hallo, Jan, willkommen in der Krummhörn. Hat Maike dich laufen lassen?«

»Falsches Thema. Das hat sicher noch ein Nachspiel.«

»Sie macht sich halt Sorgen um dich. Nach dem, was da am Uphuser Meer passiert ist, ist das ja auch kein Wunder. Die Geschichte kann einem glatt das Angeln vermiesen. Stell dir vor, du sitzt entspannt am Ufer und angelst. Und plötzlich versuchen Taucher, dich umzulegen.«

»Als ob du dich dadurch vom Angeln abhalten lassen würdest …«

»Stimmt auch wieder. Jetzt aber zu unseren Verdächtigen der Bergungsfirma Swart. Könnte das vielleicht ein Missverständnis sein?«

»Wieso, was stimmt nicht?«

»Nichts stimmt! Das passt überhaupt nicht zu den Männern. Ich kann mir nicht vorstellen, dass die etwas mit einer Hehlerin für Antiquitäten zu tun haben.«

»Hayo, wenn wir eins durch unsere Arbeit gelernt haben, dann ist es, dass jeder Mensch zu allem fähig ist. Es kommt nur auf die Situation an. In jedem von uns schlummert das Böse.«

»Okay, ich gebe dir recht. Trotzdem, ich habe die Männer in unserem System gecheckt. Die sind nie polizeilich in Erscheinung getreten. Sie haben eine blütenreine Weste, noch nicht mal eine Kneipenschlägerei, gar nichts. Und rumgefragt habe ich auch, man kennt sie nur als ganz normale Bürger. Nichts Auffälliges.«

»Du sagst ›die Männer‹. Geht es etwas genauer?«

»Es sind drei Kameraden, die als Zeitsoldaten bei der Marine waren. Nach dem Dienst blieben sie Freunde und arbeiten seither sowohl in der Freizeit als auch beruflich zusammen.«

»Und wie heißen die drei?«

Hayo zählte auf: »Da hätten wir den Firmeninhaber Hilko Swart, ein Pewsumer Jung, genau wie Jonas Mentjes. Und der dritte im Bunde ist der Borkumer Tjade Akkermann. Hilko Swart hat sich vor einiger Zeit selbstständig gemacht. Seine Tauch- und Bergungsfirma liegt hier am Ortsrand. Akkermann und Mentjes helfen ihm hin und wieder bei Aufträgen, die einer allein nicht erledigen kann.«

»Was meinst du, wie wollen wir es angehen?«, fragte Jan.

»Gleich nachdem du angerufen hast, habe ich zwei Kollegen in Zivil gebeten, die Firma zu observieren. Inzwischen haben sie sich gemeldet. Es handelt sich um einen alten Bauernhof. Die ehemalige Scheune beherbergt nun eine Werkstatt. Neben dem Wohntrakt, in dem die Freunde leben, wurde eine kleine Halle mit einem breiten Tor angebaut. In der Scheune brenne Licht, und in der Halle haben sie eine Person gesehen. Außerdem steht der in Bellingwolde gesichtete VW Passat vor dem Firmengebäude. Ist also jemand zu Hause.«

Das Klingeln von Jans Handy unterbrach Hayo.

Jan nahm das Gespräch entgegen. »Hallo, Simon!«

»Jan, wir haben hier ein Problem. Vor der Galerie ist gerade ein Mercedes mit Düsseldorfer Kennzeichen vorgefahren. Der Fahrer ist teuer gekleidet und hat sich aufmerksam umgesehen, als ob er zum ersten Mal hier wäre. Was machen wir, wenn es sich um einen Käufer für die Antiquitäten handelt?«

»Du befürchtest, die Hehlerin übergibt ihm die Sachen und er verschwindet damit?«

»Genau, wir müssen jetzt zuschlagen! Wie sieht es bei euch aus?«

»Wir stehen in den Startlöchern.«

»Also lasst uns keine Zeit verlieren. Wir geben euch fünf Minuten, dann legen wir bei der Galerie los.«

Jan sah auf seine Uhr. »So machen wir es.«

Kurz darauf fuhren Hayo und Jan sowie ein Streifenwagen der Pewsumer Dienststelle mit zwei Beamten zur Firma Swart am Ortsrand. Als sie in die Einfahrt einbogen, fuhr ein weißer Transporter von den Polizisten unbemerkt langsam an der Einfahrt vorbei und danach schnell weiter in Richtung Ortsausgang.

Hayo wies Jan an: »Du bleibst zunächst im Auto und wartest, bis ich dich rufe.«

Jan wollte protestieren.

Schnell fügte Hayo hinzu: »Das passt dir nicht, ich weiß. Aber Maike macht mich zur Schnecke, wenn dir was passiert.«

Jan blieb nichts weiter übrig, als zuzusehen, wie die Kollegen vor dem Bauernhof ausstiegen und sich kurz absprachen. Er kurbelte das Seitenfenster herunter, um mitzuhören. Von seiner Position aus konnte er das Tor der Halle gut einsehen. Nun gingen die beiden Schutzpolizisten hinter dem Gebäude in Stellung, um eine Flucht nach hinten zu verhindern. Die zwei Kriminalbeamten, welche die Firma observiert hatten, klingelten an der Eingangstür zum Wohntrakt. Hayo klopfte am Hallentor.

»Polizei, aufmachen!«, rief Hayo energisch.

An der Eingangstür hatte sich bisher nichts gerührt, aber die Hallentür wurde hochgezogen. Ein alter Mann in einem schmutzigen Overall stand vor Hayo. Er wirkte aufgeregt. Kein Wunder, bei der Ansage. Jan hörte nicht, was gesprochen wurde. Die Kollegen in Zivil gingen vom Wohntrakt zur Halle und verschwanden darin. Vermutlich gab es eine Verbindungstür zwischen Halle und Wohngebäude, durch welche sie ins Haus gelangen wollten. Jan wurde immer ungeduldiger, weil er untätig im Auto saß. Seine Finger trommelten im Takt auf die Konsole.

Endlich erschienen die beiden Kriminalbeamten wieder in der Halle und unterhielten sich kurz mit Hayo.

Jan hielt es nicht mehr aus, stieg aus dem Auto und ging auf Hayo zu.

»Fehlanzeige, die Vögel sind ausgeflogen«, sagte Hayo und zeigte auf den Mann im Overall. »Darf ich vorstellen? Hubschrauber-Manni.« Er wies auf Jan. »Mein Kollege Jan Broning aus Leer.«

»Hubschrauber?«, hakte Jan nach.

»Manni ist Rentner und hilft überall im Dorf aus. Deshalb Hubschrauber, ständig unterwegs und immer am Schrauben.«

»Ich habe es Hayo schon erklärt. Ich soll nach dem

Außenborder sehen, der springt nicht mehr an. Hilko bat mich darum.«

»Hilko Swart, der Firmenchef?«

»Genau der. Was ist hier eigentlich los? Hat er falsch geparkt?«

»Darüber darf ich nichts sagen. Wissen Sie, wo wir Hilko Swart und seine Freunde finden können? Wir haben einige Fragen an die Männer.«

»Sie sind mit Tjades Werkstattwagen weggefahren.«

»Wann und wohin?«

»Keine Ahnung. Wenn ich am Schrauben bin, habe ich kein Zeitgefühl, bin quasi in meiner eigenen Welt. Ich habe nicht mitbekommen, wohin die beiden wollten oder wann sie zurückkehren. Vielleicht haben sie es mir gesagt, aber ich habe nicht darauf geachtet.«

»Was für einen Wagen fährt Tjade? Kennen Sie das Kennzeichen?«

»Einen weißen Transporter, voll ausgestattet mit Generator und Schweißgerät und …«

»Das Kennzeichen, Manni«, unterbrach Hayo ihn.

»Weiß ich nicht.«

»Kannst du sie telefonisch erreichen?«

»Nee. Hilko ruft immer bei mir zu Hause an, und so 'n Schmachtfon heb ich nich, kummt mi ok nich int Hus.«

Jans Handy klingelte, und er ging nach draußen.

»Hallo, Jan, hier ist Simon. Wie ist es bei euch gelaufen?«

»Nicht gut, wir haben die Männer nicht angetroffen. Wohnungen und Firma befinden sich im selben Gebäudekomplex. Sie sind ausgeflogen. Bei euch?«

»Wir hatten mehr Glück. Frau Gravius wollte gerade Antiquitäten unter der Hand an diesen Mann aus Düsseldorf verkaufen.«

»Waren die römischen Antiquitäten dabei?«

»Nein, bei der Durchsuchung haben wir sie auch nicht gefunden. Dafür aber Gemälde, die alle als gestohlen gemeldet sind.«

»Hat Frau Gravius etwas zu den römischen Dingern gesagt?«

»Nein, sie äußert sich nicht. Und so wie ich sie einschätze, wird sie das auch weiterhin nicht. Ihr Mann war nicht so verschlossen. Als er von den Hehlereien seiner Frau erfuhr, ist er ausgerastet. Hat sich einen Topf mit schwarzer Farbe gegriffen und ihr über den Kopf gegossen. ›Fehlen nur noch die Federn‹, hat er geschrien und ihr heftige Vorwürfe gemacht. Du hast ja vermutet, dass er von ihren kleinen Nebengeschäften keine Ahnung hatte. Seine Reaktion bestätigt dies, dennoch haben wir sie vorerst beide mitgenommen.«

»Glückwunsch, Simon«, lobte Jan. »Mir tut Harm leid. Ein Künstler, der erfährt, dass seine Frau mit gestohlenen Gemälden handelt.«

»Ja, das traf ihn hart. Sein Name und sein Ruf sind erheblich geschädigt.«

»Obwohl er nichts dafür kann«, sagte Jan. »Simon, ich melde mich später noch einmal bei dir.«

»Okay, Jan, bis dann.«

Hayo kam aus der Halle und sah ihn fragend an. Jan berichtete von dem Gespräch.

»Es gibt also keine Hinweise auf die Männer, die mit dem Fahrrad bei der Galerie waren?«

Jan schüttelte den Kopf.

»Die Beweislage ist verdammt dünn. Für unsere Aktion hier bestand Gefahr im Verzug, aber wenn alles auf den Kopf gestellt werden soll, brauchen wir mehr«, forderte Hayo.

»Ich weiß. Wir sollten Marke und Kennzeichen des weißen Transporters herausfinden, mit dem die Männer unterwegs sind, für die Fahndung. Außerdem wäre ein Durchsuchungsbeschluss für die Firma und die Wohnung sinnvoll.«

»Meine Kollegen bleiben so lange und observieren weiter. Hubschrauber-Manni habe ich eingetrichtert, dass er
die drei nicht warnen soll, falls sie zurückkehren. Wir fahren am besten zur Dienststelle, ermitteln das Kennzeichen
und beantragen einen Durchsuchungsbeschluss.«

»Gut, aber ich will noch kurz mit diesem Manni sprechen.«

Jan und Hayo gingen zurück in die Halle, wo der Schrauber Manni am Außenborder des Schlauchbootes arbeitete.

»Manni, mein Kollege will noch etwas fragen.«

»Man to!«

»Sie sagten vorhin, *die beiden*. Aber es sind doch drei
Freunde.«

»Stimmt, Herr Kommissar. Hilko, der Borkumer Tjade
und unser Jonas. Weggefahren sind nur Hilko und Tjade.«

»Wo ist dann dieser Jonas?«

»Keine Ahnung. Normalerweise hängen die drei immer
zusammen rum, sind echt dicke Freunde. Sie wohnen auch
alle hier, ist ja Platz genug.« Manni zeigte auf den angren-
zenden Wohntrakt neben der Halle. »Die drei sind unzer-
trennlich.«

»Betreibt Hilko Swart diese Tauchfirma schon lange?«

»Soweit ich weiß, haben sie nach Ende ihrer Dienstzeit den Tauchklub Neptun eröffnet, in dem sich ehemalige Kampfschwimmer in ihrer Freizeit treffen. Vor einem
oder zwei Jahren hat Hilko dann die Firma gegründet, er
wollte mit seinem Hobby Geld verdienen.«

»Und läuft die Firma?«

Manni schwieg und schraubte intensiv weiter.

»Manni, es ist wichtig«, versuchte Hayo es. »Bleibt auch unter uns.«

Manni zögerte. »Na ja ...«

»Ist sie pleite?«, bohrte Jan nach.

»Hilko hat da mal was angedeutet. Eigentlich bräuchte er eine Wasserpumpe und zwei Lager für den Außenborder. Aber die Ersatzteile für Boote sind verdammt teuer. Jedenfalls meinte er, momentan könne er es sich nicht leisten und ich solle den Motor provisorisch reparieren. Ich habe noch gesagt, dass das Murks ist.« Manni zeigte zum Motor. »Hat ja auch nicht funktioniert. Das muss aber nicht heißen, dass die Firma pleite ist. Die finanzielle Lage ist nur ein bisschen ...«, Manni suchte nach dem richtigen Wort, »angespannt. Von mir haben Sie das aber nicht.«

»Danke für Ihre Informationen. Wir behalten für uns, von wem sie stammen«, versprach Jan. »Einen schönen Tag für Sie.«

Hayo verabschiedete sich ebenfalls von Manni. »Falls wir noch Fragen haben, komme ich zu dir. Ich weiß ja, wo du wohnst.«

Manni sah auf den Außenborder. »Ich bin heute noch den ganzen Tag hier beschäftigt.«

Jan und Hayo verließen die Halle.

Draußen murmelte Jan: »Die angespannte Finanzlage wäre eine Erklärung für ...«

»Das illegale Verhalten bezüglich der römischen Fundstücke, das eigentlich nicht zu den Männern passt«, vervollständigte Hayo.

»Genau. Was mir Kopfzerbrechen bereitet, ist, dass immer nur zwei Männer aufgetaucht sind. Aufgetaucht ... Passt ja wie die Faust aufs Auge. Zwei Männer in Bellingwolde, die ich beobachtet habe, zwei Taucher in Uphusen und zwei Männer, die bei der Observierung der Galerie aufgefallen sind. Es sind aber drei Freunde.«

»Vielleicht wie beim Bankraub«, schlug Hayo vor. »Zwei in der Bank, draußen wartet der Fahrer. Macht drei Personen.«

»Das wäre eine logische Erklärung.«

»Du bleibst also bei deiner Theorie?«, fragte Hayo.

»Welche Theorie meinst du?«

»Dass es sich bei den drei Malen, die du gerade aufgezählt hast, um dieselben Männer handelt. Obwohl es um verschiedene Dinge geht. Okay, die Funduntersuchung der römischen Antiquitäten passt zum Finanzproblem der Firma Swart, aber doch nicht zum Mordanschlag auf diesen Bäke und auf euch! Nicht zu vergessen die Mordfälle Lamberg, Homming und Woland. Das ist ein ganz anderes Kaliber.«

»Ich weiß, worauf du hinauswillst. Du traust den dreien eine Funduntersuchung zu, aber nicht die Morde. Wir müssen die drei Männer finden, dann bekommen wir Antworten. Und davor sollten wir herausfinden, ob sie tatsächlich auch unsere Verdächtigen in Bellingwolde sind. Die niederländischen Kollegen haben die zwei unauffällig observiert und fotografiert. Simon Drebber lässt uns die Fotos und die Personenbeschreibung zukommen. Mit etwas Glück sind die inzwischen bei der Soko eingetroffen. Ich rufe in Leer an und bitte meine Kollegen, die Unterlagen zur Pewsumer Dienststelle weiterzuleiten.«

»Dann kann unser Schrauber Manni oder vielleicht auch ich die Männer identifizieren und wir haben Gewissheit.«

»Und damit im positiven Fall Argumente für den benötigten Durchsuchungsbeschluss.«

»Liegt eigentlich auch eine Beschreibung der Taucher in Uphusen oder von den Tätern der drei Mordfälle vor?«

»Nein, nur dass einer der Taucher in Uphusen blaue Augen hatte. Das konnte ich trotz der Tauchermaske sehen.«

Hayo lachte freudlos auf. »Na super, Jan, dann kann ja nichts mehr schiefgehen. Blaue Augen sind bei Ostfriesen auch so selten.«

KAPITEL 39

UNTERWEGS VON PEWSUM NACH PETKUM

»Also doch!« Tjade Akkermann hielt das Lenkrad des weißen Transporters verkrampft fest.

»Ich habe dir doch gesagt, dass sie uns in Bellingwolde beobachtet haben«, bestätigte Hilko Swart, der neben ihm auf dem Beifahrersitz saß.

»Zur Firma können wir nicht mehr, dort werden sie uns sofort schnappen«, stellte Tjade fest. »Wenn wir etwas früher hier gewesen wären, dann ...«

»Dann hätten sie uns sofort festgenommen«, vervollständigte Hilko. »Verflucht, wir wären schon unterwegs, wenn ich den Datenstick nicht im Computer vergessen hätte.«

»Und jetzt?«, fragte Tjade.

Hilko wusste, dass sie einen neuen Plan brauchten und ihnen nicht mehr viel Zeit blieb. Zum Glück hatten sie wenigstens die Antiquitäten aus der Wrackplünderung und die Tasche mit dem Geld bei sich. Sie würden sich einen neuen Käufer für die wertvollen Gegenstände aus dem Römischen Imperium suchen müssen. »Wir fahren auf Umwegen zu unserem Boot«, sagte er. »Sie werden schnell herausfinden, dass wir mit deinem Werkstattwagen unterwegs sind.«

Während Tjade mit einigen Schlenkern Richtung Petkum fuhr, überlegte Hilko, wie es weitergehen sollte. Er dachte an die letzten Stunden zurück.

Ihr Plan war es gewesen, die Adlerstandarten, die Prunkmasken und die Trinkgefäße aus dem Wrack bei der Hehlerin Dorothea Gravius in Bellingwolde zu verkaufen. Sicherheitshalber waren sie mit ihrem Wagen an der Galerie vorbeigefahren und hatten ihn ein Stück von der Galerie entfernt abgestellt. Gerade als sie die Räder vom Fahrradträger abluden, hatte ein Pkw mit zwei Männern sie sehr langsam passiert. Hilko hatte sich in dem Moment noch nichts dabei gedacht, doch als sie mit den Rädern zur Galerie Gravius gefahren waren, war das Auto auf der anderen Straßenseite vor der Galerie gestanden. Die Männer hatten Tjade und ihn konzentriert beobachtet. Ab da war Hilko sich sicher gewesen: Das waren Polizisten in Zivil, und Tjade und er gingen ihnen in die Falle.

Sie hatten ihre Aktion sofort abgebrochen und waren zurück zum Wagen geradelt. Hilko hatte damit gerechnet, jeden Moment festgenommen zu werden, aber sie hatten ihr Auto erreicht, die Räder verladen und waren über den inoffiziellen Grenzübergang in Richtung Leer davongefahren. Als sie in der Firma in Pewsum angekommen waren, hatten sie erleichtert festgestellt, dass keine Polizei sie erwartete. Nur Manni hatte in der Halle gearbeitet. Doch die Polizei hätte jeden Moment auftauchen können, deshalb hatten sie eilig einige Sachen für die Flucht zusammengerafft und waren mit Tjades Werkstattwagen davongefahren. Unterwegs war Hilko eingefallen, dass er diesen verfluchten Stick im PC vergessen hatte. Sie hatten umgedreht und gerade noch rechtzeitig, bevor sie auf die Firmenauffahrt einbogen, die Einsatzfahrzeuge der Polizei gesehen.

Bis jetzt hatten sie also reichlich Glück gehabt, und nun wollten sie sich absetzen. Die Flucht auf dem Wasserweg schien erfolgversprechend. Das Boot »Burkana« lag im kleinen Fährhafen Petkum in der Nähe von Emden. In dem abseits gelegenen Hafen lagen viele kleinere Arbeitsschiffe. Das Tauchbasisboot, ein ehemaliges Zollstreckenboot, welches sie umgebaut hatten, fiel dort nicht auf.

Sobald Hochwasser wäre, würden sie den Hafen verlassen und in die Ems einlaufen. Mit dem Ebbstrom würden sie in Richtung Emsmündung fahren und die Insel Borkum passieren. Dann würde die offene Nordsee vor ihnen liegen. Es gab allerdings einen Wermutstropfen: die Wetterlage. Hilko hatte den Wetterbericht für die deutsche Bucht über Seefunk gehört und wusste, dass ein Sturm aus Nordwest angekündigt war. Deshalb hatten er und Tjade sich noch nicht entschieden, ob sie Frankreich, England oder Dänemark ansteuern würden. Die Wetterentwicklung war ausschlaggebend, und im ungünstigsten Fall würden sie das niederländische Wattenmeer anlaufen. Ihr Boot war zwar 15 Meter lang, aber im Bugbereich flach gebaut. Bei hohen Wellen nahm es viel Wasser über, weil es keine hohe Bugverschanzung gab.

Es wird schon gut gehen, beruhigte Hilko sich selbst. Nach gelungener Flucht würden sie sich neue Dokumente besorgen. Und Arbeit fanden Taucher überall. In Gedanken sah er sich durchs Great Barrier Reef in Australien schwimmen.

KAPITEL 40

PEWSUM, POLIZEIDIENSTSTELLE

Jan Broning und sein Kollege Hayo Ukena saßen vor dem Bildschirm des Polizeicomputers. Soeben hatte Swantje die Unterlagen des niederländischen Observierungsteams an sie weitergeleitet. Dazu gehörten auch Fotos von Fahrzeugen und Personen, welche die Galerie aufgesucht hatten.

»Das sind sie!«, stellte Hayo fest, als er Swart und Akkermann auf einem der Fotos erkannte.

»Bist du dir sicher?«

»Ja, absolut«, bestätigte Hayo.

Jan klickte weiter durch die Bilder, bis sie auf den blauen Passat stießen, der vorhin in der Auffahrt der Firma Swart gestanden hatte.

»Bingo!«, sagte Jan. »Damit können wir den Durchsuchungsbeschluss beantragen.«

»Das hätte ich nicht für möglich gehalten.« Hayo klang enttäuscht. »Hilko und Tjade auf kriminellen Abwegen ... Oder sie wollten einfach und legal Bilder oder sonstige Kunstgegenstände in der Galerie kaufen.«

»Hayo, du suchst immer noch eine Erklärung. Aber warum hätten sie dann ihr Auto so weit entfernt von der Galerie abstellen sollen?«

»Ja, ich weiß. Und wenn man pleite ist, kauft man sich keine Kunstgegenstände«, fügte Hayo zerknirscht hinzu. »Wenn es wenigstens bei der Wrackplünderung bliebe. Du vermutest, dass sie auch hinter den Morden stecken, oder?«

»Allerdings. Für mich sind das einige Zufälle zu viel. Zwei Taucher versuchen illegale Antiquitäten zu verkaufen, und zwei Taucher greifen uns in Uphusen an«, gab Jan zu bedenken. Als er sah, dass Hayo protestieren wollte, hob er seine Hände. »Ich weiß, was du sagen willst. Wo besteht der Zusammenhang zwischen der Wrackplünderung und den Morden? Vielleicht sind unsere Taucher den Männern ebenfalls auf den Leim gegangen. Ich hoffe, wir finden etwas bei der Durchsuchung der Tauchfirma und der Wohnung.«

»Gutes Stichwort. Ich besorg uns jetzt den Durchsuchungsbeschluss.« Hayo stand auf und griff nach den Unterlagen auf dem Schreibtisch.

»Bis später, Hayo. Ich gebe die Fahrzeugbeschreibung und das Kennzeichen von Akkermanns Werkstattwagen raus. Damit kann nun gefahndet werden. Außerdem will ich Kontakt mit meinem Team aufnehmen.«

Hayo verließ das Büro, und Jan griff zum Telefon und rief die Leitstelle an. Nachdem er die Fahndung veranlasst hatte, wählte er Maikes Handynummer. Maike und Stefan waren sicher noch in Uphusen und suchten nach Spuren der Taucher.

»Hallo, Jan«, meldete sich Maike.

»Hallo, wie ist die Lage in Uphusen?«

»Gleich. Erst mal: Wie geht es dir, was macht die Schulter?«

»Alles im grünen Bereich. Hayo passt auf mich auf.«

»Wieso habe ich da meine Zweifel?«

»Mach dir keine Sorgen, ich halt mich zurück.«

»Pah! Jedenfalls, hier wird mit allen Mitteln gesucht, Hundeführer, Polizeitaucher und ein Sonarboot von der Wasserschutzpolizei sind im Einsatz. Außerdem haben wir einen Leichenspürhund angefordert. Es könnte ja sein, dass Onno bei der Schießerei auf Bäkes Terrasse einen der Taucher erwischt hat.«

»Gute Idee, daran habe ich noch nicht gedacht«, lobte Jan.

»Du bist eben doch angeschlagen, auch wenn du es nicht wahrhaben willst und …«

»Habt ihr schon Spuren gefunden?«, unterbrach Jan sie.

»Wir werden später die Tauchfirma durchsuchen. Da wäre es sehr hilfreich, wenn ich einen Hinweis hätte, der beweist, dass die Taucher von Uphusen dieselben Männer sind wie unsere Verdächtigen hier in Pewsum.«

»Bis jetzt Fehlanzeige, aber wir sind noch nicht fertig.«

»Sollen Onno und Klaas euch unterstützen?«

»Nein, die beiden sind noch auf der Suche nach Bernd Bäke. Jan, die Hundeführer wollen mich sprechen. Ich melde mich, sobald wir was haben.«

»In Ordnung. Bis dann, Maike, und viel Erfolg!« Jan wählte Onnos Handynummer und berichtete kurz von den Ermittlungen in Pewsum und dem Gespräch mit Maike.

»Wir waren inzwischen noch einmal bei Bärbel Bäke«, sagte Onno. »Ihr Bruder hat sich nicht bei ihr gemeldet. Auch sein Boot wurde bislang noch nicht gefunden. In dieser Gegend um Uphusen gibt es etliche Kanäle und somit viele Möglichkeiten, abseits von Straßen sein Boot festzumachen. Bernd Bäke hält sich hoffentlich an Bord auf.«

»Brauchst du Unterstützung bei der Suche nach dem Boot? Vielleicht einen Hubschrauber?«

»Nein, danke. Es handelt sich um ein sehr gängiges Modell, davon gibt es etliche, und die sehen von oben alle gleich aus. Frau Bäke hat mir einige Hinweise gegeben, und die fahren wir jetzt an.«

»Okay. Ein Hubschrauber könnte ihn auch aufscheuchen. So ist's bestimmt besser. Ich hoffe, ihr findet ihn und könnt ihn festnehmen.«

»Genau das ist unser Plan«, bestätigte Onno.

Jan beendete das Gespräch, und nun blieb ihm nichts weiter zu tun, als abzuwarten. Darauf, was die Fahndung nach dem Werkstattwagen ergab, auf den Durchsuchungsbeschluss, auf das Ergebnis der Spurensuche in Uphusen und der Suche nach Bernd Bäke. Abwarten bedeutete, Geduld zu haben. Und das war nicht Jans Stärke.

Die Schmerzen in seiner Schulter wurden stärker. Er ging in die kleine Küche der Dienststelle und schluckte zwei Schmerztabletten, welche ihm der Arzt bei der Nachuntersuchung vorsorglich mitgegeben hatte. Jan setzte sich an den Tisch, legte den Kopf auf den Unterarm seiner unverletzten Seite und wartete auf die Wirkung der Tabletten. Sofort musste er an seine Mutter denken, die auf diese Weise immer ihren Mittagsschlaf gemacht hatte. Wenn Jan sie sanft aufgeweckt hatte, war sie jedes Mal erschrocken und hatte gefragt: »Junge, habe ich geschlafen?« Nun lag er genauso auf der Tischplatte.

Eine Hand berührte ihn am Rücken. Jan schaute auf. Neben ihm stand Hayo und betrachtete ihn amüsiert.

»Habe ich etwa geschlafen?«, fragte Jan und musste lachen. Wie seine Mutter …

»Geschlafen und geschnarcht. Aber ich hab dich eine Weile schlafen lassen. Reine Fürsorge, und Angst vor Maikes Zorn«, gestand Hayo grinsend. »Aber jetzt müssen wir los.«

Kurz darauf waren sie unterwegs zur Firma Swart am Ortsrand von Pewsum. Ein Angestellter der Gemeinde saß ebenfalls im Einsatzwagen. Er würde die Funktion eines Zeugen übernehmen. Inzwischen war auch der Durchsuchungsbeschluss ausgestellt worden, und Jan hoffte, fündig zu werden.

KAPITEL 41

EMDEN, FERIENHAUS AM UPHUSER MEER

Maike Broning und Stefan Gastmann beobachteten die Taucher der Bereitschaftspolizei von der Holzterrasse an Bäkes Ferienhaus aus. Auf dem See drehte das Sonarboot der Wasserschutzpolizei seine Ortungsrunden. Ein Beamter steuerte das Boot in langsamer Fahrt, während sein Kollege konzentriert auf den Bildschirm des Sonargerätes achtete.

»Ist mir jetzt zu blöd«, sagte Maike, »hier rumzustehen und abzuwarten. Wir fahren jetzt das Ufer ab und halten parallel zu den Suchmannschaften nach geeigneten Stellen Ausschau, wo Bäke sein Boot versteckt haben könnte oder wo die Taucher ihre Ausrüstung zum Ufer brachten.«

Maike ging zu Lessing, dem Einsatzleiter der Taucher, und gab ihm ihre Handynummer. »Hier können wir im Moment nichts ausrichten, deshalb suchen wir das Ufer ab. Falls ihr fündig werdet, meldet euch bitte.«

Stefan setzte sich auf den Beifahrersitz des Zivilwagens, und Maike gab Gas. Am beliebten Fischrestaurant am östlichen Seeufer hielten sie kurz an und berieten sich.

Die Suchmannschaften waren noch im Norden des Sees eingesetzt. Auf der Westseite standen keine Ferienhäuser, und dort wollten sie beginnen.

Sie fuhren wieder los, kamen am südlichen Ende des Sees jedoch mit dem Auto nicht weiter. Deshalb stellten sie den Wagen auf der befestigten Straße ab und nahmen die Gummistiefel aus dem Kofferraum. Der See lag nun rechts von ihnen, und sie suchten nach Spuren am Ufer. An einer durch Sträucher verdeckten Stelle bemerkte Maike zwei tiefe Fahrrillen in der Erde.

»Hier hat sich jemand festgefahren«, vermutete sie.

»Diese Stelle wäre ideal für unsere Taucher«, stellte Stefan fest. »Sie liegt abseits und ist nah zum Ufer. Eine Tauchausrüstung ist schwer, die schleppst du nicht kilometerweit.«

Maike ging durch die Sträucher hindurch direkt zum Ufer, Stefan kam hinter ihr her.

»Eine verdammt große Ente«, sagte er augenzwinkernd, nachdem beide Flossenabdrücke entdeckt hatten. »Taucherflossen, ohne Zweifel. Sieh dir diese Linien an. Die passen zu den seitlichen Verstärkungen von Taucherflossen.«

Maike nickte. »Dann haben wir die Stelle gefunden, an der die Taucher ins Wasser gegangen sind, um zu Bäkes Haus zu schwimmen.«

»Und danach haben sie hier den See verlassen, sind ins Auto gestiegen, haben Vollgas gegeben und sich in der Eile festgefahren.«

»Leider haben sie es geschafft freizukommen.«

»Ja, aber in der Hektik könnten sie etwas verloren haben. Lass uns die Umgebung absuchen«, schlug Stefan vor.

»Wir brauchen die Kriminaltechniker hier. Wenn wir alles zertrampeln, werden sie bestimmt nicht begeistert sein«, gab Maike zu Bedenken. Sie griff zum Telefon, wählte Jans Handynummer und berichtete von ihrer Entdeckung am Seeufer.

Jan begriff sofort, worauf sie hinauswollte. »Und nun braucht ihr die Auricher Kriminaltechniker, stimmt's? Die sind allerdings hier mit der Durchsuchung des Firmengeländes beschäftigt. Wie wäre es, wenn wir Albert und Swantje zu euch schicken?«

»Okay, dann sperren wir den Ort mit Flatterband ab und warten auf die Spurensicherung. Hier sind einige gute Reifenabdrücke, die vermutlich vom Fahrzeug der Taucher stammen. Wir könnten sie mit den Fahrzeugen der Firma Swart vergleichen.«

»Das wäre zu schön, um wahr zu sein.«

»Was macht deine Verletzung? Schonst du dich auch?«

»Alles in Ordnung, hab sogar ein kleines Schläfchen gehalten. Hayo passt gut auf mich auf.«

»Das will ich euch auch geraten haben«, sagte Maike streng und legte auf.

KAPITEL 42

PEWSUM, FIRMENGELÄNDE SWART

Insgeheim war Jan froh, dass Hayo ihn dazu auserkoren hatte, sich mit dem Gemeindemitarbeiter an den Küchentisch im Wohntrakt der Firma Swart zu setzen und abzuwarten. Seine verletzte Schulter schmerzte trotz der Tabletten und fühlte sich sehr warm an.

Die Kollegen durchsuchten inzwischen die gesamte Firma und den Wohnbereich. Ziel der Durchsuchung war die Auffindung von antiken Gegenständen, die von Wrackplünderungen stammen könnten. Außerdem hatte Jan die Kollegen gebeten, nach einer Unterwasserpistole, einem Marlspieker und altmodischen Stoffsäcken zu suchen.

Hayo hatte dabei sein Gesicht verzogen und missmutig gesagt: »Du bist immer noch der Meinung, dass unsere Männer hier eure gesuchten Mörder sind. Du gibst wohl nie auf!«

»Es ist so ein Bauchgefühl. Und es kann ja nicht schaden, wenn wir allen Hinweisen nachgehen.«

Daraufhin hatte die Durchsuchung begonnen, und Jan war mit dem Gemeindemitarbeiter in die Küche gegangen. All seine Versuche, ein Gespräch mit ihm zu führen, waren gescheitert. Jan ließ es deshalb nun gut sein und sah sich in der großen Küche um. Dabei bemerkte er etliche gerahmte Bilder an der Wand. Er stand auf, um sie sich aus der Nähe anzusehen.

Alle Fotos zeigten ein und dasselbe Boot in unterschiedlichen Umbauphasen. Auf dem ersten als ramponiertes, grün-graues, etwa 15 Meter langes Streckenboot der Zollbehörde. Teile der Aufbauten waren abmontiert. Auf den folgenden Fotos war der Arbeitsfortschritt der Umbauarbeiten am Boot zu sehen. Außerdem erkannte Jan Swart und Akkermann auf einigen der Bilder. Nur auf einem Foto waren alle drei Kameraden abgelichtet, in Uniform der Bundesmarine.

Wieder meldete sich Jans Bauchgefühl. Etwas war wichtig an diesen Bildern, aber er wusste nicht, was das sein könnte. Jan nahm sein Smartphone und fotografierte die Aufnahmen an der Wand. Vielleicht würde er später, wenn es ihm besser ging, herausfinden, was ihn an den Fotos irritierte.

Hayo kam in die Küche. »Ich glaube, das solltest du dir ansehen«, sagte er und machte Jan ein Zeichen, ihm zu folgen.

KAPITEL 43

UNTERWEGS IN MOORMERLAND

Onno Elzinga und Klaas Leitmann fuhren alle Stellen ab, die Bärbel Bäke ihnen genannt hatte. Bis jetzt waren sie erfolglos gewesen. Onno, der am Steuer saß, bemerkte, wie Klaas ihn von der Seite durchdringend ansah.

»Was ist?«

»Ich versuche es mit Gedankenübertragung«, sagte Klaas und schloss die Augen.

»Die Gedankenübertragung kannst du dir sparen, deinen knurrenden Magen kann ich hören. Und der sagt mir, dass du Kohldampf schiebst.«

»Siehst du, funktioniert doch!«, freute sich Klaas. »Im Ernst, wir kurven hier schon so lange in der Gegend rum. Von Bäke oder seinem Boot keine Spur, und ich habe keine Ahnung mehr, wo wir uns befinden.«

»Die Gegend hat es in sich, etliche Kanäle, Seen und Wasserläufe. Alle miteinander verbunden, und überall gibt es Möglichkeiten, ein Boot zu verstecken. Inzwischen gehen mir auch die Ideen aus.« Onno klang resigniert.

»Dein Gehirn braucht Energie, du musst unbedingt was essen, dann kannst du besser denken.«

»Wenn du dauernd vom Essen redest, Klaas, krieg ich

auch Hunger. Ich fahr nach Oldersum, dort können wir uns etwas besorgen. Aber es muss schnell gehen.«

In Oldersum hielt Onno auf dem Parkplatz eines Supermarkts, und Klaas stieg aus, um einzukaufen. Onno wartete so lange und dachte über die bisherige Suche nach Bäke nach. Es gab so viele Anlegemöglichkeiten für ein Boot in dieser Wasserlandschaft. Verdammt, sie hätten Bäke fast erwischt, wären diese Taucher nicht gewesen! Inzwischen hatten sie alle Stellen, die Bärbel Bäke ihnen genannt hatte, erfolglos angefahren. Und nun? Wie sollten sie die berühmte Nadel im Heuhaufen finden?

Klaas riss die Autotür auf. »Schau mal, Onno, trockene Mettwürste!« Er hielt eine durchsichtige Tüte mit zahlreichen Mettwürsten hoch.

»Mehr ging wohl nicht?« Onno schüttelte den Kopf.

»Nein, ich habe alle genommen, die da waren. Wer weiß, wie lange wir hier noch rumkurven. So haben wir eine kleine Reserve.«

»Kleine Reserve …«

»Maul nicht rum, greif lieber zu! Aber Vorsicht, eine der Würste ist mit Knoblauch!«

»Und welche? Ich hasse Knoblauch!«

»Oh Mann, stell dich nicht so an! Wurst ist Wurst.«

Onno fiel es plötzlich wie Schuppen von den Augen. »Los, steig ein!«

Klaas hatte kaum die Tür geschlossen, da startete er den Motor und fuhr so schnell an, dass Klaas sich fast verschluckt hätte.

Klaas legte die Tüte mit den Würsten auf seine Knie, hielt die angebissene Wurst zwischen den Zähnen fest und griff nach dem Sicherheitsgurt. »Was ist? Hast du ein Gespenst gesehen?«

»Wo kann man eine Wurst besser verstecken als in einer Tüte mit Würsten«, sagte Onno und raste los.

»Onno, geht es dir gut? Hier, iss!« Klaas nahm eine Mettwurst aus der Tüte.

Onno machte den Mund auf, um Klaas seine Idee zu erläutern, doch Klaas schob ihm die Wurst in den offenen Mund.

»So, gleich geht es dir besser!«, sagte Klaas und grinste.

Onno nahm einen Bissen, spuckte ihn aber sofort wieder aus. »Bah, ausgerechnet die mit Knoblauch!«

»Wenn das mal kein gutes Omen ist! Inmitten der vielen Würste haben wir die Knoblauchwurst gefunden.«

»Klaas, wenn du ein Boot verstecken willst, machst du das doch am besten zwischen vielen anderen Booten. Ein Boot, das irgendwo alleine festgemacht ist, fällt sofort auf. Außerdem: Bäke wird nicht in aller Seelenruhe am Ufer des Uphuser Meeres rumliegen. Er weiß, dass die Taucher und wir ihm auf den Fersen sind. Ich an seiner Stelle würde versuchen, diese Gegend so schnell wie möglich zu verlassen. Der schnellste und direkte Weg in die Ems ist die Schleuse Oldersum. Und vor der Schleuse Oldersum befindet sich ein Sportboothafen, von dem aus man sieht, wann die Schleuse öffnet.«

»Sehr gut, Onno! Siehst du jetzt ein, wie wichtig es ist, nicht nur den Geist, sondern auch den Körper regelmäßig mit Nahrung zu versorgen? Die Wurst hat dir den Weg gewiesen!«

KAPITEL 44

EMDEN, UPHUSER MEER

Die Kriminaltechniker aus Leer, Albert Brede und Swantje Beninga, waren inzwischen an der Stelle am See eingetroffen, an welcher die Taucher ihr Auto abgestellt hatten und zum Ferienhaus von Bäke geschwommen waren. Maike und Stefan hatten in der Zwischenzeit den Einsatzleiter der Polizeitaucher Lessing gebeten, den Bereich im Wasser von ihrem Standort bis zum Haus abzusuchen. Das Sonarboot der Wasserschutzpolizei und die Taucher der Bereitschaftspolizei konzentrierten sich nun ebenfalls darauf. Der Suchbereich wurde so erheblich eingegrenzt.

Maike beobachtete Albert und Swantje, die mit der Spurensicherung an Land beschäftigt waren. Swantje legte einen flachen Rahmen um eine Reifenspur auf den Boden und goss eine flüssige Masse hinein. Sobald die Masse getrocknet war, könnte Swantje die ausgehärtete Platte hochnehmen, und im besten Fall hätten sie einen perfekten Reifenabdruck zum Vergleich.

Maikes Funkgerät knackte und Kollege Lessing meldete sich. »Wir haben eine Art Pistole in Ufernähe gefunden. Ziemlich klobig. Bevor wir sie euch übergeben, soll sich zur Sicherheit ein Ballistiker die Waffe ansehen. Wir haben keine Ahnung, wie das Ding funktioniert.«

»Okay, die Sicherheit geht vor. Aber bitte schicken Sie mir ein Foto der Waffe auf mein Handy«, entgegnete Maike.

»Das machen wir, dauert noch einen Moment.«

Stefan hatte mitgehört. »Wir wissen doch sowieso, um was für eine Waffe es sich handelt. Die Taucher werden sie nach dem missglückten Anschlag entsorgt haben.«

Beide schauten zu Albert, der fluchend eine Art Sack aus dem Gebüsch zerrte. Der grobe Stoff war stark mit Erde verschmutzt. Maike ahnte, was geschehen war: Die Taucher hatten es eilig gehabt zu flüchten und sich dabei festgefahren. Diesen Stoffsack hatten sie vor den Reifen gelegt, damit das Auto freikam. Als die Räder auf dem Stoff Halt fanden, hatten die Taucher Gas gegeben und der Sack war nach hinten ins Gebüsch geflogen. Vermutlich waren es mehrere Säcke gewesen, die sie vor die Räder gelegt hatten. Aber diesen hier hatten sie vergessen.

Swantje kam lächelnd auf Maike zu. In den Händen hielt sie den Rahmen mit der fest gewordenen Platte darin. »Sehr gut geworden, ein sauberer Abdruck«, sagte sie und gab Maike die Platte.

»Klasse, Swantje. Damit können wir was anfangen.«

»Und was ist mit den Abdrücken der Flossen?«, wollte Stefan wissen.

»Kommen sofort. Die sind jedoch nicht so gut geworden«, gab Swantje zu.

Nun kam auch Albert zu ihnen. Den Stoffsack hatte er in einen großen Asservatenbeutel gesteckt, den er mitbrachte. »Hat Ähnlichkeit mit den anderen«, sagte er kurz angebunden.

»Die Säcke, die wir bei den anderen Tatorten sichergestellt haben, sind mit diesem identisch«, führte Swantje aus.

Ein Räuspern von Albert ließ sie sofort zurückrudern. »Ob sie tatsächlich identisch sind, können wir natürlich erst nach einer genauen Untersuchung feststellen.«

Albert nickte bestätigend.

»Der sieht aus wie einer von Omas Kartoffelsäcken«, stellte Maike fest. »Dass es die noch gibt! Alt wirkt er allerdings nicht.«

»Jute, ist wieder angesagt«, murmelte Albert.

Maike verkniff sich ein Lachen. »Angesagt« passte nun wirklich nicht zu Alberts Ausdrucksweise.

Maikes Handy summte und sie sah auf das Display. Lessing hatte ein Foto der von den Polizeitauchern aufgefundenen Waffe geschickt. Maike zeigte Swantje das Foto. »Ist das unsere gesuchte Waffe?«

»Ohne Zweifel, eine russische Unterwasserpistole«, bestätigte Swantje.

Maike wurde nachdenklich. Während sie hier am Uphuser Meer standen, lief die Durchsuchung in der Firma Swart. Jan hoffte, etwas zu finden, das bewies, dass die Mordtaucher und die Wrackplünderer ein und dieselben Personen waren. Hielten Swantje und Albert diesen Beweis in Form des Jutesackes und der Abdrücke der Reifen und Flossen gerade in der Hand? Jan hatte berichtet, dass ein Fahrzeug der Verdächtigen vor der Firma abgestellt worden war. Mit dem Reifen- und dem Flossenprofil konnten sie einen groben Vergleich vornehmen. »Stefan, kannst du hier die Stellung halten?«, wandte sie sich fragend an ihren Kollegen.

»Na klar. Willst du mit den Abdrücken und dem Sack zu Jan?«

»Ja. Bei dieser Gelegenheit kann ich außerdem nachsehen, ob er sich auch schont.«

Kurz darauf war sie unterwegs nach Pewsum. Neben ihr auf dem Sitz lagen die Abgüsse der Flossen und der Reifen. Außerdem der aufgefundene Stoffsack.

KAPITEL 45

PEWSUM, FIRMENGELÄNDE SWART

Jan folgte Hayo durch die Scheune in die Halle. Auf der langen Werkbank lagen mehrere Jutesäcke.

»Sie waren unter der Werkbank versteckt«, erklärte Hayo.

Jan öffnete vorsichtig einen Sack und schaute hinein. Es roch muffig nach … ja, wonach?

Er zog den groben Stoff etwas herunter und betrachtete den Inhalt: verrottete Holzstücke. Dem Aussehen nach handelte es sich um uraltes Holz, es war komplett schwarz. Ein solch altes Holz hatte Jan einmal in einem Schifffahrtsmuseum in Bremerhaven gesehen. Auch in den anderen Säcken befanden sich ähnliche alte Holzstücke. Jan war enttäuscht – er hatte gehofft, die römischen Adlerstandarten vorzufinden.

»Das ist Holz von Schiffwracks, ziemlich sicher«, stellte Hayo fest.

Geräusche eines Autos lenkten Jans Aufmerksamkeit zur Auffahrt. Das Tor der Halle stand offen, und Jan erkannte den Leeraner Zivilwagen. Maike stieg aus und hielt mehrere Asservatentüten in der Hand. Sie kam auf ihn zu, und er bemerkte an ihrem Blick, dass sie sich Sorgen um ihn machte.

»So wie du aussiehst, kannst du direkt in Pension gehen«, sagte sie und begrüßte die anwesenden Kollegen. Dabei fielen ihr die Stoffsäcke auf der Werkbank auf. Sie ging zur Bank und prüfte die Säcke, insbesondere die Nähte, für die ein spezieller Faden verwendet worden war.

»Ich glaube, wir haben eine Übereinstimmung.« Maike legte den Asservatenbeutel mit dem Sack vom Uphuser Meer neben die anderen Säcke. Sie erklärte, wo sie den Sack und die Abdrücke gefunden hatten. Außerdem zeigte sie ihnen das Foto der Unterwasserpistole.

Jan und Hayo betrachteten alles. Schließlich fiel ihr Blick auf den vor der Halle stehenden VW der Taucher. Dann sahen sie sich an und nickten sich zu.

Zu dritt gingen sie zu dem VW Passat. Das Auto war an den Seiten stark verschmutzt, insbesondere die Reifen wiesen getrocknete Bodenanhaftungen auf. Dann verglich Maike den Reifenabguss mit dem Profil jedes Reifens. Beim hinteren linken Reifen wurde sie fündig. Das Profil passte.

Sie gab Jan den Abguss, und der bückte sich dicht an den Reifen. »Wir haben den fehlenden Beweis gefunden«, sagte er erleichtert, seine Theorie hatte sich bestätigt. »Zwei der drei Freunde haben den Anschlag in Uphusen durchgeführt und auch das römische Schiffswrack geplündert. Vermutlich waren es Swart und Akkermann, denn sie wurden in Bellingwolde gesehen und sind nun zusammen auf der Flucht. Die Beweiskette hat sich soeben geschlossen. Die sichergestellte Unterwasserpistole, die bei den Tatorten aufgefundenen Säcke – alles passt zusammen.«

Maike verpasste ihrem Jan einen Dämpfer. »Okay, aber das Motiv ist alles andere als klar. Warum haben die Wrackplünderer die drei Betrüger getötet und versucht, den vierten zu entführen oder ebenfalls zu töten?«

KAPITEL 46

OLDERSUM, SPORTBOOTHAFEN

»Wie wär's mit einer Wurst, Onno?«

»Kann nicht schaden.«

Onno und Klaas waren inzwischen am Sportboothafen Oldersum angekommen und beobachteten vom Auto aus das Hafengelände.

Beide verspeisten genüsslich eine Wurst. Als Klaas erneut in die Tüte greifen wollte, hielt Onno ihn davon ab. »Stopp, Klaas. Wir steigen jetzt aus und schauen uns die Boote aus der Nähe an.«

Die Boote lagen mit dem Bug zum Anleger und waren in einer langen Reihe nebeneinander vertäut. Am Ende des Stegs hatte eine große Jacht festgemacht. Niemand war zu sehen.

»Wieder Fehlanzeige!« Klaas klang enttäuscht.

»Lass uns bis ganz nach hinten gehen. Ich an Bäkes Stelle würde mich hinter der großen Jacht verstecken.«

Dort angekommen, versuchten sie vergeblich, einen Blick auf die dem Wasser zugewandte Seite der Jacht zu werfen.

»Wir müssen an Bord der Jacht, dann sehen wir mehr«, schlug Onno vor.

Leise schlichen sie auf das große Boot, teilten sich auf und gingen getrennt um das Ruderhaus herum. Sofort erkannten sie Bäkes gesuchtes Motorboot, das längsseits an zwei Chrompollern an Deck der Jacht festgemacht hatte.

Seltsam, dachte Onno. Normalerweise waren Jachteigner viel zu pingelig mit ihrem Lack und ließen keine Boote an ihrem anlegen. »Ich kann niemanden an Bord sehen. Gehen wir auf das Boot und durchsuchen es!« Onno zog seine Pistole und stieg über die Reling an Bord des Motorbootes.

Klaas tat es ihm nach.

Onno bemerkte eine Bewegung in der Kajüte, und plötzlich stand Bernd Bäke in der offenen Tür. Er sah schlimm aus, übermüdet und hatte dunkle Ränder unter den Augen. Als er Onno und Klaas bemerkte, erschrak er, begann jedoch auf einmal zu lächeln.

»Gut, dass Sie da sind!«, sagte Bäke und wirkte erleichtert.

Damit hatte Onno nicht gerechnet.

Klaas sicherte ihn ab, als er zu Bäke ging und ihm die Handschellen anlegte.

KAPITEL 47

UNTERWEGS VON PEWSUM NACH LEER

Jan Broning fuhr mit Maike und Stefan zurück nach Leer. Unterwegs brachte Stefan Jan auf den neuesten Stand in Sachen Uphuser Meer. »Albert und Swantje sind noch dort«, sagte er abschließend.

»Läuft die Suchaktion noch?«

»Ja, es könnte sein, dass Onno einen Taucher angeschossen oder erschossen hat. Was habt ihr außer den Säcken mit Holz in der Firma Swart zutage gefördert?«, wollte Stefan wissen.

»Dieselbe Art Kabelbinder, mit denen Lamberg, Woland und Homming gefesselt wurden«, erzählte Jan. »Außerdem Aktenordner, in denen Verträge zwischen der Firma Schwanengold-Mine und den jeweiligen Anlegern abgeheftet waren. Wir vermuten, dass diese Unterlagen aus Bernd Bäkes Büro stammen. In einem Ordner waren Unterlagen von Bäkes Ferienhaus in Uphusen.«

»Sind die Taucher bei Bernd Bäke eingebrochen und haben die Ordner entwendet?«, fragte Maike. »Das würde erklären, woher sie von dem Ferienhaus wussten.«

»Mit etwas Glück findet sich ein Vertrag zwischen den Tauchern und der Betrugsfirma, dann hätten wir ein mögliches Motiv«, ergänzte Jan. »Finanziell ging es der Firma

Swart nicht gut. Vielleicht ist die Beteiligung an der angeblichen Goldmine der Grund dafür.«

»Du meinst, die drei Profitaucher haben die Betrüger Lamberg, Woland und Homming systematisch beschattet, überwältigt, gefoltert und umgebracht? Und Bäke wäre beinahe das vierte Opfer geworden?« Stefan klang skeptisch. »Das alles, weil man sie betrogen hat?«

»Ich weiß, eine sehr heftige Reaktion. Auch unser Kollege Hayo bezweifelt das«, gab Jan zu. »Er hat eine gute Menschenkenntnis und ist felsenfest davon überzeugt, dass die drei diese Verbrechen nicht begangen haben.«

»Die Taucher sind noch auf der Flucht, die können wir nicht fragen«, stellte Maike fest. »Aber Onno und Klaas haben Bernd Bäke gefunden und verhaftet, gerade kam die Nachricht. Sobald sie auf der Dienststelle eintreffen und wir Bäke befragen können, erhalten wir hoffentlich Antworten auf die offenen Fragen.«

Als sie in Leer ankamen, waren Onno und Klaas noch nicht vor Ort.

»Sie sollten längst da sein. Wo bleiben die denn?«, fragte Jan ungeduldig.

KAPITEL 48

UNTERWEGS VON OLDERSUM NACH LEER

Onno Elzinga hatte den Dienstwagen auf einem Parkplatz vor der Stadt Leer abgestellt und sah immer wieder in den Rückspiegel zu Klaas und Bernd Bäke, die im Fond saßen.

»Das ist nicht Ihr Ernst, Herr Bäke!« Onno war empört.

»Sie wollen doch Antworten von mir?«, fragte Bäke.

»Natürlich! Wenn Sie gegenüber der Polizei kooperativ sind, kann dies nur zu Ihrem Vorteil sein.«

»Ich helfe Ihnen, aber ich wiederhole: Ich sage nur aus, wenn Sie mit mir zum Erholungsgebiet Westerhammrich fahren. Dort möchte ich jemanden treffen. Danach werde ich alle Fragen beantworten.«

»Denk nicht dran, Onno!« Klaas sah Onno streng an.

»Bitte, die Person, die ich treffen möchte, hat absolut nichts mit der Sache zu tun! Meinetwegen können Sie mit auf der Bank sitzen.«

Onno dachte kurz nach und fuhr los. Vor dem Stadtgebiet bog er links in die Straße zum Westerhammrich ab.

»Onno, du bist verrückt, lass es sein!«, versuchte Klaas ihn umzustimmen.

»Meine Verantwortung«, sagte Onno kurz angebunden.

KAPITEL 49

LEER, ERHOLUNGSGEBIET
WESTERHAMMRICH

Nachdem Bernd Bäke ein Stück auf dem Wanderweg gegangen war, ließ er sich auf einer Bank nieder. Onno Elzinga setzte sich neben ihn, denn er hatte Handschellen um ihre beiden Handgelenke gelegt. Klaas Leitmann stellte sich ein Stück abseits und schüttelte den Kopf.

In den letzten Tagen und Stunden war Bernd klar geworden, dass er wegen seines Verbrechens ins Gefängnis musste. Vorher wollte er unbedingt noch einmal Ingrid treffen, die Frau im Rollstuhl, die ihm neuen Mut gegeben hatte, als er von den Betrügereien erfahren hatte. Einen Besuch im Gefängnis wollte er ihr nicht zumuten. Sie hatte gesagt, sie sei jeden Tag um diese Zeit hier.

Er atmete erleichtert auf, als er sie in ihrem Rollstuhl heranfahren sah. Sie war noch ein gutes Stück entfernt, als sie ihn erkannte. Abrupt hielt sie an. Sie schien irritiert zu sein. Wegen der zwei Männer bei ihm? Bitte dreh nicht um, fahr weiter, flehte Bernd in Gedanken. Ein Stein fiel ihm vom Herzen, als sie dem Rollstuhl ein paar kräftige Stöße gab und direkt vor der Bank anhielt.

Erschrocken blickte sie auf die Handschellen. »Da bist du wieder«, sagte sie nach einer Weile traurig.

»Ja, ich habe dir doch versprochen, dass wir uns wiedersehen. Aber …«

Sie begann zu weinen, und auch Bernd musste mit den Tränen kämpfen.

»Verflixte Axt, ist nun auch egal«, sagte Onno Elzinga, griff in die Hosentasche, nahm einen kleinen Schlüssel heraus, öffnete die Handschelle an seinem Handgelenk und befestigte sie am Rahmen der Sitzbank. »Ich lasse Sie kurz allein, dann können sie sich entspannter unterhalten.« Er stand auf und stellte sich mit einigem Abstand zur Bank auf den Weg. Ihm gegenüber stand mit etwa 100 Metern Entfernung Klaas Leitmann, zwischen ihnen befand sich die Bank. Vor und hinter der Bank waren Teiche; eine Flucht wäre also unmöglich, aber das hatte Bernd ohnehin nicht vor.

Er war dem Polizisten unendlich dankbar. Nun konnte er sich alles von der Seele reden und hoffen, dass Ingrid trotzdem zu ihm halten würde. Er ließ nichts aus, beschönigte nichts und sah sie am Ende seiner Beichte traurig an.

»Scheiße!«, sagte sie leise. »Ich würde dich so gerne umarmen, aber dieses verfluchte Ding …« Sie trommelte mit den Fäusten auf ihren Rollstuhl ein. Dann hielt sie inne und schien nachzudenken. »Du musst alles gestehen und erklären«, meinte sie energisch. »Vielleicht kannst du den Schaden begrenzen.«

»Sie werden mich trotzdem einsperren.« Seine Stimme brach, als er fragte: »Würdest du auf mich warten?«

»Ja«, antwortete sie aus tiefster Überzeugung und beugte sich so weit zu ihm, dass sie beinahe aus dem Rollstuhl fiel.

Bernd streckte sich ihr entgegen, nahm sie in seinen freien Arm und küsste sie.

KAPITEL 50

LEER, POLIZEIDIENSTGEBÄUDE

Jan fühlte sich, als würde er im Morast stecken, jedoch nicht mit den Beinen, sondern mit seinem Kopf. Das Denken fiel ihm schwer. Er verfluchte sich. Warum hatte er nur wieder diese starken Medikamente genommen? Er hatte es nicht wahrhaben wollen, aber die Schmerzen in seiner Schulter waren nur mit Tabletten auszuhalten. Ausgerechnet jetzt, wo er seine gewohnte Kombinationsgabe und seine Instinkte brauchte, ließ ihn sein Körper im Stich.

»Alles gut?«, fragte Maike besorgt.

»Es geht schon, aber das Denken ist so mühsam.«

»Kein Wunder, viel geschlafen hast du nicht, und dann noch deine Verletzungen. Du gehörst ins Bett!«

»Ich hab irgendetwas Wichtiges gesehen oder gehört und keine Ahnung, was es war, ich krieg den Gedanken einfach nicht zu fassen«, sagte Jan zerknirscht.

»Wenn du so verkrampft darüber nachdenkst, klappt es sowieso nicht«, stellte Maike fest. »Weißt du noch, wann dir dieser Gedanke kam?«

»Während der Durchsuchung in der Firma Swart, ich saß am Küchentisch mit dem Gemeindeangestellten.«

»Vielleicht hat der was gesagt?«

»Nein, ich habe einen Monolog gehalten und bin dann

frustriert aufgestanden, um mich in der Küche umzusehen«, erinnerte sich Jan. Plötzlich fiel der Groschen, und
Jan schlug sich mit der flachen Hand an die Stirn. »Die
Bilder, an der Wand hingen viele eingerahmte Bilder! Auf
einigen davon war ein ehemaliges Zollboot zu sehen, das
die drei umgebaut haben, vielleicht zu einem Tauchbasisboot. Wir müssen das Boot finden, es könnte sein, dass sie
damit auf der Flucht sind.«

KAPITEL 51

UNTERWEGS AUF DER EMS RICHTUNG DEUTSCHE BUCHT

Hilko Swart und Tjade Akkermann standen nebeneinander im Ruderhaus der »Burkana«. Soeben waren sie aus dem kleinen Hafen Petkum ausgelaufen. Hilko änderte den Kurs des Bootes nach steuerbord, und sie erreichten das Fahrwasser der Ems. Die Ems verlief hier in einer langen Geraden in westlicher Richtung bis zur Knock. Mit dem Ebbstrom kamen sie schnell voran.

»Wir haben unsere Mission nicht zu Ende gebracht«, stellte Tjade fest. »Dieser Bernd Bäke ist uns entwischt. Wollen wir noch einen Versuch wagen?«

»Verflucht, wir waren so dicht dran! Wenn diese Polizisten nicht aufgetaucht wären ... Im Moment stehen die Chancen schlecht für einen weiteren Versuch. Wir können von Glück sagen, wenn uns die Flucht gelingt. Über alles andere denken wir später nach.«

Die beiden Kameraden sahen durch die Bullaugen des Ruderhauses auf das Fahrwasser vor ihnen.

»Bisschen kabbelig«, bemerkte Hilko.

»Wind gegen Strom, kein Wunder«, stimmte Tjade ihm zu. »Der Wind soll noch zunehmen, das wird draußen kein Spaß!«

»Gut für uns, dann rechnet keiner mit einer Flucht übers Wasser. Ich hab Vertrauen in unsere ›Burkana‹, das Boot hält dem Sturm stand.«

Tjade warf Hilko einen skeptischen Blick zu.

»Was ist los, Tjade? Bist du anderer Meinung?«

»Hilko, dein Vertrauen in Ehren, aber wir haben einen Teil der festen Aufbauten entfernt und dafür ein Stoffverdeck eingebaut. Außerdem haben wir einen flachen Bug.«

Hilko wusste, dass die Bedenken seines Kameraden berechtigt waren. Doch was blieb ihnen anderes übrig? »Wenn es zu schlimm wird, laufen wir einen Schutzhafen an«, versprach er, und in Gedanken fügte er hinzu: Wo sie uns hoffentlich nicht festnehmen.

KAPITEL 52

LEER, POLIZEIDIENSTGEBÄUDE

Klaas und Onno betraten mit Bernd Bäke die Dienststelle nach ihrem Zwischenstopp im Leeraner Hammrich. Onno erkannte an Klaas' Gesichtsausdruck, dass er stinksauer auf ihn war.

Bernd Bäke blieb stehen und sah Onno unsicher an. »Können Sie bitte meine Schwester Bärbel anrufen und ihr mitteilen, dass ich in Polizeigewahrsam bin?«

Klaas sog geräuschvoll die Luft ein. »Sonst noch Wünsche? Eine Pizza von Ihrem Lieblingsitaliener vielleicht?«

Onno beachtete ihn nicht und antwortete: »Das mache ich. Sie ist sicher froh, dass Sie außer Gefahr sind. Wir bringen Sie jetzt erst einmal in eine Zelle und holen Sie später zur Vernehmung ab.«

Nachdem Onno und Klaas die Zellentür hinter Bäke geschlossen hatten, füllte Onno im Zellenflur das Festnahmebuch aus.

Klaas neben ihm kochte.

»Klaas, möchtest du mir etwas sagen?«

»Allerdings, Mutter Theresa. Wir sind bei der Polizei und nicht bei einer Dating-Agentur. Hättest ja noch Rosen besorgen können und einen Geigenspieler.«

»Er tat mir leid und …«

»Er tat dir leid? Elzinga, der Mann hat keinen Apfel geklaut, er ist ein Betrüger und möglicherweise sogar ein Serienmörder!«

Immer wenn Klaas ihn mit seinem Familiennamen anredete, wusste Onno, dass sein Kollege richtig sauer war. Er wollte etwas erwidern und Klaas beruhigen, doch er kam nicht zu Wort.

»Was, wenn das seine Komplizin war und sie sich dank deiner menschlichen Anwandlung absprechen konnten? Zum Beispiel darüber, wie sie die Beute in Sicherheit bringen soll? Hast du daran schon mal gedacht?«

»Deshalb hast du ihre Personalien notiert?«

»Ja, einer muss ja wie ein Polizist denken. Ihre Rolle ist noch unbekannt. Außerdem hätte Bäke sie als Geisel nehmen können, um zu fliehen.«

Onno atmete tief durch. Diese Art von Diskussion hatten sie schon oft geführt. Onno ließ sich häufig von seinen Gefühlen leiten. Klaas hingegen war der streng rationale Typ. In diesem Fall war Klaas im Recht, musste Onno sich eingestehen. Er war ein zu großes Risiko eingegangen. Was wäre geschehen, wenn Bäke in seiner Verzweiflung die Frau angegriffen oder als Geisel genommen hätte? Bei diesen Gedanken wurde es Onno mulmig im Magen. »Klaas, es stimmt, was du sagst, ich hab das nicht zu Ende gedacht und aus dem Bauch heraus gehandelt.«

»Ja, Onno. Du vergisst dabei, dass bei so was auch mein Allerwertester in der Schusslinie ist. Nächstes Mal sprechen wir vorher über solche Entscheidungen.«

»Ist angekommen.«

KAPITEL 53

LEER, POLIZEIDIENSTGEBÄUDE

Alle Mitglieder der Soko saßen zusammen am großen Tisch im Büro. Onno berichtete von der Festnahme Bäkes in Oldersum und dem Treffen mit der Freundin im Leeraner Hammrich.

»Du hast nun Bäkes Versprechen, dass er kooperiert«, sagte Jan nachdenklich. »Das ist der Deal für das Treffen im Hammrich.«

»Wenn es sich bei Bäke um so einen Gutmenschen wie unseren Onno handelt, wird er sich bestimmt an sein Wort halten«, platzte es aus Klaas heraus.

Jan bemerkte, dass es zwischen Onno und Klaas noch immer knisterte. Onno war ein Risiko mit diesem Treffen im Hammrich eingegangen, und Klaas war richtig wütend über den Alleingang seines Kollegen. »Wir werden Bäke gleich vernehmen. Dann wissen wir, ob er mit uns zusammenarbeitet«, sagte er und beschloss, Onnos Vorgehen nicht zu bewerten. Sollte Bäke kooperieren, war es das Risiko wert gewesen.

Im Folgenden berichtete Jan von den Fotos in der Küche von Hilko Swart.

»Onno und Klaas, könnt ihr rausbekommen, ob es sich um das Boot der Firma Swart handelt? Über den Verkauf gibt es bestimmt Unterlagen beim Zoll. Das Boot muss zur Fahndung ausgeschrieben werden. Stefan, du hältst bitte die Stellung im Büro. Der Staatsanwalt sollte auf den neuesten Stand gebracht werden. Außerdem Hayo Ukena aus der Krummhörn. In ihm hast du auch einen Ansprechpartner. Maike und ich möchten während der Vernehmung nicht gestört werden.«

»Krieg ich hin«, bestätigte Stefan.

Jan stellte erleichtert fest, dass er wieder etwas klarer im Kopf wurde. Die Wirkung der Tabletten ließ nach. Damit meldete sich jedoch auch der ziehende Schmerz zurück.

Maike und Jan holten Bernd Bäke aus der Zelle, brachten ihn in den Vernehmungsraum und setzten sich ihm gegenüber.

»Herr Bäke, zunächst möchte ich Sie als Beschuldigten belehren ...« Jan erklärte ihm seine Rechte.

Bäke hörte still zu und nickte hin und wieder.

Danach begann die eigentliche Vernehmung. Maike und Jan hatten die Rollen verteilt. Maike sollte auf die Gestik und Körpersprache achten, Jan würde die Fragen stellen. In der Vergangenheit hatte es sich bewährt, zunächst zu schweigen und abzuwarten. Oft hielten die Beschuldigten die Stille nicht aus und begannen unaufgefordert mit ihrer Aussage.

So auch Bäke. Jan ließ ihn gewähren und hörte aufmerksam zu. Onnos Risiko hatte sich gelohnt, denn Bäke ließ nichts aus und erzählte von seiner Entlassung bei der Bank und den finanziellen Problemen. Immer schwang ein zynischer Unterton mit, weil Bäke nun wusste, wie alles abgelaufen war. Er berichtete, wie es zu dem Kontakt zwischen ihm, Ferdinand Lamberg, Werner Woland und Volker Homming gekommen war, und gab freimütig Auskunft über den Beginn der Partnerschaft in der Firma Schwanengold. »Damals dachte ich: Super, das ist die Lösung all meiner Probleme. Eine lohnende Bekanntschaft mit diesen feinen Herren. Verfluchte Arschlöcher! Mir war nicht klar, dass ich nur als Strohmann herhalten sollte. Die haben mich richtig eingewickelt, und ich Idiot habe nichts gemerkt!« Bäke räusperte sich und schüttelte resigniert den Kopf.

KAPITEL 54

UNTERWEGS AUF DER EMS

Die »Burkana« kämpfte gegen immer höher auflaufende Wellen. Hilko Swart umklammerte das Steuerrad des Bootes. Tjade Akkermann hielt sich neben ihm an einem Griff an der Decke des Bootes fest. Die Scheibenwischer an den Fenstern kämpften vergebens mit den Wassermassen, die über das Ruderhaus schwappten. Der Wind hatte seit ihrem Aufbruch in Petkum kräftig zugenommen und war mittlerweile zu einem Sturm angewachsen.

Inzwischen hatten sie den Hafen Emden und die Knock passiert. Nervös achteten Hilko und Tjade auf andere Wasserfahrzeuge, weil sie jeden Moment mit einem Polizeiboot auf Abfangkurs rechneten. Aber bisher waren sie ungestört bis zum Dukegat gekommen. Backbord befand sich die Ansteuerung zum niederländischen Eemshaven.

»Wollen wir den Schutzhafen anlaufen und auf besseres Wetter warten?«, fragte Tjade.

Hilko schüttelte den Kopf. »Auch dort werden sie nach uns suchen. Wir müssen weiter!«

»Das wird ruppig!«

Wie zur Bestätigung von Tjades Worten lief der Bug in eine hohe Welle. Hilko nahm Fahrt raus, und das Boot tauchte nur langsam aus dem Wellental auf.

»Ich habe Vertrauen in unser Boot«, sagte Hilko.

»Für solch ein Wetter ist es aber nicht gebaut!«

Erneut rollte eine grüne Wasserwand über die Aufbauten des Bootes und drückte es nach unten. Hilko reduzierte die Geschwindigkeit noch weiter. Mühsam kam der Bug nach oben, und Hilko manövrierte das Boot im rechten Winkel in die Wellenberge. Ihm war klar, dass sie kentern würden, sollte das Boot parallel zur Welle stehen.

Nun waren sie im Randzelgat unterhalb der Insel Borkum, und die Fahrt beruhigte sich etwas. Doch das Schlimmste stand ihnen noch bevor: das Fahrwasser um das Borkumriff. Backbord lagen der Möwensteert und die Alte Ems.

Hilko dachte an den Schicksalstag zurück. Dabei hatte dieser Tag für die drei Taucher so gut begonnen.

KAPITEL 55

LEER, POLIZEIDIENSTGEBÄUDE

Jan Broning sprach ins Mikro des Aufnahmegerätes: »Nach einer Pause wird die Vernehmung des Beschuldigten Bernd Bäke fortgesetzt.«

Bäke lag jedoch noch etwas auf der Seele. »Herr Broning, das mit dem Betrugssystem ... Ich hoffe, Sie glauben mir, dass ich zu naiv war und bis zuletzt keinen Verdacht geschöpft habe. Ich weiß, als Banker hätte mir viel früher etwas auffallen müssen.«

»Umso wütender waren Sie, als Sie es herausgefunden haben.«

»Ja, das stimmt, wütend und vor allem verzweifelt, weil ich begriff, dass ich nicht nur mich in den finanziellen Ruin getrieben habe.«

»Und dann haben Sie sich gerächt?«

»Nein, mit den Morden an Lamberg, Woland und Homming habe ich nichts zu tun, falls Sie das meinen. Aber ... ich ... ich habe ...«, stotterte Bäke. In seinen Augen stand das blanke Entsetzen.

»Herr Bäke, ganz ruhig. Erzählen Sie einfach der Reihe nach, was passiert ist«, forderte Jan ihn auf.

»Ich konnte mich an einen bestimmten Tag nicht mehr erinnern, es war alles weg, bis auf den Beginn. Ich war mit

Lamberg, Woland und Homming auf der Jacht, wir haben viel getrunken. Aber was dann geschah und wie der Tag endete, wollte mir partout nicht einfallen. Filmriss. Vom Alkohol, dachte ich. Erst als ich mit den Tauchern auf der Terrasse am Ferienhaus um mein Leben kämpfte ...« Bäke stockte und sah Jan an. »Ach herrje! Ich habe mich noch gar nicht dafür bedankt, dass Sie und Ihr Kollege mir das Leben gerettet haben!«

»Ja, wir kamen keine Minute zu spät. Aber erzählen Sie weiter«, forderte Jan ihn auf.

»Jedenfalls, als die Taucher mich ins Wasser zerren wollten, hatte ich Todesangst, und ausgerechnet in diesem Moment konnte ich mich plötzlich an diesen schrecklichen Tag erinnern. Alles war wieder da. Es ging mir schon dreckig, als ich begriff, dass auch ich ein Betrüger bin, aber nachdem ich wusste, was an diesem Tag geschehen ist ...« Bäkes Stimme versagte und er schluchzte laut auf. »Ich habe ein Menschenleben auf dem Gewissen!« Weinend verbarg er das Gesicht in seinen Händen.

Jan ließ ihn gewähren.

Als Bäke sich etwas beruhigt hatte, legte er die Hände auf den Tisch, hielt den Kopf jedoch weiterhin gesenkt. Er konnte Jan und Maike nicht in die Augen sehen, so sehr schämte er sich. Schließlich begann er stockend zu erzählen ...

KAPITEL 56

ALTE EMS/WESTEREMS

Ich saß hinter dem Steuerrad der Motorjacht »Sirene«. Hinter mir knallte ein Sektkorken und prallte gegen meinen Hinterkopf. Lamberg, Woland und Homming lachten mich aus. Ich hatte alle Mühe, mich auf den Kurs zu konzentrieren, weil mir wegen des Aufpralls, vor allem aber wegen des vielen Alkohols etwas schwindelig war. Wir alle waren betrunken, und ich musste mal wieder die Drecksarbeit für die anderen machen.

»Hey, Bernd, Werner hat keinen Whisky mehr!«, rief Lamberg.

»Ich muss das Boot steuern. Könnt ihr nicht selber eine neue Flasche holen?«, habe ich gefragt.

»Bernd, denk an die zu vergebenden Anteile«, wies Lamberg mich drohend zurecht. »Du willst uns doch nicht enttäuschen?«

Mir blieb nichts anderes übrig, als zu kuschen, schließlich war ich auf das Geld angewiesen.

»Schalte den Autopiloten ein, solange du Nachschub holst«, schlug Homming vor. »Ist sowieso nichts los im Fahrwasser.«

Ich habe mich gefügt, zu den Maschinenhebeln gegriffen, die Geschwindigkeit reduziert und den Autopiloten aktiviert.

»Bernd, wir wollen rechtzeitig in Leer ankommen, lass die Maschinen weiter auf Vollgas laufen!«, ordnete Lamberg an.

Und ich habe gehorcht und die Maschinenhebel nach vorn gedrückt. Anschließend habe ich den Ruderstand verlassen und bin in die Kajüte gegangen, um eine neue Flasche Whisky zu holen. Allerdings habe ich den Karton nicht gleich gefunden, er war mit dem Wellengang nach hinten gerutscht. Während ich in der Last wühlte, lief die »Sirene« mit voller Fahrt weiter auf Kurs. Bei einem Blick aus dem Seitenfenster erkannte ich die Insel Borkum querab. Ich schaute nach vorne und erstarrte. Nur wenige Meter vor dem Bug der »Sirene« trieb ein kleines Schlauchboot. Ein Mann saß darin und zog verzweifelt an der Starterleine des Außenborders.

Ich ließ die Flasche fallen und rannte zum Ruderstand. Die anderen saßen in der hinteren Sitzgruppe und hatten das Schlauchboot noch nicht bemerkt. Ich riss am Maschinenhebel, und im selben Moment krachte es fürchterlich. Wir waren mit dem Schlauchboot kollidiert.

Ich habe sofort den Motor gestoppt und bin zur Steuerbordseite gerannt. Dort tauchte das Schlauchboot gerade wieder aus dem Wasser auf. Allerdings war es fast nicht mehr als Boot zu erkennen, so deformiert war es. Plötzlich stand Lamberg neben mir und sagte erschrocken: »Verdammter Mist!«

Ich habe panisch gefragt: »Wo ist der Fahrer? Da saß ein Mann im Boot!«

»Wir müssen schnell verschwinden!«, schrie Lamberg mich an. »Wir können uns keinen Skandal leisten, wir sind alle besoffen!«

»Aber der Mann ... Wir müssen ihn suchen!«, habe ich zurückgeschrien.

Wir schauten beide aufs Wasser, wo in diesem Augenblick ein blutender Kopf auftauchte. Der Fahrer des Schlauchbootes sah uns hilfesuchend an und streckte uns eine Hand entgegen.

Noch während ich überlegte, wie wir den Mann aus dem Wasser ziehen könnten, hörte ich, wie der Motor gestartet wurde. Lamberg war in den Ruderstand geeilt und drückte nun die Maschinenhebel ganz nach vorne.

»Hilfe!«, hörte ich den Mann noch rufen, bevor er durch den Sog der Schiffsschraube unter Wasser gezogen wurde.

»Halt! Stopp! Um Gottes Willen, stellt die Maschinen ab!«, habe ich gebrüllt, so laut ich konnte, und lief in Richtung Steuerstand.

Bernd Bäke sah Jan und Maike Broning verzweifelt an. »Ich könnte jetzt behaupten, dass die anderen mich festgehalten haben und ich deshalb nicht in der Lage war, das Boot zu stoppen. Aber so war es nicht. Als ich den Steuerstand erreichte, habe ich gar nichts getan. Ich stand nur da und habe dem Mann im Wasser nicht geholfen.«

Maike schrieb etwas auf einen Zettel und schob ihn rüber zu Jan.

Jan las: »Die angetriebene männliche Leiche am Borkumer Riff?«

KAPITEL 57

UNTERWEGS AUF DER EMS

Hilko umklammerte das Steuerrad der »Burkana« und sah durch das Bullauge auf die stürmische See. Wir sind zwei Mörder auf der Flucht, ging es ihm durch den Kopf. Warum nur war alles so gekommen? Weil Jonas kurz vor dem Unglück über den Klabautermann gespottet hatte? In Gedanken ging Hilko den Schicksalstag noch einmal durch.

Er hatte es gut gemeint und seine Kameraden Tjade und Jonas zu einem Wochenende auf Borkum eingeladen. Aus dem geplanten Surfkurs war nichts geworden, dafür hatten sie Kapitän Brons geholfen, seinen Fischkutter im Schutzhafen von Borkum wieder flott zu kriegen Brons' Hinweis auf ein Wrack in der Alten Ems hatte sie neugierig gemacht und sie waren auf die verhängnisvolle Idee gekommen, das Wrack zu finden.

Sie starteten ihr Boot und fuhren zu der vermuteten Stelle, wo sie ankerten. Hilko und Jonas tauchten nach dem Wrack, und Tjade nutzte die Zeit, um nach den Motoren der »Burkana« zu sehen, die wieder einmal zickten. Hilko und Jonas fanden das Wrack und darin römische Antiquitäten. Was für ein Glück sie doch hatten, dachten sie zu diesem Zeitpunkt noch, aber das Drama hatte schon begonnen. Tjade brauchte neue Dieselfilter für die Motoren, um sie gefahrlos zum Laufen zu bringen, und Jonas entschloss sich, die Ersatzteile mit dem Beiboot von der Insel zu holen.

Tjade und er befanden sich an Deck und beobachteten, wie Jonas mit dem Schlauchboot das Fahrwasser der Westerems kreuzte. Von See kommend näherte sich ihm eine große Jacht, doch Jonas hatte noch Zeit genug, um aus dem Gefahrenbereich zu kommen. Plötzlich streikte der Außenborder des Schlauchbootes, vermutlich hatte Jonas vergessen, die Tankbelüftung zu öffnen. Nun trieb das Schlauchboot direkt vor der Kurslinie der großen Jacht. Tjade und Hilko mussten von Bord der »Burkana« aus hilflos zusehen, wie Jonas immer verzweifelter an der Starterschnur des Motors riss. Im Fahrwasser war reichlich Platz, und die Besatzung der Jacht könnte ohne Probleme ausweichen, aber sie tat es nicht. Die Jacht kollidierte mit dem Schlauchboot. Jonas wurde aus dem Boot geschleudert, stieß mit dem Kopf gegen die Bordwand der Jacht und verschwand unter Wasser.

»Tjade, wirf die Motoren an, scheiß auf die Filter!«, rief Hilko.

Während Tjade versuchte, das Boot zu starten, tauchte Jonas wieder auf, und die Männer an Bord der Jacht bemerkten ihn.

»Tjade, Kommando zurück, Jonas bekommt Hilfe«, informierte Hilko Tjade und atmete erleichtert auf.

Aber es geschah etwas Unglaubliches: Anstatt ihrem Freund zu helfen, starteten die Männer die Motoren, und Jonas wurde von dem Schraubensog unter Wasser gezogen. Hilko und Tjade wussten um die verheerende Wirkung der messerscharfen Schrauben. Jonas hatte keine Chance. Die Besatzung der Jacht raste davon, ohne sich um die Folgen der Kollision zu kümmern.

Kurz glaubte Hilko noch, den Arm von Jonas aus dem Wasser ragen zu sehen. Sein Blick wanderte zur davonrasenden Jacht und er erkannte den Bootsnamen »Sirene«.

»Ich kappe den Anker, und du lass die Maschinen laufen«, schrie Hilko panisch.

Er rannte zum Bug und Tjade in den Maschinenraum. In Windeseile brummte zumindest eine der Antriebsmaschinen, und die Ankerkette rauschte in die Ems. Kurz darauf manövrierte Hilko die »Burkana« mit einer Maschine um den Möwensteert herum in die Westerems. Sie fanden das zerstörte Schlauchboot, aber von Jonas keine Spur. Sie banden das Boot an der »Burkana« fest und setzten die Suche nach Jonas fort.

Die nächsten Stunden waren ein einziger Albtraum. Dann lasen sie in der Zeitung von der angetriebenen Wasserleiche auf dem Borkumer Riff. Sie wussten sofort, um wen es sich dabei handelte.

Vielleicht hatten die Männer die Havarie nicht absichtlich herbeigeführt, aber sie hatten ihren Kameraden verletzt im Wasser gesehen und trotzdem die Motoren hochgefahren. Jeder wusste, dass durch die Schiffsschraube ein Sog entstand und es tödlich enden konnte, wenn man in eine Schraube geriet. Also war es vorsätzlicher Mord!

Hilko und Tjade befürchteten, dass die Männer sich bei einer Gerichtsverhandlung herausreden würden. Wer eine solch teure Jacht besaß, hatte Geld, Geld für gute Anwälte. Am Ende wäre Jonas noch selbst schuld gewesen.

Langsam wich die Verzweiflung dem Wunsch nach Rache. Deshalb beschlossen Hilko und Tjade, die Angelegenheit selbst in die Hand zu nehmen, und schmiedeten einen Plan. Nachdem sie herausgefunden hatten, wo die »Sirene« lag, beobachteten sie den Eigner Lamberg. Sie erfuhren, dass er und drei andere Männer in Leer die Firma Schwanengold betrieben. Hilko gab vor, Geld anlegen zu wollen, und wurde an den Geschäftsführer Bernd Bäke verwiesen. So kamen sie an Bäkes Adresse. Sie brachen in sein Einfamilienhaus ein und fanden dort die Namen Woland und Homming, die ebenfalls zur Firma gehörten.

Ob es diese vier Männer waren, die sich während der Havarie an Bord befunden hatten, konnten sie jedoch nicht mit Bestimmtheit sagen. Sie brauchten Gewissheit, und deshalb war ein Besuch bei dem Jachteigner fällig.

Als Lamberg wenig später mit der »Sirene« den Hafen verließ, fuhren sie ihm mit der »Burkana« in sicherem Abstand hinterher, ankerten an geeigneter Stelle, tauchten zur Jacht und überwältigten ihn in der Kajüte. Zunächst wollte er alles leugnen, aber der nasse Sack auf seinem Gesicht überzeugte ihn. Lamberg erzählte alles über die Havarie, auch wer sich an Bord befunden hatte. Außerdem bot er ihnen Geld aus seinem Betrugssystem an, nicht ahnend, dass Tjades Eltern vor vielen Jahren von einem ähnlichen Betrüger ausgeplündert worden waren. Tjades Vater hatte sich damals aus Scham erhängt, weil er seine ganze Verwandtschaft mit hineingezogen hatte.

Lamberg zu töten, war eigentlich nicht geplant gewesen, doch nun geriet die Situation außer Kontrolle. Tjade rastete vollkommen aus, und bevor Hilko eingreifen konnte, erstach er Lamberg mit seinem Marlspieker, der immer in einer Lederhülle an seinem Gürtel hing. Sie zündeten die Jacht an, sprangen in ihren Tauchanzügen von Bord und schwammen zurück zur »Burkana«.

Nach Lambergs erzwungener Beichte wussten sie, wer sich an Bord befunden hatte. Sein Leibwächter Woland, Volker Homming und dieser Bernd Bäke. Auch hatte Lamberg von der Wohnung an der Nesse erzählt, die sie als Nächstes aufsuchen wollten.

Von der Hafenseite aus kletterten sie in die Wohnung. Als sie die Balkontür aufbrachen, wurden sie von Woland überrascht, und Hilko gab einen Schuss aus der Unterwasserpistole auf ihn ab. Sie fesselten ihn auf den Tisch und befragten ihn auf dieselbe Weise wie Lamberg. So erfuhren sie Einzelheiten über das Betrugssystem und den Aufenthaltsort seines Kollegen Homming im Hafen Borkum. Woland ahnte, welches Schicksal ihm bevorstand, und bot ihnen eine Tasche voll Geld, einen Datenstick und das dafür benötigte Passwort für sein Leben.

Sie nahmen alles an. »Danke«, sagte Tjade hasserfüllt, dann erstach er auch Woland mit dem Marlspieker. Hilko entfernte das zuvor abgeschossene Projektil, steckte die Tasche mit dem Geld in einen wasserdichten Sack, und sie verschwanden auf dem gleichen Weg, wie sie gekommen waren.

Hommings Ende auf der »Belinda« war ähnlich verlaufen. War noch Bernd Bäke übrig geblieben. Ihn hatten sie an seinem Ferienhaus am Uphuser Meer aufgespürt. Beim Einbruch in dessen Haus hatten sie Unterlagen des Ferienhauses gefunden. Doch die Aktion am Uphuser Meer hatte durch das Auftauchen der Polizei anders als erwartet geendet.

Eine hohe Welle brachte die »Burkana« vom Kurs ab, und Hilkos Gedanken wurden abrupt unterbrochen. Er korrigierte den Kurs, und die »Burkana« stampfte und kämpfte weiter gegen die hoch auflaufenden Wellen am Borkumer Riff. Wenn wir hier absaufen, dachte Hilko mit Beklemmung, landen die Gegenstände von der Wrackplünderung wieder da, wo sie herkommen. Wenigstens haben wir dafür gesorgt, dass Jonas identifiziert und ordentlich beerdigt werden kann.

In diesem Moment fiel die Backbordmaschine aus. Hilko wusste, was die Ursache war. Durch die starken Bootsbewegungen waren Rückstände am Boden des Tanks aufgewirbelt worden. Die Dieselpumpen der Maschinen hatten den Dreck angesaugt und die Leitungen dichtgesetzt.

Tjade schrie: »Ich stelle den Filter um, vielleicht springt sie wieder an!« Er verschwand im Maschinenraum.

Hilko schaute wieder nach draußen – und erstarrte. Eine Monsterwelle kam auf sie zu. Hilko riss verzweifelt an den Maschinenhebeln, doch die Steuerbordmaschine stotterte und setzte kurz darauf ebenfalls aus.

Hilko sah entsetzt auf die grüne Wasserwand vor dem Boot. Die Grundsee drückte das Boot auf den Meeresboden der Geldsackplate. Der Bootsrumpf konnte bei der nächsten Welle nicht mehr abtauchen, und die Wassermasse knallte hart auf den Bug und den Aufbau. Die stabilen Fenster barsten, ein Bullauge löste sich und knallte Hilko an die Stirn. Die nächsten Wellen drehten das Boot um die eigene Achse. Hilko und Tjade konnten sich nicht mehr festhalten. Ihre Körper wurden an den Bootswänden zerschlagen. Die »Burkana« trieb noch kurz kieloben und versank schließlich im Meer.

KAPITEL 58

LEER, POLIZEIDIENSTGEBÄUDE

»Herr Bäke, haben Sie zum Zeitpunkt der Havarie noch andere Fahrzeuge in der Nähe gesehen?«, wollte Jan wissen, nachdem er Maikes Zettel gelesen hatte.

»Kurz vor der Kollision haben wir uns ziemlich erschreckt, weil querab am Möwensteert ein Zollboot lag. Ferdinand meinte noch, hoffentlich kontrollieren die uns nicht, wir waren ja alle betrunken. Aber Werner sagte, dass die vor Anker liegen und ein Schläfchen halten.«

Jan gab Maike ein Zeichen und sagte zu Bäke: »Wir unterbrechen die Vernehmung kurz und kommen gleich wieder.« Er rief bei der Wache an und bat einen Kollegen, Bäke in der Zwischenzeit zu bewachen. Dann vermerkte er die Unterbrechung in den Unterlagen und ging zusammen mit Maike ins Büro der Soko. Dort trafen sie Onno, Klaas und Stefan. Onno sprang aufgeregt von seinem Stuhl auf, als sie eintraten, und rannte ihnen entgegen.

»Onno, was ist los?«

»Wir haben gerade eine Meldung hereinbekommen. Das gesuchte Boot der Taucher wurde am Borkumriff gesichtet, ich habe die Kollegen von der Bundespolizei deshalb um Amtshilfe gebeten. Sie lagen mit ihrem Behördenschiff im Schutzhafen von Borkum und sind sofort ausgelaufen.

Aber draußen tobt ein heftiger Sturm, und sie mussten die Suche abbrechen. Der Kapitän wollte seine Besatzung bei diesem schlechten Wetter nicht gefährden. Wir haben Wind gegen Strom, und es gibt schwere Grundseen.«

»Haben sie das gesuchte Boot gesehen?«, hakte Jan nach.

»Der Radarbeobachter hat bei der Geldsackplate ein kleines Echo auf dem Monitor gehabt, aber es ist gleich wieder verschwunden. Könnte auch eine hohe Welle gewesen sein.«

»Die Taucher können unmöglich mit ihrem kleinen Boot dem Sturm standhalten, oder?«

»Ich möchte nicht an deren Stelle sein!«, stellte Onno fest. »Wir können jetzt nur abwarten.«

Jan berichtete von Bäkes Geständnis.

»Die angetriebene Wasserleiche am Borkumriff könnte der dritte Taucher sein«, erinnerte Maike. »Die Besatzung der ›Sirene‹ sah angeblich ein Zollboot in der Nähe vor Anker liegen.«

»Das Basisboot unserer Taucher. Und das überrollte Schlauchboot gehörte womöglich dazu«, dachte Jan laut nach.

»Wenn es so war, könnten die Taucher an Bord das Unglück beobachtet haben«, ergänzte Maike.

Stefan war skeptisch. »Wieso sollte einer von ihnen mit dem Beiboot im Fahrwasser unterwegs gewesen sein? Und warum haben seine Kameraden ihm nach dem Unglück nicht geholfen?«

»Jan, wo soll das Tauchbasisboot vor dem Unfall gelegen haben?«, wollte Onno wissen.

»In der Alten Ems, am Möwensteert.«

»Vielleicht wollte der Mann mit dem Schlauchboot den Hafen Borkum erreichen. Dazu musste er das Fahrwasser der Ems kreuzen. Außerdem sind diese Außenborder oft unzuverlässig. Damit habe ich mich auch schon häufig rumgeärgert.«

»Vielleicht wollte er etwas zu essen besorgen«, schlug Klaas vor.

Stefan blieb hartnäckig. »Okay, aber warum haben sie ihm nicht sofort geholfen?«

»Den Anker hieven kann dauern«, antwortete Onno.

Jan sah Maike an. »Wir brauchen ein Bild von der angespülten Wasserleiche.«

»Du willst es Bäke zeigen, oder?«, fragte Maike. »Das kannst du vergessen! Das Gesicht ist furchtbar entstellt. Deshalb haben wir ja die Probleme mit der Identifizierung.«

Jan atmete tief durch. Diese Tatsache hatte er schlicht vergessen. Doch er hatte eine Idee. »Moment!«, sagte er und griff nach seinem Handy. Er öffnete die Galerie und suchte nach den Fotos, die er in der Küche der Firma Swart gemacht hatte. Als er ein passendes gefunden hatte, präsentierte er Maike ein Bild der drei Männer in Uniform.

»Das könnte gehen«, stellte Maike fest. »Wir versuchen es einfach.«

Jan und Maike gingen zurück zum Vernehmungszimmer und bedankten sich beim Kollegen.

»Herr Bäke, Sie sagten aus, dass Sie den Schlauchbootfahrer nach der Kollision noch kurz gesehen haben. Er schaute Sie direkt an?«, fragte Jan.

»Ja, dieses Gesicht werde ich nie vergessen!«

Jan schob ihm sein Smartphone mit dem Foto der drei Kameraden hin.

Bernd Bäke wurde noch blasser, als er ohnehin schon war. »Kein Zweifel, das ist er. Wie heißt der Mann?«

»Das ist Jonas Mentjes aus der Krummhörn«, antwortete Jan.

Bäke sackte in sich zusammen. Tränen liefen ihm über die Wangen und er stammelte: »Ich hatte immer noch eine allerletzte Hoffnung, dass er den Unfall überlebt haben könnte.«

Jan schüttelte nur stumm den Kopf und ließ Bernd Bäke zurück in den Zellentrakt bringen.

Jan und Maike gingen ins Büro der Soko Schwanengold. Dort unterhielten sich Onno, Klaas, Stefan und seine Frau Bekky.

Jan und Maike begrüßten Bekky und setzten sich zu den anderen an den großen Tisch.

»Endlich wissen wir, um wen es sich bei der angetriebenen Wasserleiche handelt«, sagte Jan.

»Wir auch, und zwar um Jonas Mentjes«, stellte Stefan mit einem süffisanten Grinsen fest.

»Woher …«, stammelte Jan überrascht. »Das haben wir doch gerade erst erfahren!«

Stefan zeigte auf seine Frau Bekky. »Am besten, sie erklärt es dir selber.«

Bekky schob Jan einen Umschlag über den Tisch zu. »Das haben wir im Postkasten unserer Bestatterfirma gefunden.«

Jan öffnete den Umschlag. Darin befanden sich eine größere Geldsumme in bar und ein handgeschriebener Zettel. Jan las den Text laut vor: »›Bei dem Toten, der am Borkumriff gefunden wurde, handelt es sich um Jonas Mentjes aus Pewsum. Ein feiner Kamerad, der auf tragische Weise ums Leben gekommen ist. Wir möchten sicherstellen, dass er ordentlich begraben werden kann, dafür ist das Geld bestimmt. Bitte kümmern Sie sich darum.‹«

»Leider haben wir nicht gesehen, wer den Umschlag eingeworfen hat«, sagte Bekky.

EPILOG

BORKUMER RIFF

Der Wattführer Tamme Uden lief an der Wasserkante des Borkumer Riffs entlang. Nach einem Sturm wurden oft interessante Sachen angespült. Am Flutsaum fiel ihm ein schwarzer, länglicher Gegenstand auf. Nicht schon wieder eine Wasserleiche, dachte er und ging langsam darauf zu. Als er näherkam, stellte er fest, dass es sich um eine Tasche handelte. Er staunte nicht schlecht, als er die angetriebene Tasche öffnete und sehr viel Bargeld, ordentlich in Bündel und wasserdicht zusammengebunden, darin entdeckte. Das musste ein Vermögen sein! Außerdem lag ein Portemonnaie in der Tasche. Die Dokumente waren aufgeweicht, aber auf einer EC-Karte las er den Namen Werner Woland.

Über sich hörte er die Geräusche eines Hubschraubers. Es gab das Gerücht, dass im letzten Sturm ein Boot vor dem Borkumriff gesunken war. Das passte zu den Ölflecken, die seither auf der Meeresoberfläche zu sehen waren. Die Hubschrauberbesatzung suchte sicher nach dem Wrack. War es möglich, dass die Tasche aus dem versunkenen Boot stammte?

SOKO SCHWANENGOLD

Jan Broning blickte auf die schwarze Tasche vor sich auf dem Tisch. »Knapp eine Million in bar«, sagte er zu Maike. »Geld aus dem Betrugssystem. Die größere Summe wird irgendwo im Ausland auf versteckten Konten lagern.«

»Vielleicht kommt Bernd Bäke an das Geld ran, wir haben ja den Datenstick am PC von Hilko Swart gefunden. Außerdem steckten die Bankunterlagen aus Luxemburg in der Seitentasche.«

»Einen Versuch ist es wert, aber Bäke braucht das Passwort.«

»Was wird aus ihm?«, fragte Maike.

»Du weißt doch, auf See und vor Gericht bist du in Gottes Hand. Er hat unter Alkoholeinfluss eine tödliche Havarie verursacht und Fahrerflucht begangen. Dann ist da noch seine Rolle als Strohmann für das Betrugssystem. Wird man ihm glauben, dass er nicht gewusst hat, was da läuft?«

Maike atmete tief durch. »Mir tut er leid. Wie sagt man hier so treffend: Sie haben ihn davorlaufen lassen!«

»Ja, dazu gehören aber immer zwei!«

»Apropos zwei: Unsere beiden Mordtaucher haben kein gutes Ende genommen. Bei der Bergung ihres Bootes vor dem Borkumer Riff wurde ein Toter im Maschinenraum gefunden. Dieser Tjade Akkermann. Von Hilko Swart immer noch keine Spur.«

»Ich vermute, er liegt wie diese Antiquitäten irgendwo auf dem Meeresgrund«, sagte Jan nachdenklich. »Da, wo sie hergekommen sind. Die Wrackplünderung hat den dreien wirklich kein Glück gebracht.«

Maike schüttelte den Kopf. »Ich verstehe einfach nicht, wie unauffällige, normale Menschen wie Swart und Akkermann zu Mördern werden können. Hayo Ukena traute ihnen diese Taten bis zuletzt nicht zu.«

»Es muss schrecklich gewesen sein, zuzusehen, wie ihr Kamerad umkam, ohne ihm helfen zu können. Die Havarie zwischen Lambergs Jacht und dem Schlauchboot geschah sicher nicht absichtlich, dafür das, was folgte!«

»Die auf der Jacht hätten Jonas Mentjes aus dem Wasser ziehen und Erste Hilfe leisten können. Dann wäre alles nicht so schlimm ausgegangen.«

»Sie befürchteten eine polizeiliche Untersuchung, und diese wäre, gerade als ihr Betrugssystem so gut lief, geschäftsschädigend gewesen.«

»Aber auch für Swart und Akkermann gab es einen Zeitpunkt, an dem sie hätten aufhören können. Bei dieser ›Befragung‹ von Lamberg haben sie alles herausgefunden und hätten ihr Wissen an uns weitergeben können.«

»Irgendwas muss vorgefallen sein, das die Männer provoziert hat. Angeblich sollen die Eltern von diesem Akkermann ebenfalls von Betrügern hereingelegt worden sein. Sein Vater beging deshalb Suizid. Vielleicht war das der Tropfen, der das Fass zum Überlaufen gebracht hat.«

»Angefangen hat dieser Fall mit der verdeckten Ermittlung bei deinen Künstlern in den Niederlanden.« Maike betonte »deine Künstler«.

Jan wusste, dass sie damit Margriet meinte.

»Dann das Betrugssystem«, fuhr Maike fort. »Onno und Klaas ermittelten in dieser Richtung. Es folgte mein Einsatz zusammen mit Tomke Rabenstein im Fall der angetriebenen Wasserleiche. Weiter ging es mit den Morden an Lamberg, seinem Leibwächter Woland und dem Anwerber

Volker Homming. Bernd Bäke hatte reines Glück, dass sie ihn nicht auch erwischt haben. Habe ich noch was vergessen?« Maike tat so, als würde sie nachdenken. »Ach ja, du wärst fast erschossen worden.«

»Dank Onno aber nur fast«, stellte Jan mit einem Gefühl von Beklemmung fest. »Mich erinnert dieser Fall an ein Schiffstau.«

»Wie bitte?«

»Ein Tau wird aus vielen einzelnen Kardeelen geflochten. All diese Ermittlungen waren lose Kardeele, die am Ende immer enger zusammenliefen. Am Anfang haben wir die Fälle isoliert voneinander betrachtet, und jetzt wissen wir, dass alles miteinander verflochten ist.«

»Ohne Happy End für die Beteiligten«, ergänzte Maike. »Es stimmt schon: Wer auszieht, um Rache zu üben, sollte gleich zwei Gräber schaufeln.«

Jan nahm seine Maike in den Arm. »Wir haben uns, eine Tochter und unsere kleine heile Welt. Mehr kann man nicht wollen.«

ABENDS, HAUS DER FAMILIE BRONING
IN DITZUM

Nach dem Abendessen saßen Maike und Jan noch am Küchentisch. Jan griff sich immer wieder vorsichtig an die verletzte Schulter.

»Wie geht es dir?«, wollte sie wissen. »Du siehst krank aus.«

»Ich fühle mich auch nicht so gut. Sicher die Nachwehen der Verletzung.«

Maike legte ihre Hand auf seine Stirn. »Ich glaube, du hast Fieber.«

Jan stand auf. »Ich nehme eine Tablette und leg mich ins Bett.«

Maike räumte die Küche auf und brachte ihre Tochter Antje ins Bett.

»Gibt Papa mir keinen Gutenachtkuss?«

»Papa schläft schon.«

»Ist er krank?«

»In den letzten Tagen haben wir sehr wenig geschlafen, er ist sicher nur müde«, antwortete Maike, nicht zuletzt, um sich selbst zu beruhigen.

Als Antje schlief, ging sie ins Schlafzimmer, um nach Jan zu sehen. Dort erschrak sie. Jan lag im Bett und hatte Schüttelfrost. Sie setzte sich auf die Bettkante und fühlte seinen Puls. Zu schnell, genau wie seine Atmung.

Jan begann zu stammeln: »Das Wasser kommt! Bindet mich los!«

Maike kämpfte die aufkommende Panik nieder und versuchte Jan aufzuwecken. Offensichtlich träumte er wieder von seinem längst zurückliegenden schrecklichen Erlebnis, als man ihn bei Niedrigwasser im Dollart an einen Pfahl gefesselt hatte.

Jan phantasierte weiter. Vorsichtig öffnete sie die Schlafanzugjacke. Der Verband an der Schulter war mit Blut durchtränkt, und ein schwacher roter Streifen zog sich Richtung Herz.

Jan musste sofort in ein Krankenhaus! Die Schusswunde an der Schulter hatte sich entzündet, und vermutlich hatte Jan als Folge davon eine Blutvergiftung. Sie wollte und konnte ihn nicht allein ins Auto zerren, deshalb nahm sie das Telefon und wählte den Notruf.

Wenig später wurde die Straße vor dem Haus der Bronings durch das Blaulicht des Rettungswagens erleuchtet. Maike erklärte dem Notarzt die Situation, und Jan wurde sofort untersucht. Er redete immer noch wirr vor sich hin. Antje war mittlerweile wach und klammerte sich an ihre Mutter.

»Wie nehmen Ihren Mann sofort mit«, entschied der Notarzt.

»Sobald ich meine Tochter untergebracht habe, komme ich nach«, sagte Maike und versuchte, ihrer Stimme einen ruhigen Klang zu geben, um Antje nicht noch mehr zu ängstigen.

Als der Rettungswagen mit eingeschaltetem Blaulicht davonfuhr, schnürte die Angst Maikes Kehle zu. War nun eingetroffen, was sie immer befürchtet hatte? Wie oft waren sie in gefährlichen Situationen gewesen und hatten dem Tod ins Auge gesehen? War ihre Glückssträhne nun vorbei? Nein, das durfte nicht sein!

AM NÄCHSTEN MORGEN, KLINIKUM LEER

Onno setzte sich zu Maike an den kleinen Tisch in der Cafeteria. Sie sah müde und besorgt aus. Kein Wunder, dachte Onno und fragte: »Und?«

Maike sah ihn mit dunklen Augenringen an. »Er liegt auf der Intensivstation, sie lassen mich nicht zu ihm. Er hat eine akute Blutvergiftung. Ich soll hier warten, bis sie mich anrufen.«

»Warst du die ganze Nacht hier?«

Sie nickte. »Mein Vater und Karin sind bei uns zu Hause und kümmern sich um Antje.«

Maikes Handy klingelte. Mit zittrigen Händen nahm sie das Gespräch entgegen. »Hallo, Paps. Nein, es gibt nicht Neues von Jan. Wie geht's Antje?«

Nachdem sie aufgelegt hatte, sagte sie zu Onno: »Antje hat die ganze Nacht nicht geschlafen und ist vollkommen durch den Wind.«

»Maike, fahr nach Hause. Hier kannst du im Moment sowieso nichts machen. Ich bleibe hier und rufe dich sofort an, wenn es etwas Neues gibt.«

»Ich kann doch jetzt nicht weg!«

»Du hast nicht geschlafen, und Antje braucht dich. Leg dich mit ihr hin, ruht euch aus.«

Bevor Maike etwas entgegnen konnte, betraten Klaas und Stefan die Cafeteria und kamen zu ihnen an den Tisch.

»Wir haben es erst jetzt erfahren«, erklärte Stefan.

»Der Chef wird auch bald hier sein«, fügte Klaas hinzu.

Onno sah Stefan an und fragte: »Kannst du Maike nach Ditzum fahren? Ich hab Angst, dass sie einen Unfall baut. Sie war die ganze Nacht hier und ist total erschöpft.«

Maike wollte widersprechen, aber Onno unterbrach sie. »Klaas und ich halten Wache. Ich geh gleich auf die Station und gebe ihnen meine Handynummer. Sobald es etwas Neues gibt, ruf ich dich sofort an«, wiederholte er.

Maike gab auf und folgte Stefan zum Ausgang.

Klaas betrachtete Onno besorgt. »Du siehst aus, als wärst du über Nacht um 100 Jahre gealtert.«

»Ich habe nur ein paar Stunden geschlafen, wenn überhaupt. Immer wenn ich gerade einschlafe, überfällt mich die Szene am Ferienhaus, wo der Taucher auf uns schießt. Verdammt, wenn ich nur schneller reagiert hätte! Dann läge Jan jetzt nicht hier.«

»Du hast doch 'nen Knall! Wenn du Jan nicht aus der Schusslinie gestoßen hättest, läge er jetzt im Leichenraum.«

»Klaas, ich kann das nicht mehr ab. Ich glaube, ich bin zu alt für diese Aufregungen.«

»Ja, mein lieber Onno, wir sind beide nicht mehr geeignet für diese Art von Einsätzen. Stell dir vor, wir laufen hinter einem flüchtenden Jugendlichen her und versuchen ihn einzuholen. Deshalb hatten wir ja diesen Bürojob in der Betrugsabteilung. Wir beide sind aber nicht die Einzigen, deren Verfallsdatum langsam abläuft.«

»Du denkst dabei an Jan? Stefan und Maike kannst du nicht meinen.«

Klaas nickte zustimmend.

Onno stand auf. »Ich geh jetzt zur Station und sag denen, sie sollen mich anrufen, wenn es was Neues von Jans Zustand gibt.«

»Okay, mach das. Ich seh mal zu, ob ich hier etwas zu essen bekomme.«

Onno ging über verschiedene Flure und Treppen zur Intensivstation und erklärte der Krankenschwester an der Anmeldung die Situation. Irgendwie kam sie ihm bekannt vor ...

Plötzlich fiel der Groschen. »Helga, du hier?«

»Genau, Onno, nicht in Hollywood.«

Sofort bekam Onno ein schlechtes Gewissen. Helga Egena war die Ehefrau seines ehemaligen Wasserschutz-polizeikollegen Dieter Egena. Vor vielen Jahren war Die-ter nach einer Dienstversammlung spurlos verschwunden und nie wieder aufgetaucht. Böse Zungen behaupteten, er habe sich abgesetzt, weil es in der Ehe angeblich kri-selte. Onno hatte das nie geglaubt und war deshalb für Helga lange ein Ansprechpartner gewesen. Immer wieder hatte sie sich bei ihm, meistens telefonisch, gemeldet. Die Ermittlungen waren irgendwann eingestellt worden. Die-ter war und blieb verschwunden. Helga hatte sich damit nicht abfinden wollen. »Dieter ist an diesem Tag etwas zugestoßen, Onno, er ist nicht weggelaufen, ich spür es«, hatte sie zu Onno gesagt und diesen Satz wie ein Man-tra wiederholt. Sie sei eine gute Schauspielerin, hatten ihr manche vorgeworfen, deshalb wohl ihre Anspielung mit Hollywood.

Onno hatte seit Langem nichts mehr von ihr gehört und sich auch nicht mehr bei ihr gemeldet. Sofort überkamen ihn Schuldgefühle. »Helga, es tut mir leid wegen Dieter und allem. Aber jetzt möchte ich mich mit dir über mei-nen Kollegen Jan Broning unterhalten.«

»Normalerweise dürfte ich dir keine Auskunft geben.«

»Jan und Maike Broning sind Freunde und Kollegen

von mir. Maike muss sich um die Tochter kümmern und braucht ein paar Stunden Schlaf.«

»Ich verstehe. Lass mir deine Handynummer da und ich melde mich, wenn ich etwas erfahre.«

»Danke, Helga!«

»Onno, du warst immer auf meiner Seite, hast Dieter und mich verteidigt gegen diese dummen Gerüchte. Für Frau Broning ist dies sicher eine schlimme Situation. Aber weißt du, was noch schlimmer ist?«

Onno ahnte, worauf sie hinauswollte.

»Wenn man zu Hause sitzt und wartet. Auf eine Nachricht oder irgendein Lebenszeichen, wenn es schon keine Erklärung gibt. Diese Ungewissheit ist das Schlimmste. Du kannst dir nicht vorstellen, was ich noch immer durchmache und wie sehr eine solche Situation einen Menschen belastet.«

Nachdenklich ging Onno zurück in die Cafeteria.

Dort biss Klaas gerade in ein Mettbrötchen. Neben ihm saß ihr Chef Sprengel und schaute angewidert auf den Rest des Brötchens in Klaas' Hand.

Onno fand es auch ein bisschen früh für Mettbrötchen mit Zwiebelringen, aber über Klaas' Gewohnheiten beim Essen machte er sich schon lange keine Gedanken mehr.

»Moin, Herr Sprengel.«

»Moin, Herr Elzinga. Was gibt es Neues von unserem Patienten?«

»Es ist wahrscheinlich die Schussverletzung, verursacht mit einer alten Unterwasserpistole. Kein Wunder, dass sich die Wunde entzündet hat.«

»Also handelt es sich um einen qualifizierten Dienstunfall? Könnte noch wichtig werden für den Fall, dass ...« Sprengel stockte mitten im Satz, als er die wütenden Gesichter seiner Kollegen bemerkte.

»Jan wird wieder gesund«, stellte Klaas ziemlich laut klar.

Um die peinliche Stille, die nun folgte, zu unterbrechen, berichtete Onno von dem Gespräch mit Helga Egena.

»Ja, eine schlimme Geschichte mit unserem damaligen Kollegen Dieter«, sagte Sprengel. »Wer weiß, wo der sich jetzt rumtreibt.«

Jetzt wurde Onno auch wütend. »Vielleicht als Leiche im Hafen oder in der Nordsee?«

Sprengel versuchte zu beschwichtigen. »Wir haben alles getan, um die Sache aufzuklären.«

»›Die Sache‹? Es handelt sich um einen Kollegen, und wir haben zu früh aufgegeben!«

»Möchte jemand auch noch ein Mettbrötchen? Sind sehr zu empfehlen«, sagte Klaas und stand auf, um der unangenehmen Situation zu entkommen.

TAGE SPÄTER

Maike saß am Krankenbett ihres Mannes und hielt seine Hand. Gerade hatte man ihn auf die Normalstation verlegt. Ein gutes Zeichen, und das Fieber war auch gesunken. Sie ließ Jan nicht aus den Augen, der noch immer fest schlief. Er sah sehr mitgenommen aus. Jetzt hing alles vom Heilungsprozess ab. Eine Operation zur Entfernung des entzündeten Gewebes stand zwar noch im Raum, aber daran wollte sie jetzt nicht denken.

Nachdem sie den ersten Schrecken verdaut hatte, begann sie sich Vorwürfe zu machen. Wieso hatte sie Jan nicht aufgehalten, als er trotz der Schusswunde weiter am Fall ermittelte? Warum hatten sie nicht auf den Arzt gehört? Wieder einmal wurde ihr klar, wie zerbrechlich ein Mensch doch war. Wie viele Leben hatte ein Polizist? So viele wie eine Katze? Wäre zu wünschen, aber eher unwahrscheinlich. Irgendwann riss die Glückssträhne.

So konnte es jedenfalls nicht weitergehen. Jan war kein junger Mann mehr, dies würde sie ihm beibringen müssen. Es wurde Zeit für einen Wechsel. Jan musste lernen, langsamer zu treten und Verantwortung abzugeben. Das war der Lauf der Zeit: Die Alten übergaben an die Jungen.

Jan, Klaas und Onno gehörten inzwischen zur alten Garde, auch wenn sie es nicht wahrhaben wollten. Die jungen Kollegen standen in den Startlöchern und waren bereit, den Stab zu übernehmen. Aber würde Jan ohne die Polizeiarbeit klarkommen? Sein Hobby, die Holzschnitzerei, würde er erst einmal wegen seiner Verletzung vergessen können.

»Hallo, mein Schatz, habe ich etwa geschlafen?«

Jans Stimme holte sie aus ihren Gedanken zurück. Sie lachte und weinte gleichzeitig. »Hey, da bist du ja wieder!«

ZWEI MONATE SPÄTER

»Aua, Antje, das war schon wieder mein Finger!«

»Entschuldige, Paps, aber du hast gezuckt.«

Jan Broning und seine Tochter Antje arbeiteten gemeinsam an einer Holzkatze. Jan hielt den Holzbeitel an die richtige Stelle, und Antje schwang den Holzhammer.

Geduldig erklärte Jan seiner Tochter das Vorgehen. »Hier müssen wir mehr wegnehmen. Nimm den Hohlbeitel und schlag Täler nebeneinander ins Holz. Dann entfernen wir mit dem Flachbeitel die stehen gebliebenen Stege. Er lächelte, als er sah, wie sie den passenden Beitel aussuchte und genau an der richtigen Stelle ansetzte. Jan war stolz auf seine Tochter, insbesondere auf ihre handwerklichen Fähigkeiten. Zusammen mit Opa Johan unterstützte er Antje mit Rat und Tat. Und auch Maike konnte ihr vieles beibringen, denn auch sie war eine sehr praktische Frau.

»Ganz schön eingebildet«, sagte Antje.

»Wie bitte?«

»Unsere Holzkatze. Die kuckt sehr eingebildet.«

»Hast du schon einen Namen für deine Mieze?«

»Kleo. Sie sieht aus wie diese Kleopatra von den Ägyptern.«

»Stimmt!«, bestätigte Jan grinsend. Er sah auf die Uhr, Zeit für den Termin mit seinem Chef in der Teppichetage der Polizei. »Antje, ich muss los, Termin beim Chef. Hau dir nicht auf den Finger!«

»Wer hat denn einen blauen Fingernagel?« Antje hatte wie so oft das letzte Wort.

LEER, POLIZEIDIENSTGEBÄUDE

Während der Fahrt zur Dienststelle dachte Jan über die letzten Wochen nach. Die Reha hatte ihm gutgetan, auch wenn seine Schulter noch nicht wieder belastbar war. Der behandelnde Arzt hatte ein schwieriges Thema angesprochen. »Herr Broning, wollen Sie wieder in den Dienst oder soll ich Sie weiterhin krankschreiben? In Ihrem Alter und mit der schweren Verletzung, die Sie vielleicht noch Jahre beeinträchtigen wird, besteht die Möglichkeit, früher in den Ruhestand zu gehen«, hatte er gesagt.

Seither ließ ihn dieses Thema nicht mehr los. Konnte er sich ein Leben ohne Polizeidienst vorstellen? Wenn es nach Maike ginge, würde er besser heute als morgen aufhören. Aber er selbst war sich nicht sicher. Es gab genug traurige Beispiele. Bekannte Kollegen, die im Ruhestand massive Probleme hatten. Zu viel freie Zeit, und man wurde nicht mehr gebraucht. Er hatte zwar mit dem Holzschnitzen eine schöne Freizeitbeschäftigung gefunden. Und Antje und der Haushalt würden auch nicht mehr zu kurz kommen. Aber würde ihm das reichen?

Jan war hin- und hergerissen, als er das Büro seines Vorgesetzten Thomas Sprengel betrat. Ihr gutes Verhältnis hatte sich in letzter Zeit etwas abgekühlt. Das lag zu einem guten Teil auch an ihm selbst, denn er hatte immer häufiger an den Entscheidungen von oben »etwas herumzumeckern«, wie Sprengel es ausdrückte. War das beginnender Altersstarrsinn? Außerdem waren da die ausstehenden Beförderungen für seine Kollegen Onno und Klaas, die Jan bei jeder Gelegenheit erwähnte.

Zunächst wurden ein paar Höflichkeiten ausgetauscht. Sprengel erkundigte sich nach dem Verlauf der Reha in St. Peter-Ording, und Jan erzählte kurz.

Nach einer kurzen Stille räusperte sich Sprengel und fragte:»Wo siehst du dich in Zukunft, Jan?«

Jan hasste diesen blöden, ach so modernen Satz! Entsprechend fiel seine Antwort aus:»Bei meiner Maike nach einem guten Essen mit einem Glas Wein in der Hand auf dem Sofa. Im Hintergrund höre ich meine Tochter zufrieden in der Werkstatt arbeiten.«

»Okay, aber was ist mit dem Polizeidienst? Kannst und willst du zurückkommen, oder brauchst du eine längere Auszeit? Vielleicht stehst du noch unter dem Eindruck der letzten Ereignisse und solltest dir Zeit lassen für diese wichtige Entscheidung. Du weißt ja, es ist nicht schwer, Entscheidungen zu treffen, durchaus aber, mit den Folgen zu leben.«

»Thomas, wir brauchen nicht um den heißen Brei herumzureden. Es geht auch um die Entscheidung, im Dienst zu bleiben oder in den Ruhestand zu wechseln.«

»Jan, dann auch von mir Klartext: Ich, wir verlieren dich nur ungern, auch wenn du einem manchmal ganz schön auf den Wecker gehst. Wie wäre es mit einem Kompromiss? Es gibt neue Ermittlungsansätze bei abgelegten, aber ungelösten Vermisstenfällen. Denen müsste man nachgehen, du weißt schon …«

»So eine Art Cold-Case-Aktion? Du schiebst mich aufs Abstellgleis?«

Sprengel holte tief Luft.»Nein, ich komme meiner Fürsorgepflicht nach. Und im Moment solltest du etwas kürzertreten. Bei dieser neuen Soko würde ich es dir und deinen Kollegen überlassen, welche Vorgänge ihr bearbeitet und wie ihr vorgeht. Außerdem kannst du dir deine Kollegen aussuchen, obwohl ich ahne, wer das sein wird.«

Jan schöpfte Verdacht. War das eine Verschwörung von Maike und seinem Vorgesetzten?

»Du brauchst dich nicht gleich zu entscheiden, schlaf drüber.«

Jan verabschiedete sich, verließ die Teppichetage und ging ins Büro von Onno und Klaas.

Onno legte soeben den Telefonhörer auf und starrte auf seine klebrige Hand. Sein Blick ging zu Klaas an der gegenüberliegenden Schreibtischseite, der gerade seinen Kaffee mit Honig süßte.

Jan erwartete die typische Kibbelei zwischen den beiden und wurde nicht enttäuscht.

»Klaas, wieso musst du deinen Honig überall verteilen? Jetzt klebt sogar schon der Telefonhörer!«

»Wieso beschuldigst du mich? Vielleicht solltest du dir deine Pfoten öfters waschen«, folgte Klaas' grummelige Antwort.

»Das werde ich jetzt tun müssen. Und nicht nur meine Hände, sondern auch den Telefonhörer, den Locher …«

»Hallo, ihr beiden, alles wie immer, wie ich sehe«, stellte Jan schmunzelnd fest.

»Hallo, Jan, ich würde dir ja die Hand geben, aber dann kleben wir zusammen.«

»Hallo, Jan«, sagte auch Klaas und drückte den Honigspender, um seinem Kaffee noch mehr Süße zu verleihen. Allerdings befand sich die Auslauföffnung des Spenders nicht über der Tasse, sondern daneben.

»Nu guck dir wieder diesen Schweinkram an. Nicht zu fassen!«, polterte Onno.

»Kann doch mal passieren. Das Ding ist vermutlich kaputt«, grummelte Klaas.

Onno sah sprachlos zu, wie Klaas mit einem Taschentuch den Honig auf dem Tisch verteilte.

»Ihr solltet mal zum Eheberater«, schlug Jan vor.

»Hoffnungslos«, stöhnte Onno.

Klaas hauchte ihm einen Handkuss zu.

»Setz dich zu uns, Jan. Der Stuhl ist von Klaas' Kleckerorgie verschont geblieben.«

Jan kam Onnos Aufforderung nach und berichtete vom Gespräch mit Sprengel. »Ich soll mich in Zukunft um alte Vermisstenfälle kümmern, und ihr vermutlich auch.«

»Sprengel meint es sicher gut und will uns aus der Schusslinie nehmen«, meinte Onno.

»Onno, Klaas, wir sind keine Stubenhocker, die den ganzen Tag alte Akten wälzen! Ihr seid doch auch lieber draußen.«

Onno wählte seine Worte mit Bedacht. »Jan, wir sind keine jungen Männer mehr.«

»Wir sind alte Säcke«, führte Klaas deutlicher aus.

»Flüchtige verfolgen, Schlägereien und Schießereien brauch ich nicht mehr, das sollen die Jungen machen.«

»Hast du mit Maike über dieses Thema gesprochen?«, fragte Jan misstrauisch.

»Ja, und Maike hat recht. Ich sehe das genauso.«

»Ich übrigens auch«, fügte Klaas hinzu. »Vermisstenfälle zu bearbeiten, kann nicht schlechter sein, als diese Aktenberge mit Internetbetrügereien durchzuwälzen.«

»Du sagtest, Sprengel überlässt es dir, wie die Ermittlungen geführt werden?«, wollte Onno wissen.

Jan nickte. »So hab ich es verstanden.«

»Okay, dann erzähle ich dir jetzt von meinem ehemaligen Kollegen Dieter Egena. Vielleicht änderst du deine Meinung.«

»Oha«, sagte Klaas. »Onno fängt an, sein Seemannsgarn zu spinnen.«

Und hoffentlich verfängt Jan sich darin, dachte Onno und begann zu erzählen ...

Weitere Titel finden Sie auf den
folgenden Seiten und im Internet:

WWW.GMEINER-VERLAG.DE

Hauptkommissar Jan Broning ermittelt:

GMEINER SPANNUNG

WWW.GMEINER-VERLAG.DE
Wir machen's spannend

Mario Bekeschus
Im Eichtal
Kriminalroman
378 Seiten, 12,5 x 20,5 cm,
Paperback
ISBN 978-3-8392-0599-0

Dichter Nebel umhüllt das Eichtalviertel, als unweit
der Oker eine zerstückelte Leiche gefunden wird.
Noch vor seinem ersten Arbeitstag in Braunschweig
eilt Kommissar Wim Schneider zum Fundort. Wenig
später taucht eine Fingerkuppe im Naturhistori-
schen Museum auf. Eine Vermisstenanzeige führt die
Ermittler zu einem Jagdverein und einer Hannover-
schen Förderstiftung, doch Intrigen erschweren die
Polizeiarbeit. Wim und seine Teampartnerin Rosalie
ahnen, dass der Täter sie bereits ins Visier genommen
hat und sein Werk noch nicht vollendet ist.

GMEINER SPANNUNG

WWW.GMEINER-VERLAG.DE
Wir machen's spannend